# 故事会

2007·24

（总第402–405期）

## 合订本

STORIES

上海故事会文化传媒有限公司　出品

（00145）

**图书在版编目(CIP)数据**

2007年《故事会》合订本.24/《故事会》杂志编辑部编.
—上海：上海锦绣文章出版社，2008.2
ISBN 978-7-80685-952-0

Ⅰ.2… Ⅱ.故… Ⅲ.故事-作品集-中国-当代 Ⅳ.Ⅰ247.8

中国版本图书馆CIP数据核字（2008）第015204号

责任编辑：朱　虹
封面设计：李宝强

**故事会2007年合订本24**
(总第402-405期)
《故事会》编辑部　编
上海锦绣文章出版社出版、发行
地址：上海绍兴路74号
网址：www.storychina.cn
中国图书进出口上海公司发行
地址：上海市广中路88号
电话:36357888
字数280,000
ISBN 978-7-80685-952-0/G·079

# 402 2007 SEMIMONTHLY 上半月刊 11月

STORIES

欢迎登录本刊主办的"故事中国网"(www.storychina.cn)

故事会

STORIES

**2007年11月**

**上半月·红版**

主 编:何承伟

常务副主编:吴 伦

副主编:姚自豪(上半月·红版)

副主编:夏一鸣(下半月·绿版)

本期责任编辑:姚自豪 叶小萌(见习)

电子邮箱:xiaomeng.ye@gmail.com

红版发稿编辑:

吕 佳 郑继文 周 吟

特约编辑:

范大宇 崔新三 申之珉

美术编辑:李宝强

电脑制作:郭瑾玮

通 联:归依玲

本社办公室电话:021-64375030

上半月刊编辑部电话:021-64332325

下半月刊编辑部电话:021-64336469

(上海市绍兴路74号 邮编:200020)

主管、主办:上海文艺出版总社

制作、发行总监:张 凯

电话:021-64313938

广告业务:上海故事会文化传媒有限公司

广告总监:张 淮

广告业务:021-34010383

广告投诉:021-64333738

广告经营许可证

沪工商广字3100320050022号

发行:中国图书进出口上海公司

·笑话·

## 中国功夫

有个美国青年，暑假期间到中国拜了一个武术老师学习中国功夫，回国后，他在同学们面前大肆炫耀，还当起了武术师傅。

这天早晨，那美国青年带着一帮同学在广场上练功，一个华人留学生站在旁边观看了很久，这时，那美国青年走过来得意地问：“怎么样，我的中国功夫练得不错吧？”

华人留学生惊奇地说“天哪，没想到你们竟这么痴迷中国的广播体操！”

（冯春平）

（本栏插图：包丰一）

## 农业部的答复

养鸡户卢比斯遇到了一些技术上的困难，便写信向农业部求救：“我的鸡群最近出了问题——每天早上我一出门就发现两三只小鸡躺在地上，全身冰凉僵硬，双脚朝天，您能告诉我这是怎么回事吗？”

不久，卢比斯收到了农业部的回信，上面写道“根据您信上的详细描述，我们明确断定：您的鸡死了。”

（牟露沙）

## 简单的菜

老王是个急性子，那天他去东北出差，途经一家餐馆，他一走进餐馆就着急地大声叫道：“老板，快、快给我上道简单的菜，我还要急着赶路呢。”

不一会儿，服务员吆喝着跑了过来，把端着的盘子递到了老王的面前，老王一看傻了眼，盘里放的是一根大葱！

（谢鑫海）

## 何时生日

一男一女谈恋爱已经一年多了，男的一再询问女的生日是哪天，可女的就是不说。

这天，男的又问了，女的生气地说：“你那么吝啬，告诉你生日你也不会正儿八经地给我买礼物的！”男的听后立刻发誓：“从今往后，只要你每过一次生日，我都会买一枚钻戒送给你的。”

女的笑了，问：“你说的是真的吗？”

男的点点头说：“是的，亲爱的，现在你该告诉我了吧！”

女的一本正经地说：“你站稳了，可别吓倒了，我的生日是星期一！”

（厉周吉）

## 治腰痛

一对恋人坐在板凳上闲聊，突然间，姑娘对小伙子撒娇地说：“我的脸有点痛。”

小伙子吻了一下姑娘的脸，问：“还痛吗？”

姑娘答道：“不痛了！”

片刻，姑娘又说：“我的脖子有点痛。”

小伙子又吻了一下姑娘的脖子，问：“还痛吗？”

姑娘笑着答道：“不痛了！”

坐在不远的一位老太太听见了，佝偻着走上前去，对小伙子说：“我的腰有点痛……”

（李　勇）

## 和鱼

有一架飞机在空中飞行，到了午餐时间，空姐开始分发食物和饮料，一位空姐走到一个先生面前问：“请问鸡和鱼，您喜欢哪种？”

那先生想了想，说：“我要‘鸡和’。”

空姐微微一笑，说：“是鸡和鱼。”

那先生知道自己听错了，有点不好意思，连忙纠正说：“哦，那我要‘和鱼’。”

（曹龙彬）

·笑话·

## 最爱的花

这一阵子，丈夫和妻子冷战了好几天，事后，丈夫自知理亏，就一直想买束花向妻子道歉，但又不知她喜欢哪种花，于是，他就去问五岁的儿子小东：“乖儿子，知道你妈妈最喜欢什么花吗？”

小东想了想，说：“嗯……妈妈好像很喜欢一种花。”

丈夫听了喜出望外地问：“是什么花？”

小东回答说：“就是‘拿钱来花’呀！”

（韩雨卿）

## 抽烟

吉米是个烟鬼，烟瘾很大。一天，他和母亲一同出去探访亲友，几个小时过去了，母亲发现吉米一根烟也没有抽，于是她问道“你打算戒烟吗？”

吉米回答道“不是，我有点感冒了。身体不舒服的话，我是不抽烟的。”

母亲若有所悟地总结道：“这样看来，你要是经常得病的话会更长寿的。”

（朱春香）

## 尊重意愿

一条船在大海上沉没了，一个水手在海上漂游了几天，才找到了一座孤岛，就在岛上独自生活了几年。有一天早晨，那水手看见远处驶过一艘货轮，赶紧挥动双手求救，于是货轮的船长当即派遣一名船员乘坐救生艇靠岸搭救。

救生艇很快靠了岸，那久困岛上的水手大喜过望，欢呼着跑去，还没等他开口称谢，只见救生艇上的船员扔过来一捆报纸，异常平静地说：“船长有言在先，请您先看看报纸，了解一下乱糟糟的世界局势之后，再决定是否真心愿意离开。”

（董　行）

## 投资策略

年底，公司给了小刘两万块钱奖金，小刘喜不自禁，回家后就向老婆提议用这笔钱在春节黄金周外出旅游，可老婆坚决反对，说是这样做不能“一举两得”。

几天后，老婆告诉小刘：已经完成了一个“一举两得”的投资项目，小刘兴奋地问道：“老婆，做了哪方面的投资？快告诉我！”

老婆从抽屉里拿出了两个珠宝盒，说：“我用那笔钱买了两个金手镯，我一个，我妈妈一个，投资黄金风险小升值快，还能联络你和丈母娘之间的感情，岂不是一举两得？”

（薛　鑫）

## 左右为难

甲乙两个乞丐在街上行走，突然，路旁冲出一只狗，向甲乞丐扑去。甲乞丐和狗大战三百回合，最终战胜了狗。乙乞丐见了，评论说：“比狗还狠。”

又一次，两人同行，半路上又遇到一只狗。甲乞丐和那只狗大战三百回合，最终战输了，乙乞丐评论说：“连狗都不如。”

后来，两人又遇到一只狗，这次大战，甲乞丐和狗打成平手，乙乞丐又评论说：“跟狗一样。”

（柯　琦）

## 放心买吧

这一天，一个肉铺老板在市场上卖掺水肉，不料遇上卫生稽查队突击检查，老板被狠狠地罚了款。

稽查队走后，肉铺老板显得十分轻松，他春风满面地对肉铺前的顾客们说：“罚过了，放心买吧！”

（李　勇）

## 工钱没了

一群鸟儿在房檐下衔泥筑巢，垒成后，鸟儿在房顶上大叫，院子里的孩子见了很好奇，便去问爸爸：“鸟儿为什么在房顶上大叫？”

爸爸叹了口气，回答说：“包工头躲起来了，工钱没着落了！”

（惠正龙）

# 小刘请客

□邵　杰

小刘和大伟他们几个人是把兄弟，感情很好，每年过春节，大家轮流请客，带着老婆一起聚一聚。按理说，每年就吃这么一顿饭，也花不了多少钱，只是小刘的老婆去年下了岗，到现在还没有找到工作，小刘单位也不景气，每月就五六百块钱，而今年偏偏轮到小刘请客!

小刘为难了：前两年大伟他们请客，都是高档饭店，今年自己如果找个小酒馆，那面子往哪搁?

主意打定，两口子便忙着找起了饭店，哪知几家饭店问下来，他们不由直吐舌头：春节期间，档次高一点的饭店，包间全规定了最低消费，最低的一家也要五百元！两口子犯了愁：五百元可是小刘一个月的工资，他们还真有些舍不得了。商量了两天，小刘灵机一动，有了主意，他把自己的想法跟老婆一说，老婆也点头赞成。

初五这天，在小刘夫妇的邀请下，大伟和另外两个哥们都带着老婆欣然赴约。

那是一家高档饭店，一到那地方，几个人便对小刘夫妇说："你们也不富裕，怎么选这么好的饭店呀，随便找个地方吃不就行了？"小刘笑道："咱哥们几个感情这么深，哪能随便？走走走，到包间去，菜我都点好了。"

几个人说说笑笑来到包间，一

看，一桌子丰盛的酒菜早已上齐了，大家连声夸着小刘客气，然后各自入座，推杯换盏起来。

转眼两个小时过去了，桌上的酒菜吃得差不多了，小刘便问众人还有什么需要，大家都说吃得很好，不需要什么了，于是小刘便起身准备结账，就在这时，身旁的大伟一下跳了起来，拽住了小刘的手，打着饱嗝道：“小刘，坐下，今天这客不能让你请！”

小刘一脸不解“为什么，你看不起兄弟？”

大伟摆了摆手：“不是，不是，这么高档的饭店，这顿饭一定不便宜，你们收入也不高，心意我们领了。这样吧，今年这顿算我的，明年你再请，小酒馆就行。”

小刘夫妻俩一听就急了，说啥也不让大伟去结账，哪想到众人一致不答应，几个人摁住小刘夫妇，大伟掏出钱包，摇摇晃晃向吧台走去。

两分钟后，大伟回来了，一进门便神神秘秘地对众人说：“快，快，咱们快走！”

大家有些疑惑不解，忙问怎么回事，大伟也不回答，只是催着大家赶快离开。一行人急急忙忙走到街上，离饭店半里地了，大伟才“哈哈”大笑起来：“这个酒店的收银员今天真是晕头了，这样一桌饭，才收80元！”

众人一听，你望我，我看你，全傻了眼：吃了一辈子饭，还没见过这么晕的服务员——这么高档的饭店，这么一桌子菜，才收80元，这不是脑袋进水了吗？

在场的人中，只有小刘两口子笑不出来：为了能省钱，他们特意托了熟人，和老板商量了半天，老板才答应免收包间费，到时只点些素菜，其他的菜自备……

（题图、插图：安玉民）

**红版编辑部各编辑邮箱：**

姚自豪：yaobianji@126.com；
郑继文：zjw002@vip.163.com；
周　吟：keyin118@163.com；
吕　佳：lujia411@yahoo.com.cn；
叶小萌：xiaomeng.ye@gmail.com。

·第一推荐·

# 圆了一个谎

老张家住合肥，三年前他辞了职，当上了自由撰稿人，这样一来，人倒是自由了，但烦恼也接踵而来：周边城市的那些大学同学常常或公或私地跑来找他玩，谁让老张不用上班呢，完全可以当个义务“全职”导游！只要老张接到他们的电话，听到的头一句话必定是：“我在火车站，过来接我吧！”全是一副从不拿自个儿当外人的架势。为了尽地主之谊，老张常常滑到经济崩溃的边缘，这些人走后，他时常勒紧裤带，一天只吃一顿饭。现在，老张一接到同学电话脑袋就犯晕，吓得患了电话“恐惧症”，家里的电话响了他再也不接，打他手机，他就说在外地，你还别说，这法子还挺管用的，老张的经济状况渐渐出现了复苏的迹象。

那天下午3点，老同学费名打老张手机，两人寒暄的时候，老张听到费名的那头人声嘈杂，像是火车站，就不由自主地开始紧张了，这时，费名问道：“你在哪儿？”老张知道他在安庆工作，想都没想就应了一句：“我在南京，正参加一个笔会呢。”费名忽然惊叫起来：“这么巧啊，我也在南京出差呢！你住哪儿？”老张一听，脑袋当即就“嗡嗡”响了起来，他想，这下可坏了！

既然谎言开始了，那就得编下去，老张开始在脑子里“搜索”起来，突然想到网上见过的一个酒店名，马上接口说：“新街口的明日大酒店。”他刚说完，费名忽然爆发出巨大的笑声：“哈哈哈，天哪，不会这么巧吧，我也住这家酒店啊，我住317房，你几号房啊？”

老张听了差点晕倒，这辈子还没遇到这么倒霉的事，没办法，他只得继续往下编：“5……506号。”老张的“谎”越撒越远，心里慌得“怦怦”直跳。费名接着笑了笑说：“我是趁会议开到一半给你打的，6点我去找你，等我啊！”他说完就挂机了。老张立刻又打了过去，费名已经关机，显然，他又继续开会去了。

老张放下手机，呆若木鸡，心想“露马脚了，玩完啦！”老张想到大学时费名对自己的种种好处，顿时失魂落魄起来：如果被费名发现自己是骗他的，自己这辈子在同学面前就抬不起头啦！老张越想越不安，决心设法圆上这个谎！这时候，一个大胆的念头跳了出来——去南京！老张算了算，合肥离南京坐大巴只有两小时多一点的路程，如果包辆出租车一个多小时就能搞定。老张当机立断，随后立即从柜子里找出旅行包，往包里胡乱塞了几件换洗衣服，然后飞奔到楼下的银行，取出了仅有的2000元钱，接着他拦了一辆出租车，司机一听去南京，张口就要500元，讨价还价后降到350元。一路上，老张不停地催促司机开快点，结果下午5点不到一些，老张终于看见了“明日大酒店”的招牌。

老张冲到酒店的总台旁边，上气不接下气地问总台小姐：“506房……还空着吗？我要入住！”对方愣了一下，上下打量了老张两眼，然后说可以帮他查询一下。老张又看看表，豆大的汗珠直往下淌，他着急地催促着：“小姐，怎么样？”总台小姐查到506房确实空着，老张总算松了口气。开票的时候，总台小姐问老张为什么单要这个房间，是呀，这确实是够奇怪的呀，哈哈，该不会是毒贩约定的接头地点吧？这时候，老张已经感觉轻松了许多，他调侃地说：“初恋那会儿和女友住过，这次专程怀旧来啦！”对方听了笑了。

## 编读聊天室：众手浇开故事花

**武汉 肖巍薇**

我是一名高中生，妈妈为了提高我的作文水平，给我订了一年的《故事会》。说实话，看惯了装帧精美豪华的各类杂志，初次看到这本朴实无华的小册子，真是有一点不以为然。然而等我真正阅读了它之后，我才发现它竟是这样一位博学多才、幽默亲切的好老师。随着时间的推移，我越来越喜欢《故事会》了。每一次从信箱里取出《故事会》时，我都兴奋不已。我特别喜欢“3分钟典藏故事”，每一次写作文要举例子的时候，我都会引用几个，我的作文经常作为优秀范例在班中传阅。我还成了班级里的讲故事能手，同学老师都夸我很会讲故事，每天都有讲不完的好故事，我听了心里得意极了，这全是《故事会》的功劳啊!

**上海 高 婷**

看《故事会》也是一种学习，这是我读大学之后的一个新感悟。

我是中文系创作专业的大一新生，记得第一次上专业课时，老师推荐了几本专业书籍让我们学习，当他拿起《故事会》作介绍的时候，我们诧异极了，个个用疑惑、茫然的眼神望着他。他却说“一些好故事能激发我们的创作灵感，一些好素材能挖掘我们对生活的感受，这本杂志里有许多好的素材、好的故事，是值得看看的。”

那天放学时，我买了一本《故事会》，花了一个晚上看完之后，我发现，老师的话是对的，一本好的故事杂志的确能开阔我们的创新思路。现在《故事会》已经成为我们“学习”的课本。

---

上楼的时候，老张忽然感觉有点悲哀，心里嘀咕着：什么时候我变得一句真话都没有啦?

进入房间后，老张火速把包里的衣服拿出来晾好，洗澡、刷牙、倒茶、打开电视，快速地伪造好现场，接下来，他就一边看电视一边等费名。

直到晚上7点，老张的手机才响起来，费名在电话里问“你啥时候回合肥？”老张没好气地问：“我说你什么时候回来啊，我还等你吃晚饭呢。”忽然，费名“哈哈”大笑起来，他边笑边说：“哟，老兄，还当真啦！哈哈，骗你的。”老张一愣，忙问：“什么？”费名继续笑着说：“我下午陪老婆逛街，无聊才打个电话逗你开心呢，后来手机没电了，不过我九月初还真会去合肥，小姨子刚考上安大，到时要陪他们全家一起送她去，你可得领着他们好好玩玩啊!”电话那头，费名快活得就像一只鸭子。

老张在这个陌生的城市、陌生的酒店里，在一个静悄悄的房间里，在一张孤零零的沙发上，发起了呆……

（**作者**：吟 然 **推荐者**：兰 月）

（**题图**、**插图**：安玉民）

## 炮轰羽毛

一位元帅帐下有位年轻的将军，他不读兵书，不研究战法，但总是牢骚满腹地埋怨元帅不提拔和重用他。

一天，元帅对年轻的将军说“你随我到炮营，我们搞一次炮击训练。”将军跟着元帅来到炮营，元帅吩咐士兵送几枚炮弹和几堆羽毛来，于是士兵们搬来了炮弹和羽毛，元帅要将军把羽毛装进炮膛里，然后命令他点火开炮。炮响了，轰出了一团纷飞的羽毛，有的飘落在炮筒上，有的落在草地上，有的落在将军的头发和肩膀上，接着，将军连开了几炮，那些羽毛没有一根被轰到10米以外，围观的士兵都“哗”地笑了起来。

元帅接着又命令将军把一枚炮弹推进炮膛，然后开炮，只听一声巨响，炮弹带着火焰射出炮膛，在几百米远的地方爆炸了。

元帅转身问年轻的将军：“你回答我，为什么炮弹可以射到几百米之外，而羽毛却射不出10米远呢？”年轻的将军羞红了脸，答道：“因为羽毛太轻没有重量，而炮弹却有自身的重量。”

重量，才是我们在梦想中飞翔的翅膀啊！

（**作者**：李雪峰；**推荐者**：白淑贤）

## 陷阱不要太深

老鼠在背地里总是说青蛙的坏话，青蛙一直怀恨在心。有一天，青蛙来到老鼠家，利索地用绳子把自己和老鼠捆绑在一起，随后纵身朝屋外一跃，一个猛子扎到池塘深处。就这样，老鼠被拖入了水底。不一会儿，水面上浮起了老鼠的尸体。

就在青蛙洋洋得意的时候，一只老鹰俯冲而下，抓起池塘中的老鼠飞到树上，青蛙自然也被拖了出来，它拼命挣脱，但是无济于事，老鹰很快结束了它的生命。

这则故事告诉我们一个道理：给别人挖的陷阱不要太深，因为你自己也随时可能会掉进陷阱的。

（**推荐者**：湖北人）

## 一枝玫瑰的价值

丈夫工作压力很大，不足三十岁就未老先衰。有一天，妻子竟从他的头上拔下了一根白发，见到这白发，丈夫就仿佛被抽掉了筋骨似的，什么都提不起劲来。妻子暗暗着急，她向一位医师咨询，医师说这不是健康问题，于是为她开了一个药方。

晚上，丈夫下班回来，刚走进客厅，突然停住了脚步，脸上满是惊喜：茶几上新摆了一个晶莹剔透的水晶瓶，水晶瓶里精心插了一束红玫瑰。丈夫走上前去，用手轻轻抚摸那束玫瑰，显得快活无比“好美的花呀！好温馨的时刻呀！”就这么一分钟里，丈夫好像换了一个人！

妻子喜出望外，她衷心感激医师为她开了一张好药方，那上面写的是：“工作破坏了愉快心情，家庭就是补救的药方——用一元钱买玫瑰一束。”

（**推荐者**：谢丰荣）

## 把人关在笼子里

为了修建一座动物园，决策者举行了一个专家会议，讨论怎样才能捉住老虎，因为没有老虎的动物园注定是缺乏吸引力的，大家说了很多办法，但决策者依然感到不满意。

这时，有位学者站起来说“要把一只老虎关进笼子里，的确不是一件容易的事，但把一个人关进笼子里，却很简单——所以，其实老虎已经抓到了。”

包括决策者在内的所有人都听得莫名其妙，其实，这位学者说的是一个“变换”的原理：把笼子的内部变成外部，而把外部变成内部，不管哪里有老虎，都可以“捉”到。决策者恍然大悟，于是，这个大胆的想法催生了世界上第一个天然动物园，老虎和其他野兽在自然环境下生活，参观者则被“关”进活动的“笼子”——在密封的汽车里游览。

（**推荐者**：兰　月）

3分钟典藏故事推荐稿要求：1.立意清新隽永，富含真情至理；2.以叙事为主，一篇作品中要有一个精彩的情节或细节；3.篇幅500字以内。

推荐稿请注明原作者姓名以及推荐者的真实姓名、联系方式。所荐作品一旦入选，每篇即付推荐费50元。来稿可邮寄或用电子邮件传发给本刊各编辑。

**学写作文，可以从读故事开始**

说大事、小事,普通人的身边事
讲闲话、实话,老百姓的心里话

# 几个特别的『小偷』

老曹头是小区里看门的,要问他平时最恨什么,告诉你,老曹头平时最恨的是小偷。好端端的一个小区,就是因为几个小偷,闹得鸡犬不宁,难以和谐。当然,小偷也有各种各样,那一天,老曹头发现一个男子在小区里东张西望,那人穿得很破旧,手里还拎着一只蛇皮袋,行迹十分可疑。老曹头上前拦住了他,问他是干什么的,那人神色慌张,吞吞吐吐地就是不开口。

这时,好多人围了上来,七嘴八舌地议论着,也有人认为他是小偷,得赶快报警。就在这时,那男的突然大声叫了起来:“我不是小偷!”老曹头说:“你说你不是小偷,那你蛇皮袋里装的是什么?”老曹头说着就夺过那人的蛇皮袋,又把袋子往地上一倒,地上顿时撒满了一张张打印过的纸张……

那男的开口了:“我看见城里孩子用纸都只用一面就扔了,我想捡回去给我们村里的学生订成本子用。”

在场的所有人一听这话全都惊呆了,好久好久,大家才如梦惊醒一般,一齐弯下腰去捡地上的那些废纸,一张一张地放回蛇皮袋,因为大家知道,这些他们看来不值钱的废纸张,却可以承载好多乡村孩子的希望……

这真是一个特别的“小偷”故事,好感人。老曹头是小区的“老灵通”,那一天,他还讲了好几个“小偷”故事……

## •第一个故事•

### 房门上的特别记号

这个小偷故事，得从5号楼102室的张二毛说起。张二毛这阵子没啥好心绪，厂子经营不善，只好回家，下岗这些日子，郁闷极了，可眼下他更是气上加气：昨天来了一个推销剃须刀的人，说什么38块钱的剃须刀比几百块钱的进口刀还好使，那家伙巧舌如簧，竟把张二毛给骗得迷迷糊糊，心甘情愿地掏钱买了一款剃须刀。现在，脸刮好了，张二毛对着镜子一看，脸上竟然刮出血啦!

张二毛正气恼着，门铃响了，他从猫眼看去，嗨，不正是昨天那个推销剃刀的吗？来得好，正想找你哪！于是，张二毛赶紧开了门。

这推销员也是糊涂蛋，对着刮了胡子的张二毛，他硬是认不出眼前这人就是昨天买了他伪劣产品的那个冤大头。他走进客厅，坐在沙发椅上，“哗啦”一声就把大提包的拉链拉开，里面滚出各式的剃须刀，堆满了茶几。屁股没沾热，推销员就吹开了：“先生，这是我们公司最新研制的男士剃须专用系列，通过了ISO9001验证，每一款产品都为男士度身定做，而价格不到一般剃须刀的十分之一……”

张二毛微笑着看着他，冷不防从身后拿出那把沾着血丝的剃刀：“兄弟，就是这款吧，我昨天刚从你那儿买的。”推销员顿时惊得张大了嘴巴，提起包就要走，张二毛马上挡住了门口，说：“你那破剃须刀白花了我的钱不说，还刮花了我的脸，我刚下岗，正要打扮打扮，好出去找工作，这副模样你让我怎么出门？”

推销员苦笑着从包里掏出一副新的剃须刀，说：“先生，咱也是挣口饭吃，就换副新的给你吧。”张二毛一听，火一下冒了起来：“谁要你那破玩意儿，今天你不赔我100块钱就休想出这个门！”推销员自知理亏，苦着脸从兜里掏出50块钱，说：“先生，我口袋里就这么点钱，你掏了38块，多出的12块就当是赔给你的精神损失费，行不？”张二毛把钱抓在手里，使劲把推销员推出门外，狠狠地骂道：“王八蛋，龟孙子，好好认认门，别再撞进来了！”

张二毛把钱放在兜里，心里暗自得意：其实只要小心些，那剃须刀还是可以用的，这下轻轻松松地赚了50块钱。张二毛得意地哼起了小曲儿，哼着哼着，他又从猫眼里瞟了一眼门外，见那个推销员还没走，正站在门外，对着防盗门傻子一般地嘀咕着什么，于是，张二毛“砰”一声把门打开，大声喝问：“你还站在这干吗？”

推销员讪讪地说：“我上次用粉笔在你门上打了个‘√’，意思是这户人家已经推销过了，不知为什么现在

却成了‘×’，这‘×’的意思是这户人家没有推销过，所以我刚才……”张二毛用手把那个“×”抹掉，抢过推销员手里的粉笔，重重地画上一个“√”，因为用力重了，“啪”，粉笔断了几截，张二毛大声嚷道：“这下行了吧？下次你可要认准了！”

张二毛回到房里没多久，门铃又响了，开门一看，原来是一个送水工，正气喘吁吁地托着一桶水站在门外，张二毛有些纳闷，他没叫人送水呀，于是他便扯着嗓门对送水工说：“我啥时叫你送水啦？”

送水工指着防盗门上的“√”说：“错不了，这打着‘√’呢，意思就是这户人家要送水。”张二毛恼火了，说：“什么呀，那是推销破剃刀的推销员打的记号，意思是已经推销过了，你也凑这个热闹干吗？”送水工放下肩上的水，狠狠地把那“√”抹掉，捡起地上的粉笔，重重地打了个“×”，嘴里骂道：“臭推销的，也学大爷打记号！”

送水工气呼呼地走了，张二毛回到了屋里，眨眼间，墙上的挂钟敲响了十二下，一会儿，儿子东东放学回来了，张二毛见他手掌上全是白白的粉笔灰，问是怎么回事，东东撅着嘴巴回答说：“刚才谁在咱家门上画了那么大一个‘×’？每回我做错题目，老师都打这样的‘×’，我最讨厌它了，所以我把它改成‘√’了。”

张二毛一愣，没顾得上说明事情的原委，便催着东东吃饭，东东吃完饭又上学去了。张二毛洗完碗筷后，看了一会电视，就回卧室睡午觉。正迷迷糊糊着，忽然听见“当啷”一声，好像自家的门被打开了，接着还听到有人进屋的声音，他不由警觉起来：这个时间，老婆和孩子都不可能回家，到底是谁这么大胆子闯进门来？张二毛浑身的汗毛立即竖起：莫非是有贼进了门？他

小心翼翼地穿好衣服，蹑手蹑脚地走到卧室门口，从门缝里望去，只见两个大汉昂首阔步地走到了客厅，一个四处翻箱倒柜，另一个则大模大样地从冰箱里取出一罐啤酒，躺在沙发上舒舒服服地喝了起来，正在翻东西的那人不满地对喝啤酒的那家伙嘟哝道：“死黑子，你以为这是你家呀，还不快干活！”被称作“黑子”的那人猛喝了一口啤酒，仰面朝天喷了口酒气，得意洋洋地说：“我说柱子呀，你忙什么忙，你没见我画在门上的‘√’吗？打上这个记号，就表示这屋里的主人今天不在家，你急啥，再睡个觉都来得及。”

张二毛顿时明白怎么回事了，怪不得这一阵子小区的几起入室盗窃案都让小偷得逞了，原来他们事先踩好点，又在门上作好记号。昨天那个推销员在门上打上“√”后，又被来踩点的那个“黑子”改成“×”，表示这屋里有人，不宜作案，那个推销员见了“×”，以为这一户没推销过，这才第二次上了门。后来，张二毛把“×”改成了“√”，结果把送水工招上了门，送水工把“√”改成了“×”，东东又把“×”改回了“√”，结果小偷误以为这屋里没人，所以才敢光天化日之下进来作案！

想到这里，张二毛暗自发笑，便偷偷摸出身边的手机，压低声音给110打了电话。五分钟后，两名警察出现在家门口，两个小偷装腔作势，谎称自己就是这屋的主人，就在这时，张二毛打开了卧室的门，乐呵呵地瞅着两个小偷，说：“你们是主人，那我呢，我难道是贼吗？”

两个小偷惊得瞪大了眼，那个“柱子”骂道：“死黑子，你是怎么踩点的？”

“黑子”哭丧着脸说道：“被我作记号的住户都是我观察了好久的，不可能出错呀！”

两个小偷上了铐，被警察带走了，张二毛乐了：为了抓捕小区里这几起入室盗窃案的犯罪嫌疑人，警方悬赏了一万块钱呢！

**•第二个故事•**

## 一起奇怪的盗窃案

“本源小区”原是一家国有企业的职工住宅区，其中的8号楼下，有一排用石棉瓦搭建的小平房，8号楼上的住户每家各有这么一小间，用来存放杂物的。当年，房管部门将住房交给住户前，为了防止住户们乱挑乱占，就用油漆在这些小平房的门上标明了所有者，当时写的人和住户都是一个厂的，虽不一定知道户主的姓名，却晓得他们是干什么的，所以这些小平房的门上就写上了“李车工”、“王管道”、“方电工”之类字样，只是标明归属而已，有一户人家女方在厂里工作，男方是市医院一个很有名声的医生，门板上书写的文字便是“胡医生”三个字。

当时，居民们入住半年后，一天晚上，8号住宅楼下面的这些小平房被盗了，18间平房被橇开了17间，唯独胡医生的平房幸免，尽管小平房中都没放什么值钱东西，但毕竟丢失了财物，于是就有人到派出所报了案。

大家都很纳闷，连胡医生自己也觉得挺奇怪的：18家被偷了17家，为什么就自己家没被偷？妻子说：“说不定小偷是被你救治过的人，看到咱门上的标记后，知恩图报才手下留情了。”

胡医生说：“贼要是有这般良知，恐怕就不会做贼了！”

这个案子最终没破，因为是鸡毛蒜皮的小案，慢慢的，大伙也就不提了。这事一搁就是十年，这十年间工厂转制了，职工住宅区也改成了“本源小区”，但楼下那排小平房依然如故，房门上用油漆书写的字迹依然十分醒目：李车工、王管道、胡医生……

就在人们渐渐忘记了这起盗窃案的时候，在一个月黑风高夜，这排小平房再次被盗，而且奇怪的是：这次被盗的却只有胡医生一家！

这个时候胡医生已经退休了，儿子读的是医科大学，毕业后也当了医生。小胡医生十分纳闷儿：怪了，为什么只偷我们一家呢？胡家向派出所报了案后，一家人琢磨开了，可琢磨来琢磨去，就是弄不明白这18户人家中，小偷为什么偏偏要偷他们家？这光景恰好和十年前打了个颠倒呀！莫不是这贼受平均主义影响太深，十年前偷了别人单单没偷胡家，觉得不公平，所以这次才又单独杀上门来？当然，这是玩笑话。

令人欣慰的是：这第二次盗窃案很快被侦破了，经审问，十年前后的

两起案子竟然都是一伙人作的案，老胡医生觉得这事很蹊跷，就到派出所打听，派出所的警察说：这事作案的小偷全交代了，十年前，行窃时看见门上有“医生”两个字，就觉得医生救死扶伤、令人敬仰，不忍心下手；十年过去了，社会在变，医生这个行业也在变，当然，大多数医生是好的，但也有少数医生少了点医德，一门心思想着赚钱，他们现在可比当年的李车工、王管道有钱了……

老胡医生一回到家就对着儿子训开了：“你小子听好了，往后你再收病人的红包，老子和你没完！”

## •第三个故事•

## 偷偷溜进你的家

陈亮两口子外出打工多年，原本打算在县城里买了房子后就在城里做点小生意，不再出去了，不料县城里房子的价格也打着筋斗往上翻，买了房子后就没做生意的本钱了，没办法，陈亮两口子在新房里只住了一晚上，就又外出打工去了。

腊月二十八这天，陈亮两口子回家过年来了，他俩提着大包小包，气喘吁吁地走到家门口，嗨，怪事来了，这房门说啥也打不开，这可是自己的家呀，这门上的锁怎么就开不了呢？就在他们不知所措时，突然，对门邻居的房门猛地打开，从房里冲出一男一女，手里拿着扫帚、拖把，不问青红皂白，对着陈亮两口子就打，一边打还一边高声喊着：“抓贼啊，抓贼啊……”

两人这么一喊，楼上楼下的人立马赶了过来，劈头盖脸就是一通乱打，陈亮被打懵了，一手护着老婆，一手护着头大叫着：“错了，错了，我们不是贼！”

众人听到这话，一齐住了手，对门的邻居显然不信，凶巴巴地喝问道：“不是贼？那你们在人家门口又敲锁又弄门的干什么？我在猫眼里注意你们很久了！”

陈亮大叫冤枉：“这房子本来就是我们的！年初才买的，买了后就出去打工了！”

众人一听，纷纷笑了起来，说：“他娘的装得还挺像哩，揍他！”说着，又要动手，陈亮又急又气，赶紧叫老婆打110，众人一听笑得更厉害了，有人说：“不用你操心了，110马上就到！”

警察果然很快就到了，没等陈亮开口，对门邻居连忙挨到警察身边说开了，原来当时陈亮两口子前脚一走，后脚就有一个小伙子住进了这套房子，小伙子姓王，自称是乡下来的，说是在外边打工回来后买了这套房子。小王看上去纯朴而老实，心地好，特别喜欢帮忙。三楼老太扛不动米

袋，他帮；五楼的大爷搬不动水果箱，他帮；七楼家的电视机不显影儿了，他二话不说就帮着抱到了修理部；有一次他回家，看见两个小青年靠在对门邻居家的门口嘀咕着什么，他心里起了疑，不动声色地进了自家的屋，悄悄从猫眼里监视。

两个小青年果然有了动作，开始撬邻居家的门，于是小王一把拉开门冲了出去，把其中一个死死摁在地上，另一个拔腿就跑了。刚巧邻居回来了，扭住一问，果然是小偷！小王在这幢楼里住了近一年，与楼上楼下的邻居们相处得很是融洽。前天，小王跟大伙儿打招呼，说要回乡下老家过年，还托大伙儿帮他照看房子呢！

陈亮一听说家里竟住进了一个听都没听说过的人，情绪更加激动起来，拨开众人挤到警察身边，气呼呼地把情况又说了一遍，请求警察处理那几个殴打他的邻居，警察不动声色，斜着眼儿，冷静地把陈亮两口子从头到脚打量了一番，又看了看他们脚边的包包，一时有些分不清真假。

警察顿了半晌问陈亮："你说这房子是你的，你有证据吗？把你的房产证和身份证拿出来看看！"

众人一听，恍然大悟似的附和道："对，让他拿证据出来看！"

陈亮马上拉开地上的包包，翻出两张身份证递给警察。警察仔细看了后，又伸出手冲他要房产证，陈亮顿时傻了眼，谁会带着房产证到外边打工啊？

任凭陈亮如何解释，警察只是不信，警察说："你拿不出房产证，咋能证明这房子是你的呢？"

天哪，这房子明明就是我的，还要啥证明？陈亮双手抱头叫起屈来，他的房产证就放在卧室里的床头柜内，只有一门之隔、几步之遥，可他

开不了锁进不了屋，咋拿得出来啊？

警察又把陈亮盯了半晌，看他不像是在作假，想了想，就问邻居们，这小王的老家在哪里，有没有电话之类的联系方式，邻居们听了，你看看我我看看你，一时全愣住了。还别说，平时熟得跟一家人似的，可谁都没留意过这事儿，大伙儿只知道他叫“小王”，别说是哪里人，连他的全名叫啥也不知道！

眼下情况特殊，警察想了想，就叫来了小区里的一个开锁匠，把门开了。门一开，陈亮拉着老婆就往屋里冲，警察和其他的人紧跟在后面。陈亮两口子进了屋后立刻呆住了，在他们的想象中，走了这么久，屋里又进了人，不知会乱成啥样，可眼前的情景却大大出乎他们的意料：屋里窗明几净，地板亮得照得出人影儿，四处收拾得整整齐齐，电视机、冰箱上竟然还罩上了布罩子！

陈亮从床头柜里拿出房产证给警察看，警察见陈亮果真是这房子的主人，自然消除了怀疑，并再三道歉，可这样一来，问题又来了：这小王到底是谁呢？如果是小偷，那应该是偷了东西马上就转移，哪会在这里安营扎寨、一住就是一年呢？

就在这时，有人在客厅里叫了起来：“这里有张条子！”陈亮和警察奔过去一看，只见茶几上果然留着一张纸条，纸条上边还搁着套在一起的三把钥匙，钥匙下面压着几张百元钞票。

陈亮拿起纸条轻声念了起来：“尊敬的房主，我是一个进城来打工的农民，没经过你的同意进了你家，请你原谅。我的家离城比较远，每天来回太远了，累人不说，时间也来不及。你的房子是我们村里的人装修的，知道你装修好就要到外边去打工，房子空着太可惜了，城里的房租又太贵，我租不起，就偷偷翻窗进来了，进来后我把防盗门的锁偷偷换了就住下了。本想等你回来后当面说明，可你一直没回来，我要回家过年，只得先走了。我只是晚上在这里住，没动过你家里的东西。钥匙一共三把，放在茶几上，另外留下六百块钱，算是租金，少了点，请你原谅。最后，祝你春节过得愉快！ 小王。”

这简直就是天方夜谭里的故事啊，信念完了，众人听得目瞪口呆，谁都没有开口说话，大家的心里，像打翻了五味罐，不知道是啥滋味……

*开篇故事提供者：张广墅、雅馨；“房门上的特别记号”作者：王猛；“一起奇怪的盗窃案”作者：尹全生；“偷偷溜进你的家”作者：夏天翔。*

（**题图、插图：**刘斌昆）

□海 斌

# 黑暗中有一双眼睛

那年我十八岁，在师范学院读大一。那一阵子，接连几天晚上，寝室里的三位兄弟不到九点钟便兴冲冲地从教室跑回来，将门反插、熄灯，然后悄无声息地扒在窗口向对面楼窥视——那里是女生宿舍！我们那个年代，青春年华，充满着对异性的好奇，其实也看不到什么出格的情景，无非是一些生活场景而已，可我的眼睛是高度近视，即使是这些“常规”场景，我也是无福欣赏啊！

那天逛商场，我无意间看到了一架双筒望远镜，经过反复思想斗争，我最终咬紧牙关拿出这学期三分之一的生活费将那宝贝买了回来，藏在书包里不敢声张。当天晚上刚上自习不久，我借口肚子疼溜回寝室，插门、熄灯，又从箱子里取出那宝贝，随即就向对面的女生宿舍“瞄”了过去……我的心脏“扑通”“扑通”，几乎要跳出嗓子眼儿，浑身上下颤抖不止，紧张哪，一种负罪感油然而起，但我很快就自我安慰起来：我不过是想满足一下好奇心，仅此而已……

这望远镜果然神奇，顷刻间对面女寝室内的情景就历历在目了，就在这时，借助校园内路灯的亮光，我发现了一个未开灯的异常窗口，里面仿佛有两个人影，没错，而且是一男一女！我顿时警觉起来：黑咕隆咚的，这一男一女在屋里干什么呢？望远镜中，我渐渐发现那个女子很眼熟，是同系的一个师姐，那个男的却从未见过，他手里好像还拿着什么东西在比

划着……我又仔细地调着焦距，终于看清了，那男子手里拿的竟是一把匕首！我们学校地处僻静的半山腰，近来传言女生宿舍时有不明身份者混入，正闹得人心惶惶，没想到今天让我遇上了！此刻那师姐在匕首的胁迫下情势十分危急，她不敢大声呼救，看样子只能想办法和歹徒周旋，于是，我急忙拨通了学校保卫处的电话……

可是保卫处那些人毕竟不是专业的警察，等他们赶到女寝室，也许是异常的动静惊动了歹徒，他们扑了个空，但不管怎么，总算是及时制止了一起恶性事件，我立了一次大功，当天夜里，保卫处处长把我大大地赞扬了一把，当我春风得意地走出保卫处时，身后传来了甜美的声音：“请等一等好吗？”

我回过头来，看到站在面前的正是那位刚才在望远镜中窥视到的师姐，她可是闻名全校的校花，是公认的美人坯，寝室里的哥们曾经打赌：谁能和她目光相对三秒钟，打扫寝室等一切杂务全免，可此刻她居然就这么近距离地、久久地站在我的面前！

师姐笑吟吟地开口了：“看不出来哦，你戴着这么厚的眼镜，视力倒蛮好的，居然能看到在我寝室里发生的意外？”师姐的这一句话让我禁不住打了个寒颤：莫非她已经知道我举着望远镜在偷窥？我不敢正眼看她，低下了头，吞吞吐吐地勉强说出了半句话：“师姐，这件事最好别告诉别人……”师姐“扑哧”一笑，扬长而去。

有时，我们系四个年级在一栋小楼里上课，那天师姐和我迎面相遇，她热情地和我打招呼，班里的哥们惊奇得大眼瞪小眼，居然妒忌起来，当天回到寝室，哥们就像对罪犯一样严厉地命令我道：“从明天起，寝室里扫地打水一切脏活累活都归你！”哥们联合起来对付我，没办法，我只得把寝室里的杂役全包揽了，虽然累些，但能和漂亮的师姐、心仪的校花交朋友，我心里还是甜蜜蜜的。

“劫匪事件”似乎一直被封锁着消息，无人提起。这天，学校的保卫处长一脸严肃地将我叫进办公室，沉默了足有三分钟，他指着对面的机关楼问我：“你看，三楼左数第二个窗口那个人是哪位校领导？”

我预感事态不妙，可惜眼睛不争气，再怎么使劲看，保卫处长所指定的那个窗口在我眼前始终是一片迷糊，我支吾了半晌，硬着头皮说：“我的视力不太好，那人不是王校长就是张书记吧？”

“嘿嘿……”保卫处长冷冷地笑着，“其实那窗口里根本就没人！说吧，那天晚上你在宿舍里是怎么发现对面女寝室中有人行凶的？当时日光灯没开，案发现场漆黑一片呀！”

我的脑里轰然作响，完了，偷窥

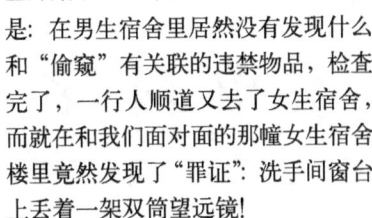

丑行终于行将败露，到了这个时候，我只能虚张声势地大声辩白起来：“怎么？怀疑我做了什么见不得人的事？简直是天方夜谭！你可以去调查，查实了枪毙都行！”我一边说，一边“啪啪”地拍着胸膛。

处长见我口气这么强硬，说话的语气就缓和了下来：“可是，你眼睛这么近视，怎么能发现对面楼里有人在行凶呢？这是公安局提出的疑点，让我们协助调查……这样吧，你先回去想想，唉，真出了什么事我们脸上也不好看呢！”

我有气无力地走出了保卫处处长的办公室，没走几步，远远看到师姐在前面等着我，师姐看到我垂头丧气的样子，就追问起来：“那天的事不是已经说清楚了吗，保卫处为啥还找你？都是我不好，给你惹来这么多麻烦……”

听师姐这么一说，我的鼻子酸酸的，泪水几乎要涌出来：“不，师姐，是我对不起你……你等着——”我飞快地跑回寝室，从箱子里取出那架双筒望远镜，又返身回去，把望远镜交给了师姐，然后将自己偷窥的经过一五一十全“招供”了……

几天后的一个晚上，快要熄灯时，男生宿舍楼得到秘密情报：个别人偷窥的事被校方知道了，校长异常愤怒，果然，当天晚上，校长、教务处长、舍务处长、保卫处长几位大员亲临男生宿舍，一场突击检查开始了，可令他们奇怪的是：在男生宿舍里居然没有发现什么和“偷窥”有关联的违禁物品，检查完了，一行人顺道又去了女生宿舍，而就在和我们面对面的那幢女生宿舍楼里竟然发现了“罪证”：洗手间窗台上丢着一架双筒望远镜！

不用说，这正是师姐放的，师姐聪明地转移了校方的视线，使我摆脱了困境。从此，校园内再也没有发生偷窥事件，这倒不是校方的监管如何严厉了，而是大家真正明白了：当你偷窥别人时，或许也正被另一双眼睛窥视着！

一切风平浪静，我想终于可以坦坦荡荡地面对师姐、向她倾诉我的心声了，可是，师姐却有意躲着我，我心灰意冷：我的偷窥之举真的不可饶恕吗？我一直无缘亲近师姐，这种状况一直持续到毕业、分手。

前几天我在单位意外地接到师姐的电话，她邀我参加她的婚礼，而见到新郎的一刹那我惊呆了：他不就是那天晚上望远镜中的那个“行凶者”吗？原来那天晚上我在望远镜中偷窥到的，其实仅是一次体现了男性智慧和勇气的疯狂“求爱秀”……

我将杯中酒一饮而尽，如释重负：这世界真奇妙，不该知道的事最好别去猎奇，偷窥就更不应该啦……

（题图：魏忠善）

# 不当孙子 要当爷

□孙新峰

## 冤有头，债有主

周六下午，俞红和丈夫刘大明两口子逛商场，碰见了三个熟人，她们都是俞红昔日的闺中密友，无话不谈，只是现在各自受工作、家庭羁绊，相聚的时间少了，今天能意外相逢，几个姐妹高兴极了。

寒暄一阵，俞红说："相请不如偶遇，今天都上我家吃晚饭去，咱们好好聚聚。"姐妹几个一听，爽快地答应了："就兴男人在外面应酬呀，咱们也该应酬应酬呀！"于是各自往家里打电话交待起来，等她们说完，刘大明的手机响了，他看了看号，赶紧接听："什么事？"他听了没两句，脸色顿时黯淡下来，说："我还以为你要还钱呢。"一旁的俞红问道："是朱京生吧？"刘大明点点头："他说要请我吃饭。"俞红"哼"了一声："钱赖着不还，吃顿饭算怎么回事？不去。"

说起这朱京生，俞红就满肚子气。朱京生跟丈夫是老同学，心眼活，喜欢捣鼓生意，四年前他向刘大明借了六万元钱进货，那可是俞红两口子工作几年的全部积蓄，说好是周转两个月，没想到朱京生生意弄砸了，赖起账来，一拖就是四年。

事情坏就坏在刘大明把借据弄丢了，借钱头一年，刘大明是大爷，朱京生是孙子，每次见了刘大明都是一

副哭相，喊苦叫穷，刘大明还能怎么着？总不能把人往绝路上逼吧？到第二年，朱京生有些耍赖了，总是说："生意不好，没钱，缓过劲再说。"到第三年，刘大明抹下脸，把朱京生约到江边谈判，说再不还钱，就到法院起诉。当时，刘大明挺激动的，手举着借条直晃着，没想到这个时候恰好一阵急风刮来，借条一下子脱手刮进了江里，这下，刘大明傻眼了，这无凭无据的还说得清吗？果然，朱京生咧开嘴笑了："愿告就告吧。"从那以后，朱京生就成了大爷，刘大明变孙子了！

到了今年，单位效益越来越差，刘大明也想做点生意，需要本钱，又去找朱京生，没想到朱京生脸皮贼厚，说："我不欠你钱呀！"刘大明气得要跟他玩命，朱京生欺负他没胆，口气挺硬地说："有气你就操刀子砍吧，反正我现在是要钱没有，要命一条。"刘大明还真的没这个胆，钱没了，再为朱京生这个无赖泼皮搭上一条命，不值。

这档子事，那姐仨也都知道，所以，她们一致劝说刘大明去赴朱京生的宴，没准朱京生良心发现，想还钱呢，她们这么一说，刘大明还真的去见朱京生了！

一帮子人到了俞红家，姐妹几个互相搭手忙了起来，很快就弄了一桌丰盛的晚宴，正准备开吃，俞红的电话响了，听了一阵，她大声说："饭都没吃就喊打牌？要打牌我这已经够一桌了，不来了，你自己找人吧。"俞红挂了电话后，对三个姐妹说："吃完饭，咱们也玩玩牌。"大家马上响应，于是，四人饭后开始了围城大战，姐妹们难得牌场相聚，兴致很高，挑灯夜战，一直到天亮才收兵，也就在这时，俞红突然嘀咕了起来："这个大明怎么一夜没回来？"她马上打刘大明的手机，关机了，再打朱京生的电话，朱京生告诉她：两人喝完酒，一块到江边散了一会步，后来刘大明就自己离开了。

俞红睡了一觉起来，都快黄昏了，仍没有刘大明的音讯，这天是星期天，到了星期一，俞红打电话到刘大明的单位，仍然没有音信，她急了，干脆去了派出所。

警察一听，这才过了两天呢，不能认定就失踪了，没有立案。俞红又打电话找姐妹诉苦，姐妹提醒说："不会是朱京生想赖账，把大明害了吧？"俞红"哇"地就哭了，赶紧又去派出所报案。警察听她这么一说，重视了起来，马上找来了俞红的那三个姐妹，证实了刘大明和朱京生的确有这么一层恩怨，而且那晚刘大明确实是被朱京生叫去喝酒的，刘大明也的确一夜未归。这一下问题严重了，案情迅速上报，公安局刑警队即刻传唤了朱京生……

朱京生听警察一说，吓坏了，欠债的事也不敢再隐瞒，赶紧把事情的经过全说了，他说，他请刘大明喝酒没别的目的，就怕把刘大明逼急了，想借此缓和一下关系。酒桌上，刘大明提过钱的事，朱京生还是装聋作哑、老调重弹，刘大明一气之下，喝了不少酒。

之后，朱京生就陪着刘大明到江边散步醒酒，在草地上坐了一会，刘大明忍不住吐了，就到江边去漱口，朱京生当时没跟过去，过了一会，就没见刘大明的人影了，朱京生以为他恼着自己，不想多搭理，先独自回家了呢。

这当然是朱京生的一面之词，只能听听而已，警察赶到现场，果然发现呕吐物的残迹，证实了朱京生的部分供词。警察问："刘大明是不是失足坠江了？"

朱京生答道："没听到声音。"

"你当时怎么没跟他到江边去？"

"哪敢呀，那就是他掉借条的地方，我怕他触景生情，一怒之下把我给杀了，再抛到江里去。"

警察瞪了朱京生一眼，半真半假地说："也许是你趁他漱口，把他杀了，再沉尸江中。"

朱京生委屈极了："我干吗要杀他呀？六万块钱又不是还不起呀！"

尽管朱京生态度老实，但有杀人动机，有作案嫌疑，最后警察还是把他拘留了。随后，警方开始调查、取证，并部署力量，在近岸打捞，在下游寻找浮尸。

不久，拘留的期限到了，警方的调查没有进展，虽然朱京生有重大嫌疑，但整个过程太明显了，不像预谋，也可能是在江边起了争执，临时动杀机，但毕竟只是推断，没有任何证据，所以，给朱京生办了个取保候审。至于刘大明，也可能是酒醉迷失方向，稀里糊涂往前走，失足掉到江里去了。案子没有定论，警方仍在侦查，但俞红急了："肯定是让姓朱的给害了，就算真的失足掉到江里，也是因为他，我要告他！"

说告就告，俞红一纸诉状把朱京生告上了法院。俞红咨询过，这类案件刑事诉讼是公诉人的事，不能自诉，所以她提的是民事赔偿诉讼，包括追讨债款及精神赔偿。对于前者，法院予以支持，并认定朱京生有偿还能力，判决限日连本带息偿还。至于后者，虽然刘大明失踪与朱京生存在因果关系，但目前仍属侦查阶段，尚无定论，不予支持。

再说自从借据打了"水漂"后，朱京生一直不承认欠债，但经过这件事，他早就一五一十向警方作了交待，落了口供，也不敢抵赖了，他赶紧把账还了。

转眼，三个月过去了，这段日子俞红怎么过的，朱京生不知道，他自己可是度日如年，顶着个取保候审的帽子，天天在人家怀疑的眼光中度日。不过，他的性情也因此变了，待人接物非常诚恳，生意反倒有了起色。

这天，一位朋友突然给他带来一个消息：刘大明有下落了！原来，这位朋友到深圳出差，两天前在一家工厂里见到了刘大明，刘大明好像失忆了，能认人，但记不起以前的事了。朱京生一听，激动得要哭，赶紧问清了刘大明的地址，迅速赶往机场，他要抢在俞红、警察或刘大明单位的前头，亲手把这个冤家提溜回来！

## 谁是无赖

朱京生到了深圳后很顺利，他找到了那家工厂，找到了那个令他生不如死的冤家对头刘大明，这会儿，两人又打了个颠倒：刘大明是大爷，朱京生成孙子了！

两人见面的那一刻，朱京生真是百感交集，他嚷道：“你这个王八蛋，是真失忆了还是假失忆，知道我是谁吗？”刘大明倒非常冷静：“烧成灰都认识，朱京生嘛！”

朱京生问刘大明是怎么到这来的，刘大明说，他当时用江水漱口后，胃里仍不舒服，就沿岸边猛跑了一阵，停下后觉得头痛欲裂，想把脑袋浸到水里清醒一下，不留神一头栽江里去了，等他挣扎着爬上岸，什么都记不起来了。以后，就稀里糊涂上了火车，到了广东。不过，自从见到那个熟人后，以前的事想起来不少。

这可能是脑袋遭水呛后引起的短暂失忆吧，朱京生忍不住大叫：“那你干吗不回去？”刘大明说：“我跟老板提了，他说我刚来不久就想跑，要扣我最后一个月的工资，我舍不得，想多干一阵。”

朱京生马上找老板交涉，把前因后果说了，老板很通情达理，准予辞工，让刘大明去财务结算工资，之后，

朱京生截了辆的士，带着刘大明直奔机场。

就这样，刘大明失踪三个多月后又回来了，之后是例行程序：刘大明陪朱京生去了公安局，公安局给朱京生出具了解除取保候审的相关证明，对刘大明失忆的说法，公安局没有深究，这在科学上解释得通，何况刘大明说话还有些颠三倒四，也问不出啥来。朱京生摘掉了取保候审的“帽子”，激动得不知怎么好，非要给刘大明“洗尘”，一是庆祝他的“回归”，二是庆贺自己的“新生”。

酒至半酣，朱京生越想越不是味，心里又有点不平衡了：“妈的，老子凭什么要请你呀？这都是你害的。我只是洗脱了冤名，可这几个月受的委屈找谁补偿去？”

刘大明淡淡地说：“那我就给你讲个故事作补偿吧。”

接着，刘大明说起了他的故事：“那天，你请我吃饭，我觉得机会来了。在见你之前，我用公用电话给老婆打了个电话，告诉她酒桌上我会找你要钱，你答应便好，不答应我就消失、打工去，反正那工作我早就不想干了。我还交待她，尽量邀那几个姐妹一块打牌，打一夜更好，好证明我彻夜未归；另外，她们也能证明你请我吃饭、欠我的钱。”

听了这些话，朱京生一下瞪圆了眼。

刘大明继续说：“当然，你还是不想还钱，我只好按计划消失。我故意装醉，喊你到江边一块散步，又到水边漱口，趁你不注意偷偷地跑了。之后，上了去广州的火车，反正那天逛商场，身上带了一千多块钱，够我玩几天的，至于我为什么要这么干，你自己想想吧。”

这还用想吗？朱京生全明白了，敢情自己掉进了刘大明的圈套，他是在用这种手段讨债呀！

朱京生越想越恼火，恨不得对着刘大明一拳捶去，这时，刘大明又说：“后来，我打电话问俞红情况，她说要等待最佳时机，我就随便找了份工作干。直到遇上那个熟人，我知道我该回去了，可老板不愿意，我可不能给他白干，就等警察来做工作，没想到是你先来了，不仅帮我结了工资，还请我坐了趟飞机，又请我吃了顿饭，这……这怎么好意思嘛，那就当是你对我的精神赔偿吧，再说那几年，我在你面前可真是‘孙子’！”

这才是得了便宜又卖乖呢，朱京生肺都要气炸了：“他妈的，我要去告你。”

刘大明说：“告什么？到哪我都说失忆了；还有，你凭什么告？因为欠债不还呀？说出去挺光彩的？”朱京生一下子泄气了。

刘大明嘴上说得挺硬，心里还是虚的，自己所做的，可是谎报案情、拿

## 2007年《〈故事会〉最有影响力的故事》征文启事

### 四大奖励措施　稿酬外追加千字1000元奖金

为鼓励多出优秀作品,《故事会》杂志社决定继续举办2007年《〈故事会〉最有影响力的故事》征文大赛，并对优秀作品实行四大奖励措施:

1. 入选作品除在杂志上发表外，还将收入《〈故事会〉2007年最有影响力的故事》一书。2. 入选作品可得两笔稿酬: 在《故事会》杂志发表的作品，首发稿酬每千字400元; 获“《故事会》最有影响力的故事”优秀作品奖，再追加每千字1000元。3. 入选作品均颁发奖励证书。4. 本刊将邀请有关作者参加年底的颁奖大会,所有费用均由编辑部承担。

征稿范围: 1. 具有现实感、新鲜感且可读性强的中短篇（包括超短篇）原创作品; 2. 故事性强、有口传性、能引起读者兴趣的推荐作品。

超短篇（如幽默故事）的字数一般在1500字以内，短篇（如中国新传说）的字数一般在5000字以内，中篇故事的字数一般在15000字以内。

来稿方法: 1. 从邮局寄发，请在信封上注明“征文大赛”字样，本刊地址: 上海市绍兴路74号《故事会》杂志社，邮编: 200020。

2. 从网上传递，可寄以下信箱: wulun@vip.sohu.net，请在主题上注明“征文大赛”字样; 也可直接与有关责任编辑联系，本期责任编辑的信箱是: xiaomeng.ye@gmail.com。

---

警察开涮，传出去也得吃不了兜着走。

两人沉默了好久，刘大明“咕”地灌了一大口酒，说:“实话告诉你吧，当时我打算买个注射器，抽一管血，在呕吐后装作不支，爬到水边，偷偷把血洒一路，这样，警察肯定以为你拿刀捅了我，又拖到江边，抛进江里抛尸江底，到时，你跳进黄河也洗不清，不判个死缓，也得一直关下去，最低也是个监视居住什么的，可我还是不忍心哪，唉，毕竟咱们朋友一场啊！”

这番话说得朱京生背后阵阵发凉，他越想心里越堵，一个大老爷们竟委屈地哭了:“刘大明，还有你老婆，他妈的真是一对无赖呀！”刘大明情绪也激动了起来:“你以为我想这样啊？如果你不耍无赖，我能用这种无赖的方式对付你吗？希望你以后做人实在点，那样咱俩还是朋友。”

事过之后，本来刘大明收回巨额欠款后可以安稳过日子了，可是没多久，他谋划的这起“失踪案件”在当地都传开了，他顿时成了众说纷纭的有争议人物……

（题图、插图: 魏忠善）

（本栏目欢迎来稿。来稿可从邮局寄发，也可从网上传递。如为电子邮件，请发以下信箱: xiaomeng.ye@gmail.com）

· 中国新传说 ·

# 草原上的情人节

□孙高群

刘斌是一位援藏的上海籍教师，大学毕业就去茫茫大草原教书，已经两年多了。听到自己的同学在繁华的城市有的已经成家立业，有的工作上业绩辉煌，刘斌的心里难免有点酸溜溜的，他已经多次要家人找人往回调动，可至今还无音讯，眼看情人节要到了，心中不觉平添了几分孤独。

“叮铃铃”上课铃响了，刘斌走进教室，看见满屋子里全是一双双渴求知识的眼睛，刘斌忙打起精神开始上课。这是一节美术课，孩子们一边画画一边和刘斌聊起天来，没出过草原的孩子们总有着无数的问题要问刘斌。

班里有一个调皮鬼，叫阿平，他先开了口:“老师，什么是情人节呀？我姐说阿东哥约她到城里去过情人节，我姐可高兴了，我怎么从没过过这个节呀？”这一问又勾起了刘斌的伤心事，他勉强镇定了心神，答道:“情人节是给相爱的人过的节日，每年二月十四日有情人就在一起过节，等你长大后有了女朋友，就会过这个节了。”

“哦，那刘老师你过不过这个节呀？”

一个叫小秀的学生抢着说:“笨蛋，当然过了，刘老师这么帅，肯定有女朋友，是不是刘老师？”刘斌听

了苦笑了一下。

阿平又说:“刘老师,你女朋友也是老师吧? 情人节时让她到我们这过节吧,我把我们家的巴特给你们骑。”阿平家的巴特是这一片大草原上最好的马,轻易可不给别人骑的。

刘斌掩饰着自己的心绪,说:“她也在很远的地方教书,电话联系不上的,我们不能一起过节,谢谢同学们了。”

阿平失望地问:“刘老师,有多远呀?”

“翻过三座大山,走过四个寨子,那里有所小学,她就在里面教书,不过没关系,我们可以写信。”刘斌故意说得远一点,让学生们死心,要不再问下去可就没完没了啦!

下课后,刘斌就到办公室写申请,他太想回他的上海老家了,这是他的第二份回乡申请。

再过一天就是情人节了,早上,刘斌去教室上课,突然,来了两个老乡,他们正是阿平和小秀的父亲,他们跑来说两个小家伙离家出走了,还骑走了那匹叫巴特的马。刘斌一听急得团团转,他到班里询问也没人知道他俩的音信,刘斌赶紧和乡亲们一起在大草原上寻找,可河边、山上都没有他们的影子。刘斌嗓子也喊哑了,找了一天也没有找到他们,晚上起风了,在乡亲们的百般劝阻下,刘斌才无奈地回到宿舍,可班里丢失了两个学生,这可是惊天动地的事儿啊,刘斌在宿舍里急得团团转,片刻后又骑着马出去了,可找了一夜还是一无所获。

第二天,校长让刘斌先去上课,下课后再安排同学去找,课上到一半,突然,班里同学的眼光“刷”地全往门口看,刘斌惊异地回头一望,只见一个男孩跌跌撞撞地扑到了门口,嗨,竟然是阿平回来了,他满头满脸全是灰,衣服也破了。刘斌扔下粉笔跑过去,一把将阿平搂在怀里,焦急地问:“你没事吧? 小秀呢? ”谁知阿平居然高兴地说:“刘老师,我把你女朋友找来了,你们可以一起过情人节了! ”

“女朋友? ”刘斌大吃一惊,那天上课时,他只是怕孩子们失望,才把心里的渴望编成故事,其实他根本没有女朋友,也根本没有谈过恋爱呀!

正在这时,突然有人笑吟吟地说了一声:“是我呀! ”刘斌抬头一看,只见一个戴眼镜的挺秀气的姑娘,拉着小秀的手走进了教室,刘斌一头雾水:“我不……”

“你想不到我会来吧? ”那姑娘打断了刘斌的话,又上来挽起了他的手,教室里顿时一片欢呼声……校长闻声走来,一看眼前的情景,乐坏了,他朗声笑着说:“好小子,还有个这么漂亮的女朋友,也不让我们认识认识! ”

那姑娘大方地自我介绍着:“我

姓周，是从卡里来的。”

校长听了一怔：“卡里到这里有二百多里路呀，稀客稀客！刘斌，我今天放你一天假，你带着这位尊贵的客人去……”校长话音未落，孩子们齐声嚷道：“去过情人节喽！”

“可是……”刘斌还没说完，就被校长推了出去，刘斌只好带着那姑娘走到了草原上，到了这时，刘斌才开口说道：“现在你可以告诉我了吧？你是谁？”

姑娘的脸上泛出了微微的红色，说：“我先要说声对不起，你一定是个好老师，你的学生很爱你……”

其实眼前这个姓周的姑娘也是援藏教师，在卡里小学教书。昨天晚上，她在寨子里家访，很晚才回家，路上看见两个孩子牵着一匹马，眼看累得走不动了，于是周老师就把他们带回宿舍，一问才知道他们要找“刘老师”的女朋友，好和刘老师一起过情人节，他们还说刘老师为了他们这些草原上的孩子弄得自己孤零零的……周老师说到这里泪花涟涟，刘斌听到这里也是泪流满面，周老师说：“我知道草原孩子的脾气，他们找不到你的女朋友是不会甘心的，我怕他们再去找会出事，只好骗他们说我就是你的女朋友，真是对不起……”

姑娘说着羞红了脸，两个人坐在草地上越聊越投机，没多久，周老师笑着把头轻轻靠在刘斌肩上……

没想到阴差阳错的，刘斌真的和周老师一起过情人节了……

(题图：魏忠善)

# 巨款失落之后

□安　峰

吴爱芬是个出纳员，这天进城收款，等东跑西颠地忙完，已是傍晚。照老规矩，她跳上一辆45路公交车，准备赶回单位。因为疲倦，她蜷缩在座位上，忍不住打起盹来。一阵冷风吹来，她醒了，发现已坐到了终点站，随后，她像丢了魂似的一声尖叫，吓住了全车厢的人："包呢？我的包呢？"吴爱芬放在身边那个装有10万元巨款的蓝色牛仔包不见了，她立即嘶哑着喊了起来："停车！停车！"

吴爱芬立刻报了警，警察赶到之后，询问了一些情况，但调查遇到了极大困难：原来当时车厢里头乘客寥寥无几，吴爱芬坐了六七个站头，其间有几拨乘客上上下下，据公交车司机顾莉回忆："新河站上来两个男的，一高一矮，上来后在前门站了站，就去中门；老岳庙有个女的上来，大概是公交卡忘拿，所以上来后马上又下去了……"乘客流动得快，警察自然无从查起。

眼见调查无果，吴爱芬失魂落魄，料想饭碗难保，更加茶饭不思，那个司机顾莉，因为这事，来往了几次，也熟了，她见状于心不忍，总是不住地劝慰吴爱芬。

吴爱芬的单位是一家私营家具厂，管理并不规范，出纳外出收取巨款，理应派车或有保安措施，款子丢了，厂里自身也有责任，所以经过协商，厂里只要吴爱芬赔偿5万元，这已经算是宽宏大量了；另外，吴爱芬不再任出纳，调食堂当炊事员。食堂做工，月收入过不了一千，吴爱芬老公死得早，家里又有个八岁女孩，欠厂里的那笔款子，该还到猴年马月呢？

因为急火攻心，吴爱芬病倒了，这天，她在医院吊完盐水，回家刚躺下，开公交车的顾莉来了，她提着一只水果花篮，拉着吴爱芬的手说："吴姐呀，你那钱是在我车上丢的，你找不到，我也替你着急……这样吧，我老公开着一家小店，要不由你来打理，做好做歹，反正一日三餐管你吃饱，余下的就是你的收入……"

"那你老公呢？"

"他另有一家装修公司，顾了这头，顾不了那头，就算你帮帮他吧。你要真把生意做起来，店搞活了，你就能尽早还钱，这可比你在食堂做强。"

这家顾记小店，情况还真像顾莉所说，半死不活的，店门一开，水费电费外加人工，哪样不贴钱？但吴爱芬义无返顾，还是接了下来，她先是开掉了一个厨子，然后每天自己进货，自己下厨，因为原料新鲜，生意一下好了起来，周边两个市场也纷纷向小吃店里订购盒饭，人气旺了，吴爱芬越做越来劲，头一个月，店里毛利就赚了八千。

这样一来，麻烦事又来了：顾莉与吴爱芬有约在先——这家店不赢利，顾莉不收一分钱；赢利了，顾莉收利润的两成。这天，顾莉的老公到店里来转了转，干笑两声，走了。

第二天顾莉就红着脸来找吴姐，吴爱芬不傻，早就猜到八九分："小顾，你老公是要抬一抬价，多点分红吧？""是，是呀！""咱们姐妹一家人不说两家话，我们二一添作五，挣了钱就对半分，好吧？"顾莉没想到吴爱芬这么爽快，一把抓住她的手，又喜又愧，倒是吴爱芬劝慰开了："小顾呀，没

有你，就没有我今天，我女儿看我这样，都夸我能干，像换了个人！”

可是，店是活了，顾莉夫妻间的关系却每况愈下，他们几次在小店后院的阁楼上吵闹，吴爱芬都听到了，那天，她趁顾莉在店里，忍不住刨根问底，顾莉眼眶一热，只说了一句：“他赌，把公司都输没了……”说完，顾莉就闷头冲出店堂……

吴爱芬看到他们夫妻俩这个样子，心里总不踏实，七上八下的，但不管怎么说，她在“顾记”一干就是大半年，店里一直红红火火的。

这天，顾莉的老公来到店堂，亲口告诉吴爱芬：等满了一年，这店他们就要收回了，他们要自己做。

这个结果，本在吴爱芬意料之中，所以她并不吃惊，她仍感谢顾莉一家，能够为她雪中送炭，只是她放心不下这夫妻俩，总担心他们要出事。

这天半夜时分，后院阁楼上响起了“乒乒乓乓”几下巨响，接着，就看到顾莉的老公浑身酒气，沾着一手鲜血，摇摇晃晃地走了出来，穿过店堂，出了店门。吴爱芬惊呆了，她飞也似的冲上后院阁楼，一看，顾莉额角流血，昏倒在一堆杂物间，吴爱芬抱起顾莉，冲下楼去。

吴爱芬叫来救护车，在医院安顿好受伤的顾莉，返回了后院阁楼。她拿起扫帚刚想打扫，突然看见墙角一只铁柜柜门没锁，柜外掉着一只沾血的布袋，她拾起一看，顿时大惊失色：这正是那天在顾莉的公交车上遗失的装着10万元的蓝色牛仔包，包里还有两刀未及拆封的万元人民币！

吴爱芬“啊”了一声，什么都明白了……

事后，顾莉在派出所所作的供词是这样的：当天吴爱芬提着款子坐车，是坐在驾驶员顾莉身后的座位上。车子行驶中一个急刹车，因为惯性，吴爱芬装钱的包向前一滑，滑入顾莉座位底下，卡入死角。当时顾莉并未发觉，直到车开进停车场例行洗车，她这才发现了牛仔包。她马上打电话和老公商量，两人密谋后，决定将包藏匿于后院阁楼之上，但是这笔唾手可得的钱财，反使顾莉的老公原有的赌瘾越来越大，终于不可收拾，他几乎输光了吴爱芬的那笔公款，公司也抵押给了赌头，以致夫妻反目。顾莉原想留着这笔横财好好享福，为了良心上的平衡，她给了吴爱芬一个赚钱的机会，同时也可借机盘活店铺，岂料机关算尽，她终究还是逃不脱牢狱之灾。

顾莉在设法退清赃款以后，那家“顾记”小饭店保留下来，仍由吴爱芬经营。现在，吴爱芬暗中拿出饭店每月利润的一半，替顾莉存起来，在顾莉出狱那天，她要亲手把钱奉上……

（题图、插图：刘斌昆）

·中国新传说·

# 空白时间段

□常　山

周五晚上，程明康到鑫华大酒家喝酒，今天杨处长请客大摆升迁酒宴。程明康有悲有喜：悲的是自己和姓杨的一般大，又一同进的机关，现在人家已经荣升处长了，自己还是个白丁；喜的是杨处长已经暗示过了，他准备举荐自己接他科长的班。好在程明康这人酒德好，他喝再多酒，表面上都让人瞧不出来，照样谈笑风生。

宴席散后，司机小曹开车送程明康回家，小曹滴酒未沾，亲眼目睹程明康喝了好多酒，瞅着都害怕，所以程明康在路口下车时，小曹关切地说："程师傅，要不我送您上楼？"程明康挟着他那只黑色的公文包，稳稳地站在车门口，瞅了一眼夜光手表，口齿清晰地说道："没事，我没喝多！现在已经九点十分了，你快回去吧，送杨处长他们去！"

第二天是星期六，上午十点多，程明康才在家中小卧室的床上醒来，他只感到头痛欲裂，咽喉、脏腑里火烧火燎地难受。他坐起来，"咕咚咕咚"灌下去一大缸凉开水，这才舒服了点。他拿起床头柜上的手机看时间，有个未接电话，号码挺陌生，他就打了过去，接电话的是个女子，她笑嘻嘻地说"喂，你好吗，程老板？"

程明康不认识她，便问道"你是谁呀？"

"我是小丽！"对方说，"就是你昨晚来的那个'小丽发廊'的小丽！"

程明康使劲回忆了一下，昨晚他实在喝得太多了，留在大脑中最后的印象是九点十分的时候，他目送小曹

的车子开走，后面的事，包括他怎么回家的，都记不得了。

程明康有点不耐烦了，冲着话筒说："我不认识你，你有什么事快讲！"他以为是哪个无聊的人在跟他开玩笑。听他这么一说，那个叫小丽的也有些恼了，讥讽道："都说戏子无情，婊子无义，我看嫖客更无耻！好吧，你的公文包忘在我这了，你想要就来拿，不想要我就给扔了！"说完，她"啪"地挂了电话。

程明康急忙起身找他的黑公文包，果然不在，他叫妻子韩亚琼过来，问她拿了没有，妻子也说没见，程明康便有些狐疑了，那个"小丽发廊"他当然知道，就在楼下的胡同里，他天天上下班都要路过，难道真的是酒能乱性，自己昨晚下车后，真的去"小丽发廊"干了见不得人的事？

程明康坚定地摇了摇头：不会，不可能，他坚信自己不是那种人！想到这里，他毫不犹豫地把情况向妻子讲了，说："肯定是我昨晚喝多了，公文包掉了，被那个小丽捡到了，我现在去要回来。"

韩亚琼想了想，说："还是我去吧！你一个大老爷们的，让人看见你去那种地方，多不好！"她出门前，问了一句："对了，昨晚你是怎么回来的，几点回来的？"

程明康高声大气地说："昨晚我是九点十分在下面路口下的车，我们科的小曹开车送我回来的。"

妻子听后没说什么，下楼走了。程明康突然想起了什么，走进书房，上初一的女儿正在书桌旁写作业，他上前问道："小玲，昨晚爸爸是什么时间回来的，你还记得吗？"

"又喝多了吧？嘿嘿！"小玲说，"昨晚我和妈妈在大卧室睡了，你回来时我都快睡着了，好像听见你洗了个澡，就去小卧室关灯睡了，我也不知道你是几点回来的……怎么，去哪风流了？"

"去，这孩子！"程明康训斥了一句，心里嘀咕道：酒这玩意儿，真不能多喝！自己昨晚回来还洗了澡，可自己什么也记不起来了！

再说韩亚琼，她下楼来到胡同里的"小丽发廊"，走进去，打量着小丽，小丽是个标致的女孩子，她见到韩亚琼不由得一愣，因为像发廊这种场所，良家妇女是从不光顾的。小丽略微有点尴尬，说："您好！您……理发吗？"

韩亚琼说："我是来取我丈夫程明康的公文包的，他的包是怎么到你这来的？"

小丽想了想，说："那包是今天早晨我在外面捡的。"说着她就把包递了过来。韩亚琼接过包，冷冷地说了声："谢谢！"回去的路上，韩亚琼拉开包检查，包里有丈夫的钢笔、笔记本、计算器、300来块钱，还有

几份普通文件，另外还有丈夫的一叠名片，名片上有手机号码。

那个小丽，竟然连包里的300来块钱都没动，这令韩亚琼对她产生了一丝的好感。

韩亚琼回到家，若无其事地告诉丈夫，那包确实是小丽捡的，程明康高兴地说："我就知道肯定是这样！对了，我昨晚是几点进家的？"韩亚琼说："九点二十分吧！"从路口下车步行到家，确实只需要十分钟时间，程明康这下彻底放心了。

吃完午饭，程明康因为酒醉的缘故，又睡了一大觉，他睡后，韩亚琼上了一会儿网，等程明康醒来，韩亚琼说，好久没带女儿去姥姥家了，好在是双休日，她带孩子回姥姥家住一晚上，明天回来。

妻子带女儿走后，程明康泡了包方便面吃了，闲着没事，打开电脑上网冲浪玩，他忽然起了个念头，想知道下午妻子上了什么网站，经过查找，他打开了一个叫"姐妹论坛"的网站，在妻子登陆过的一个讨论男人婚外情的网页上，他看到了一个网名叫"蝴蝶飞啊飞"的人发的帖子，这个帖子是这么说的：

"昨天我丈夫晚上九时十分在路口下的车，他只需要十分钟就能到家，可他却在十时整才进的家，回家路上要经过一个发廊，他去发廊了，还把公文包落在了那里。今天上午，我去帮他把公文包要回来，但是，当他问我他昨晚几点到的家时，我违心地说他是九时二十分到的。这下他心安理得了，认为自己清白了，可他也不想想，难道我这个作妻子的竟这么傻，连弱智都能看出是怎么回事，我这个妻子会看不出？"

"我不是傻啊！我是怕一旦说破了，就难以挽回了。为了这个家，为了孩子，为了他的前程……我原谅了他。真希望他确实只是喝多了酒，偶尔糊涂了这么一次，真希望他能下不为例……"

程明康对着这个帖子愣了半天：这个"蝴蝶飞啊飞"说的怎么就是我程明康的事？妻子的电脑是跟程明康学的，她是那种一码走天下的人，不管到哪注册，用的都是同一个密码，就是她的生日：19671013。

程明康的手颤抖着打开"姐妹论坛"的登陆界面，在用户名中输入"蝴蝶飞啊飞"，在论坛密码栏中输入了"19671013"，然后敲下了回车键……心中默默祈祷着："千万不是！千万别是！千万不要是……"但网页上无情地显示：登陆成功！这个"蝴蝶飞啊飞"，就是妻子韩亚琼的网名！

"难道昨晚上我真的……我真的……"程明康神色恍惚，只感到大脑中一片空白……

（题图：刘斌昆）

# 残酷密码

□老　三

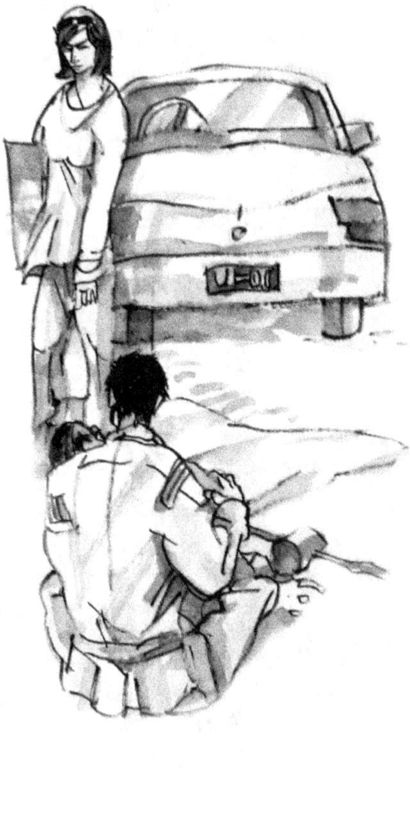

上午10点，盛大超市的女老板吴淑娣，在超市的北门前，见几个保安正在驱逐一个乞丐。那乞丐是个八九岁的男孩，烂衫破衣，脸上、身上被火烧得面目全非，两条腿瘸了，左胳膊也残了，只能用一条右胳膊在地上爬，一边爬一边推着身前一个讨钱用的白搪瓷缸子，而且他还是个哑巴，只会“啊啊呀呀”的。吴淑娣见了，就动了恻隐之心，于是上前问保安怎么回事，保安说，这乞丐在这里要钱，影响生意。

吴淑娣叹了口气，对小乞丐说：“你在这要钱可以，不过你不可以挡住道，影响客人进出超市，只能在路边要，好吗？”说着，她掏出10块钱，弯腰放进了那个搪瓷缸子里。

老板都发话了，保安们便散去了。

吴淑娣转身要走，忽听小乞丐“啊”的一声大叫，她禁不住回过头，只见小乞丐感动得珠泪涟涟，他用唯一完好的右手，朝她剧烈挥舞着，吴淑娣便也微笑着朝他招手示意。

中午，吴淑娣在自己超市开办的小食堂里吃过饭后，便开着她的凯美瑞轿车，拉着超市的胡经理，一起外出办事。那个小乞丐果然很听话，乖乖地趴在路边。因为这里是超市外的人行道，吴淑娣的车速很慢，但意外还是发生了：当车子途经小乞丐身旁的瞬间，小乞丐突然以那只完好的右手为支点，把身子旋转了一个180度，一条残腿甩到了凯美瑞的车轮下，吴淑娣尖叫一声，猛踩刹车，可还是迟了，车轮已经碾了过去……

小乞丐一声惨叫，昏厥过去，这当儿，几十米外蹲着的一个汉子，看见这情景立刻跑了过来，把小乞丐压断的残腿从车下拽出，随即号啕大哭，他是小乞丐的爹。

胡经理对吴淑娣紧张地耳语着："吴老板，我看得清清楚楚的，是这孩子故意被压的，留神，他们这是要讹诈你！"但吴淑娣果断地抢先救人，她拦了一辆出租车，让小乞丐的爹抱着小乞丐上了车，吩咐胡经理陪着他们上医院，自己留下，等交警来处理。

吴淑娣的丈夫周先生在那个医院当外科主任，他听说这事后忙赶到急救室。经过急救，小乞丐没有生命危险了，不过还需住院治疗，当然，所有的费用都由吴淑娣承担了。

几天后，吴淑娣忙里偷闲，买了一个水果篮，来住院部探望小乞丐。她走进病房，小乞丐正在酣睡。其实，看来还是胡经理多心了，小乞丐的爹是个通情达理的人，他并没有讹诈吴淑娣的意思，而且他也非常纳闷：儿子这是怎么了，竟然故意要让车压？他告诉吴淑娣，自己老婆死得早，三年前的一天，儿子同村里的小伙伴上山点野火玩，儿子不慎被烧伤，逃跑时慌乱中又摔下了山崖，虽然保住了一条命，不过已经变成这样了。他为儿子治病花光了钱，连屋都卖了，没办法，只好带儿子出来，四海为家，乞讨为生。

吴淑娣听罢，唏嘘不已。

小乞丐的父亲去锅炉房打水，这时，小乞丐睡醒了，他一看到吴淑娣，立即眼前一亮，眼泪"刷刷"地往下流，"啊啊呀呀"一个劲地哭，忽然，他用右手食指，在吴淑娣的手心里飞快地写起字来，虽然他面部肌肉已坏，做不出什么表情，但急不可耐的心情，仍然通过他的眼神传递了出来。

开始，吴淑娣并未在意，可是突然间，她意识到了小乞丐写的是什么，她吃惊地跳了起来，浑身颤抖，接着，她转身朝病房外冲去。小乞丐的父亲正好提着暖水瓶回来，笑着说："吴老板，您忙您的去就行，不用来看！"吴淑娣敷衍了一声，匆匆远去。

吴淑娣一路疾走，来到外科主任办公室，丈夫周主任正在办公，见妻子一头闯进来，神色不对，忙问："淑娣，怎么了，有什么事？"

吴淑娣放声大哭，说："你知道，咱们儿子瓜瓜是三年前、五岁那年丢的，我记得清清楚楚，头天晚上，我教他写'妈妈'的拼音'mama'，第二天他就丢了。刚才，那个小乞丐，一遍遍地在我手心里写'mama'，瓜瓜不会写字，他只会写这一个拼音啊！”

周主任大惊失色：“你是说……小乞丐就是瓜瓜？”

吴淑娣坚决地说：“我要做一个亲子鉴定！”

周主任马上同意：“好好，你不要着急，我来办！”

三周后的一天，周主任下班回家，把他今天亲自去省城亲子鉴定中心拿回的结果递给吴淑娣，失望地说“鉴定结果出来了，小乞丐不是瓜瓜……另外，明天小乞丐就要出院了，他爹说天气渐渐冷了，准备带孩子到南方去。”

听丈夫这么一说，吴淑娣长长地叹了口气，没做声。这些天，她一次也没去看望过小乞丐，她受不了，不敢看。自从瓜瓜丢失后，吴淑娣又生下一对双胞胎儿子，取名大乖和二乖，如今俩儿子已经快两岁了，她不由得搂过儿子们，淌着眼泪说：“大乖、二乖，你们的哥哥，恐怕永远找不到了。”

大乖、二乖一边帮吴淑娣拭着泪，一边说：“妈妈不哭，不哭！”

次日上午，吴淑娣在超市办公室里心烦意乱，坐立不安，先后有几个下属进来汇报工作，都被她喝退了，最后，她实在忍不住，便出了办公室，又下了楼，开车来到医院住院部出口处，坐在车上默默等待着。

上午九点左右，小乞丐的爹背着小乞丐出来，拦了一辆出租车，要去火车站。吴淑娣落下了车窗，坐在出租车里的小乞丐一眼望见了她，他立即发疯般地嚎叫起来，从车窗里伸出右手，竖起食指，拼命在空中比划着，他划的是一个个的“mamamama……”

小乞丐的胳膊随即被他爹拉回去了，车窗一关，出租车开走了。

吴淑娣在车里呆呆地坐了半天，又失魂落魄地驾车返回。她回到超市办公室，女秘书进来，小心翼翼地说“吴老板，顾老板来了，您见不见？”

顾老板来自省城，是盛大超市的

主要供货商，吴淑娣强打精神，吩咐秘书请他进来。

顾老板一见吴淑娣，吃惊地说：“吴老板，才一个月不见，你怎么憔悴得这么厉害？”

吴淑娣忽然心头一亮，她记起来了，有一次一块吃饭，顾老板好像讲过，他妹妹就在省城亲子鉴定中心工作，于是，吴淑娣就简单地把情况说了一下，请顾老板帮忙。顾老板二话没说，立马给妹妹打去长途电话，把吴淑娣的身份证号报给她。十几分钟后，顾老板的妹妹便发来了一份传真，正是吴淑娣和小乞丐的那份亲子鉴定表，他妹妹并打过来电话，说：“这份鉴定，吴老板的丈夫已经亲自来鉴定中心取回去了，鉴定结果是：两人是母子关系。”

吴淑娣抓过传真一看，果然同丈夫给她看的那份不一样——她被丈夫骗了！这一下，吴淑娣几乎要发疯了，她语无伦次地要顾老板开车，拉她去火车站。在车上，她给丈夫打电话，歇斯底里地怒吼着：“姓周的，你个王八羔子，为什么骗我？小乞丐明明是我们的瓜瓜，你为什么不认？”

对方沉默了半晌，一下子哭了，啜泣着说道：“淑娣，你想想，咱们现在有大乖和二乖了，瓜瓜现在已经成那样了，不人不鬼的，真认下了他，你心中就能好受吗？岂不要更痛苦？还不如把他忘了吧！”

吴淑娣声嘶力竭地吼叫着：“瓜瓜就算变成了一把骨头，我也要把他捡回来！”

此刻，火车站里人山人海，顾老板搀扶着痛哭流涕的吴淑娣，四下找寻着、打听着……渐渐的，吴淑娣绝望了，她揪扯着自己的头发，又悔又恨地哭诉着：“孩子一遍遍地写mamamama……可我这个傻妈妈，我这个傻妈妈呀……”

突然，吴淑娣眼睛一亮，她看到男厕所门口，小乞丐的“爹”背着小乞丐正从厕所里出来，吴淑娣扑上前去，一把夺过小乞丐，死死搂在怀里，一声声地喊着：“我的儿啊……”

顾老板随即冲上前去，一拳头把小乞丐的“爹”打倒在地，连踢带打，怒骂着：“你个王八蛋……你怎么把孩子害成这样的？”

小乞丐的“爹”明白了，他挣扎着爬起来，跪在地上连连磕头：“孩子确实不是我害的，我从人贩子手里把他买下来时，他就已经这样了，我要敢撒半点谎，天打五雷轰……”

吴淑娣不想和他理论，她想知道的事情太多了，比方说，儿子为什么要把自己的腿伸到车轮下？是不是为了赢得一个和自己亲生母亲联络的机会？这一切，都是需要好好盘问的，于是，吴淑娣当机立断，拿出手机，拨了110……

（**题图、插图**：谭海彦）

□一　冰

# 孩子，让妈看看你

## 成才的儿子

远城市竹叶巷的两间老房子里，住着一户姓郝的人家，男主人叫郝建成，三年前厂子破产后下了岗，靠着低保和给别人干点零活为生；他和妻子邓秀生有一个儿子，叫郝宁。郝宁非常聪明伶俐，三年前他以优异的成绩考上了一所市重点高中，老师说，以他的成绩，肯定能考上一所不错的大学。有这么一个争气的儿子，老郝两口子不管吃多少苦都心满意足了。

高考前的一天中午，邓秀照例要去学校给儿子送饭。当时头顶上烈日炎炎，中午的街头，除了三三两两匆匆走过的学生，几乎看不到行人，邓秀刚走到学校的大门口，忽然身子一软，晕倒在地上……

郝宁得到消息时，邓秀已经被送进了学校的卫生室，她每天都要来给儿子送两次饭，所以学校的门卫和许多老师都认识她。郝宁连忙赶到卫生室，邓秀刚刚经抢救苏醒过来，郝宁很紧张地上前问道："妈，您怎么了？"

"妈没事，可能是中暑了。"邓秀说着，就拿起身边的一个饭盒，立即递给郝宁，说，"你快吃饭吧——这是妈给你做的你最爱吃的烧仔鸡。"

一旁的医生听说这饭盒里有烧仔鸡，就对邓秀说："我告诉你，你不是中暑，而是严重营养不良导致的低血糖。你说，你早上和中午是不是都没吃饭？”

邓秀不好意思地说：“我怕耽误了孩子吃饭，就先送来了……”

医生严肃地说：“你不能再这样了，你得增加营养，注意身体，再舍不得吃，只怕连给你儿子做饭的力气都没有了。”

然后，医生又回头对郝宁说：“唉，可怜天下父母心！你的母亲刚才晕倒的时候，手里还紧紧地抱着饭盒，她的额头和膝盖都跌伤了，可饭盒却完好无损，这都是为了你呀！”

郝宁送母亲回家时，发现父母的饭桌上只有一盘咸菜，父亲正就着咸菜吃饭，郝宁含着眼泪，暗暗下了决心：一定不负父母的期望，考上一所名牌大学！

果然，高考成绩一公布，郝宁以优异的成绩被北京的一所名牌大学录取。街坊邻居、亲朋好友都纷纷前来贺喜，郝建成两口子当然也非常高兴，可没有外人在场的时候，两口子却是双眉紧锁，愁什么？当然是学费。

寄给郝宁的入学通知上清楚地印着学费是每年8000元，还有住宿和生活费用，可眼下他们手上连1000元也没有啊，因为郝宁小时候一直体弱多病，不是咳嗽就是发烧，不知道花了多少钱，把那一点微薄的家底都掏空了。两口子原本想找亲朋好友借，可跑了好几家，一听说借钱，都推三托四的，说破了嘴皮跑细了腿，还是不够，好在这时有人给他们介绍了一个放高利贷的，他们又借了4000元的高利贷，才算把郝宁的学费凑齐了。

送儿子走的时候，郝建成和邓秀还是挺高兴的，不管怎么说，最难的一关总算是过去了，不过他们没想到的是，这竟然是跟儿子的诀别……

## 苦难的双亲

郝宁走后，郝建成和邓秀振奋精神，开始挣钱还债，郝建成离家去了省城一家装修公司做木工活，邓秀给一个八十多岁的老人当保姆，一家三口分了三个地方。过年时郝建成回家了，但郝宁没有回来，他说要勤工俭学，也给家里减轻点负担，两口子见儿子长大了，懂事了，都很高兴。

一转眼，四年过去了，郝宁大学毕业了，又在北京顺利地找到了一份工作，一年的薪水抵得上郝建成和邓秀干十年的。大学四年里，郝宁没有回过一次家，为了省路费，还能打工挣钱，他的生活费都是自己打工挣来的。这几年郝建成和邓秀没日没夜地干活，终于把欠的债全部还完了，还为郝宁缴了四年的学费，这里面的艰难，不是几句话能说得清楚的。

这天，郝宁打来电话，问家里的债还完了没有，郝建成非常激动，儿子那么关心家里，真是长大了呀！他

立即说："还完了还完了，早就还完了！我和你妈现在啥都不指望你，你把你自己顾好就成了。"

"哦——"郝宁在那边沉默了一下，想说什么，但吞吞吐吐地没有开口，郝建成感觉到了，问他有什么事，郝宁犹豫了一会，后来还是说了，原来，他在北京谈了一个女朋友，他们想在北京买一套房子，北京的房子很贵，他们要按揭才能买，现在要首付30万元，女朋友的家里拿出了20万元，剩下10万元，女朋友非要郝宁家拿，她说儿子要买房子，父母有义务拿钱出来……

一听到这个消息，郝建成全身的血都往脑门上涌，他几乎要晕过去了，他咬紧牙关勉强撑住不让自己倒下去。郝宁不知道，父亲现在为什么呆在家里而没有出去做活，那是因为有一次他在干活时被电锯碰到，丢了一条胳膊，那包工头丢下点钱就跑了，可现在那笔钱早就用完了，郝建成的伤还没好，全靠邓秀在给人做保姆挣点钱勉强维持生活。刚才一转念间他还曾想张口向儿子要点钱，但终于没说出口，没想到儿子居然反过来找他要钱，而且一开口居然是10万！

郝宁在电话里可能也感觉到了父亲的难处，他立即说："其实这点钱本来也用不着找你们的，我多做几个兼职就行了，但女朋友非要看到你们的心意，哪怕你们拿2万元出来也行，咱家也不能让人家看不起是不是？就算我借你们的，我一有钱就会立即还你们。"

郝建成想了想，稳了稳心神说："好好，我跟你妈商量一下，这几天里争取就把钱给你汇过去。"

晚上邓秀下班回来，郝建成把这事对她一说，她也傻了，半晌才回过神来，喃喃地说："啊，儿子是又碰到了难处，我说我这几天心怎么老是

跳，可是，2万元，钱从哪来呢？”

也许是天助他们，这时有个好消息传来，他们住的这个地方要开发住宅楼，因为急于要弄钱给儿子买房子，他们就以很低的价格，第一个把房子卖给了开发商。钱到手后还没捂热，立即就给郝宁寄去了，而且不是2万，是5万，那是卖房子的所有的钱……

## 永远的企盼

没有了住处，郝建成和邓秀就在郊区“三不管”的地方搭了一间窝棚居住，窝棚的不远处就是垃圾处理场，郝建成就去捡点破烂卖钱，也算是实现了“就近就业”。

一天夜里，郝建成正梦见儿子小时候坐在他肩膀上嬉闹的情景，忽然听到有人“呜呜”地哭，睁眼一看，居然是邓秀在梦里哭醒了，她哭着说：“我好想儿子啊，都四年多没见面了，也不知道他长啥样了。”

“当然会越长越帅的！”郝建成安慰邓秀说，“这小子，也该回来了，光打电话有屁用！”

邓秀说：“咱儿子一个人在外面过日子，也真不容易呀，听说他每个月都要还五千多的房子贷款呢，我们当年的高利贷只怕都没这贵吧！”

郝建成忽然不说话了，邓秀奇怪地看了他一眼，只见郝建成眼睛发亮，那只独臂狠狠地拍了一下大腿，说：“儿子不能回来，咱们不如去看他吧，反正咱们也没房子，又没啥正经事，你说怎么样？”

邓秀也被这个主意打动了：“对，我们看儿子去！又见了儿子，又不耽误他的事，可是，路费要花不少钱吧。”

“不用花钱！”郝建成说，“我们走着去！我们一边捡破烂，一边往儿子那走，不花钱，反而有活干，儿子也能看到了……哈哈，我们一辈子还没出过门呢，这也算旅游了！”

于是，郝建成和邓秀锁了窝棚，开始了徒步去看望儿子的行程。他们一路餐风宿露，整整走了一个月，才到了北京，眼看就要见到儿子了，两人都非常兴奋，他们急忙找了个电话亭给儿子打电话。

电话很快就接通了，郝宁问：“谁呀？”

郝建成抑制住激动的心，说：“宁儿，我是爸爸，爸爸和妈妈到北京看你来了！”

“什么？”郝宁大吃了一惊，“你们怎么来了？”

“宁儿，我们……我们都想你呀，想来看看你……”邓秀抢过电话说，但还没说两句，就泣不成声，郝建成的眼泪也“刷”地下来了。

郝宁说：“哎呀，爸妈，你们来添什么乱呀！我现在在飞机场，我要出

国了，这是一次难得的进修机会！不说了，说了你们也不明白，还有半个小时飞机就要起飞了，你们赶紧回去吧，一年后我从国外回来一定先回去看你们！”

仿佛数九寒天的一盆冷水从头浇到脚，郝建成和邓秀顿时都傻了，邓秀身子一软，就倒在郝建成的身上，郝建成拿着话筒急切地说：“你妈想你都想疯了，四年多没见你了呀，飞机场离这里有多远？我们马上坐车过去！”

“赶不上的！”郝宁说，“真的，北京车多路堵……爸，你们还是回去吧，我从国外回来，就把你们接过来住，这样你们天天都能看到我了，爸，我快要登机了，我挂了……”

郝建成紧紧地捏着电话还想对儿子说几句什么，可儿子已经挂了电话，没见到儿子，两口子只得怅然回家，当然，他们还是走回去的，来的时候想到能见到儿子，再多的苦也不觉得苦，回来可不一样了，一路上的风风雨雨，都是捅在心口上的一把把刀！刚回到他们住的窝棚没几天，邓秀就挺不住了，一天夜里，她大喊了一声：“孩子，让妈看看你！”喊完，她就昏迷过去，再也没有醒来……

一个月后的一天，当地警方接到报案，有人在一个窝棚内发现一具尸体，警方接警后赶到现场，发现尸体已经高度腐烂。经核查此人名叫郝建成，属身染疾病不治身亡。警方同时调查到他还有一个独生儿子，几经辗转，一个星期后，终于联系到身在国外的郝宁，郝宁仍然没有赶回来，他委托亲戚们把父亲和母亲安葬在一起。

郝宁是两年后的一个清明节才回来的，还开着私家车，带着妻子和儿子，说是回来让父母看看他们一家人，可怎么看都像是出来旅游的……

（题图、插图：谭海彦）

有一句谚语说得好："一正辟三邪，人正辟百邪。"这人正必先要魂正，人如果有正义之魂庇佑，"阴灵邪魅"就会退避三舍。不信，那就看看今天这个故事……

# 警魂永生

□史兴永

李军调任马墩市公安局长，新官上任三把火，他给全市公安干警约法三章 一、早上七点整装出操 二、中午吃饭不得喝酒；三、下班一律不用公车。他还设立了局长热线，自己定时接待上访群众。一时之间，马墩市的老百姓交口称赞，一批冤假错案浮出水面，李军也因此得罪了不少人。李军接到过很多恐吓电话，也遭到一些不法分子的恶意陷害，但他始终泰然自若，巍然不动。

这天，是局长接待日，李军刚坐到板凳上，就听到院子里人声嘈杂，他急忙出门去看，只见一个乞丐和警卫发生了冲突，那乞丐蓬头垢面，身上油腻腻地发着光，两只脚上一只穿的是黑布鞋，一只穿的是白球鞋。李军见此情景，便上前问道："怎么回事？"乞丐看见了他就哭喊道："李局长啊，俺在大门口等你一个星期了，好不容易等到了今天，他们却不让俺进来，这叫啥局长接待日呀！"

没等警卫解释，李军就吩咐让乞丐进来，乞丐"噔噔"跑上楼，一进门就"扑通"跪在地上，像是见到了久别的亲人，抹着眼泪说："李局长，俺冤枉呀……"李军把乞丐拉起来，让他坐在沙发上，又给他递了杯矿泉

水，要他慢慢说。

乞丐把水“咕咚咕咚”几口喝完，开始自我介绍：“俺叫刘老柱，住在本市东风乡刘家村，为了告状倾家荡产了，媳妇也跟俺离婚了，怕坏人暗害，俺才扮作乞丐……”

这个刘老柱一把鼻涕、一把眼泪地诉说了自己的遭遇：三年前，刘老柱的儿子刘小柱来马墩市里打工，好不容易找到一个在小商场里站柜台的工作，没想到老板吴良是个贩毒分子，他注意到刘小柱是从农村来的，老实可靠，就恶意拉他下水，给他吸了含有海洛因的香烟，刘小柱不久就中毒成瘾，被迫成了吴良的贩毒走卒。

刘小柱恨死了吴良，但毒瘾时时发作，他又控制不住自己，只能任人摆布。后来刘老柱来城里看望儿子，正好刘小柱毒瘾发作，刘老柱才知道儿子被吴良给毁了。他知道这样下去儿子必是死路一条，便苦苦劝说儿子去举报吴良，立功赎罪，刘小柱在父亲的劝说下终于下了决心：举报吴良。一天晚上，刘小柱偷偷溜出商场，和等在外面的刘老柱一道准备去公安局，没想到吴良察觉了他们的行动，带着手下在空旷的大街上拦住了他们，几个人硬逼着刘小柱服下了过量毒品，然后逃之夭夭。刘老柱叫天不应叫地不灵，眼睁睁地看着儿子痛苦地死去，至死都没有瞑目。

刘老柱势单力薄，斗不过歹徒，只好寄希望于公安，但公安认定刘小柱是吸毒过量，查了几天就不了了之，一晃就是三年。在这三年里，刘老柱磨破了嘴唇，踏破了铁鞋，跑遍了有关部门，终于迎来了局长接待日，就这样，刘老柱的一线希望就寄托在李军这儿。

李军听完刘老柱的话，顿时气得肺都要炸了，他说出的话板上钉钉：“在家安心等着，如果证据确凿，半年结案。”刘老柱半信半疑地回去了。

李军说干就干，经过两个多月的明查暗访，果然掌握了吴良的犯罪证据，吴良团伙很快被一网打尽，老百姓拍手称快，深受毒品之害而倾家荡产的人们燃放起鞭炮以示庆贺，整个城区就像过节一样，刘老柱也得到了喜讯，他在第一时间赶到儿子坟上，哭着对儿子说“儿啊，你可以瞑目了！”

世上的事有时也真是奇巧：吴良这小子被法院判了死刑，在押解途中，警车竟然意外出了车祸，吴良侥幸逃脱，他恨死了李军这个公安局长，决意报复，他在黑市搞到了一把手枪，昼伏夜出，每天像幽灵一样守候在李军家不远处，等待时机，但李军因为工作忙，很少回家，生活没有规律，吴良很难碰到他。

但机会总会有的，一个月后的深夜，吴良终于等到了李军，只见李军骑着一辆自行车，慢慢悠悠地停在家门口，吴良在月光下看得分外真切，这家伙不愧是江湖老手，他神不慌心不跳地慢慢靠了上去，枪口一下抵住了李军的后腰，然后用阴森、低沉的声音恶狠狠地说："李局长，久违了，我吴良又回来了，你不让我活，我也不让你活！"

他说罢就要扣动扳机，就在这一瞬间，李军突然扭过脸来，吴良一看，吓得心脏都差点蹦出来：这人扒了皮吴良都认得，但不是公安局长李军！

枪声响了，但夜深人静，大家都在睡梦中，好像根本没人听到……

第二天，李军还没有起床，床头

的电话铃突然响了，下属向他报告："局长，您家门口出人命案了，您快出来看看！"自己家门口出了人命案？李军心头一震，一骨碌从床上爬起来，就在这时候，他愣住了——昨晚随手挂在床前的警服不见了！他找遍了大橱小柜，连洗手间都细细搜查过，就是没有找到那件警服，没办法，他只好穿着便服走出门来。

李家门外，警察已经设置了警戒线，警察见李军出来了，都用奇怪的眼光看着他，没有一个说话的，围观的群众也静了下来，好像空气凝固了似的。李军看到死者有两个，其中有一个穿警服的，便急忙问道："叫法医了吗？能确定死者是谁吗？"

一个警察支支吾吾地说："一个可能是吴良，子弹穿心而过，一个不能确定，身上没有伤，但是……"

李军平时最讨厌做事不干脆，就严厉地问道："快说，但是什么？"

"但是……但是警服是您的。"李军吓了一跳，他翻看了一下趴在地上的死者，死者的脸是陌生的，但穿的那件警服确是他李军的，连上面的警号都丝毫不差！

晚上竟然有人闯进自己的房间，偷了自己的警服，而自己竟然毫无察觉？被自己批捕在逃的吴良竟被打死在自家门口，枪是谁的？偷警服的人是谁？偷警服的死者显然对自己没有恶意，要不后果不堪设想！李军感到

案情重大，在他的布置下，死者的照片出现在网上、电视上、报纸上、协查通告上，但一个月过去了，没有任何消息。

李军正等得焦急，刘老柱来了，他面如死灰，坐在李军面前似乎难以启口，李军问了好多次，他才嗫嚅着说："我考虑了很久，还是来了，那个死者好像……好像是俺的儿子。"

李军眼前一亮："你有几个儿子？"

"俺就一个儿子——刘小柱。"

刘小柱不是被吴良他们逼着服了过量毒品后死了吗？李军大吃一惊，从板凳上霍地站了起来，诧异地看着刘老柱，刘老柱吞吞吐吐地说："李局长，俺脑子没病，俺也觉得这事怪异……俺扒开儿子的坟看了，里面什么也没有……"

李军听了，顿时出了一身冷汗。后来，李军暗中安排做了个亲子鉴定，鉴定结果是：刘老柱和死者的亲子几率为99.9999%……李军的脸色变得严峻了，他立即把这张鉴定书藏了起来，他怕别人看见。

消息最终还是不胫而走，死者到底是谁，一时成了马墩市百姓的饭后话题，而且这案子也就成了悬案，但有一点令人欣慰：从此以后，李军再也没有接到过恐吓电话，老百姓都说，那天，吴良是去报复李局长了，是李局长高尚的警魂救了他自己。

后来，李军接到了省里的调令：让他到公安厅报到。

这天晚上下班后，李军很累，想到明天就要到省厅任职，便早早地上床休息了。

第二天早上，李军醒来，立刻吓出了一身冷汗：床头的警服又不见了！他赶紧推醒还在熟睡中的老婆，老婆一笑，说："我知道你今天要去省里，所以昨晚把警服拿去熨了一下，在阳台上挂着呢。"李军听了，"嘘"了一口气。

李军走了以后，马墩市三年没有发生命案……

（**题图**、**插图**：黄全昌）

# 惊心动魄的面试

□何小波

一家有名的投资银行要招聘三个操盘手，林伟对这家银行向往已久，而且觉得这个职位很锻炼人，虽然他是学医的，但还是想去试试。经过两轮筛选，刷掉了一百五十多人，剩下八个人进入面试，林伟也在其中。

面试那一天，林伟将自己精心打扮了一番，镜子里的他更显得高大帅气，精神焕发，又不失文雅干练，林伟越发有信心了。他提前十分钟到了场，其他七个面试的早已到了，相互介绍一番便闲聊起来。

正说着，一个漂亮的小姐走来叫他们抽签，林伟抽到8号，那小姐又叫他们都到二楼的小会议室面试，而且这次面试很特别，一人面试，其他选手不用回避，可以旁听。

对此，八个面试者都十分诧异，而进了二楼的小会议室后，他们更诧异了：几个面试官都是金融界的重量级人物，但坐在他们中间的却是一个机器人！

面试开始了，那机器人开口说话了："请允许我自我介绍一下我的技能——我能发出一种肉眼看不见的射线，因而能感知你们头脑的思维频率，并能将这种频率快速转换成另一种肉眼看不见的射线，从而感知你的真正思想，所以，下面的面试请各位考生实话实说，否则，就别怪我当场揭穿你的谎言。"

话音刚落，在场参加面试的全都紧张起来……

机器人接着又说："先请1号张辉与我面对面，其他的请在后排就座。"

于是，一位身材魁梧、风度翩翩的年轻人坐到了机器人面前，机器人问："准备好了吗？"

1号张辉点了点头，机器人便说："你能否讲述一下你离开原来单位的原因？"

"以前的单位吃'大锅饭'，阻碍了我的发展。"

"你撒谎！"机器人打断1号张辉的话，"你1999年2月3日提前下班，领导批评了你。你怀疑是一个同事告你的阴状，便总在工作中故意给他使绊子，两人的矛盾越来越激烈，你总认为领导是在袒护那同事，因此怀恨在心，几年来你多次写匿名信诬告领导及曾经得罪过你的同事……"

"求你别再说了！"1号张辉恳求道，脸色越发地白，"我知道我以前的作为不符合现代企业所倡导的团队精神，所以我想换个环境重新开始……"

"重新开始？你扯远了，我们不说这个话题了。"机器人继续说，"我再要问你一个问题，你觉得你爱国吗？"

"我不明白这与我所应聘的职位有何关系？"

"有何关系？一个不爱国的人，又如何能热爱自己的公司呢？比如你吧，我刚一提出这个问题时你就在想：千万不能说家里用的全是进口货、最讨厌国产货，更不能说帮几个哥们私藏文物、后来又给他们介绍一个英国买主的事……"

"求你不要说了，我退出……"1号张辉惊慌地起身想走，机器人一把抓住他，1号张辉如遭电击一般惨叫一声昏死过去，躺倒在地上。机器人"哼"了一声："想溜？哪有这么容易！像这种品德低劣、道德沦丧的人，怎配做操盘手？只配警察抓去坐几年牢！"

林伟看到眼前发生的这一切，顿时浑身颤抖，他看了周围一眼，有好几个人都战战兢兢，如临大敌。

机器人朝剩下的七个人扫视了一圈，说："你们都看见了，所以接下来你们千万不要耍小聪明。2号请坐前面来吧，2号……"

3号和7号立刻报告，说是2号昏过去了，他们和2号认识，想送他回家。机器人冷笑着说"你们送他回家是借口，是想退出吧？"

"是、是、是……"3号和7号连忙说，"我们放弃。"然后，他俩背着2号灰溜溜地离开了面试现场。

机器人又问："4号、5号、6号、8号，你们不放弃吗？"

无人应答，于是机器人叫4号坐

到前面来，准备应试，等4号小心翼翼地坐下，机器人便问道："4号，你的约会很多吗？"

4号显然有些意外，但他还是竭力使自己平静下来，说"如果你担心我对私人生活的关注程度大于对工作的关注程度，那么我向你保证——我对工作非常投入。"

"说得很漂亮！"机器人说，"但是，你在以前经常用单位的电话和女朋友聊天，为单位办事后不是回单位而是去和女朋友约会。今年4月，单位派你进修，你三天进修两天谈恋爱。4月20日学习结束，你却对单位说还要学习五天，这五天里你天天和女友在一起，虽然你的所作所为单位至今不知，但却瞒不过我……"

"请你别说了。"4号说，"人非圣贤，孰能无过？过去属于死神，未来属于自己，我以后不会再这样了。"

"你很会说话，最后，我们有个问题想和你核实一下，在面试前我们接到了一个举报，说你到处找人，多方活动，请你说说这是怎么回事。"

"实事求是地说，我在面试前的确找了不少人，但我找人的目的不是希望在面试中得到关照，而是希望能得到一点经验指点，或者是有益的培训辅导……"

"你真是能言善辩。"机器人说，"可是，你知道今天人力资源部翁部长为什么没来吗？实话告诉你吧，他因为贪污以及接受考生贿赂已于昨夜被捕了，那些行贿的也将难逃法律追究……"

突然，4号"咚"的一声摔倒在地上，口吐着白沫，机器人看着4号叹息地说"早知今天，又何必要去行贿呢！"

4号被抬了出去，林伟再一次瞟了一眼剩下的应聘者，除了6号和自己，5号已是面如土色，片刻后，5号叫了起来："报告考官，我放弃！"5号说完，灰溜溜地走了。

机器人问:“6号,你不放弃吗?”

6号说:“我这个人缺点虽然有,但我可以摸着良心说——没有做什么亏心事。”

“8号林伟呢?”

林伟努力使自己镇定下来:“有什么问题您尽管问,我知无不言,言无不尽,但我决不放弃。”

机器人目不转睛地盯着两人,林伟看不见它发出的射线,却能感觉机器人像狼一样的眼睛似乎要刺入他的心灵深处,他不免有些紧张,但他刚才就已经反思过自己,除了小时候偷过张家的瓜,摘过李家的梨,大了再也没做过什么坏事,所以此时面对机器人,他只有一个信念——坚持住,我一定能获得这个我热爱的职位!

足足过了三分钟,机器人说:“恭喜你们两位面试过关了。”

机器人的话音刚落,倒在地上的1号张辉一翻身从地上站起来,走到6号和林伟面前,握着他们的手说:“恭喜二位即将成为我们的新同事!”正当6号和林伟满头雾水时,1号张辉又迎上去握着机器人的手说:“机器人先生,辛苦你了,为我们选拔了两个思想过硬又能经受巨大压力的操盘手!”

机器人说:“我哪敢居功?这全靠张部长你戏演得逼真,一开场就给他们造成了巨大的心理压力。”

1号张辉接着说:“还是你老兄有真本事啊,要不是你能看透人的内心,那个4号肯定会过关,不过真可惜,他的心理素质绝对适合做一个操盘手,只是路走偏了;还有那翁部长的被捕不也是你的功劳吗?”

机器人说:“只是遗憾,你的三个名额浪费一个了,呵呵……”

就在他们说话的当儿,其他几个面试官也纷纷上来祝贺,机器人又走到林伟和6号面前,指着张辉介绍说:“这位1号是刚上任的人力资源部张辉部长,至于我嘛,中科院最新研制的新一代机器人,呵呵……”

(**题图、插图**:谭海彦)

□鲁一观

# 一段奇缘

清康熙年间，诸城县有个书生叫吴士昌，中过举人，才华横溢。吴家祖上曾做过吏部尚书，在诸城是豪门权贵，所以历任的知县都喜欢结交他们。

这年吴士昌年方十九，尚未婚配，诸城的新任知县刘方舟知道后，就托人到吴家说媒，想把自己的女儿许配给他。吴士昌的父母满口答应，不料吴士昌却无论如何不愿听命，他认为知县家的女儿肯定都是娇生惯养、脾气古怪，娶这种老婆还不如娶一个村姑，但父命难抗，吴士昌没办法，只得逃婚。

逃到哪里去？吴士昌首先想到了被誉为“天堂”的杭州，但他匆匆逃婚，带的银两不多，一路上又不善于打理钱财，银子很快就花光了，于是他只能徒步行走，等他赶到杭州，已经差不多有一个多月了。

那天傍晚时分，吴士昌来到钱塘江边，望着滚滚江水，他感慨万千，情不自禁地吟诵起古人的诗来，正在这时，忽听有人在叫好，他回头一看，只见旁边站了一个穿着白衣的青年女子，容貌艳丽如同仙子。吴士昌看呆了，好一会才回过神，红着脸不知所措。才子佳人，你有情我有意，两人一见如故，不知不觉间，居然聊了整整一夜，眼看天快亮了，那女子忽然惊慌起来：“啊，我得走了。”

吴士昌依依难舍，但又不能强

留，只得无奈地望着她远去。那女的看样子也是难以舍他而去，她慢慢地走出一段路，忽然又回头望了一眼吴士昌，说：“我叫秋娘。”说完就快步远去。吴士昌痴痴地站着，留恋好久。

吴士昌返身进了城，当夜找了家旅店宿下，第二天就出门寻求谋生的活计，好在他写得一手好字，有家字画店帮他找了一个抄写医书的活，没有酬金，但管吃住，吴士昌如今已经别无选择，只得答应下来。

从此以后，一到晚上，吴士昌就赶到钱塘江边，可他天天等，夜夜盼，等了半个多月，始终没有见到秋娘。渐渐的，吴士昌跟江边的几个渔民混熟了，渔民告诉他，半月前，此地曾有一个白衣女子跳江自尽，后来才知道是城里青云楼的头牌，因为被一个恶霸逼婚，就跳江了……

渔民说的那女子的相貌，竟和秋娘十分相似，吴士昌吃了一惊：难道自己见到的那个秋娘，竟是个鬼魂？虽然明白了真相，吴士昌还是不愿放弃，他仍每天晚上在江边等秋娘，这一等就是半年，秋娘仍杳无音讯。

吴士昌在杭州城呆久了，慢慢就认识了一些朋友，其中有一个是看风水、断阴阳的，他给吴士昌指点了一个法子：一般来讲，天下所有的鬼魂都要去四川丰都的鬼城，或是转世投胎，或是被打入十八层地狱，到了那里，起码可以查到秋娘的下落。

吴士昌一听大喜，毫不犹豫地打点行装启程前往。一路上风餐露宿，终于来到丰都鬼城，他来到了阎罗殿上，写了一封长长的信，信上说了秋娘的名字、相貌、去世时间以及他和秋娘相识的经过，这信写得情真意切，感天动地。

按那朋友所说，这信应该在阎王殿上烧掉，然后阎王就会托梦给他，可吴士昌心里琢磨开了：万一就这么烧了，可阎王爷没看到这信怎么办？再说这阎王殿上烧纸的人这么多，万一阎王爷搞错了怎么办？这么一想，吴士昌便决定暂时不烧纸，先把信给阎王爷念几遍，这样就可以加深阎王爷的印象。

于是，吴士昌也不管身边跪着这么多人，大声念起了信，念到伤心处，他忍不住痛心疾首、失魂落魄，他念了一遍又一遍，念了整整十遍，才把那张纸烧掉了，然后回到旅馆，也不出门，天天躺在床上睡觉，等着阎王爷查到秋娘的下落后托梦给他。

可是，一连等了几天，吴士昌仍没有梦到什么，这天他正躺在床上伤心，忽然听到敲门声，门外的店小二喊道：“有客人——”

吴士昌很疑惑，他来丰都，一个人都不认识，谁会专程来拜访自己呢？开门一看，只见外面站着两个人，一个中年男人，后面跟着一个书僮。他把两人让到屋里，那中年男人什么话都不说，忽然开口吟诵了起来，吟诵的居然就是吴士昌在阎王殿上念的那封信上的内容！

“好文采啊好文采！”中年男人吟诵完后感叹着说，“这篇文章被誉为千古奇文，现在已经在全城流传，可是你写的？”

原来是这事，真没想到居然还被有心人记下了，吴士昌说：“正是小生所作。”

中年男人问：“你叫什么名字，哪里人氏？”

吴士昌一一作答：“小生姓吴名士昌，诸城县人氏。”

中年男人愣了一下，又仔细端详了一番吴士昌，忽然“哈哈”大笑道：“奇缘！真乃奇缘啊！”说完，中年男人竟自顾自地离去了。

中年男人走后，那书僮却仍然站在原地，眼睛直勾勾地望着吴士昌，吴士昌这才认真看了书僮一眼，这一看顿时使他大吃一惊——那书僮的眉目居然就像秋娘一般！

就在这一刻，书僮慢慢除去了头上的布帽，露出了长长的青丝，然后又脱去外面的蓝布长衫，里面却是一袭白衣，啊，她正是秋娘呀，跟那天晚上初见时一模一样！吴士昌一下子冲过去，紧紧抓住她的手，泪如雨落，问：“秋娘……秋娘……是你吗？你究竟是人还是……”

“当然是人了！”秋娘说着，眼睛一红，泪水也像断了线的珠子一样滚落下来。两人拥着、哭着，久久没有松手，吴士昌倾诉了一番相思之苦，问：“那天见面后你去了哪里？你怎么又到了这里？刚才那人是谁？”

秋娘说，刚才那人是她的父亲，他一直在外地为官，她和母亲住在老家。今年年初，父亲带来口信，让她和母亲去他的任上，可母亲要侍奉公婆，走不开，她只好一个人去。那天路过杭州，要在那里停歇一夜，她久慕钱塘江的美景，就去了江边，正好碰到了吴士昌。次日上路，到了父亲任上，才知道父亲给她订了一门亲事，但她不愿意，因为她也对吴士昌一见钟情，好在这时男方也回绝了这门亲事，后来才知道是那个书生不愿意，居然逃走了。上个月，她父亲又调任丰都知县，所以又跟着父亲到这里来了……

说到这里，秋娘问：“你知道那个不愿意和我成亲的书生是谁吗？”

吴士昌摇了摇头：“谁？”

秋娘一指吴士昌，说“就是你这个大木瓜！本小姐姓刘，叫刘秋娘，我父亲以前就是诸城知县刘方舟。”

“啊——”吴士昌惊得目瞪口呆，这时他才明白，刚才出去的中年男人为什么要感叹“奇缘”！

此刻，秋娘满脸都是泪花：“你呀，太‘痴’了，连鬼都敢爱！”

（题图：黄全昌）

# 和魔鬼做交易

□方陵生　编译

根据美国作家戴维·赫特的作品编译

很久以前，美国乔治亚州的大山里住着一个老铁匠，名叫罗恩，山里还住了一个老巫婆。

有一天，老巫婆到铁匠铺去修壶，罗恩这人嗜酒爱赌，但他对老巫婆十分尊敬，他知道她会巫术，可不敢得罪她。

壶很快就修好了，罗恩不肯收老巫婆的钱，老巫婆却不想白白受人恩惠，便说要满足他三个愿望。罗恩知道，如果他不说出自己的愿望，老巫婆是不会走的，于是苦思了好一会，就说了他的第一个愿望：如果有人动了他的工具，那人的手就会被工具粘住，就像粘上了胶水一样，这样他就能知道是什么人在乱动东西了。老巫婆说："行，你的第一个愿望可以满足，那第二个愿望是什么呢？"

罗恩常常喜欢端个酒壶坐在门前自斟自饮，直到太阳落山，但总有人喜欢将他的椅子乱挪地方，他总得将椅子再搬回来，所以他的第二个愿望就是：如果有人坐上那把椅子，就会被"卡"住动弹不了，直到他看清是什么人为止。

巫婆点点头，告诉罗恩第二个心愿也可以满足。

第三个愿望么，罗恩想了好一会儿。就像我们许多人一样，他每赚到一分钱，就想花一毛钱，所以他总是没钱花，他请老巫婆施法，让他的钱袋轻易取不出钱来，直到他真正开口说要，钱才会拿得出来，这样的话，他花钱就会三思而行了。

当然，老巫婆也满足了罗恩的第三个心愿。送走老巫婆后，日子还是这么一天天地平淡地过着，渐渐的，罗恩忘记了他曾经许过的三个愿望。

有一天，天很热，中午时分，来了一个穿着一身黑衣的人，等那人渐渐走近，罗恩顿时大吃一惊：站在面前的不是别人，而是地狱之王魔王比埃兹巴伯，他的魔法仅次于撒旦！

魔王开口了，他的声音就像是滚过来的一阵阵惊雷："罗恩，你知道我为什么来这里吗？告诉你，你离开这个世界的时辰已到，我现在要将你的灵魂收走！"

罗恩听了大吃一惊，他可不想跟魔王到地狱里去，于是便对魔王说："能否让我将手里的活干完了再走，那把犁头还没磨锋利呢。"

魔王同意了，于是罗恩让魔王将放在一边的那个大锤递给他，他好干活。魔王刚抓住锤子，手就被牢牢地粘住了，任他怎么诅咒，怎么唾骂，怎么跺脚，都无法甩掉，总之，魔王是被粘住了。

罗恩狡黠地说要和魔王做笔交易，他说："魔王先生，我可以让锤子不再粘住你的手，但你要让我在人间再活十年。"

魔王只得同意这个条件，于是罗恩拿回了锤子，魔王想不到自己会败在一个凡人手上，羞愧难当，当即化为一阵青烟消失了。

十年后的同一天，魔王又来到了罗恩的铁匠铺里，他冷笑着说："小子，时辰到了，别再玩那些愚蠢的把戏了，放下手里的活，跟我走。"

罗恩知道自己没法选择了，只得默默地放下手中的工具，跟着魔王走出铁匠铺，到了门口，他站住了，说："魔王先生，这一路上路途遥远，我会遇到许多熟人，能不能让我梳洗一下，换件衣服再走？"魔王想了想，便答应了。

于是罗恩走回铺子开始梳洗，魔王就在门前那张椅子上坐下，想歇息一会，路途还远着哪，谁知刚坐下，他就被紧紧地卡在椅子里动弹不得，任他诅咒、唾骂、跺脚，都无济于事，他知道，这一次又被罗恩给算计了，于是，只得又和罗恩做了第二笔交易：罗恩让魔王从椅子上脱出身来，魔王再让罗恩在人世活十年时间。

日子过得可真快，转眼间又过了十年，那一天，魔王又出现在铁匠铺里，张牙舞爪地让罗恩跟他走："别再耍什么花招了，罗恩，不要再想找借

口，什么把活干完，什么梳洗一番，这次不行，马上跟我上路！”

说着，魔王抓住罗恩的胳膊就往门口拽……

罗恩没办法，只得跟着魔王上路了，路上，罗恩说他现在好渴，魔王也觉得口渴起来了。罗恩说，他知道有个地方，那里有一种“清凉的饮料”，他将钱包翻转过来给魔王看，他现在是身无分文，但是罗恩有个好主意，他说：“魔王先生，我知道你法力无边，如果你能变成两枚一毛的硬币，我就能用这钱到那里去买二杯‘清凉的饮料’，我买了饮料就在外面等，然后你再变成一只蝴蝶飞出来，这样我们喝了饮料后就能继续上路了。”

魔王觉得这个主意不错，于是眼睛一眨，他就变成了两枚一毛的硬币，进了罗恩的钱包，魔王一进去就知道自己第三次中罗恩的计了，但无论他怎么诅咒、唾骂、跺脚，也无法从罗恩的钱袋里出来，看来魔王要永远呆在这个钱袋里了。

不过，罗恩早晚有一天会死的，而且这日子也终于到来了，当地许多人都说他是喝酒喝死的。那一天，罗恩到了天堂门口，但是守候在天堂门口的神灵不敢放他进去，因为魔王在他的口袋里，天堂怎么允许魔王进来呢？于是罗恩又到了地狱门口，守门的小鬼不让他进去，因为这是一个曾经战胜了魔王的人，他们需要得到魔王的允许才能放他进去，可是他们的魔王不知上哪去了，怎么找也找不到。

在夏天的晚上，有时天空会只见闪电而不闻雷声，人们管这叫热闪电，传说，那是罗恩在天堂和地狱之间徘徊，而被困在他钱袋里的魔鬼，则不断地在诅咒、唾骂、跺脚，但始终不得脱身……

**（题图、插图：佐　夫）**

（本栏目欢迎来稿。来稿可从邮局寄发，也可从网上传递。如为电子邮件，请发以下信箱：xiaomeng.ye@gmail.com）

“朋友妻不可欺”，一句众所周知的千年古训，一句夫朋妻友间的仗义宣言，可偏偏就有人丢弃了这个基本的道德底线……

# 朋友妻不可欺

□陈建勇

## 1．欲行不轨

有一对年轻的夫妇，老公叫张强，媳妇叫赵燕，在深圳驻汕头一家分公司打工，工资不低，理应是幸福的一对，可这一年来，本来开朗的赵燕，却总是闷在家里，愁眉苦脸，很少和人交往。

隔壁的邻居是刚搬来的，也是一家两口子，媳妇王妹子是个热心人，她经常和赵燕打招呼，赵燕心情不好，时常爱理不理的。王妹子知道赵燕是老乡，并不计较，几次不理，仍然笑嘻嘻地向赵燕问好，特别是晚餐的时候，时常会弄一点好吃的家乡菜，送过来给赵燕吃。王妹子的家乡菜做得不错，赵燕吃了一回后，就喜欢上了。王妹子不但会弄菜，而且能说会道，尽说些让赵燕高兴的事，慢慢的，赵燕接纳了王妹子这个新邻居，脸上有了笑容，渐渐也开朗起来，不但和王妹子交上了朋友，也开始和外面的老乡来往了。

这可让老公张强高兴坏了：一年前，赵燕在深圳总公司上班时发生了一件难以启齿的事，后来就没高兴过，他一直想让赵燕高兴起来，但没做到，看来赵燕遇上王妹子真是幸事，而且王妹子的老公李冬生和张强一样也爱喝两杯，两人马上称兄道弟，很快就成了好兄弟。此后，两家

来往密切，亲如一家，你有好吃的叫我，我想喝两杯就请你。

可是，好景不长，还没高兴两个月，赵燕又沉默寡言起来了，张强以为赵燕又想起了在深圳那件伤心的事，所以也没有太在意。

这天晚上，张强本来想在家里陪陪赵燕的，却临时接到朋友电话，说要请他过去喝两杯，张强是个重情义的人，就答应了。

喝酒这样的事自然忘不了李冬生，于是张强就喊上了他，三个男人来到了附近的湘菜馆，见面一聊，酒杯一端，张强的朋友也成了李冬生的朋友，不一会三个男人就热闹起来。男人在酒桌上热闹，不就是拿酒出气？就这样你一杯，我一杯，李冬生不胜酒力，先喝高了。

张强有一点不喜欢李冬生，这家伙酒一喝多，就喜欢谈女人。有朋友在，为了活跃气氛，你说说女人也就算了，可李冬生说出来的话让张强听了不受用，他是这么说的："张强，你家赵燕就是漂亮，那皮肤比我家王妹子的细嫩多了。"而且，他说话时的那神态，就好像是亲手触摸过赵燕的皮肤似的，张强一听就来了气：你摸过我家赵燕的身子？莫非你李冬生和赵燕有不正当的关系？

想到这里，张强一时脸色煞白，心里很不是滋味，一旁的朋友看到了张强脸色的变化，就安慰了一句："哎，李冬生喝醉了，别把他说的当真。"

张强没醉，能控制自己，他对朋友说："他胡说八道，我才不当真呢。今天晚了，就这样吧，你自己回去，我送李冬生回去，我们改天再聚。"

张强把李冬生送回家后，没走几步就到了自家门口，正要敲门时，突然心生一计，他要试探试探媳妇和李冬生之间到底是怎么回事。

张强对着自家的门，"咚咚咚"连敲了三下。屋里的赵燕听到了敲门声，她知道丈夫张强身上有钥匙的，不可能敲门，一定是别人，就问："谁？"

张强装作李冬生的声音，拿腔捏调地说："我、李冬生，张强和朋友打牌去了，我想你了。"

听到李冬生的声音，赵燕在屋里就来了气："李冬生，你欺负我，我还没声张呢，你还要得寸进尺，我就到法院告你！"

张强听到这些，喘着粗气，气得差点把门一脚踹开，他怕别家邻居听到，这才掏出身上的钥匙，把门打开。门一开，赵燕见是张强，傻眼了，知道说漏了嘴，再也说不出话来。赵燕以为张强会打她两耳光，或者会破口大骂，可是张强很冷静，不但没打，也没骂她，而是叫赵燕坐下来，说："你和李冬生到底是怎么回事？说！"

赵燕原本不想说这事，现在没办

法，只好如实说来：那天，李冬生在家里喝醉了，王妹子那会儿正在外面，没法赶回来照顾，就给赵燕打电话，叫她过去照看一下。赵燕进屋照顾李冬生时，哪想到他醉糊涂了，竟然把门关起来，要强奸她。李冬生动手的时候，赵燕想过要大叫，让其他邻居来解围，但这时她想起了一件往事：一年前，那时她还在深圳总公司上班。有一天，赵燕一个人在办公室加班，被同事唐爱伟盯上了，并在办公室里欲行不轨，只因赵燕强烈反抗，唐爱伟才没得逞，但当时的一切被办公室内的监控录像录下了，绯闻很快在公司流传。为了维护自己的尊严，赵燕告了唐爱伟。后来尽管唐爱伟的媳妇挺着大肚子，跪在赵燕面前求情，请求赵燕为她快要出生的孩子着想，别告唐爱伟了，但赵燕当时愤怒的心情怎么也控制不了，最终还是上法院告了，结果因有录像为证，事实清楚，加上在办公室内强奸同事，影响极坏，唐爱伟以“强奸未遂”罪被判了三年……

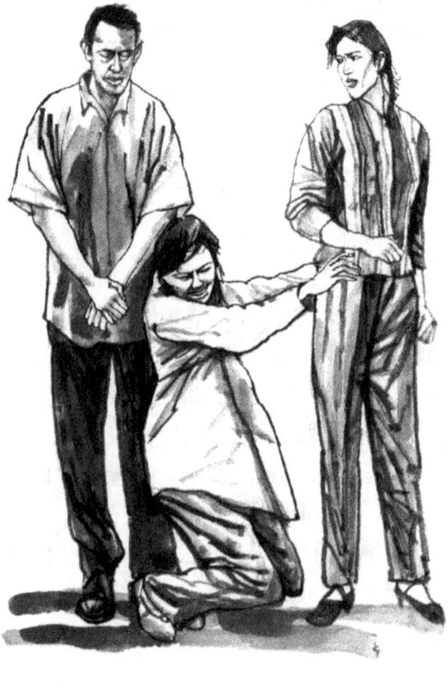

赵燕想到这些，所以才会在李冬生动手的时候没有声张，正因为没叫，李冬生以为她只是羞涩，于是更加疯狂，但赵燕还是竭力反抗，李冬生最终也没得逞。

张强听到这里，这才明白了，原来这几天赵燕又不高兴起来，就是因为李冬生这个王八蛋干了这么件缺德事！此时的张强，哪里相信仅是强奸未遂？他气得咬牙切齿，怒气冲冲地跑到厨房，拿出了一把寒光闪闪的菜刀……

## 2. 寻找点子

张强拿着刀就往门口冲，看样子是要去砍李冬生，砍人是犯法的，这种傻事可不能干，情急之下，赵燕跪下来，拖住张强，一边哭一边说：“你不能这样去，砍死了他你得偿命，砍伤了你得坐牢！我们想想别的办法吧。”张强一听，渐渐冷静下来：是啊，他李冬生违法了，为什么我还要跟着

违法？我不能用别的办法来收拾他？想到这里，“哐当”一声，张强手上的刀掉在地上……

张强冷静后，赵燕说了两种办法：一是让李冬生当面向她赔礼道歉，二是像告唐爱伟一样，把李冬生也告到法院，让法律来制裁他，张强听了马上说：“赔礼道歉？干出这样的事，光是赔礼道歉，这也太便宜他了！”张强也要李冬生像唐爱伟一样，坐上三年的牢！就这样，这个晚上，两个人坐在床上没睡，讨论着怎么告李冬生。

告状的程序，赵燕很清楚，她有当年状告唐爱伟的经验，但到底能不能告赢，赵燕没有把握，因为李冬生强奸她的事已经发生几天了，当时没想要告他，人证、物证什么也没留，不像告唐爱伟那样有录像，就这样告他恐怕不成，你说他强奸你，他说没有，弄得不好，反而被别人倒打一耙，说你诬告。

夫妻俩讨论了一个晚上，也没想出个办法来，但有一点是肯定的，张强认为，朋友妻不可欺，现在他李冬生做出了这种禽兽不如的事，一定要他付出代价！

没找到告倒李冬生的好办法，张强不死心，他想到了律师，律师一定会有办法的。现在打工仔遇上什么官司，喜欢找私人律师事务所，他们服务周到，于是，张强就去找了一家私人律师事务所，一位姓纪的律师接待了他，张强把情况一说，纪律师就想推脱，不想接手这宗官司，他说这事没有证据，很难打赢，但张强缠着纪律师，苦苦恳求：“纪律师，你们可是为打工仔服务的，你们要是不帮我，我到哪里去找律师？”在张强再三的央求下，纪律师给张强出了个“点子”……

一听这个点子，张强眼前一亮，好像是“柳暗花明又一村”，不觉暗自感叹：律师就是律师，就是点子多。回到家里，张强把律师的点子跟赵燕说了，赵燕一听，也觉得不错，两人就商量具体办法。

吃过晚饭，赵燕把王妹子拉出去玩，王妹子一出去，张强就跑到李冬生家里，啥也不吭，抓住李冬生就是几拳。李冬生被张强突如其来的几拳打懵了，一时不知道是怎么回事，傻傻地看着张强，张强打了之后就骂：“李冬生，你还是人吗？朋友之间，你竟然做出了这样的事？”

这时，李冬生还是一头雾水，于是，张强就咬牙切齿地说了李冬生强奸赵燕的事，李冬生一听，顿时像霜打的茄子一样，蔫了，口气也软了下来：“张大哥，你不要急，听我慢慢说。”李冬生解释说，那天他喝多了，赵燕来的时候，他酒性发作，稀里糊涂做出了那种事，他不是有意的，而且也没有酿成实质性的后果，请张强看在朋友的份上，原谅他。

这样的事哪能原谅？张强的拳头还要往李冬生头上砸，李冬生知道自己理亏，就苦苦哀求：“张大哥，我对不起你，但你也不能用这样的办法来对我，我们可是好朋友啊！”张强身材魁梧，李冬生不是他的对手，所以怕他。

见火候到了，张强收起了拳头，对李冬生说，既然是好朋友，他也不追究了，但要李冬生写个保证书，保证以后不再和赵燕发生那种事。

看张强情绪缓和了，李冬生一时没过多琢磨，马上答应写保证书，并让张强先回家，自己写好后就给他。看李冬生答应了，张强自然很高兴。

这就是纪律师出的点子，纪律师说了，只要有了李冬生的保证书，保证官司会赢。

张强一走，李冬生却犯难了：他虽然平时能说会道，脸蛋白皙得像个书生，其实他初中也没毕业，要他写个像模像样的保证书，还真是件难事。灯光下，他咬着笔头，挠着头皮，艰难地写了三个字“保证书”，下面的就不知从何下笔了。

李冬生虽然没文化，但他在厂里做过几年小主管，有点见识，他知道一个人的能力有限，遇事要靠朋友帮忙，于是他马上找到一个朋友的电话，拨过去请他帮忙。朋友接通电话就问李冬生什么事，可是，等到要说事的时候李冬生傻眼了：强奸张强媳妇的事，怎么能告诉朋友？朋友一旦知道他李冬生做下的这种龌龊事，谁还和他做朋友？想到这里，李冬生只好装模作样地聊了几句，敷衍了朋友。

不能找生活中的朋友，那就找虚拟的朋友——不见面的网友。李冬生做小主管时间很长了，家里早就有了电脑，于是他打开电脑，联系了一位网友。网上的朋友，虽然虚拟，但你需要帮忙的话，在力所能及的范围内，他们都很热心。李冬生把他的情况一

说，那位网友很快就为李冬生起草了一份保证书，李冬生一看，觉得不错，就把它复制并打印了下来。

李冬生刚把保证书打印好，准备签名时，那位网友却突然在ＱＱ上说，那保证书不能给朋友，如果朋友是别有用心的，他就会把这保证书当证据，说不定会告李冬生强奸什么的。听网友这么一说，李冬生顿时吓出一身冷汗：这个张强，怎么会干这样的事？这还是朋友吗？唉，看来这保证书还真不能写！

可是，不写保证书，张强肯定是不会答应的，得想个办法，让张强不要追究这件事才行。

李冬生苦思冥想，怎么也想不出一个好办法，就在这时，王妹子回来了，李冬生想，王妹子能说会道，而且对张强也特别好，叫起“张大哥”来比叫亲哥哥还亲，有好吃的、好喝的，总是忘不了她那个“张大哥”。如果让王妹子出面，请张强看在邻居和朋友的份上，别计较了，也许能成；而且那天的事，都怪王妹子，明知道他李冬生喝多了，还叫赵燕来照顾他，结果出了那种事，现在让王妹子去说服张强，也是应该的。

主意一定，李冬生便把那天酒醉后想强奸赵燕的事说了，并让王妹子做张强的工作。王妹子听了，倒是并没责怪李冬生，反而一个劲地自责，说那天不应该叫赵燕来照顾他。这时，李冬生瞪了王妹子一眼，说：“你别磨蹭了，快去找张强吧。”

王妹子想了想，说：“这种事，你让我去做工作，我有十张嘴也没用啊，哪个男人能容忍这样的事？”

李冬生叹了口气，忧心忡忡地说：“他张强要我写保证书，说不定拿了保证书就要告我，你就眼睁睁地看着我吃官司？”

王妹子说“最好的办法，就是设个圈套让张强钻，然后让张强没办法追究。”李冬生一听，觉得王妹子的话有理，急切地问是什么圈套，王妹子没有明说，只是说：“这事因我而起，办法我来想，你只管听我的安排。”

## 3. 给你洗脑

在王妹子的安排下，第二天晚上，李冬生给张强打电话：“张大哥，你出来吧，我在外面的马路上等你。”

接了李冬生的电话，张强估计李冬生要给保证书了，就很快出来了，可是，到了出租屋外面的马路上，看了半天，连个人影也不见，张强心想是不是这小子在耍什么花招？他拨通了李冬生的电话“我到马路了，怎么没看到你？”

手机中传来了李冬生的声音：“我看到你了，你再往前走一百米，我就在那辆红色的出租车里面。”

张强犯了疑：到出租车里面拿保

证书给我？还是接我到哪里去？张强一边走，一边想。到了出租车旁边，李冬生要张强上车，张强不想上，他只想拿到保证书，于是就站在外面问道：“保证书写好了？”李冬生回答得很干脆：“写好了。”说着，他拿出那张网友写的保证书在张强眼前晃了晃。这时，张强心里一阵高兴，看来状告李冬生的第一步马上就要成功了，可是，就在伸手要拿保证书的时候，李冬生却叫张强不要急，说是在给这张保证书之前，他李冬生要赔罪，要请张强到娱乐城里娱乐娱乐，以此表示一下自己的心意，说着，他就把张强拉进了车里。

出租车很快到了“天上娱乐城”，下了车后，张强站在娱乐城的门口没有挪步，他在动着心思：李冬生把我带到这里来干吗？不会是给我弄个小妹、设个圈套让我钻？然后录上像，再和我谈条件，把他强奸赵燕的事扯平了？想到这里，张强便对李冬生说自己有事，不想进娱乐城了。

“不进去？”李冬生不同意，说他做小弟的是真心赔罪，张强要是不进去，就说明不领情，这点面子都不给，他李冬生怎么能给保证书呢？张强没办法，保证书还在李冬生手上，不进去还真的不行，但张强想好了，去就去，只要我做好防范，不和里面的小姐做什么事，看他拿我怎么办？想到这里，张强的心也宽了，于是就由着李冬生安排。

李冬生带着张强在淋浴房冲凉换衣后，便来到了四楼的408房间，进了房后，李冬生就向服务生点了23号和28号两位小妹。很快，两个漂亮的小妹走了进来，两人的小嘴很甜，看到张强就甜甜地叫：“大哥，您好。”李冬生瞟了张强一眼，对23号说：“这位张大哥是我的大哥，你可要给他提供最好的服务哟！”

“你放心，面对这么帅气的大哥，我能不拿出最好的手法？那是不可能的！”23号一边说，一边用目光和张强对视了一下，并对张强投去一个甜甜的笑，笑过之后，又问李冬生：“大哥，你们喝点什么？”

李冬生马上答道：“大家都喝咖啡吧？”张强却反对，说不用喝什么，按按摩就好了。李冬生犯了疑“你小子不是挺喜欢喝咖啡吗？怎么到这里来就不喝了？是不是怕我下迷药？”其实，张强正是这样想、这样提防的，他借口胃不舒服，不喝，这时，23号接过了话：“不喝也好，那就开始吧，别让大哥久等了。”说着，她伸手做了一个“请”的动作。

正规按摩，况且李冬生也在场，所以张强不怕他在这里搞什么鬼，于是就放心地上了床。那个23号按摩的手法不错，不一会张强就浑身舒坦。张强在享受着，没说话，但李冬生好像没心思享受，他在和28号吹牛，他讲了一个荤段子，逗得两个小妹“哈哈”大笑，气氛一下子活跃起来，两个小妹也放开了，和李冬生开始聊天。

聊着聊着，23号说了一件事，说是她有个老乡，有一次喝醉了酒，对他朋友的媳妇“那个”了。过了一段时间，丈夫发现了这事，要她的老乡写保证书，保证以后再也不做这种事，23号问在场的几个人：她的老乡该不该写这种保证书？

张强听23号这么一说，心里一阵嘀咕：她说的事，怎么和自己经历的一样？这是巧合，还是李冬生有意安排的？

张强一边让23号按摩着，一边心里琢磨着，正在这时，28号开口了：“这保证书不能写，写了不等于让朋友抓住把柄了？那朋友拿着保证书告你老乡性骚扰或者强奸，那不成了证据？”

听到这里，张强大吃一惊 这个28号怎么识破了律师的点子？可是，此刻他张强无法把28号的嘴堵上，话已经说出来了，李冬生也听到了，只好由着她们说下去了。

23号接着提出了自己的观点：“保证书是不能写的，还是赔点钱算了。”28号又反对：“赔钱？亏你说得出口，这样的钱，谁花得心安？”

23号疑惑了：“那怎么办？”

“办法倒是有一个，可是不好说。”28号说到这里，就把话题岔开了，“不说这个了，没意思，李大哥你再来个笑话吧。”

李冬生马上又讲了一个笑话，这时，张强渐渐明白了：李冬生到了娱乐城就直冲408房间，顺口又点上23号和28号，其实一切都是他安排的，是来为他张强“洗脑”的！

两人按摩后，李冬生又请两个小妹一起，到湘菜馆喝酒吃夜宵。两个小妹当然不客气，但张强没有心思，可是有两个小妹在，不好推辞，还是去了。

到湘菜馆后，李冬生点了几个好菜，要了两瓶白酒，大家开始喝起来。酒桌上，几两酒下肚，李冬生又谈起了女人，这回他没谈别人，谈的是王妹子。李冬生说，他家王妹子的鼻梁比赵燕的高，眼睛比赵燕的大，还是双眼皮，皮肤虽然黑一点，但健康，现在就流行这种皮肤；还说王妹子经常端补汤给张强喝，管张强叫“张大哥”，叫得比亲哥哥还亲，他怀疑王妹子对张强有点意思，等等。

张强听了这些话，心里又嘀咕开了：哪有对着朋友这样说自家媳妇的？他李冬生说这些，是想逗两个小妹开心，还是有意说给他听的？还有，刚才28号说“办法倒是有一个”，这办法是什么？难道28号说的，和现在李冬生说的是一个意思——让他张强对王妹子产生一点想法，继而做点什么，以此作为交换，扯平李冬生强奸赵燕这事？

不过，话又说回来了，王妹子平日确实待他张强挺好的。

喝完酒后，张强迷迷糊糊地回到了家里，回家后就告诉了赵燕，律师的点子被李冬生识破了，赵燕懊恼地说：“那怎么办？”此时，张强的脑子里也很乱，不知道还有什么办法，只好暂时先安慰赵燕，叫她先睡，他再想想别的办法。

在张强的安慰下，赵燕睡觉了，不一会还发出了轻微的鼾声。看着睡得香甜的赵燕，张强的肚里翻江倒海，久久不能平静。眼前这个女人，到底和李冬生是怎么回事？上一次难道真的如她所说，没有让李冬生得逞？谁看见了？谁能作证？这事只有他们两人心里最清楚，万一事实并非这样，而是李冬生得逞了，他张强这个大男人不是窝囊透了吗？

恍惚之中，王妹子的身影在张强眼前晃动了起来，渐渐地，张强竟然把熟睡的赵燕看成是王妹子了……

## 4. 心怀鬼胎

律师的点子被识破后，张强有了新的点子，周五的晚上，他就主动打电话给李冬生：“李冬生，你要是够朋友的话，赶快来湘菜馆。你和我媳妇的事，我们好好谈一谈。”李冬生识破张强的点子后，他倒也不怕了，反正他不会把保证书给张强，张强拿不到证据，也奈何他不得，再说，身边还有王妹子在帮他出主意呢。

李冬生很快来到了湘菜馆，桌上早已摆了好几个菜，酒也点了，张强见了他，第一句话就是：“男人不能因为女人而伤了和气，你说是不是？”

李冬生一听，暗自乐了：王妹子“策划”的对张强的“洗脑计划”起作用了，他高兴地往两人的杯里斟满了酒，然后举起酒杯对张强说：“张大哥，只要你这样想，我们兄弟什么都

好说，来，我敬你一杯。”于是，两个男人你一杯，我一杯，相互敬了起来。

开始时，李冬生还是把持着自己，但很快就有了几分醉意，开第二瓶酒的时候，李冬生把王妹子教他的话全忘记了，只顾心里怎么想就怎么说，他嬉皮笑脸地说，王妹子和赵燕两个人，还是赵燕漂亮，所以，两个月前，他和王妹子找房子租时，起初反对王妹子和张强做邻居，后来看到了赵燕，想到以后可以有这么一个美人儿做邻居，这才同意了。

张强用轻描淡写的语气问道：“这么说，你早就喜欢我的老婆了？”

李冬生多喝了几杯，有点管不住自己的嘴巴了，他说，他就这德行，喝两杯酒后喜欢说说女人，也喜欢漂亮女人，那天，不知道怎么搞的，有点控制不住，所以对赵燕做出了那种事……

张强压抑着一腔怒火，故意用轻松的语气问道：“你小子到底是‘强奸未遂’，还是‘强奸已遂’？”

李冬生借着醉意厚着脸皮说：“‘未遂’怎么样？‘已遂’又怎么样？反正你也没拿到保证书，告不了我！”

这时，张强默默地从口袋里拿出一个东西，在李冬生眼前一晃：“知道这是什么东西吗？”

李冬生揉了揉被酒精刺激得红红的眼睛说：“笔。”

张强知道李冬生没看清楚，又提醒道“对了一半，再看。”这时李冬生又仔细看了看，顿时吓了一跳，说：“录音笔？”

张强诡异地笑了笑，他还按了录音笔上的几个键，播放了他们刚才的谈话录音，录音很清晰，完全可以在法庭上当证据用。这时的李冬生，醉意一下子全没了，结结巴巴地说：“张、张大哥，你、你这是什么意思？”

张强反问：“什么意思，你不明白？”李冬生低头了，脸色煞白：“没想到我真心把你当朋友，你却算计我。”

“哼，朋友？你既然把我当朋友，难道就忘了‘朋友妻不可欺’这句古训吗？”看李冬生吓得够呛，张强继续恐吓他，“我家赵燕说你是‘强奸未遂’，我能相信吗？就算是‘强奸未遂’，你也要坐二三年的牢！”

李冬生央求道“张大哥，我求求你，你千万别告我，你一告我，我进了牢房，以后还怎么抬得起头啊？”说着，他“扑”地跪在张强的面前。

其实，张强今天的所作所为是深思熟虑的，他是这么想的：李冬生请他按摩，为他“洗脑”，还大谈王妹子对他张强如何如何好，是不是想以王妹子作为交换条件，把他们的事扯平？不过他这样猜想还是没有十分的把握，所以就录了这个音，以此作为要挟，一旦目的达到，就可以把录音笔交给李冬生，现在见李冬生真的害怕了，张强知道时机已到，就拉起李冬生，笑着说“你也不想一想，如果我想到法院告你，怎么现在就把录音的事告诉了你？”

李冬生一听，站了起来，脸色也渐渐平和了，于是，两个男人就低声商议了起来……

周六的晚上，张强听从李冬生的安排，让赵燕到一个很远的老乡家打麻将去了，赵燕一走，张强就到了李冬生的家。看到张强来了，李冬生就让王妹子切个西瓜给他们解解暑，然后再弄两个菜让他哥俩喝两杯。李冬生一边说，一边从冰箱里拿出花生

米，又摸出一瓶白酒，先和张强喝了起来。

王妹子很热情，把西瓜切好，就弄菜；弄好两个菜，也来陪着张强喝酒。酒喝了几杯后，李冬生的手机响了，他打开手机，“嗯嗯嗯”了几声，就对王妹子说：“有个老乡出了点事，我要出去，你陪张大哥喝两杯。”李冬生走后，王妹子就坐在李冬生的位子上陪张强喝。王妹子喝的是啤酒，两杯啤酒下肚，脸上就红润润的了，显得更加妩媚。看到一脸俏色的王妹子，张强就夸道：“我说李冬生这小子就是有福气，媳妇不但贤惠，而且还这么漂亮。”王妹子也借着酒性，笑眯眯地回敬张强：“你们男人啊，都不是好东西，媳妇都是别人的好。”她说着，还用手指戳了一下张强的太阳穴。

张强“嘿嘿”地笑，一边笑一边和王妹子碰杯。此时，张强的邪念完全表露出来了，今天这事是李冬生为他“安排”的，他还掌握着能够证明李冬生劣迹的录音，李冬生还敢暗中使坏？再说，王妹子平日对他也是眉来眼去的……

接下来的情况，正如张强料想的那样，王妹子喝了几杯啤酒后就开始“放”开了，先是嗲溜溜地“张哥”“张哥”地唤，接着身子就往张强身上靠，张强觉得时机成熟，便一把抱住了王妹子，扯起了她的衣服……

张强哪里知道，今天这事，其实是王妹子和李冬生为他设的圈套，他们要制造张强对王妹子"强奸未遂"的现场，然后用带录像功能的手机把这一切悄悄录下来，有了这个录像，张强还敢对李冬生和赵燕的事提什么要求？

按李冬生和王妹子的最初计划应该是——只要录下张强"强奸未遂"的证据就可以了，但事情的发展竟然连身处现场之外的李冬生都始料不及：只见王妹子突然大叫起来："快来人哟，歹徒上门了……"她一边叫着，一边就像发了疯一样，操起桌上的西瓜刀，竟然向着张强的腿一刀捅去……

张强被这一突发情况弄懵了，吓傻了，根本没反应过来，他被王妹子一刀捅倒在血泊中。邻居们听到叫声，马上有人冲到王妹子家里，见此情景，立刻拨打了120和110，还有人给李冬生打电话……

李冬生接到邻居的电话后火速从外面赶到家里，这时，现场已经被警察控制起来了；赵燕因为在外面打牌，被牌友责令把手机关了，一时找不到她。救护车赶到后，很快把张强拉到附近医院救治，警察则把王妹子、连同那把西瓜刀一起带到了派出所……

## 5. 石破天惊

李冬生糊涂了：王妹子为什么要这么做？本来他和王妹子两人计划得好好的，只要录个"强奸未遂"的现场就行了，但王妹子怎么突然把张强捅了一刀、把事情搞大了？警察们比李冬生先到现场，李冬生没有机会问王妹子为什么，只有等警察的审讯结果了。

所长和一男一女两位警察一起审讯王妹子，男警察已经向邻居了解到一些情况，发现案情蹊跷，便试探性地问："王妹子，你为什么要捅张强一刀？"王妹子马上回答道："他强奸我。"

男警察不紧不慢地问道："据邻居反映，你们两家关系亲如一家，张强怎么会强奸你？你有什么证据？"

王妹子很镇静，一点也不害怕："他为什么要强奸我，这我怎么知道？你说要证据，你去问邻居，我喊叫的时候，邻居们都听到了，我的裤子也已经被他脱下了，如果我不拿刀子捅他，我怎么能自卫？怎么能保护自己的贞操？"

王妹子见几个警察都不相信她说的是事实，便拿出了手机，说："你们不相信我的话，总该相信这手机上的录像吧？"

警察拿过手机一看，果然，张强扯王妹子衣服的全过程都被手机录了下来，完全可以当证据。那个女警察年纪挺轻的，她见了女同胞被男人欺负的录像，很是生气："这个张强，表面上一表人才，背地里还真的干出了这种事！”女警察这样一说，王妹子就“呜呜呜”地哭了起来，一边哭，一边说“警察同志，你们要为我做主啊，要把这个禽兽不如的家伙绳之以法呀……”

男警察看了录像后却起了疑心：这一切好像是预先作了谋划的，不然她王妹子怎么可能录到像？想到这里，男警察发问了：“你怎么会事先准备了手机录像？”

王妹子听了一怔，她犹豫了一会才说：“那是我看他们俩喝酒高兴，想录一段他们喝酒时的生活画面，就把手机开着放在那里，没想到……”

那个男警察一时没问出什么，所长只好亲自出马了，虽然王妹子的解释有一定的道理，但怎么会这么巧？看来要用点技巧了。所长先是关心地问王妹子：张强强奸她得逞没有？要不要到医院检查？王妹子很客观地说张强没有得逞，不要检查，所长说：“这么说，应该是强奸未遂？强奸未遂的话，你想怎么处理？”

所长这么问，其实是一个策略：现在社会上有些人，为了敲诈别人，就设个圈套，一旦拿到把柄，便索要钱财，所长想，如果王妹子也是这样的话，她一定会紧接着提出索要钱财的方案，如此，就可以顺藤摸瓜，寻找突破口了，可是，王妹子的回答使所长大吃一惊，王妹子说：“这种禽兽不如的家伙，只能用法律来制裁他！”

所长不死心，继续迂回：“张强犯这样的事，他自己也知道后果，不过话又说回来，反正是‘强奸未遂’，我劝劝他，叫他赔点钱给你，这样私了，你好，他好，我们也省事。”王妹子一听生气了：“你们派出所，是依法办事，还是做买卖的？”

所长听了，无话可说，不觉倒吸了一口凉气：这女人不为钱财，那她为的是什么呢？她事先就想到用手机录像，这里一定有问题！突然，所长心头一亮：现在社会上有问题的人，往往会在身份证上做假，这样犯案出事后，一旦逃走，公安就查不到人，于是所长当机立断，提出要看王妹子的身份证，看过身份证之后，所长当即吩咐那个女警察：“你到电脑上查一下这身份证的情况。”然后又在她耳边嘀咕了几句。

女警察出去不一会儿，很快就返身回来了，她走到所长身边，把嘴巴凑到所长的耳旁，低声嘀咕了几句，所长一听，顿时变了脸，他把桌子一拍：“把王妹子给我铐起来！”

所长为什么要铐王妹子？她到底是什么人？其实，“王妹子”这个人是公安局在网上通缉的杀人犯！

这一下可真是地动山摇、石破天惊了，王妹子不承认自己是杀人犯，只承认身份证是假的，是她花了三百块钱从做假证的人那里办来的。她说

如果这个身份证是杀人犯的，那就是被做假证的人害了，为了证明这身份证是假的，王妹子说："我的真身份证在家里。"

王妹子的真身份证很快送到了所长的手里，所长一看，又一次惊呆了：身份证上那人叫"王梅"，单眼皮，塌鼻子，一点都不漂亮，甚至有点丑，而眼前的这个王妹子，则是双眼皮，高鼻子，十分漂亮，这完全就是两个不同的人！

所长恼了，冷冰冰地对王妹子说："你一个大活人在这里，要查你的情况，我们随时都可以查到，你最好是老实交待！"

到了这一步，王妹子已经后悔了：不该把真身份证拿出来呀，这身份证一拿出来，还有什么不能查清楚的？泰山压顶，无力抗拒，王妹子只好如实交待了：她的真名确实叫王梅，只是她花了几万块钱做了整容手术，她这样做并不是为了漂亮，而是要让赵燕认不出她，她要报复赵燕，要赵燕的老公张强也因"强奸未遂"坐上几年牢，因为她不是别人，正是深圳那个企图强奸赵燕而锒铛入狱的唐爱伟的媳妇！

唐爱伟在深圳强奸赵燕未遂后，王梅曾跪在赵燕面前，求她看在快出生的孩子份上，放过唐爱伟，可是赵燕最终还是没放过他，害得孩子来到世上就看不到父亲，而且以后还要在这个阴影里度过一辈子！于是，王梅就产生了报复赵燕的想法。为了实现报复计划，王梅把半岁的儿子送回了老家，接着就开始做整容手术，随后又追到汕头，化名"王妹子"，有意和李冬生姘居，以夫妻的身份，做起了赵燕的邻居。王梅平时对张强眉来眼去，就是想勾引他，她一直在寻找着制造张强"强奸未遂"的机会。那一天，是她给酒醉的李冬生喝了"迷幻药"，又以自己在

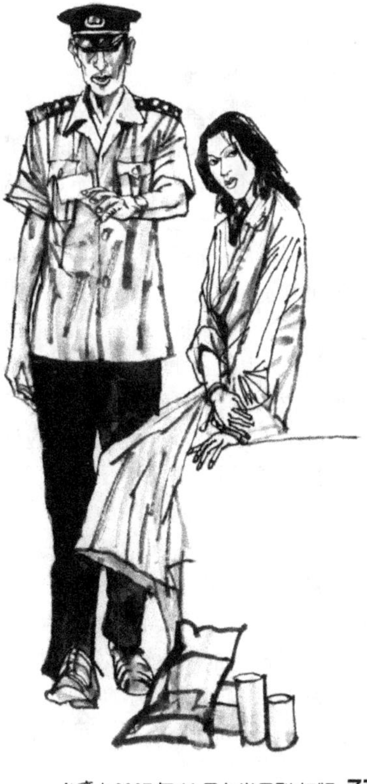

外面为借口，故意叫赵燕去照顾李冬生，于是就发生了李冬生酒后试图强奸赵燕的事。后来，李冬生请王梅出面向张强求情，王梅便紧锣密鼓地策划了起来，她从给张强“洗脑”开始，一步一步地让张强走进了她的圈套，本来在计划中，王梅并没打算捅张强一刀，只是当她看到张强企图强奸她时的那副丑态，想到他的老婆害自己的男人吃了官司，想到自己的一家被他们害得家破人亡，情不能禁，一时愤极，就操起了刀子，但她还是有点冷静的，没往要害捅。

王梅说到这里，痛哭流涕：“所长同志啊，我全部交待了，我知道，我报复别人是不对，但我真的不是杀人犯啊……”

这时，所长在心里暗暗地笑：刚才说王妹子是网上通缉的杀人犯，是因为所长看到王妹子身份证是假的，凭他经验，凡是持假身份证的，总不是良善之辈，于是便虚张声势了一下。现在，所长觉得王梅所说的应该是事实的真相了，语气便缓和了：“那好吧，拿笔录给她看，叫她签个名。”

此时已是深夜三点，赵燕从老乡家打完麻将赶回家里，从邻居嘴里知道了家里发生的事，当时她不相信张强会强奸王妹子，估计一定是他找李冬生要证据，被李冬生害的，可是，当赵燕赶到医院，警察正在询问做好了手术的张强，她没打扰他们，在门后听着。不听不知道，听了吓一跳，她气得想吐血，老公和自己一直是恩恩爱爱的，而且王妹子还是朋友的妻子，老公竟然还会做出这样的事！听完后，赵燕连病房也没进，回到家里，大哭了一场。

事到如今，哭有什么用？只好等待法院的判决了。法律是公正的，法院最终判定：王梅故意伤人罪名成立，判刑一年；李冬生强奸未遂罪名成立，但考虑李冬生是初犯，重要的是酒后失控所致，只判了半年；张强因王梅的引诱，强奸未遂罪名不成立，没被判刑，但他心存邪念不顾伦理道德，朋友妻，他也欺，最终受到了上天的惩罚：他的左腿留下了终生的后遗症——瘸了！张强的行为让赵燕伤透了心，不久两人就离了婚，赵燕离开了汕头。

庭审那天，所长和办案的几个警察也去旁听了，走出法院时，所长感慨地说：“现在，到城里打工的人多了，他们的情感世界，再也不像是山沟沟里的那一个小池子了，他们真该管住自己，该让水清，不该让水浑啊……”

大家听了，连连点头……

**（题图、插图：** 杨宏富）

（本栏目欢迎来稿。来稿可从邮局寄发，也可从网上传递。如为电子邮件，请发以下信箱：xiaomeng.ye@gmail.com）

# 五彩缤纷的连衣裙

□赵清川

小王大学毕业，正急着找工作，有一天，他接到了姨妈的电话：“你马上来我家一趟，快点！”一句话没有说完就挂了。小王的姨妈在一家外资公司工作，很忙。

什么事呢，这么急？小王就回打姨妈的手机，姨妈却关机了，没有办法，他就急匆匆地赶到姨妈家。姨妈不在家，小保姆在家，她给他开了门，说：“阿姨上班了，有一个紧急的会议，叫你在家等。你来了正好，我现在正要去买菜。”小保姆说着，就出去了。

小王一个人实在没有什么事可做，于是就打开了电脑浏览新闻。正看着，响起了敲门声，小王开了门，进来一个女孩，二十来岁，身穿一身紫色的连衣裙，浑身透出了十二分的高雅。女孩看了小王一眼，问：“阿姨不在家？”

小王答应一声：“嗯。”

女孩说“我是楼上的邻居，正给杂志写个东西，打印出来了，需要装订，可订书机坏了，来借一下阿姨的订书机。”

小王“哦”了一声，用眼光四下搜寻，给女孩找订书机。女孩说：“你别来回瞅了，阿姨跟我说过，在电脑桌的抽屉里。”

小王又“哦”一声，打开电脑桌的抽屉，拿出了订书机，递给了女孩。

女孩接过订书机，说了声“谢谢”，一扭头，高跟鞋“嘎噔嘎噔”响着，走了。小王傻傻地看着那女孩走了，久久回味着刚才和她的说话，禁

不住心头撞鹿。

小王正想着那穿紫连衣裙的女孩，突然又响起了敲门声，小王去开门，一看，刚才借订书机的女孩又来了，不过，她换了一身裙子，款式和刚才的一模一样 ，只是颜色变了，变成了淡蓝色。

女孩仔细看了看小王，说“我的订书钉刚好用完了，你看看阿姨的抽屉里有没有。”

小王傻傻地看着女孩，“哦”了一声，说：“我找找。”打开抽屉，一阵忙乱，总算找到了放订书钉的盒子，就递给女孩。女孩仔细看着小王的脸，接过盒子，说了声“谢谢”，转身

就走了。

小王摸摸自己的脸，嘀咕道：“看我脸干吗？我的脸怎么了？”小王嘀咕罢，就想：这个女孩怪怪的，没有几分钟，就换了一身衣服，来借订书机，却忘了借订书钉，马大哈，一个怪怪的女马大哈！

小王正这么想着，还不到一分钟，又响起了敲门声，小王开门一看，刚才借东西的女孩又来了，她在不到一分钟的时间里又换了一身连衣裙，款式完全一样，只是颜色变成了黄色，这黄色把她“衬托”得高贵、典雅。

这女孩进来，不客气地说：“你呀，真是个马大哈，粗心，你怎么没看看盒里到底有没有订书钉，给，你看看！”说着，她把手里的盒子递给了小王。

小王接过盒子，感觉盒子明显轻了，自己心里想，刚才我给她的时候没有这么轻呀，这是怎么回事？打开一看，里边果然是空的。小王疑惑地看了看女孩，又走到电脑桌前，在抽屉里一阵翻找，总算又找到了一个盒子，打开，见里边装满了订书钉，就递给女孩，说：“这回你仔细看看，没有了可不怪我！”

女孩瞟了瞟小王，一脸的坏笑：“嘻嘻，谢谢。”说着，她身子轻盈地在小王眼前一晃，“嘎噔嘎噔”，像仙女一样，飘走了。

女孩一走，小王就嘀咕：她给杂志写什么呢？现在写稿都发Email，为什么要打印出来装订？再说装订，自己不会去买一个订书机？就是来借订书机，也没有必要连着换衣服呀！再说即使要换衣服，也没有必要换得这么勤呀！这为什么？怪，怪，怪！

小王正感到奇怪，哎呀呀，又有人敲门了，开门一看，刚才借东西的女孩又来了！这女孩又换了一身衣服，红色，十分热烈、奔放的红色！这女孩太漂亮了，一进来，灿烂地一笑，笑吟吟地问坐在电脑边的小王："看什么呢？"

小王说："随便看个新闻。"

"谢谢你的订书机和订书钉。"说着，她就把借的东西还给了小王，接下来，她就坐下和小王云来雾去地聊起来，把小王的身世、爱好什么的都了解了个大概，正聊得热火，小保姆买菜回来了，女孩意犹未尽地走了。

女孩走了没多久，姨妈打来了电话，姨妈问："刚才是不是有个女孩来家借订书机？"

怪了，姨妈怎么也知道这事呀？小王便说"是"，这时，姨妈在电话里笑了："那女孩是来相亲的，相谁？你呗！我起初给你打电话，正打着，手机没电了，后来公司又通知我参加紧急会议，到现在才结束，这才没来得及告诉你，不过不告诉你也好，免得你紧张、慌乱。好，现在，我给那女孩打电话，看看人家是啥意思。"说着，姨妈挂了手机。

小王听了姨妈的话，这才知道姨妈今天没头没脑地把自己叫到她家，原来是让楼上的那女孩相亲的，怪不得要换衣服，不过，她换衣服的速度也太快了吧，换就换呗，那女孩这么漂亮，她要是相中了我，哈哈，哈哈……

小王正美滋滋地想着好事，姨妈回话了，姨妈遗憾地说："你呀……让我怎么说呢？人家嫌你太老实，人家问你借东西，你也不问问人家是干什么的；她说装订东西，你就不会说帮忙什么的？算了，你叫保姆做饭吧，告诉她我一会儿回家吃饭，到时候再详细和你说。"

一听姨妈的话，小王的心一下子掉到了冰窟里。不多一会儿，姨妈回来了，一进门，"啪"地照小王的脸颊亲昵地拍一下，说："你小子艳福不浅，老大没相中你，老四相中你了。"

一句没头没脑的话，把小王扔到了云雾里。姨妈见小王听不懂，就解释说："她们是四胞胎，楼上是她们的姨妈家。本来是准备介绍老大的，就是那个穿紫色连衣裙的女孩，老二、老三、老四是来帮老大参谋的，结果……嘿，老四相中你了，就是那个穿红连衣裙的。"

小王一听，蹦起来，搂住姨妈，"叭"地狠狠亲了一口……

（题图、插图：安玉民）

# 火山传递

□刘恒品

丰达公司尹总经理最近发现公司员工上班迟到现象比较严重，这天，他召开了全公司员工大会，拍着桌子强调了工作纪律，并宣布他将以身作则，决不迟到。果然，从此以后，尹总天天提前到公司，并且监督员工的到岗情况，一时间，再也没有谁敢迟到了。

这一天，尹总驱车往公司赶，路上小车的前胎突然瘪了，尹总慌忙换好备胎，急急赶到公司，一看表，已经晚了二十分钟。回到办公室，尹总想：整个公司都在看着自己，刚才自己迟到了，员工们一定在背后悄悄议论自己，自己不能默不作声，必须闹出点“动静”来，让他们感觉到自己的权威，把不知不觉损失的威严重新“补”回来，想到这里，尹总打电话叫来了生产部主管。

一会儿，生产部主管奉命而来，他恭恭敬敬地站着，尹总问：“你这个月的利润给我完成了多少？”

主管小心翼翼地说：“估计到月底能够完成，报表不是月底才要吗？”

尹总的火气一下上来了，像火山一样爆发了：“我是总经理还是你是总经理？我说了算还是你说了算？什么事也讨价还价，养着你们干什么？干烦了可以走人！”

官大一级压死人，主管吓得不敢再申辩，他两眼发直，浑身哆嗦。

回到生产部，主管憋了一肚子的气，他一眼看见陈秘书坐在那里摆弄手机，一腔的怒火立刻对着她发泄了起来：“我让你报的那个表什么时候搞完？”

陈秘书不知主管哪来的火，连忙解释：“那个表不是明天才要吗？”

主管的火压不住了，“火山”立刻爆发了：“我是主管还是你是主管？我说了算还是你说了算？这么点事都干不完，养着你干什么？干烦了可以走人！”

陈秘书吓得不敢再说话，她两眼发直，浑身哆嗦。

中午，陈秘书回到家，肚子里的气把她的脸都憋得变形了，她丈夫郝忠在社区服务站当主任，这时正好下班，进门了，陈秘书一见他，便一炮“轰”了过去：“混了大半辈子只混了个破主任，你要是官大一点，也不至于让你老婆在外边让人吼来喝去！”

丈夫莫名其妙：“我刚进门，可没惹你！”

陈秘书的火更旺了：“你还有理！咱家我说了算还是你说了算？不能给老婆孩子遮风蔽雨，养着你干什么？日子过烦了可以离婚！”

郝忠吓得大气不敢出，他两眼发直，浑身哆嗦。

下午，郝忠带着一肚子的气来到社区服务站，一进门，药剂师正在接电话，郝忠火不打一处来，马上对着她发起火来：“工作时间你瞎聊什么？知不知道这是上班时间？”

其实药剂师接的是一个求诊电话，是丰达公司打来的，因为总经理的车胎瘪了，气跑了，上班延误了，着急上火，牙疼得厉害，想让社区服务站去人给扎个消炎止疼的针，药剂师一看主任有火，赶忙解释：“主任，我不是瞎聊……”

郝忠的火更大了：“你还有理？我是主任还是你是主任？我说了算还是你说了算？干烦了可以走人！”

药剂师吓得两眼发直，浑身哆嗦，话也说不完整了：“主任，刚才是丰达公司总经理……要我们去扎针……因为他的胎气……跑了，他急……”

郝忠不耐烦地打断她：“那就让小云去扎个保胎针不就完了？真啰嗦！小云呢？”

# 推销的妙招

□夏　力

布兰卡是一家保险公司的业务员，业务一直上不去，他心里很苦恼，站着坐着睡着都在想办法。这天晚上，布兰卡睡在床上瞪着天花板发愣，突然灵光一闪，心里有了主意，于是他翻身而起，找出一条围巾把面孔蒙了，借着夜色掩护翻进隔壁大院内，顺着水管爬到三楼一户人家，轻轻推开窗子溜了进去。房主听到声响，拉亮了电灯，突然看到眼前站着一个蒙面人，顿时吓得缩成了一团。布兰卡心里暗暗一笑，扯掉蒙面巾不慌不忙地说道："没吓着你吧？"房主早吓得瑟瑟发抖，哪敢应声？

布兰卡又说道："现在这个时候你心里一定在想家里丢了什么东西吧？告诉你，一样都没少，因为我不是小偷，我只是保险公司的业务员！"

房主听了一下子来了精神，把被子一掀跳下床来，指着布兰卡大骂起

---

正在这时，小云匆匆从外边进来了，一进门就看见主任脸上乌云翻滚，慌忙解释："主任，路上堵车了，真急死我了！"

郝忠把眼一瞪："迟到了还有理由！养着你们这些人干什么？干烦了可以走人！"

小云吓得两眼发直，浑身哆嗦。郝忠从药架子上取了一支保胎针和一支注射用的一次性针管，交给小云："马上去给丰达公司总经理扎上！"

小云吓得一句话没敢多问，拿上东西匆匆出了门……

（题图、插图：安玉民）

来：“你这个狗东西想吓死人啊？有你这么卖保险的吗？”他说着就要打电话报警。

布兰卡气定神闲，慢慢走过去按住了房主的电话，说：“你少安勿躁，我又没偷东西你报什么警？就算你报警，我没有作案的动机，大不了关几天就出来了，到时我还来你家！”

房主却不理他，越发气势汹汹地嚷着要报警，就在这时，布兰卡不紧不慢地从口袋里掏出一样东西，冲着房主晃了晃，那是一把手枪！他把枪拿在手里把玩着，问：“你还报警吗？”

房主顿时筛起糠来，结结巴巴地说：“不……不报……了，有话好好说……”

布兰卡笑了起来，从口袋里掏出一支烟，“啪”的一声扣动扳机，自个儿点上了，原来那是一个打火机！布兰卡吸了一口烟，慢慢说道：“世上的事很难说的，这次是假的，没准儿下次你就没这么走运了，最好的办法，就是给你和你的财产保险，不管发生了什么，你都不会受损失，你说呢？”

房主想了想，还真是这么个理，眼前这人只是一个卖保险的业务员，他都轻易地闯进屋来了，更别说那些真强盗了；再说，人家大半夜的上门来做生意也真是不容易，而且还这么有创意，怎么好意思不买呢？于是，他真的给全家人和财产都买了保险。

初战告捷，布兰卡欣喜若狂，接下来的几个月里，他如法炮制，每次都旗开得胜、马到成功。这天晚上，布兰卡翻身跳进一家别墅时，主人正坐在窗边看书，没等布兰卡说话，那人却先开口了：“先生，你需要什么，尽管拿，我正忙，就不招呼你了。”

布兰卡一下子愣了，觉得今晚这活儿不好做了，因为从屋里的摆设看，这人有的是钱，也就不在乎钱了，怎么办呢？布兰卡想了想，掏出手枪打火机对着那人晃了晃，说道：“先生，我只对你脖子上的家伙感兴趣！”

那人惊异地“哦”了一声，放下书，从头到脚打量了布兰卡一番，说道：“能给我一个理由吗？”

布兰卡被问得一呆，想了想说：“我只是为你的脑袋担心，我相信这世上对你的脑袋感兴趣的人绝不止我一个，所以，为你的脑袋着想，建议你替它买一份保险……”

那人突然“哈哈”大笑起来，对布兰卡说：“小伙子干得不错！今晚我实在很忙，这样吧，你明天到我的办公室来，我很愿意和你做这笔生意。”

那人说着递过来一张名片，布兰卡接过一看，顿时呆若木鸡——那人赫然是摩尔根保险公司的老板，布兰卡正是在他下属的分公司里上班哟！

# 谁的名字

□刘江波

小老板苏强这几年挣了不少钱，他打算也找个情人潇洒一把，可是他有个毛病，睡觉爱说梦话，万一被老婆听见自己在喊另外一个女人的名字，那不全露馅了？后来朋友给他出了一个主意："你去找一个和你老婆同名的女人，说梦话时叫同一个名字，老婆以为你做梦也想着她呢。"

这主意倒不错，就是找的时候挺费劲，苏强的老婆叫任梦影，叫这个名字的本来就不多，再加上还要年轻漂亮的，不过，也真是巧，有个花店的老板娘风流妩媚，名字竟然叫"孟影"，于是苏强三天两头往花店跑。孟影的老公在海南经商，一年难得回来一趟，就这样，两人一拍即合……

一天晚上，苏强被一阵哭声惊醒，原来是老婆在抽泣，苏强忙问怎么回事，老婆扑到他的怀里说："我好感动，你做梦都在喊着我的名字，还说爱我一辈子。"苏强顿时惊出一身冷汗：刚才梦见了情人孟影，多亏名字一样，不然全露馅啦！

又一个晚上，老婆睡到半夜里突然搂着苏强的脖子大叫起来："苏强，苏强，别离开我！我不能没有你！"苏强开灯一看，见老婆虽然睡着，但脸上还挂着泪痕，苏强突然狠狠抽了自己一个嘴巴，他良心发现了！第二天，苏强到了花店，给了老板娘一笔钱，毅然断绝了关系。

在回家的路上，苏强突然发现对面两个人有说有笑地走过来，其中一个是自己的老婆梦影，另一位却是个戴着金丝眼镜的帅气男人。三个人无意中撞见，不禁面面相觑，梦影有点尴尬，那金丝眼镜倒满脸堆笑地上前握住苏强的手："我是梦影大学时的同学，姓王，叫王书强……"

苏强眼前一黑，突然间就什么也不知道了……

# 医生的叹息

□邓　为

女教师苏敏的身体一向很好，但这几天不知道怎么回事，背部一直有点疼痛，她也没有在什么地方碰着撞着，疼得有点莫名其妙，于是便到了医院。

到医院挂号排队，半天才轮到。给苏敏看病的是个三十多岁的女医生，医生把苏敏带到隔壁的处置室，让她脱下衣服，开始从背部到肩部，从两肋到胯部，一边按压、叩击，一边问她的感受。

不到十分钟，女医生检查完了，她看着苏敏穿衣服，冷不丁地问了一句："你多大年纪了？"

苏敏笑笑说"老了，今年已经45岁了。"女医生听了，长长地嘘了一口气，发出了一声沉重的叹息。

这声突如其来的叹息把苏敏给吓坏了：莫非我生了什么疑难杂症？难道是癌症？这么一想，苏敏突然感觉背疼得更厉害了，她还想起隔壁邻居张姐得肺癌时，后背就痛得厉害，对啦，张姐也是在45岁那年得的！不错，前几天我还一直咳嗽来着，怪不得刚才医生还问我的年龄，莫非我真的得了癌症？

这么一想，苏敏浑身的冷汗顷刻冒了出来，手抖得连衬衫扣子都扣错了，她颤颤巍巍地下了床，走到医生身边，有气无力地问："医生，我的病很严重吧？"

女医生一边洗手一边说："不是什么大毛病，估计是肌肉劳损，吃点药，休息一下就好了。"

医生说得轻描淡写，但苏敏还是放不下心来，她硬着头皮又问道："那刚才你为什么要叹息呢？医生，有什么情况你尽管说，我挺得住的。"

女医生一听怔住了，片刻后她就笑了起来，说："大姐，你误会了，我是看你都45岁了，皮肤还保养得这么好，对比一下我自己，才叹气的。"

# 下跪

□曾叶文

林业局新调来的范局长走马上任了，局里不少人提着大包小包走马灯似的到范家拜访。

只有宣传科的李晓不但没去，反而在一次喝酒时说："范局长几年前我就认识了，他还向我下过跪呢！"

说者无意，听者有心，有人把李晓的话添油加醋地告诉了范局长，范局长打了个寒颤：三年前，他在物价局和下属小雯好上了。一天夜晚，小雯的丈夫出差，范局长临时代了班，不料半夜里，小雯的丈夫带着两人破门而入，范局长吓坏了，一骨碌滚下床，颤抖着跪倒在地上，其中有一个年轻人还带着照相机不停地拍照……

想起这些往事，范局长心里不踏实了：李晓一定是那天晚上两个年轻人当中的一个！为了验明正身，范局长弄到了一张李晓的相片，交给小雯辨认，小雯拿着相片看了好一阵，说："我想不起来了，好像有点面熟。"

于是，范局长对李晓恨得咬牙切齿，他要教训一下这个不知天高地厚的年轻人。不久，林业局进行机构改革，宣传科要裁减一人，李晓一没文凭，二不会写文章，他就被调到林业局最偏僻的旮旯林业站当炊事员去了。

一年后，范局长到旮旯林业站检查工作，晚上吃饭时，下属们一个接一个轮流敬酒，当李晓来敬酒时，范局长已有八分醉意了，他结结巴巴地说："你……你说……你以前认识我，怎么……怎么认识的？"

李晓笑眯眯地说："范局长真是贵人多忘事，你不记得了？那天我父亲去世，你来送花圈，你哭得很伤心，下跪时没看清，'扑通'一声跪倒在我面前，还是我把你扶起来的呢！"

范局长这才知道李晓是谁了，他哭笑不得，指着李晓的鼻子破口大骂起来："你这个浑球，你爸那时是县里的部长，他死了，我能不跪吗！"

# 最低消费

□一　川

张三是个民工头目，他领着一帮小兄弟，通过和包工头进行“艰苦卓绝”的斗争，把欠了一年半的工钱“搞”到了手，高兴啊，于是他就领着这16个小兄弟来到一个档次不低的饭店吃饭，算是庆贺。

到了饭店门口，有几个小兄弟胆怯了，偷偷拉扯着张三的胳膊说：“这里太高档了，不是咱们来的地方。”

张三把牛眼一瞪：“咋？高档？咱们今天吃的就是‘高档’，不高档咱们还不来呢！”说着，他把身上穿的背心脱下来，擦了擦脸上的汗珠，搭在肩膀上，一挥手：“走！”

大家刚进去，一个漂亮的小姐迎过来挡住了大家，说这里规定“最低消费”，张三问什么是“最低消费”，小姐说就是吃一餐饭最少得花5000元，钱不够的话，请便。张三一听，是怕他们没钱，火就上来了，拍着胸脯嚷道：“5000元算个屁！爷们有！”

张三一嚷嚷，领班赶紧跑来了，赔着笑，把他们领进了一个雅间，一张大圆桌刚好能坐下16个人。等大家都坐下了，领班笑吟吟地说：“最低消费5000哦，请大家点菜吧。”

张三坐在主位上，把搭在肩膀上的背心又“搭”到了椅子靠背上，其他人也都跟着脱衣服、搭衣服，张三看大家都脱了、搭了，才应领班的茬“5000，是吧？不知道服务怎么样？”

领班说服务是一流的，张三听了，连声说“好”，然后叫大家都掏口袋，每人掏400元钱，交到张三手上。

领班看大家凑钱，顿时愣住了。

张三把凑的钱数了数，又问领班“5000，是吧？服务一流，是吧？”

领班说：“是啊！”

张三又问：“主食有什么？”领班说：“有——烙饼、拉面、饺子……”

领班的话还没有说完，张三说：“好！在5分钟时间内，给我们来5000元的饺子！”

（**本栏题图**：顾子易、王　俭）

# 新股民

小六刚开了户来到证券交易所——

他进了大厅，看了半天的股票。中午了，小六到外面买了一盒盒饭，卖盒饭的说："呵呵……新股民吧？""你怎么知道？"

"老股民哪有买盒饭的？都是3点以后回家吃的。"

下午收盘后，小六从营业部出来，被人挡住了："新股民吧？""你怎么知道？"

"老股民哪有收完盘不上厕所就走的？"

小六听后晕倒了，一会儿睁开眼，看见一个大娘正扶着他，刚想开口说"谢谢"，大娘慈母般地笑着说："孩子，新股民吧？"小六大惊……

大娘把刚才小六晕倒时掉在地上的磁卡、代码卡和身份证递给他："小心点，孩子，老股民哪有把这三样放一块的？"

小六刚走没几步，一个乞丐伸过脏兮兮的手来要钱，小六心地善良，他把兜里剩的零钱全给了乞丐，乞丐的脸上挤出一丝怪怪的笑容"新股民吧？"小六开始冒汗了："你怎么知道？"

"老股民给我的钱一般都是八毛、一块六这样吉利的数，谁会像你那样给一块四的？"

小六彻底晕了，回家路上，一个老头打量他片刻，说："新股民吧？""你怎么知道？"

老大爷笑了："瞧你那挎包上居然印着一头熊！"小六这才仔细打量老大爷，哦，人家穿的T恤上印的是芝加哥公牛队的队标！

这天，小六来到证券交易所的营业大厅，一进去也不看大盘，直接买了两只股。下午收市，小六看着跌得一塌糊涂的两只股，目光呆滞地瘫在椅子上，这时，过来一个股民，瞟了他一眼："新股民吧？"

小六气若游丝："为什么说我是新股民？"

"老股民都赔惯了，只有新股民赔了才会这样。"

（**推荐者**：新　燕）

有一段日子
爱上一个叫"深海"的酒吧
这里的人们就像一条条
穿梭着的热带鱼

403
2007
SEMIMONTHLY
下半月刊
11月
STORIES

欢迎登录本刊主办的“故事中国网”（www.storychina.cn）

故事会
—STORIES—
2007年11月
下半月刊·绿版

主　编：何承伟
常务副主编：吴　伦
副主编：姚自豪（上半月·红版）
副主编：夏一鸣（下半月·绿版）
本期责任编辑：夏一鸣　杭　帆（见习）
电子邮箱：hangfan1102@126.com
绿版发稿编辑：
夏一鸣　邢　悦　王雅静　朱　虹
特约编辑：
范大宇　崔新三　申之珉
美术编辑：李宝强
电脑制作：郭瑾玮
通　联：归依玲
本社办公室电话：021-64375030
上半月刊编辑部电话：021-64332325
下半月刊编辑部电话：021-64336469
（上海市绍兴路74号　邮编：200020）
主管、主办：上海文艺出版总社

制作、发行总监：张　凯
电话：021-64313938
广告业务：上海故事会文化传媒有限公司
广告总监：张　淮
广告业务：021-34010383
广告投诉：021-64333738
广告经营许可证
沪工商广字3100320050022号
发行：中国图书进出口上海公司

**本刊2008年度征订已经开始，欢迎到各地邮局订阅！**

·笑话·

## 黑暗中的自由

晚上，一对情侣相拥着坐在纽约的伯特利公园里。

小伙子朝海湾望去，看到远处矗立着的自由女神像，可是光线不好，只能看到一个模糊不清的轮廓。

于是他轻轻地问道：“我不明白，为什么照射自由女神的灯光那么暗？”

姑娘脸上泛起一丝红晕，她轻轻地摆脱男朋友的拥抱，小声说道：“可能灯光越暗就越自由。”

（施　兴）

（本栏插图：包丰一）

## 有钱好说

穆尔德和他的小狗一起生活了很多年。这天，小狗死了。

伤心的穆尔德抱着小狗来到当地的教堂。他找到神父，十分虔诚地问道：“神父，您可不可以为这只可怜的小狗做一次弥撒？”

神父扫了一眼小狗，神情冷漠地说：“我们教堂不能为一只动物提供服务。不过，两公里外有个新教堂，你不妨去试一试，或许他们可以为小狗做点什么。”

“谢谢神父，顺便问一句，”穆尔德想了一下继续说道，“如果他们愿意为小狗服务，那您认为我捐赠5000美元够了吗？”

“什么？”神父愣了一下，随即抢着说，“哦，先生，你为什么不早点告诉我，这只小狗是我们的虔诚信徒呢？”

（钧　天）

## 你怎么来了

红豆先生和白芝麻小姐结婚了。白芝麻小姐长得太漂亮，红豆先生成天担心妻子会有外遇。

这天，红豆先生在书房里发现了一张照片，照片上妻子正与一名绿豆男子在沙滩漫步。

红豆先生当场气得脸色发青。这时，白芝麻小姐恰好推门进来，错把红豆先生当作绿豆男子了，她愣了一下，随即惊讶地轻声道：“亲爱的，你怎么来了？”（金　莲）

## 四个圈儿

送奶工小李的三轮车被偷了，他便打了个条子请示组长买辆新的。组长看过后，在条子上画了一个圈儿，说：“去找班长吧！”

班长看了看条子，也在上面画了一个圈儿，说：“去找科长。”

科长接过来麻利地画了一个圈儿，说：“请示副总经理意见。”

副总经理照样也画了一个圈儿，说：“拿给总经理过目。”

小李把条子递给总经理，恭敬地说：“总经理，我们组想配一辆新的送奶车，这是大家的意见。”

总经理接过条子，瞪眼看着上面画的四个圈，顿时糊涂了：“啥？送个牛奶要配奥迪？”

（楚　婷）

## 搭车

一个海军军官乘坐公共汽车，为了不弄皱笔挺的制服，军官没有就座，而是一直站在司机的旁边。

没过多久，一个喝得醉醺醺的酒鬼上了车，他摇晃着走到军官身边，拉拉军官的衣袖，说：“一张车票。”

军官没搭理，但酒鬼不依不饶地缠着他。军官不得已转过身来对酒鬼说：“朋友，你看清楚，我不是售票员，我是海军军官。”

“海军，海……”酒鬼一听，着急地说，“快把船停下来，我要搭公共汽车。”（谢允芳）

## 六个手指的天使

牧师请来一位画家给新修的教堂画上壁画。几天后，画家完工了，牧师边欣赏边点头，对壁画很是满意。

突然，牧师脸上的笑容僵住了，他发现有一幅壁画上的小天使，竟然长着六个手指。

牧师马上转过头来气愤地责问画家：“您什么时候见过六个手指的天使？”

画家一看知道是自己的疏忽，但他转念一想反驳道：“没见过！但是，您见过五个手指的天使吗？”

（许文强）

## 式样可能不流行

一位夫人到画商那里去，想买一幅人物画。可是挑来挑去，总觉得不满意。

这位夫人皱着眉头问画商：“画家画的女人，为什么都是裸体的？”

画商摊开手一副无可奈何的样子，说：“没有办法，穿上衣服，就不方便了。因为没过几个月，这服装的式样可能就不流行了。”（李　静）

## 全部没病

杰瑞去医院看病。诊断后，并没有发现有什么异常状况。但为了慎重起见，医生要他再检查一下小便以作最后判定，并吩咐他明天一早把小便送来。

第二天，杰瑞拿来了一大瓶小便，医生皱了一下眉头说“杰瑞先生，这也太多了。”

不过，既然已经拿来了，医生还是替杰瑞做了检查，结果一切正常。

杰瑞当即付了诊费，并说：“医生，请借电话用一下，我要让我的家人放心。”

接过听筒，杰瑞兴奋地冲着电话高喊道：“喂！喂！露西，是你吗？我们都没有问题。我没有糖尿病，你也没有，爸爸、妈妈、孩子们也全没有病，放心好了。”　（谢允芳）

## 什么品种

这天，小张去买宠物狗。挑选了大半天，小张都不满意。正想离开，忽然发现有只小狗长得机灵可爱，很是讨人喜欢。

小张一边抚摩着小狗，一边问摊主：“这是什么品种的？拉布拉多吗？”

摊主一脸茫然地回答道“我也不知道是什么狗，但我保证，绝对拉得不多！”

（金　雪）

## 幸亏跑得快

一个和尚带着一部经书、一对钹去山村人家做法事。

下山路上，一只老虎忽然从草丛中扑出来，和尚吓得惊慌失措，连忙把手中的钹朝老虎砸去。

谁知老虎张嘴接住了，“咔嚓”一声便把钹嚼碎吞下。

和尚越发害怕，又把经书抛出去。老虎见经书砸来，急忙掉转头逃进洞里。

虎仔看着老虎气喘吁吁地回来，便问：“爸爸，发生什么事了？”

老虎叹了口气：“好晦气！我遇到一个和尚，只不过吃他两片薄饼，他竟抛下化缘簿来叫我化缘。幸亏我跑得快，不然叫我拿什么布施给他！”

（小　林）

## 两只蝴蝶

小明每天晚上都要缠着姥姥给他唱歌才肯睡觉。

这天晚上，小明又哭闹着要听歌。

姥姥实在拗不过，只好依顺着说：“宝贝，你想听什么歌？姥姥给你唱！”

小明歪着脑袋想了一下，说：“我要听《两只蝴蝶》！”

姥姥愣了一下，随即唱道：“两只蝴蝶，两只蝴蝶，跑得快，跑得快……”

（王永生）

（本栏目欢迎来稿。来稿可从邮局寄发，也可从网上传递。如为电子邮件，请发以下信箱：hangfan1102@126.com）

·我的故事·

一场重要的电视直播正在进行，想不到却……

# 七号选手

□张海燕

台里搞了一档少儿演艺大赛，经过两个月的淘汰赛，今天晚上，将举行最后的决赛。台里决定把这场重要的直播任务交给我。

演播厅里热闹非凡，我走到舞台中央大声宣布："今天的冠军将在三名选手中产生，他们是：三号、四号和七号。马上进入第一轮比赛，首先为我们表演的是三号，有请！"

在强劲的音乐和闪烁的灯光中，三号男孩儿秀了段酷劲十足的街舞，然后他环场鞠躬，一挥拳说："支持我！没有错！"帅气的亮相博了个满堂彩。我心想：这孩子太有观众缘了，这种比赛，比的就是人气。

接下来上台的是四号，只见她稳稳地坐在古筝前，一副大家风范。一扬指，名曲《高山流水》就滑了出来。和刚才的喧闹不同，这次观众们静静地聆听，一曲弹罢，掌声雷动。四号却十分谦虚，说自己的技艺还很稚嫩，希望能得到观众的鼓励。

前两位的表演都很出彩，我不禁为马上要出场的七号捏了一把汗。这是一个七岁的小女孩。我记得她在之前的表演中，一直怯生生的，几乎没人看好她。只是在评委彭宏声老师的坚持下，她才挤进了决赛。

我蹲下身来问她："七号选手，你要展示什么才艺呀？前几次你一直唱歌，这次有什么不同吗？"

七号本来还是准备唱歌的，被我这么一问，僵住了，想了想，说："我……我还会算术。"

观众席里传出几声轻笑。

我又接着问:“你上几年级了?”七号说:“开学就该二年级了。”我点点头说:“会算术很好啊,不过,我们不是数学竞赛,你还有其他才艺吗?”七号摇摇头,又不甘心地说:“我算得又快又准,不信,您就考我一题吧。”

真的要出算术题吗?我可有些犯难了。评委席里的彭宏声看在眼里,急在心头。他插嘴说:“我出一道题,66加77等于多少?”

“143!”七号脱口而出。

观众们静静地没有反应。可不是吗?即使对一年级学生来说,这道题也太简单了。而且,谁都看得出来,彭老师一路支持七号,大家难保会怀疑彭老师有私心。其实我在后台和彭老师聊过,他说自己并不认识这个小姑娘,只是听她一张口,发现她的音色和乐感都不错,是个好苗子,所以才希望她能胜出。

我立刻走到观众席边说:“现场的朋友,谁还想验证一下的?”

一个阿姨站了起来:“我出一个难的,154.7乘2加283减116.21,等于多少?”

“476块1毛9!”七号话音未落,观众们就爆发出一阵哄笑,连我都忍不住调侃道:“小朋友,你是不是经常买菜呀?”

突然有人高声说:“她答对了!”我望向观众席,只见一个拿着计算器的男士说:“答案是476.19,她答对了。”

彭宏声老师带头鼓掌,观众们也跟着拍巴掌。我赞许地看看小姑娘,心里却想:确实又快又准,如果参加速算比赛,八成能夺魁。至于今天的演艺冠军,肯定是与她无缘了。

果然不出所料,七号首先被淘汰。小女孩强忍着泪,说什么也不退场。我只好安慰她:“孩子,别难过,以后还有机会。”我想起刚才的算术测试,便又说:“你是个好孩子,你在家是不是经常帮妈妈买菜呀?”

不料小姑娘大声说“不,我妈妈是卖菜的,我是天天帮妈妈卖菜。”

我听到观众和评委席里有点骚动,大家都感到很意外。说实话,我也吃了一惊,没想到,这个小女孩小小年纪竟如此懂事。

彭宏声老师这时很激动,他对七号说:“孩子,你的声音条件非常好,如果接受专业训练,一定很有前途。”

我听出了彭老师话里的弦外之音,他是想收七号做徒弟呢,我赶忙提醒七号:“彭老师的话你听见了?有什么想说的?”

观众们都微笑地看着她——还不趁机拜师啊?这可是改变命运的好机会呀。

谁知七号哽咽了半天,说:“我……我对不起同学们。”

这话从何说起呀？大家都闹糊涂了。

我忙问：“到底是怎么回事？来，跟叔叔说。”

七号慢慢道出原委：原来她是外来务工人员的子女，就读打工子弟学校。学校的教室是借用的，原本是城南农产品批发市场的平房。现在市场扩建，要拆除平房。而学校又找不到新的校舍，眼看开学在即，孩子们就要失学了。他们天真地认为，如果上电视比赛，拿了冠军，就能向市场提出要求，保留他们的学校。

听完七号的讲述，在场的人无不

深受触动。连三号和四号选手都说：“这个冠军我们不争了，让给七号吧。”场外观众也纷纷打来热线电话，询问七号和学校的情况。

我一看比赛是进行不下去了，节目是现场直播的，这可怎么办啊？我的目光马上搜寻到负责现场控制的导演，只见他沉着地点点头，手中的提示板上写着这样一行字：已联系城南市场，直播继续。

我立刻镇定下来：“好的，我们现在正在和城南市场取得联系，那么趁这个空档，我们来听听大家对这件事情的看法。”说完，我把话筒递给了现场观众……

没多久，导演提示我已经联系上市场负责人了，可以进行电话采访。

“现在，我们来听听城南市场那边的说法。怎么说……什么！教室已经开始拆了？”

七号顿时哭出声来，她背转身，伤心地抽泣起来。

我知道像她这样一个没有人包装、没有人指导，甚至连亲友团都没有的小孩，从报名参赛直到现在，一定受了很多委屈，但是她担着责任，再难受都得忍着，可现在……

观众们议论纷纷，之前被淘汰的选手也跑上台来安慰七号，现场有些混乱。

我忙提高音量说：“大家不要着急，我们正在联系教委，事情还在协

调中。”大家听到这话，渐渐又平静下来。

时间一分一秒地过去，我不断地向大家汇报最近的情况。市场方面又传来消息：当初，学校向市场租房时，曾经签下合同，写明了一旦市场改、扩建，平房就会被拆除。市场依照合同行事，并不违法。

观众很不满，节目热线都快被打爆了。这时，我已经是满头大汗，眼看着节目要超时了，却又不能敷衍了事，否则不但观众不答应，也对不起那些生活在出租屋里、只想有个学上的孩子们。

我努力控制着局面，说“还有转机，有转机。现在教委已经出面了，正在紧急开会。”

七号这会儿反倒不哭了。突然发现有这么多人关心他们，她相信教室一准儿能要回来。

教室的问题还没着落，台里的收视统计结果先出来了，直播的收视率飙升，排名同时段节目的前列。可是我却笑不出来，心一直悬在嗓子眼：城南市场说的没错，人家照章办事，并不违法。如果教委都协调不了……不敢想，这可是现场直播，负面影响得多大呀。

没多久，一个工作人员走上台，塞给我一张纸条。我看了沉默半晌，来到七号面前，缓缓地说：“好孩子，我希望你能理解，教委的意见出来了，你们学校的条件不符合国家标准，即使市场不拆，按照规定也要被取缔。在那样的教室里读书，是很不安全的。”

七号拉着我的衣角央求道：“我们不怕，别拆我们的教室，我们还要上课呢。”

观众们都替她难过，有人甚至落下泪来。

我动情地按住七号的肩膀说：“做个懂事的孩子，好吗？同学们必须得分开，因为……教委的领导决定把你们分流到各个公办学校，你们将坐在宽敞明亮的教室里，结交新的朋友！”

全场一愣，随即欢腾起来，观众们纷纷起立鼓掌。

彭宏声指着我笑着说：“急死人了，你可真会卖关子。”

我说“您可别怪我卖关子，刚才那一个多小时，我急出好几身汗来，压力多大呀。”说完又转向七号：“七号选手，你哪里是来比赛的？简直是来当考官的，给我们出了好大一个难题，我们的答卷你满意吗？”

七号羞涩地不知如何作答，她向我鞠了一躬，又对着全场观众、评委和摄像机镜头深深地鞠躬。

我高声问全场：“今天的冠军是谁呀？”

大家异口同声地说：“七号！”

（题图、插图：安玉民）

# 睡懒觉的小夫妻

□ 胡忠军

大舟和小丽是一对恩爱夫妻。四个月前，小两口盖起鸡舍，架起鸡笼，买了一千只蛋鸡苗，办起了家庭养鸡场。

常言说吵吵闹闹是夫妻。大舟和小丽就是这样，两个人年轻气盛，经常因为一点鸡毛蒜皮的小事吵起来。不过，吵归吵，闹归闹，夫妻没有隔夜仇，不管头天怎么战斗，第二天一早起来就好了，照样有说有笑地一起料理鸡舍的活儿。

可是这一次，两人却赌起气来。

原来头天晚上，大舟和朋友聚会，喝醉了酒。小丽数落了几句，大舟趁着酒劲，毫不相让。两人越吵越凶，一个摔茶杯，一个摔盘子。大舟母亲赶紧来劝架。结果，越劝两个人的火气越大。老人一气之下，回到屋里，再也不管了。

按照惯例，每天都是小丽提前起床，给鸡加水添料的。可是，第二天，大舟发现小丽一反常态，出门没几分钟，就回来了，嘴里还嘟囔着:“这鸡场也不是我一个人的，凭什么天天让我早起？”说完又重新躺到了床上，蒙头大睡。

小丽拿鸡赌气，大舟却舍不得。要知道，为了养好这一千只鸡，两口子起早贪黑，费了多少心血啊。眼看着这批鸡慢慢长大成熟，就要下蛋了，更是不能出一点岔子。再说，昨天自己喝醉酒，也有错。于是，大舟一骨碌爬了起来。

大舟来到鸡舍，麻利地忙碌起

来，喂了没两排，忽然眼前一亮：鸡蛋！

大舟有点不敢相信自己的眼睛，用力揉了揉：没错，鸡笼的托蛋网上，确实滚着一枚鸡蛋。鸡终于下蛋了！终于下蛋了！大舟激动得心里“怦怦”直跳，兴奋得脸都涨红了。

大舟伸手把鸡蛋抓在手里，吻了又吻。接着，双手捧着鸡蛋出了鸡舍，想要给妻子报喜。可是，刚走出没几步，大舟又停住了，他想了一下，又回到了鸡舍，把那枚鸡蛋重新放回了原来的地方。

为啥？原来大舟冒出个新的想法：发现第一枚鸡蛋的感觉，实在是太美好了。妻子为养鸡吃了那么多苦，这种快乐应当让她来享受。再说，她正在生闷气，这不正是哄她的好法子吗？

于是，大舟回到屋里，装着生气的样子，嘟囔了一句：“哼！你想睡懒觉？我还想睡呢！”说罢，在妻子身边重新躺下，也蒙头大睡起来。

可是，过了好一会儿，妻子也没有动静，大舟心想：可不能耽搁了，再不去喂食，鸡子就要挨饿了。他只好转过身来，一把抱住妻子，哄着说：“老婆，我今天确实有点不舒服，求求你了，给鸡添料去吧。”说着，还吻了妻子一下。

小丽突然“扑哧”一声笑了出来，并用手捶了大舟一下，说道：“傻瓜！就你那点小把戏，当我不知道啊。老实交代，咱的鸡下蛋没有？”

大舟先是一愣，妻子怎么会知道鸡下蛋了？仔细一想，顿时明白了：妻子刚才出去那一趟，本来是为鸡加水添料的，却意外发现了这枚鸡蛋，于是回来装着睡懒觉，目的和自己一样，就是要把发现头一枚蛋的惊喜让给对方。想到这里，大舟心里顿时涌上一股暖流，他紧紧抱住妻子，在妻子耳边轻轻说道：“亲爱的，快起床，咱们一起去收获丰收之果吧。”

两个人高高兴兴地一起来到鸡

# 2007年《〈故事会〉最有影响力的故事》征文启事

## 四大奖励措施　稿酬外追加千字1000元奖金

为鼓励多出优秀作品,《故事会》杂志社决定继续举办2007年《〈故事会〉最有影响力的故事》征文大赛，并对优秀作品实行四大奖励措施:

1. 入选作品除在杂志上发表外，还将收入《〈故事会〉2007年最有影响力的故事》一书。2. 入选作品可得两笔稿酬：在《故事会》杂志发表的作品，首发稿酬每千字400元；获“《故事会》最有影响力的故事”优秀作品奖，再追加每千字1000元。3. 入选作品均颁发奖励证书。4. 本刊将邀请有关作者参加年底的颁奖大会,所有费用均由编辑部承担。

征稿范围：1. 具有现实感、新鲜感且可读性强的中短篇（包括超短篇）原创作品；2.故事性强、有口传性、能引起读者兴趣的推荐作品。

超短篇（如幽默故事）的字数一般在1500字以内，短篇（如中国新传说）的字数一般在5000字以内，中篇故事的字数一般在15000字以内。

来稿方法：1. 从邮局寄发，请在信封上注明“征文大赛”字样，本刊地址：上海市绍兴路74号《故事会》杂志社，邮编：200020。

2. 从网上传递，可寄以下信箱：wulun@vip.sohu.net，请在主题上注明“征文大赛”字样；也可直接与有关责任编辑联系，本期责任编辑的信箱是：hangfan1102@126.com。

---

舍，轮流把那枚鸡蛋托在手里，又是估计它的重量，又是欣赏它的形状。过了好半天，大舟才小心翼翼地把鸡蛋放进了口袋里。

正说要添料，小丽忽然有了新主意，她从大舟口袋里掏出鸡蛋，放回了原处，说道：“咱妈也为养鸡操了不少心，依我看，今天这第一枚鸡蛋，应该让她来捡，让她老人家也享受享受这份快乐。”

大舟连声说道：“好！好！还是俺媳妇想得周到。”

于是，小两口来到厨房里，没进门，就异口同声地说：“妈，好消息，好消息，鸡下蛋了！鸡下蛋了！”老人正在做饭，看见小两口高兴的样子，脸上也乐开了花，忙说：“好啊，好啊……”

小丽一把拉住老人，说道：“妈，您老为鸡场操心最多，俺俩决定：这第一枚鸡蛋，就由您来拾。”

老人笑着说：“好，我去拾，我去拾。”说着，匆匆来到鸡舍，小心翼翼地捡起鸡蛋，嘴里哼着小曲，出了鸡舍。

老人一边走，一边看着这枚鸡蛋，偷偷发笑，心想：看来，这一趟我夜里摸黑到鸡舍，真没白去。偷放一个鸡蛋，让小两口……

（题图、插图：安玉民）

一个善念可以感化人的灵魂，
即便他是铁石心肠……

# 人心都是肉长的

□黄　胜

盛夏八月，天气酷热难当。这天下午，天空终于渐渐阴沉起来。

机械工马元却担心大雨在这个时候落下来。也就在刚才，老婆小芹突然捂着肚子叫起疼来，马元的心就提起来了：离预产期明明还有一周呀，难道提前了？必须马上去医院。

马元不敢耽搁，推出摩托车，扶小芹在后面坐稳，便急速往城里驶去。

## 这交警，铁石心肠

十分钟后，马元驾摩托车来到了东郊一座铁路大桥下。由于心中着急，马元也没留意，驶到近前，他才发现桥洞里停了一辆顶着警灯的白色轿车，两位交警正在执法查车。见到马元，两人像看到了猎物的猎人，几乎同时举手做出了停车的手势。

马元只得乖乖停车，将驾驶证、行驶证一一奉上。一个稍胖的警察严厉地问道："你知不知道违章了？"

马元忙点头哈腰，说："知道，知道。"他指了指挺着大肚子的小芹，解释说："您看，我爱人快生了，所以走得比较急，可能超速了。您高抬贵手，原谅我这一次。"

胖交警横了他一眼，不为所动，说："罚款两百，交钱吧。"

马元倒抽一口冷气，慌忙央求："大哥，我带的钱不多，您看，我爱人还要去医院生孩子，能不能……"

没等马元说完，胖交警不客气地

说：“没钱那就只能扣车了。”说着，伸手将马元摩托车上的钥匙拔下。

马元傻了眼，两百块，对他来说不是小数目。他见胖交警不肯通融，就走到一旁，掏出手机想找人说情。他想起自己和交警二中队的李队长曾吃过饭，互相留过手机号。

胖交警马上明白了马元的意图，冷冷地提醒说：“你这电话打了也白打。我跟你说，找谁也不管用，我们有纪律，不许为亲戚朋友说情。”

马元不理他，继续联系。胖交警便松了口，说“行了行了，少罚你点，你交一百块钱算了。”他又补充一句：“我这是看在你老婆的份上，嘿嘿，不瞒你说，我老婆也快生了。”

马元装作没听见对方的话，继续拨打着手机。

胖交警见状，火了，对同伴一挥手，说：“让他找人去吧，咱们走！”

马元慌了，忙跑上去拦阻说：“先别走，把车钥匙还我呀。”

胖交警瞪了马元一眼，喝斥道：“要么赶快交罚款，要么你明天到交警队去取车。”

就在这时，马元一直举在耳边的手机终于有了回音，对方问：“您好，是哪一位？”

马元大喜，赶紧对胖交警说“麻烦您稍等一下。”然后就回过头，飞速地把事情的经过说了一遍。李队长听完，立刻抱歉道：“我们有纪律的，严禁为亲朋好友说情，对不起了，这事我是爱莫能助了。”

马元大失所望，正想关掉手机，李队长突然问：“马元，那辆警车的车牌号是多少？今天有大雨，所有交警都在重要路口指挥交通，没安排人员去东郊查车呀。”

马元一听，立刻怀疑起这两个交警的身份，忙去看那警车的车牌。

就在这时，一道闪电划过，隆隆雷声中，大雨倾盆而下。

马元正想把警车牌号告诉李队长，对方大概太忙，手机已经关了。

大雨瓢泼而下，两个交警不再理会马元，自己上了警车躲雨，还点了烟，吞云吐雾起来。

马元没有别的办法，只得凑到车窗前，点头哈腰道：“两位大哥，我认罚。”

胖交警知道马元搬救兵碰了钉子，态度又强硬起来，斜睨着马元道：“你不是要找人说情吗？有本事去找呀，我等着你。”

马元硬着头皮说：“我确实认识二中队的李队长，不过，他没空过来。大哥，您可怜可怜我们，少罚点吧，五十行不行？”

胖交警得意洋洋地说：“别说中队长了，你就是把大队长找来也没用。你少废话了，一百块，赶快交钱，再啰嗦，还罚你两百。”

马元只好认罚，他从腰里抽出一张百元大钞，不情愿地递过去。

## 这一刻，心如死灰

就在这时，小芹突然发出一声惊叫："不好，你们快看！"

三个人忙抬头去看，不由大惊失色，只见南北两个方向，两股水流顺着马路奔涌而下，正向大家立身之处冲来。

这是一座铁路桥，上面是铁路，下面是公路。由于铁路建设在前，不能随便移位，所以修建公路的时候，只能往地下挖，这使得路面的地势极低，以桥洞为中心，在半公里长的路段内，整个路面呈"V"字形。现在，他们四人，就处在"V"字的最下端。本来，桥底也有下水道，但雨又大又急，积水根本来不及排出。几乎眨眼之间，水就没过了马元的脚面，迅速又漫过了警车的底盘，从车门缝隙流进车内。

"快开车！"胖交警嘴里惊恐地喊着，也顾不得接马元手里的钱了，慌忙把摩托车钥匙塞到他手里，说："这里太危险了，你俩也赶快离开吧。"说完，警车发动机一声咆哮，顶着水流向上开去。

马元回头去找自己的摩托车，却发现摩托车已被水流冲倒，淹没在水中。马元心里明白，即使摩托车能开，这样的暴雨，他也万难骑出去。想到这里，他忙冲着警车大喊："快停下，带我们出去！"

车上的人不知是没有听到，还是不想带他们走，开远了。

马元嘴里骂了一句，伸手拽住小芹的手："老婆，快，咱们快跑出去。"

此时，水流越来越急，将两人冲得左摇右摆。突然，一股巨大的水流冲来，马元就觉手中一松，小芹的手脱离而去。他忙伸手去捞，哪里还能捞得到？回头看时，却见小芹被水流往下冲去。马元慌忙掉头就去追，却也被水流击倒，两人一前一后，几乎又被冲回了原处。

马元搀扶着小芹吃力地站起来，这时，水已经没过了胸部，两人挣扎着重新往高处移动。

小芹已经体力不支，她哭着对马元说：“马元，你不要管我，先走吧。”

马元没有说话，俯身抱起妻子，咬牙向前走去。两人每前进一步，都异常的艰难。

马元不由恨起了那两个交警，嘴里骂道：“要不是那两个混蛋，我们也不会耽搁在这里，他们就这么把我们扔下不管，自己逃命去了，这还算什么人民警察？今天要是能逃出去，我非去告这两个王八蛋不可。”

风雨之中，疲惫不堪的马元越走越慢，而他身后的水位却在紧紧追赶，越升越高，照这样的速度下去，大水很快就会淹没他们。

## 这一推，惊心动魄

就在这危急关头，马元耳中突然听到汽车的声音，他一抬头，只见刚才那辆警车，倒退着向他们驶来。在浅水区停下后，那个胖交警跳下车，一手抓牢车门，一手挥舞着，焦急地招呼他们：“快点！”

马元精神大振，他让妻子抱紧自己的脖子，咬紧牙关，迈开步，拼命向警车走去。

一步、两步、三步……

五米、四米、三米……

越来越近了。胖交警伸出了手，一把攥住了马元伸过来的手。两手相触的瞬间，马元心中一松，对胖交警的恨，刹那间消失得无影无踪。他感激万分地说：“谢谢！谢谢你回来救我们……”

胖交警呵斥道：“啰嗦什么，赶快上车！”

上了车，马元这才发现那个瘦交警不在车上，问胖交警，胖交警骂骂咧咧：“那小子怕死，不敢回来，下车跑了。”

马元心头一热：“谢谢……”他隐约猜到，两人肯定有过一番争执。

此时，水位已迅速淹没了轮胎。胖交警不敢怠慢，挂挡、加油，汽车开动，顶着水流向高处冲去。

才冲了三四米，汽车竟然熄火停下了。胖交警手忙脚乱，不停地扭动钥匙点火，却没有用。胖交警额头冷汗涔涔，一拳砸在方向盘上：“什么破车！一定是发动机进水了，咱们快下车吧。”

没等三人下车，汽车突然又动了。三人一喜，随后心又沉了下去，因为汽车不是往前去，而是向后退。巨大的水流将汽车往下冲去。胖交警又是踩刹车，又是挂挡，却无济于事。

在三人的惊叫声中，眼前一黑，汽车已经没入了积水中。

车门已经打不开了，胖交警从座位下摸出一根铁棍，砸向挡风玻璃，

玻璃一破，浑浊的水流立刻涌入，顷刻之间，灌满了整个驾驶室。

黑暗之中，小芹感到从前座伸过来一只手，抓住了自己的衣服，拼命将自己向前拽去，同时，又有一双手在身后推着自己，借着这两股力量，她的身子钻出了车厢，往上升去，眼前一亮，已然浮出了水面。

小芹不会游泳，旋即，又向下沉去。这时候，又一个人露出了水面，是马元，他一把抓住了小芹。

刚才在水下，马元将妻子推出汽车后，紧随着也移到了前排，但在往车外钻时，胖交警的身子却挡住了出口。原来，胖交警因为体形过大，脑袋和肩膀已经探到了外面，下身却被方向盘卡住了，一时难以脱身。马元刚想伸手去帮他，胖交警却突然缩回身子，让出了出口。随后，马元觉得对方猛地在自己身上推了一把，借着这一推之势，马元顺利地钻出了汽车。

马元虽然及时抓住了下沉的小芹，但是，精疲力竭的他已经没有力量撑起两人的重量，划了几下水后，二人又一起向下沉去。

就在这危急关头，他们面前的水面上突然落下一块红红的东西，有个人在桥上大声喊着："快，抓住！"

马元本能地伸手抓去，陡觉手中一紧，立刻终止了下沉之势。马元心头大定，仔细一看，抓在手中的原来是一块红绸布。他抬头向上看去，暴雨之中，桥上站着一人。红布另一端的，不是别人，正是那个瘦交警。

## 这名字，刻骨铭心

从瘦交警口中，马元知道了一些事情。当时，两个交警脱离险境后，见雨势很大，根本看不清路况，不敢贸然往前走，就将车开到一处安全地带，准备等雨小了再走。

就在这时，胖交警突然接到一个电话，是老婆打来的："赵有财，你死到哪里去了？我要淹死了你知不知

道？”胖交警闻听吓坏了，急忙道：“老婆，我被雨困在外面，你别着急，我马上赶回去！”老婆呜呜哭着说：“等你回来，我早死了……刚才，要不是人家邻居老张，不顾危险冲进来救我，我早就……”

胖交警长长松了一口气，心中又是感激又是后悔，他对瘦交警说：“这老张还真够爷们，上次为了争门口巴掌大的一块地方，我揍得他头破血流，没想到他一点不记仇，这次要不是他，我老婆和她肚子里的孩子只怕……”说到“肚子里的孩子”，他不禁转头向桥下看去，看到了在水中苦苦挣扎的马元夫妻，看到马元妻子高高隆起的腹部。

恍惚间，他似乎看到了自己妻子的影子。

胖交警心头一热，开口说“快，咱们把车倒回去救人。”瘦交警惊讶道“你疯了？没看到下面的水有多大？”胖交警说：“顾不了那么多了，救人要紧。”瘦交警看着他，讥讽道“你小子鬼迷心窍了吧？咱俩认识这么久，我还真不知道你这么伟大。好了，哥们，要救你自己去救吧，我可不管。”说完，他拉开车门就下了车。

胖交警骂了一句，抬屁股移到了驾驶座上，挂上挡，猛踩油门，汽车轰鸣着，向后倒去。

瘦交警站在原地，看着倒下坡去的汽车，愣了半晌，无奈地摇摇头。他抬头打量了一下四周，看到大桥上挂着的一条横幅，眼睛一亮，就绕道跑到了桥顶上，拽下了那条横幅，在关键时刻，当作绳索抛到了马元的手边。

马元夫妻得救后，跟瘦交警一起，趴在桥上，焦急万分地盯着桥下的水面，望眼欲穿。瘦交警口里不停地大声呼喊着：“有财！有财……有财，你快出来呀！”

然而，胖交警却再也没有浮出水面……

一周后，交警队的人来到马元家里，他们是来调查一桩冒充交警上路查车勒索的案件的。不过，在马元这里，他们并没有得到什么线索。

马元的老婆刚给他生了个大胖小子，他很忙，听对方说那天查车的是两个假交警，马元淡淡地说：“没人勒索我呀，那天，倒是有两个好人，不顾危险救了我全家，其中一个还……”他喉头一哽，说不下去了。随后，马元站起身来，抱歉道“对不起，你们去找别人调查吧，我得去给有财洗尿布了。”有财是马元给儿子取的名字。

别人都说“有财”这个名字又俗又土，马元夫妻却坚持不肯为儿子改名字。

因为，这名字，让他们刻骨铭心。

（**题图、插图**：魏忠善）

# 我是不是头昏

□叶林生

最近两个月，邹教授总是感到头昏，脑袋晕晕沉沉的，干啥都没精神。跟老婆说了，老婆催他赶紧找大夫看看。

邹教授来到学校的附属医院，那大夫认识他，挺热情的：“邹教授，身体有什么不舒服的？开点什么药啊？尽管说！”邹教授苦笑着摇了摇脑袋：“这阵子我老是头昏，想检查一下，别有什么毛病。”

“头昏？这毛病可大可小，要当心点！”大夫看旁边没人，就低声说，“我们这附属医院条件差，市二院那边有最先进的设备。你是享受全额医疗补贴的教授嘛，我给你开个转院证明，这样你就可以直接去二院检查了，回单位也能报销。”

当下，邹教授就转到了市二院门诊，那里的大夫询问了他的情况，说：“头昏的原因很多，诊断也很复杂，做个颈椎CT，再做个脑磁共振吧。”说着，便开出了检查的单子。

邹教授忙问：“查两项要多少钱？”

大夫想了想，道：“做颈椎CT是1200，做脑磁共振是2600，总共3800元。”

听说要这么多钱，邹教授拿过那单子没有马上去检查，而是先回学校来找王校长。因为单位有规定，凡转出附属医院的，一次性专项检查费用超过3000元，必须先经王校长签字才能报销。

邹教授走进王校长的办公室时，里面有几个人正在开小会。王校长停下谈话转过脸来，客气地问他有什么事。邹教授说自己最近头昏，接着把刚才去医院的事儿说了一遍，然后硬起头皮将那张检查单子送上前去。

王校长拿过那检查单看了看，却轻轻放在了办公桌上，沉吟半晌后，又将邹教授上上下下打量了一番："老邹啊，我想问你，你的头，到底是昏还是不昏啊？"

邹教授一愣："王校长，您这……这是什么意思？"

王校长打起笑脸说："你别误会，是这样，学校的医疗补贴，已经超支两百多万了。有些享受全额医疗补贴待遇的同志，小病大治，无病大查，群众意见不小啊。当然，这主要是我们管理上没到位，还存在漏洞。因此，学校最近出台了一个补充规定……"说着，他将一份文件递到邹教授的面前。

那补充规定上写着这样一条：凡转出附属医院后，一次性专项检查费用超过3000元者，如确诊为有病的，其检查费用由单位报销90%，个人承担10%；如确诊为无病的，则由单位报销10%，个人承担90%。

当着开会的几个人，王校长又淡淡地说："有病嘛，当然是要检查治疗的，老邹啊，这事你自己去把握吧，啊？"说着就将那检查单子还给了他。

邹教授忽然感到脸上火辣辣的，觉得王校长的话意味深长，心里顿时七上八下地没了主意。他拿着单子出了校长办公室，就开始反复地捋脖颈子，不停地拍着脑袋，一遍又一遍地问自己：我倒是去不去检查啊？我到底是不是头昏呢？

这么问着，邹教授竟不敢相信自己的感觉了，只好回家问老婆："你说，我是不是头昏？"

"你头昏不昏，问我干吗？我哪知道啊？"老婆伸手摸了摸邹教授的额头，又莫名其妙地瞪了他一眼，"你是怎么啦？自己的头昏不昏，自己都没数了？"

邹教授摇了摇头，把今天去看大夫和找校长的事详细说了一遍。听说是这样，老婆愣了一愣："身体是大事情，万一你真的有病，被耽误了怎么办？就是没病，那两项检查你也要去做，一定要做！"

"可是，如果检查下来没有病，那就要自己掏3000多的呀。"

老婆沉吟半晌，心事重重地说："你啊，真是个书呆子！咱掏3000多元钱倒是小事，现在最重要的问题是，你已经骑虎难下啦。"

见邹教授还不明白，老婆叹了一口气："你想过没？事情既然已经到

了这一步，咱左右两边就都偏不开道儿了。你去做了检查下来，要是被确诊没病的话，咱得割自己的肉不算，领导面前你还落下不光彩的印象。可你要是不去做检查呢，又是‘此地无银三百两’，反而会被别人误解，认为你本来就是动机不纯，想打着查病的幌子钻医改的空子。这以后，学校里上上下下会怎么看你？”

听老婆说得有道理，邹教授意识到了问题的严重性，看来的确是别无选择，那检查不但非做不可，还必须得查出毛病来，否则，自己的名誉沾上污点，那可就跳进黄河也洗不清了。突然，邹教授开始强烈地希望自己头昏，昏得越厉害越好。

怪的是，偏偏就在这节骨眼儿上，邹教授却又觉得，自己的头好像倒不那么昏了，他急得反复地捋脖子，不停地拍脑袋，可依然觉得，自己的头不昏！

明天就要去医院做检查了，这可怎么办？当晚，邹教授急中生智，守在电视机前通宵没有睡觉，向来不沾酒、不抽烟的他，硬是灌下了满满几杯茅山特曲，又一根接一根地抽完了一包苏牌香烟……这么一折腾，邹教授感觉不错，哈，自己的头终于又昏了！

一大早，邹教授就直奔二院，满怀信心地做完了脑磁共振和颈椎CT。颈椎 CT 的结果，大夫说要等明天才能看到。脑磁共振的报告，当天下午就出来了：脑丘、脑干、脑回未见病变，两侧脑室形态未见异常。

看着检查报告单上的那两行字，邹教授一下子呆若木鸡，继而在那里自言自语地直嘀咕：“怪事呀，我明明感觉头昏，怎么没病呢？会不会是查错了？”

这话让大夫很不高兴，白了他一眼道：“我说你这人真滑稽，人家都不希望自己有病，你倒是巴不得自己得病啊！再说，我们这是最先进的检查设备，电脑很客观真实的，不像人脑，有时候还会撒谎……”那大夫还没说

完，邹教授却一阵头昏目眩，“扑通”一声倒在了地上。

见此情景，旁边几个大夫赶紧过来，将邹教授扶起休息。然后他们又对着那些脑磁共振成像的显影片，重新会诊了老半天，结果仍然维持那个诊断结论，没有病变。

从医院出来的路上，邹教授如芒刺背，总觉得有人在背后说三道四，他没敢马上到单位里去上班。

回到家里，老婆更是长吁短叹：“都怪你，没病怕病，疑神疑鬼，你说你，谁没个头昏的时候呀？这下可好，等明天颈椎CT检查的结果出来了，要是还没有毛病的话，看你今后还怎么做人？”

这一夜，邹教授无论如何也睡不着觉，他像只热锅上的蚂蚁，一次次翻身下床满屋子转悠，拍着自己的脑袋唉声叹气：我明明是头昏的，怎么就没病？我咋这么倒霉呢？

好不容易熬到了天亮，邹教授直奔二院。到那儿一问，他的颈椎CT报告出来了，结论是：颈椎骨质增生压迫颈丛神经，颅脑供血不足。大夫仔细看着那一张张显影片，认真地对邹教授说：“怎么不早来检查呢？你这问题很严重啊！”

“你说的是真的？”邹教授顿时欣喜若狂，他从大夫手里抓过那张检查报告单，高举着直奔王校长的办公室，路上逢人就嚷“我头昏，我有病……”

（**题图、插图**：刘斌昆）

**· 本刊信息传真 ·**

## 登录故事中国网，赢取2008年《故事会》

### 故事会公司再添新成员——老爸老妈网（www.686m.com）正式上线

年底将至，故事中国网（www.storychina.cn）精彩活动不断，快来参加，即有机会赢得2008年《故事会》！此外，为了方便读者，故事中国网已开通在线订阅杂志功能，接受19家银行发行的数十种银行卡付款，让您足不出户，就能为自己或远方的亲人轻松订阅2008年故事会文化传媒有限公司旗下的4本杂志：《故事会》、《金色年代》（中老年生活类杂志）、《旅游天地》（老牌旅游类杂志）和《秀》（日本引进时尚类杂志），并可享受不同程度的优惠及赠品。其中，您只要通过网上支付成功订阅2008年全年《故事会》，将有机会赢得意外惊喜！

故事会公司再添新丁：由《金色年代》杂志主办的老爸老妈网（www.686m.com）已经上线！其首个活动——“我眼中的老爸老妈”摄影大赛正在热烈进行中，如果您是一位年轻的摄影爱好者，欢迎拍下家中老爸老妈和周围中老年人的精彩瞬间；如果您自己就是“老爸老妈”中的一员，更欢迎您用相机记录同龄人的精彩影像，参加这次比赛！本次大赛奖品丰厚，一等奖得主将赢得马来西亚浪漫之旅！详情请登录老爸老妈网查阅，网址就是“老爸老妈”的谐音：686m.com！

# 如此姐妹

□钱　岩

于文娟和王霞从中学起就是一对死党，一直情同姐妹。王霞的丈夫周学健是一家银行信贷科的科长，实权不小，身边一天到晚围着大小老板。而于文娟的丈夫邓木林，只是五星家电商场的一个送货工，除了一身力气，什么也没有。

这天，邓木林给一个大客户去送货。那客户从他们商场一下买了好几万块钱的电器，有大屏幕液晶电视，双开门冰箱，还有柜式变频空调和全自动滚筒洗衣机。真是有钱人啊！

邓木林拿着送货单，找到了那个豪华小区，敲响了客户家的门。让邓木林料想不到的是，给他开门的，竟是妻子好姐妹的丈夫，周学健。

因为妻子的缘故，邓木林和周学健彼此认识，但两人关系一般，见面也只是点点头。

邓木林见开门的是周学健，吃惊归吃惊，但还是笑道："周哥，发大财啦，买下这么好的房子……"

周学健看到邓木林，同样也是吃惊不小！要知道这房子可是他背着妻子买下的，是他和情人佟雪的安乐窝。昨天，佟雪一个人去挑家电，没想到这么巧去了邓木林工作的那家商场，更没想到的会是邓木林送货上门。邓木林的老婆和自己的老婆关系非同一般，在外面包二奶的事情，要是传到老婆那儿，家里还不闹地震？更重要的是这事一旦张扬开来，对自己前途不利，这钱可都是受贿来的。

周学健眼珠一转，计上心头。于是装着很惊讶的样子问道："咦，这位师傅，你怎么知道我姓周？”

邓木林一听，心里就有点不高兴了，心想：你姓周的不就是有几个臭钱，好歹我们也见过几次面，这么快就把人忘了？于是邓木林感慨道：“真是贵人多忘事啊！我当然知道你姓周，我还知道你是一家银行的大科长，你老婆叫王霞……”

周学健忙打断邓木林，赔笑道：“师傅，误会，纯属误会！你肯定是把我错当成我哥了。我哥叫周学健，在银行上班，呵呵……”

什么？邓木林惊呆了，眼前这人是周学健的弟弟？正说着，女主人从房间里出来了，是个很年轻漂亮的女人，果然不是王霞。这下邓木林“刷”地脸红了，一个劲儿说对不起。不过，周学健的“弟弟”也很大度，并没有责怪邓木林，而是笑着说：“没关系，没关系，怪只怪我们弟兄俩长得太像了。”

晚上回到家，邓木林忍不住就把白天发生的事跟于文娟说了：“你猜，今天我送货送到谁家去了？呵呵，你绝对猜不到。我送到周学健的弟弟家去了。乖乖，周学健的弟弟比他哥还有钱，他家房子真大啊，装修得金碧辉煌，讨个老婆又年轻又漂亮。今天我可是闹大笑话了，错把周学健的弟弟当作周学健。也难怪，这弟兄俩长得实在太像了！”

于文娟听了可是一头雾水：“你胡扯些什么呀，王霞跟我说过，他老公是独子，哪来的什么弟弟！”

邓木林急了，说：“我可不是胡扯！真的，我开始也把那人当成周学健，以为周学健又买了新房呢。是他自己跟我说的，周学健是他哥，说我认错人了。”

这事就怪了！于文娟仔细一琢磨，顿时有点紧张起来：难道是周学健背着王霞，在外面置了个家包起了二奶？这不是没有可能。周学健有权又有钱，现在有些女孩子，为了钱，心甘情愿当二奶甚至三奶！如果真是这样，那对王霞就太不公平了。不行，王霞是我的好姐妹，我得去告诉她，不能让她蒙在鼓里。

于文娟马上风风火火赶到王霞家，把事情一五一十地跟王霞说了。

谁知王霞听了，“咯咯”笑个不停，坚决不相信：“我老公这些天在上海学习，怎么可能在这里看到他？再说了，我老公是个典型的‘妻管严’。包二奶？借他十个胆子也不敢呀！文娟，肯定是你老公看错人了，人家借机拿你老公寻开心呢。”王霞这么一说，于文娟心里打鼓了，难道真的是自己丈夫弄错了？

于文娟还是有点不放心，继续提醒道：“这事你还是小心点好，不怕一万，就怕万一。要不，我帮你再去打探打探？不是当然最好，要真是你老公背着你在外面包二奶，我陪你去，把他们搅个天翻地覆。”

这主意合理，王霞当然不反对。几天后，于文娟根据自己老公提供的地址，陪着王霞，找上门来了。

敲开门，于文娟就发现屋里的男人只是身材、衣着和周学健相似，根本不是周学健。于文娟还以为自己敲错了门，仔细看看门牌，没错。于文娟还不放心，便假装说：“先生，不好意思打扰了，我们是五星家电商场的，现在我们想对客户做一个回访。前几天，你们是不是从我们商场买了大屏幕液晶电视、双开门冰箱、滚筒洗衣机，还有柜式空调？”

男人说：“是呀，这不全都已经用上了。”

王霞连忙接着问：“我们主要是想了解一下您对送货人员的服务是否满意？他有没有额外收费？”

男人笑着说：“那高个子送货工服务不错，也没有额外收费。只是这人挺有趣的，硬说我姓周，在一个什么银行上班。我就逗他开心，说我是姓周，但不在银行上班，在银行上班的是我哥。哈哈，他还真信了。对了，你们回去要是碰到他，替我向他说声对不起。”

于文娟和王霞听了都会心地笑了，果然是邓木林认错人了！在回去的路上，于文娟不停地向王霞道歉，说自己和丈夫是俩糊涂蛋，冤枉老周了。王霞摆摆手说：“这算什么？我怎么可能怪罪你们？正因为我们是好姐妹，你才会这么关心我。换了别人，谁还管这破事？别看我嘴上说得硬，其实刚才心里好紧张，还真担心老公背着我做了见不得人的事！这下好了，心里的一块石头总算落了地。”

回到家，于文娟把丈夫邓木林好

好地骂了一顿："这么大岁数了，怎么连个人都认不准，一点都不像却硬说像，你不知道我刚才有多尴尬。"邓木林听了心里很不服气，那人根本就是和周学健从一个模子里塑出来的，怎么说不像？但人家老婆都去了，难道还有认错的？唉，管他像不像，我咸吃萝卜淡操心干吗！这么一想，邓木林也懒得和老婆争了。

一晃又过去了一个月。这天，于文娟回家看父母，陪着老人在自家开的小杂货店里闲聊。这时，一个男人来买烟，于文娟抬头一看，感到很眼熟：这不就是那个被自己丈夫错认为是周学健的男人吗！见男人只买了一包三块钱的"盛唐"，于文娟忍不住了，说道："你这个人，住那么好的房子，买几万块钱的家电，就抽这三块钱一包的香烟，也不怕跌身份？"

男人听了一惊，一下也认出了于文娟，笑道："你不是那个五星家电商场的吗？敢情这个小店就叫五星商场？"

于文娟觉得这男人说话有趣，于是就笑着解释说那天自己的确是假冒的，主要是因为自己的一个姐妹，怀疑丈夫在外面包二奶。但看到那屋子的男主人是他，就知道原来是捕风捉影弄错了。

男人听完，低头沉思了好久都没有言语。于文娟感到奇怪，这时，那男人长叹一声，说道："其实，你们的怀疑没错，我不是那房子的主人，我只是个打工的。那天在街上，临时被人雇去冒充房主，按要求跟你们糊弄了几句，就得了一百块钱。不信，你现在再去那儿看看。"

于文娟听男人这么一说，大吃一惊，这么说，王霞的老公果真是在外面包了二奶？

于文娟还是不敢相信，又问那男人："雇你的人是不是一个白白胖胖的男人，戴个金丝边的眼镜？"于文娟说的正是周学健。

男人说："对，雇我的是一男一女，那男的是白白胖胖的，戴个眼镜，当时就在房间里。不过，那个女的，就是跟你一块来的那个人……"

什么？是王霞？雇人骗自己的竟是自己的好姐妹王霞！这可让于文娟万万没想到。这么说，王霞从自己口中知道了老公在外包二奶的真相，怕自己把她老公的丑事张扬出去，对她和老公不利，于是使出这一招……

这样一想，于文娟心里便很难过，眼泪忍不住就流了下来。

于文娟没把这事告诉丈夫，只是和王霞的关系越来越疏远了。丈夫邓木林感到很奇怪，便问："你们怎么啦？不是一对好姐妹吗？""什么姐妹不姐妹的，"于文娟惆怅地说，"那是很遥远的事了……"

（题图、插图：刘斌昆）

□胡秀欣

# 这样才好玩

吕元才是个养鸡专业户。这段时间鸡蛋涨价，供不应求，每天来进货的人排成长队。吕元才乐得嘴都合不拢，恨不得母鸡都变成产蛋机器，每天不停地下蛋才好。

这天，吕元才收到一条短消息，说是可以提供人造蛋的配方和模具，并声明用此方法造出来的蛋，即使是养鸡专家都辨不出真假。吕元才心里一动，要是把人造鸡蛋掺到真鸡蛋里一起出售，一般人很难看出来，那自己可就发了。

发财的机会来了，吕元才岂能放过，他很快就买来了配方和模具。配料很简单，就是海藻酸钠、色素等几种化学制剂；模具也是大小不一，做出的鸡蛋有大有小，特别逼真。吕元才专门找了一间很隐蔽的屋子，把门窗密封起来，自己和老婆两个人轮换着加工假鸡蛋。

吕元才细细一算，假鸡蛋每公斤的成本还不到6角钱，这真是一本万利呀！只是，做这东西只能偷偷来，没几天，他就累得腰酸背疼，直不起身来。而他老婆，本来就有腰间盘突出，这一累，病也犯了。吕元才只好开车到镇上药店去买药。

从药店出来，吕元才路过一个街口，见一个人正弯着腰在垃圾箱中捡东西。仔细一看，这不是傻子二娃吗？这个二娃，先天智障，是个孤儿，无依无靠，成天在街上流浪。

看着二娃，吕元才灵机一动，何

不把这个傻子弄回去让他做鸡蛋。反正他辨不得真假，做好了又不用付工钱，况且，街上少了个傻子也没人去找，这样的人，再合适不过了。

想到这儿，吕元才一阵兴奋，赶忙下车，走近二娃说：“二娃，你想不想吃肉呀？”二娃回过头来，一听说吃肉，哈喇子都流出来了，他大嘴一咧“嘿嘿”傻笑着说：“肉好吃，想吃肉……”

吕元才见二娃上钩了，又接着说：“上车吧，我拉你去吃肉。”说着，

拽过二娃就往车上推。二娃挺听话，傻笑着就跟吕元才坐上了车，嘴里一个劲嘟囔着：“吃肉，肉好吃……”

天黑的时候，吕元才把二娃带回了养鸡场，先给他洗了个澡，又找了一套旧衣服给他换上。二娃一个劲喊着“肉、肉”，吕元才便给了他几块自己吃剩下的鸡肉，二娃接过碗，狼吞虎咽就吃起来，连骨头都嚼嚼吃了。

第二天，吕元才开始教二娃做鸡蛋了。一开始，二娃觉得挺好玩，还像模像样地学，可学了一会儿，二娃就没耐心了，他把模具一扔，站起身来，嘴里嘟囔道：“不好玩，不、不玩了……”说着，就要往外走。

吕元才火了，给你吃，给你穿，你说走就走哇？他几步上前，一把揪住二娃的衣服领子，吼道：“你给我回来!”说着，伸出脚一扫，将二娃狠狠地摔在了地上。二娃摔疼了，大嘴一咧，“哇哇”地哭了起来。

“哼，老子不信治不了你！”吕元才一边吼着，一边朝二娃踹去。哪想，这一踹把二娃踹急了，他忽地起身，顺手端起地上一盆调兑好的“鸡蛋黄”，照着吕元才的头就扣了下来。吕元才没有防备，顿时脸上、身上都是黏糊糊的“鸡蛋黄”，那形象，别提有多狼狈了。

二娃一看，乐了起来，“嘿嘿”地傻笑着：“好玩，好玩……”这下，可把吕元才惹火了，他随手抄起一根木

棍，照着二娃劈头盖脸地就打了下来。打得二娃连连惨叫，满地乱爬。直到吕元才打累了，气也出够了，才把门一锁，把二娃关在里面，并叮嘱老婆，先饿他一天再说。

为了调教二娃，吕元才专门做了一条粗鞭子。二娃不学，他就用鞭子抽，学不好也用鞭子打，并时不时地用饿饭的方法惩罚二娃。就这样，不到一个星期，吕元才就把二娃制得服服贴贴，任由他使唤了。每天，吕元才配好料后，就把二娃锁进屋子里，让他做鸡蛋。从早干到晚，连吃饭都是送进去的，白天根本不放二娃出来。

没多久，二娃的技术就很熟练了，假鸡蛋越做越多，吕元才的收入也是直线上升，乐得他睡梦中都捧着老婆的头发当钱数。

然而，好景不长，没到一个月，打假部门就上门突击检查，吕元才的养鸡场被查封了，制造假鸡蛋的所有工具也被没收了。

吕元才怎么也弄不明白到底是哪儿出了错？自己做事这么小心，根本不可能走漏消息呀？他百思不得其解，竟厚着脸皮去问执法人员。

执法人员拿来了三个假鸡蛋，在吕元才面前“啪”地打碎一个。吕元才瞪大眼睛一看，呵，大鸡蛋里竟包着一个小鸡蛋，那小鸡蛋圆圆的，样子很奇特。执法人员告诉他，这些是一个教授从买来的鸡蛋里发现的，当时教授觉得奇怪，怀疑是不是鸡蛋变异，一时激动，就给报社的记者打了电话。记者也没见过这么奇巧的蛋中蛋，就拿到有关部门去咨询，看看是否有研究价值。可没想到一鉴定，竟发现是假鸡蛋。于是，顺藤摸瓜，端了吕元才的制假老窝。

执法人员说到这儿，一招手，让人把二娃带进来。指着鸡蛋问他：“这是不是你做的？”二娃傻傻地笑着，连连点头：“我做的，蛋蛋我做的……”一边说，还一边比划着，显得很得意。

吕元才一听，气坏了，冲着二娃吼道：“谁让你这么做的？”二娃被吕元才的吼声吓了一跳，脸上露出惊恐的表情，边往后退边说：“别、别打我，都做一样的不好玩，这么做好玩哩……”

吕元才的鼻子差点没被气歪了，没想到千算万算，竟栽在一个傻子的手里。面对执法人员严厉的目光，他沮丧地低下了头……

（题图、插图：魏忠善）

**绿版编辑部各编辑邮箱：**

夏一鸣：gshxym@163.com
邢　悦：simyyue@126.com
王雅静：wyjing833@sohu.com
朱　虹：zhong98305@sina.com
杭　帆：hangfan1102@126.com

· 中国新传说 ·

# 还是熟人好办事

□胡　军

陈教授最近乔迁新居，为了装点新家，夫妻俩决定花8000块钱，买一台新款的平板液晶电视机。

陈教授的妻子平时好结交关系网，无论办什么事，都喜欢托关系，找门子。这次，她自然也不例外。她想到，丈夫有个同乡是一家商场的经理，就把买电视的任务交给了丈夫。她知道自己丈夫自尊心强，最讨厌求人办事，所以，千叮咛万嘱咐，让陈教授千万当桩事情来办。

第二天，陈教授由于工作忙，加上不愿意求人，早把妻子的叮嘱抛到了九霄云外。临要下班了才想起电视的事情，于是就近找了家商场，按照妻子指定的型号，随便买了一台。电视调试好了，陈教授自己坐在沙发里看看，感觉质量还不错。

没多久，妻子下班回来了，还没顾得上看电视，劈头就问丈夫："这电视是通过你老乡买的吗？"

陈教授没敢撒谎，摆摆手说："嗨，现在的电视机质量都很过关，找不找熟人都一样。你看，这质量不是挺好的吗？"

"什么？8000多块钱的东西，你就这么随便买回来了？"妻子一听，立即火了，指着丈夫的鼻子就嚷道："你啊，真是个书呆子！现在这年月，办啥事能离开关系？你不找关系，人家还不把卖不掉的货底子给你？"

妻子再看电视机，火气更大了。她指着电视的画面说："你看看，这画面多不清楚，雪花点这么多！"接着，她又放大了音量，说："你听听这音质，吱吱啦啦，杂音多大。"说罢，把遥控器一扔："你给送回去，退货！"

陈教授望着妻子，说话软软的："可这电视没啥毛病，咋退？"

妻子更火了，把脸一沉，瞪着丈夫，说道："没毛病？啥叫毛病，非要没图像没声音，才叫毛病？你说，到底退不退？"

陈教授为难地说："退货没理由啊，我看就……"

妻子一拍桌子，对丈夫下了最后通牒："你要是不退，以后就别想进这个家！"

陈教授知道妻子的脾气，他沉默了一会儿，摇摇头，表示对妻子的让步。并且陈教授还提出一个更好的方案：陈教授有个大学同学叫李彤，是本市分管工商的副市长，请他亲自出面，一定没问题。

妻子一听，气立马消了。她抱着丈夫亲了一口，娇嗔地说："你啊，终于精明了一次！"

吃过饭，陈教授就把电视带走了。

第二天，陈教授并没有把电视机换回来。妻子问他怎么回事。

陈教授解释说，今天李副市长亲自过问了这件事。之所以没换，是因为商场的家电技术员出差了，为了保证质量，只好等明天技术员回来再说了。

妻子一听，知道丈夫为这事确实上心了，非常高兴。

第三天，陈教授还是没把电视调换回来。他对妻子解释说："今天技术员看了这个型号的所有电视，都觉得质量一般。再等等吧，听说明天就要来新货了，我们挑台最好的。"

妻子一听，更高兴了。

到了第四天，陈教授终于把电视机带回了家。他对妻子说"这是刚从新进的货里挑出来的。"说着，就把电视机打开，调试好，对妻子说："跟上一台比比，怎么样？"

妻子非常高兴，仔细看了一会儿，发现这台质量果然比上次那台好。她指着电视对丈夫说："你瞧瞧，这画面多稳定，一点雪花点也没有，这声音多好听，一点杂音也没有。"接着，又教训丈夫说："不服不行吧，办事走不走关系，大不一样。"

过了几天，陈教授和妻子正在看电视，忽然电视里播出一条新闻："我市副市长李彤率领的经贸考察团，结束为期十天的对韩国的访问，于今日返回本市……"

妻子一听愣了，问丈夫："你说说，这是咋回事？这电视……"

陈教授终于说了实话：其实，这电视根本就没有换，只是拉到学校放了几天，又拉了回来……

妻子一时哭笑不得，她这才突然明白：自己也太傻了，怎么就没有想起，丈夫可是个大名鼎鼎的心理学教授啊！

（题图：谭海彦）

·海外故事·

# 劫匪遭遇阿拉斯加

□薛 猛

山本是一名身怀绝技的独行大盗。最近，他盯上了美国阿拉斯加州某座城市的一家艺术品商店。

根据可靠消息，这家商店的老板名叫宋桥，是一位七十多岁的华裔商人，他手里，有一件价值不菲的宝物。宋桥孤身一人，以店为家。他雇用了三个店员，其中名叫杰克的这个小伙子和宋桥亲如父子，杰克知道宋桥的全部秘密。山本决定，就对杰克下手。

一天晚上，山本劫持了杰克。杰克虽然也是个强壮的小伙子，可是在身为空手道黑带高手的山本面前，全无还手之力。山本驾驶着飞机，把杰克带到几百里外一处无人的荒野，向他逼问："说，那个老头到底藏着什么值钱的东西。"

杰克的脾气很倔强，有关宋桥的秘密，他一个字也不肯透露。山本除了用诡计套问出宋桥手中确实有件宝物之外，没有得到任何有价值的线索。可是对于山本这样的高手，套问出这一点，已经足够了。

山本把杰克一个人扔在荒野上，只留给他一把匕首，就驾驶着飞机离开了。阿拉斯加位于北美洲的最北部，这里地广人稀，到处都是这种荒野。如果运气好，杰克可能会遇到过路的车辆。如果运气不好，就只能一个人饿死。运气再差些，还有可能遇到饿肚子的狼。杰克没有办法可想，只好一个人在荒野里跋涉，希望能遇到救星。

山本把飞机开回城市，趁天亮前睡了几个小时，然后就来到了宋桥的商店。他先是围着商店转了一圈，掐断了店里的电话线，然后进了店径直走到柜台前面，一掌，劈开了石头砌

成的柜台。

商店的老板宋桥和两名店员，刚刚打开店门，想不到第一个进来的竟然是个强盗，他们吓得呆住了。山本恶狠狠地告诉两名店员，让他们去把店门关了，窗帘也拉上。谁不照做，他就会立即拧断他的脖子。店员们照他说的做了。

然后，山本来到了宋桥的面前："老头，我听说你这里有件无价之宝。我今天来这里，就是想得到它。"

宋桥叹了一口气，遇上了强盗，真是没办法的事。他想了想，走到保险柜前，拿钥匙打开了，从里面取出一幅画来。画的是观音，慈眉善目，仙风道骨，像活的一样。

"果然是好画，"山本点了点头，"它有什么特别之处吗？"

宋桥示意两个店员，把灯关上。关了灯的店里一片漆黑，可是那张画，却亮了起来。就在观音的头上，画佛光的地方，竟然发出了绿色的光芒。果然是一幅神奇的画。店员重新打开了灯。宋桥看到，山本的表情一点也不满意。

"老头，还有别的吗？在画上涂荧光粉的事，我很久以前就会干了。"山本一脸质疑地说。

宋桥知道，自己遇上了行家。他只好揭开了墙上的一幅画，露出后面隐藏的一道暗门，从里面取出一尊金光闪闪的佛像。这佛像挺着大肚子，看着山本直笑。

山本伸手敲了敲佛像的头，看着宋桥说："听声音，这可不是纯金的，莫非它也有什么特别之处？"

宋桥点了点头："这佛像，能区分善恶。"

说完，宋桥取出两张不大的宣纸，用毛笔在上面各写了一个字，一个"善"字，一个"恶"字。他把写好的两张纸揉成两个团，放在一个小碟子里，端到了佛像的面前。只听"嗖"的一声，其中一个纸团弹了起来，飞到了佛像的手里。宋桥取下纸团，向着山本打开——上面正是一个"善"字。

山本一边大笑，一边冲着宋桥鼓起掌来。鼓完掌，他仍然微笑地看着宋桥："老头，我听说有一种造纸的方法，可以把铁屑造进纸里。我还听说有一种铸佛像的办法，把磁石铸进佛像的手里……"

宋桥见还是没骗住劫匪，头上的汗都冒出来了，他只好说："没有了，我这里，都是骗人的东西。"

"老混蛋！"山本骂了一声，一把抓住宋桥的衣领，把他提了起来。宋桥的呼吸困难起来，但是看着山本的目光并不慌乱。可是山本随即说出的一句话，重重地打击了他。

"杰克在我手上，"山本说，"如果你不拿出点什么，他就没救了。"

宋桥露出了痛苦的表情。怪不得杰克今天没来上班，原来他被眼前这个人绑架了。宋桥向来把杰克当成自己的儿子看待，当然不会不顾及他的生命。

宋桥无可奈何地，从一堵墙的夹层里，取出了一幅绣作，那上面，绣着两条栩栩如生的金龙，张牙舞爪，似乎随时都要冲出来。

山本一把夺过绣作，仔细地看了看，说："这是一幅苏绣，是宋代的东西，《清秘藏》中有记载。"

"这是我唯一一件值钱的藏品了，我可以用它换回杰克的命吗？"

"这个嘛，"山本笑着说，"你们得先跟我上一趟楼顶。"

宋桥知道自己遇到了真正的高手，因为只有懂行的，才知道这幅绣作的秘密。绣作绣得很是奇巧，如果透过阳光去看，可以看见，那两条金龙能够变幻出七种颜色。宋桥没有办法，在两名店员的搀扶下，跟着山本爬上了三层楼的楼顶。

到了楼顶，山本发现旁边一座高楼挡住了大部分的阳光，他只好走到楼顶的边上，举起绣作观看。果然，透过阳光看去，两条金龙变成了七色的，像是两条飞舞的彩虹。

"不错，老头，这是真的！作为奖赏，我现在可以告诉你杰克的方位了。"山本接着说出了昨晚他扔下杰克的位置。

"你……你到底把杰克怎么样了？"宋桥用颤抖的声音问。

"放心，我只图财，并不害命。他只是被我扔在那里了。你现在去救他，应该还来得及，但愿他没有被野狼吃掉。好了，我该走了！"山本收起苏绣，准备离开。以他的身手，没有人能拦住他。可是，他忽然看到了宋桥和两位店员异样的目光。他们都吃惊地盯着自己的身后。山本的身后有什么？

"杰克！"宋桥忽然冲着山本的身后大喊了一声。与此同时，那两名

## 编读往来：你的问题我来答

**江苏作者马刚：** 编辑你们好，我是一名写手，平时也经常在一些报刊、杂志上发表故事，但一直没有敢给《故事会》投稿，总觉得贵刊对稿件要求比较高，担心自己水平不够。

**绿版编辑部：** 您好，首先要热情地欢迎您给我们投稿。其实，我们的有些作者早先也有过类似的疑虑，但投过几次稿后，他们发现在《故事会》上发表稿件完全是可能的，并且在作品修改的过程中，他们觉得自己的创作水平提高很快。现在，其中的一些人已经成为我们的骨干作者了。你手头上有得意之作吗？如有，为什么不试一试呢？

**福建读者宋海波：** 我很喜欢10月下的《大明星的鼓点》，请问作者是怎么想到这么绝妙的点子的？

**绿版编辑部：** 我们把您提的问题转告给了作者，作者是这样解释的：这篇故事的点子，只是偶然飘过的一个念头：心脏的起搏器如果失常，会不会引起心脏跳动异常而杀人？假设会，那就可以写成一个故事。

那么首先，得设置一个杀人的人。这个人，必须能引起死者的心脏共振。什么人最合适？我想到的是鼓手。接着就是给鼓手和死者定位，鼓手是好人，死者是坏人。这样一来，故事的模型就出来了：坏人要杀鼓手，而鼓手请求死前再敲一次鼓，坏人不知就里，被鼓声引起心脏共振而死。

至于结尾，鼓手为什么会有模拟心脏跳动的本事？这个好解决，让他从小生心脏病，一个有创意的医生教会他用鼓点起搏自救。那么他又如何知道坏人的心跳频率？让坏人为了做坏事装一回病，让鼓手给他现场诊断一次。可是为什么要让鼓手诊断呢？那就得让现场的医疗条件不足。这好办，让故事发生在飞机上！这样，故事的脉络都理清了，后面的事情就水到渠成了。（本期所刊的《劫匪遭遇阿拉斯加》也是此作者新创，欢迎阅读与欣赏。）

---

店员也跟着大叫杰克的名字，难道杰克这时正在山本的身后？

下意识地，山本回头看了一眼。他竟然看见了杰克！不过杰克没有站在楼顶，而是站在半空中。杰克的身材也和原来不同了，大约有原来的三倍那么高大。他的全身衣服破烂，狼狈不堪，但是目露凶光，很坚决地，拿着一把闪亮的匕首，向山本俯冲过来。

站在楼顶边上的山本，从来没有见过这样怪异的景像，吓得脚下一滑，从楼顶直摔了下去。他真的不愧是空手道的黑带高手，只是摔断了双腿，却没有摔死。

三天后，杰克被搜索队从荒野里救了回来。那天他真的遇到了狼，并且拼尽全力杀掉了它。

原来，阿拉斯加每年的六七月间，城市的上空，经常会有海市蜃楼出现。杰克扑向狼的那一刻，竟然也出现在了海市蜃楼里，又刚好被山本看见，并吓得他从楼顶摔了下去。

通过海市蜃楼制服劫匪的，古往今来，杰克是唯一的一个。

（**题图、插图**：佐　夫）

# 借我一个两道杠

□吴秀娜

## 我想借一个两道杠

这天上午，景湖小学五年级三班热闹非凡，同学们正在举行中队干部改选活动。

几位候选人像模像样地述过职，然后安静地坐在候选席上。他们一个个绷着小脸，攥着拳头，眼睛一眨也不眨地紧盯着黑板上随时变化的“正”字。

评选结果终于出来了，班主任徐老师微笑着走上前，说:“好了，孩子们，现在，请我们班新任的队干部上台！”

话音未落，六个笑容灿烂的孩子走了上来。那一张张花儿一样的小脸上，满是自豪和骄傲。

徐老师拿出队干部标志——“两道杠”，认真地给每一个孩子别在胳膊上。孩子们抚摸着它，喜悦之情溢于言表……

下课了，徐老师走出了教室，穿过走廊，总觉得身后有人跟着自己。回头一看，可不是嘛，有个叫张小宝的学生正跟在自己身后的不远处。

徐老师停了下来，笑眯眯地问:“小宝，有事吗？”

看到老师回过身，那个叫小宝的男生先是一惊，然后慢吞吞地走上前，低着头站在徐老师的面前，却不说话。

徐老师有些奇怪:“怎么啦,你有什么困难吗,小宝?”

小宝稍稍抬了下头:“嗯,老师,我想,我想……”

“你想什么啊?”徐老师有些好笑地看着他。

小宝像是下了很大决心,猛地一扬头:“老师,我想和您借一个两道杠。”

借两道杠?徐老师觉得很奇怪,这个小男孩怎么会有这样的想法呢?他想干什么?

徐老师摸了一下小宝的头:“告诉老师,你借两道杠有什么用啊?”

小宝沉默了一会儿,然后把头扭到了一边,声音听起来有些发涩:“老师,我能不告诉您吗?”

徐老师的心颤了一下,她想了想,然后说:“好吧,我一会儿去和学校说明情况,明早就借给你,可是,有借就有还,你什么时候还我呢?”

这个问题小宝显然没有想到,他有些发愣,一时没说出话来。

徐老师一看这样,就没再为难他:“这样吧,我给你一个月的期限,一个月后,由同学们来决定,如果你表现好,他们认为你合格,那么这个标志我就送给你,你可以一直戴下去,否则,你就必须还给我!”

“好!”小宝有些喜出望外,高兴地应了一声,然后一溜烟儿似的跑了。

看着小宝远去的背影,徐老师陷入了沉思:小宝是两个月前从外地转来的,听说他原来成绩非常优秀,是连任几届的班长,可来到本校,不知为何,成绩却一落千丈。不但上课时容易走神,就是下课了也只是一个人发呆。徐老师找他谈过几次话,可每次他都是低着头,沉默不语……

这次小宝突然来借两道杠,倒是给了徐老师一个机会,如果通过这件事情,小宝的成绩能有所提高,那就不枉费自己一番苦心了。

## 我把两道杠弄丢了

让徐老师欣喜不已的是,此后的一个月,小宝真的像是变了一个人,尤其是在上课的时候,那股精气神就甭提了,而且连续两次考试,他的成绩都名列前茅。

徐老师看在眼里,喜在心上,自然,那个两道杠也就没再收回。徐老师也不再追究小宝当初借这个两道杠的用意了,毕竟,小宝进步了,这比什么都强。

这天,小宝一早打来了电话,说家里有事,请假三天。徐老师还想问两句,可电话挂断了。

徐老师不由得打了个“咯噔”,心想:这孩子,真是奇怪,先是借两道杠,到现在也没弄明白是怎么回事,现在又莫名其妙地请假……

三天后，小宝来上学了，脸色非常不好，而且变得更加沉默，徐老师的心里沉沉的。

一个星期后，学校组织清明节扫墓活动，要求少先队员要佩戴红领巾，队干部要佩戴队标志。就在出发前的检查时，徐老师却发现小宝的胳膊上空空的。

徐老师走过去，拍了拍小宝的头："小宝，你的两道杠呢？"

小宝像做错了事似的，声音轻得像蚊子："我，我丢了。"

徐老师愣了一下，有点生气"那可是你努力争取来的，你怎么把它弄丢了？"

"真的，是弄丢了，我没撒谎。"小宝始终没抬头……

扫墓回来的路上，徐老师看着走在队伍中沉默不语的小宝，心里很不是滋味，到底发生了什么事情，让这个小男孩这么为难？看来要做一次家访。

回到学校，徐老师安排好班里的事情，刚想去小宝家。

这时，一个男孩风风火火地跑进来，大喊着："徐老师，小宝和王强打起来了！"

徐老师大吃一惊："怎么回事？"

"刚才王强非要用小宝的钢笔，小宝不给，王强就硬是抢了过来，还故意摔在地上，小宝就急了，打了王强一拳，拿着钢笔跑了！"

"去哪儿了，他说没说？"

"没有，一句话没说就跑了！"

徐老师使劲跺了跺脚，这孩子，怎么这么没有组织纪律性呢？得，先到他家里看看再说吧！这么想着，徐老师就跨上了自行车，直奔小宝的家。

## 我会拿一个三道杠

小宝住在一个很破旧的院子里，这时家里只有小宝的奶奶一个人，正在猫着腰做饭，小宝还没有回来。

见徐老师进来了，奶奶显得有点

不知所措，忙用布把座椅抹了抹，让了座，然后说："老师，是不是咱小宝犯错误了？"

"不，小宝在学校乖着呢，我只是过来看看。"徐老师看着年迈的老人，有些于心不忍。

"那您……"奶奶欲言又止。

"哦，是这样的，小宝在最近的考试中成绩非常突出，我作为他的班主任，是来给您报喜的！"徐老师随口说了一句。

"哦，好好，我就说我们小宝不会犯错误的，前些天，他还拿回一个两道杠呢！"奶奶的脸上满是喜色。

"是啊，那个两道杠可是小宝努力争取来的！"徐老师想试探一下奶奶是否知道那个两道杠的来历。

"可不是，唉，小宝妈曾说，自己生病拖累了小宝的学习，好想看到小宝重新戴回两道杠啊！小宝保证说，要给妈妈拿回一个两道杠，没准儿妈妈一高兴病就好了。结果，他还真的做到了！"奶奶有些激动，眼里闪着泪花。

原来如此！徐老师恍然大悟，小宝之所以借两道杠是想送给生病的妈妈啊。

突然，徐老师想想不对："可是，他把那个两道杠给弄丢了！"

"丢了？"奶奶的脸上显出惊疑的表情，"是小宝告诉您的吧？"

"是啊！"

"唉，他哪是丢了，他是把它烧了！"奶奶叹了一口气。

烧了？徐老师更糊涂了，怎么会把它烧了呢？

"老师，您可能不知道，小宝的妈妈没了！"

徐老师大吃一惊，小宝的妈妈死了？

"是啊，"奶奶叹了一口气，"小宝妈的病太重了，就在前几天走了。今天不是清明吗？小宝大清早就去了他妈的坟前，把那个两道杠给烧了，他说只有这样，他妈才能天天看到儿子送给她的礼物。喏，就在后边的那个荒场，他把他妈给他买的东西都埋了，只留下一枝钢笔，说是纪念。"

说到这儿，奶奶已是老泪纵横，此时徐老师一切都明白了。

前几天小宝请假是因为妈妈去世了，而那个王强弄坏的钢笔肯定就是妈妈给买的，所以小宝才会特别伤心，那么现在他肯定是去了……

想到这儿，徐老师"腾"地站起身："老人家，我有事情先走了，您好福气，您有个好孙子！"

奶奶不停地点头："是，是，小宝是个好孩子，老师慢走啊！"

徐老师以最快的速度赶到了后山，远远地，她就看到了那个小小的身影，正跪在地上。

徐老师的眼泪"刷"地流了下来。

她轻轻地靠近，慢慢地扶住了小宝的肩膀。

小宝一愣，回过头，一看是徐老师，马上又把头低下了："老师，我错了，我不该那么小气，不该私自跑出来，妈妈批评我了。"

徐老师把小宝的头搂在自己的怀里，轻轻地说"好孩子，老师不怪你，是我不好，没能好好关心你。"徐老师的眼泪滴在了小宝的脸上。

小宝却没哭，他懂事地抬起头，用手抹去了徐老师脸上的泪水："老师，别哭，我也不哭。"

徐老师擦了擦脸上的泪水："好，老师不哭，你要答应老师，从今以后，有什么心事都要告诉老师，老师就像妈妈一样，好吗？"

一听到"妈妈"两个字，小宝的眼泪再也止不住，他扑到徐老师怀里，放声大哭。

"徐老师，我没有妈妈了，我想她啊，我没心思学习，连答应她的两道杠都是我跟您借来的，我对不起妈妈！"

"小宝，你别这么想，这段时间你不是做得很好吗？你要相信自己！你是一个坚强的孩子，我和同学们都相信，你一定能行！"

说着，徐老师向小宝伸出了一只手，小宝迟疑了一会儿："真的吗？"

"真的！"徐老师使劲点了点头。

小宝的嘴角动了一下，然后他冲着徐老师的手重重一拍："嗯，我能行！"

要下山了，小宝双腿跪在地上，给妈妈磕头："妈妈，您放心吧，儿子长大了，我不会让您失望的，明年我会拿一个三道杠给妈妈，您等着吧！妈妈，我走了，我会经常来看您，不会让您孤独的。"

小宝说完站起身，徐老师看到，他的脸上挂着一串晶莹的泪水……

（**题图**、**插图**：安玉民）

（本栏目欢迎来稿。来稿可从邮局寄发，也可从网上传递。如为电子邮件，请发以下信箱：hangfan1102@126.com）

□曲凡杰

# 画案

## 意外

清康熙年间，唐州考生郑泊村参加乡试高中魁首。河南巡抚柳承训是当年的主考官，这天他传令把郑泊村请来抚院，要亲自召见。

没多久，郑泊村即被带到了抚院。柳巡抚仔细打量，见这书生虽然衣着破旧，但眉宇间却透露出勃勃英气。柳巡抚为官多年，阅人无数，认定郑泊村必是一块璞玉。遂看了座，让了茶，攀谈起来。

郑泊村果然是少年英才，满腹锦绣。只是问到家境状况时，他却神色黯然，久久无语。原来，郑家穷困，全靠父亲做些小买卖维持生计。好在兄弟二人争气，早早考中秀才，成了县学的生员。无奈天不作美，父亲在前年突然暴病身亡，全家立刻陷入困境。哥哥郑泊乡只好放弃学业，供弟弟一人读书。此番虽说在乡试中夺魁，但来年是否有钱赴京参加会试，却很难说……

柳巡抚说“你不必回唐州了，就住在我这里读书。一切费用不用你与家人挂心，全由老夫一人承担！”

郑泊村连连摇手：“不可不可！我与大人非亲非故……”

柳巡抚一摆手，哈哈笑道“明说了吧，我有一女，名叫飞莺，年方十八，待字闺中。今日老夫亲自做媒，选你为婿。如此，我资助你读书上进，不就名正言顺了吗？”

这等好事，郑泊村岂有不应之理？当下跪拜，行了翁婿之礼。柳巡抚就在抚院的一角辟出两间净室，作为郑泊村的书房。

郑泊村有了如此好的条件，读书更加用功。三更灯火五更鸡，发誓明年会试再次夺魁，以报柳大人的知遇之恩。

## 造谣

这一天，郑泊村正在书房苦读，忽然有人造访。开门一看，来人叫费人伦，不仅和自己同村而且同窗，还曾经都是县学的生员。只是这费人伦是个富家子弟，心思并不用在读书上。他把郑泊村请至一家饭店，酒至半酣，才说明来意:“听说近日朝廷欲在生员中选拔一批人才，充作县丞一级的官员，可有此事？”

郑泊村道:“确有此事。老兄可抓住机会，图个进身之阶。”

费人伦道:“我正为此事求你！听说选拔还要考试文案书状，可我的学业早已荒废，提笔难以成文。因此求你施以援手！”

郑泊村一怔:“难道要我替你代笔？不成，不成！”

费人伦道:“并不是这个意思。我已经打听清楚，你的岳父作为封疆大吏，主持河南的人才选拔。只用他打个招呼，我这县丞就当定了。你们翁婿之间，有什么话不好说？只烦你给通融一下。”

郑泊村听了当下摇摇头说:“朝廷选才，不容作弊。我不会去说情，就是说了，柳大人也不会答应。老学兄，你就回去老老实实做些准备吧。”

费人伦好话说尽，郑泊村却是汤水不进，结果二人闹个不欢而散。后来费人伦参加了选拔考试，自然是考得一塌糊涂。费人伦不怪自己学业荒废，只怨郑泊村不肯帮忙。由怨生恨，就寻思着要给郑泊村找点麻烦。

隔了几天，费人伦又来到省城。这次他没有找郑泊村，而是直接找到了柳巡抚。费人伦怪声怪气地问:“柳大人，郑泊村少年得志，作了巡抚的乘龙快婿，叫人好不艳羡。小人只是不解，不知道巡抚的千金进了郑家，是作大还是作小？”

柳巡抚一脸愠色：“休得胡说！我早已看过郑泊村的履历，不曾婚配，何来大小之说？你若造谣生事，小心你的脑袋！”

费人伦嘿嘿一笑：“就算他不曾婚配，可他就不会宿花眠柳、招妓嫖娼，暗中找一个红粉知己私定终身？”说着，便从书袋里取出一个卷轴，徐徐打开，“请大人过目！”

柳巡抚只扫了一眼，就赫然色变。原来，那卷轴名为《仲夏读书图》，画上只有两个人，一个是郑泊村，正袒露背膀伏案读书，另一个是名美艳的女子，依在郑泊村的身边，摇扇送风，亲密之状跃然纸上。看那落款，竟是上年的七月。

柳巡抚强忍着怒火：“此物从何而来？”

费人伦道：“去年八月，有一个童子在街头卖画，我也问过他画的来历，他说在郊外拾得。因为事关同窗隐私，我就给买了下来。而今听说郑泊村与府上的千金定了婚，我怕重演陈世美与秦香莲的故事，因此特来献画，给大人提个醒。”

柳巡抚收了画，赏了费人伦十两银子，挥手送客。

柳家小姐柳飞莺本是金枝玉叶，如何肯为他人作小？一时寻死觅活，闹得鸡犬不宁。

柳巡抚好不恼怒，本想给郑泊村定个骗婚的罪名，按律惩处，又怕闹得沸沸扬扬，于自己脸上无光。略一思索，干脆什么罪名也不定，只命人把他打入死牢。

可怜郑泊村，也不明白自己犯了什么罪，口口声声直喊冤枉。可牢门紧锁，漆黑一团，叫天不应，呼地不灵，只好眼睁睁地等死。

## 卖 画

郑泊村“犯事”的消息很快传到了家乡，郑泊村的哥哥郑泊乡急忙打点盘缠，匆匆赶来省城。

郑泊乡来到巡抚衙门询问，守门的兵丁大吃一惊：这不是死囚郑泊村吗，怎么会走脱了？当即扭了郑泊乡去报告巡抚。郑泊乡急忙申辩，说自己是郑泊村的双胞胎哥哥，特来衙门探问，弟弟到底犯了什么事？柳巡抚也弄不清这双胞胎哪个是哥哥，哪个是弟弟？他也懒得去弄清楚，宁可错杀，也决不放过一个，索性把郑泊乡也打入死牢……

再说郑泊乡的妻子白无瑕，本是一个柔弱的妇人。弟弟生死不明，丈夫一去不返，愁得她茶饭不思，坐卧不宁。可愁也不是办法，只好咬牙踏上了寻夫之路。省城何其大，寻了几日也不见踪影，倒是把盘缠花光了。怎么办？情急之下，白无瑕想起了卖艺之举，遂去画店赊了些纸墨，当街作画，廉价出售。

白无瑕出自书香之家，自幼就跟父亲习得一手好画。这天，柳飞莺的丫环在街头看见白无瑕作画，不由驻足欣赏。自家小姐也爱丹青，何况这些日子正为婚事烦恼，何不买几幅画逗她开心？这丫环经常陪着小姐看画，也有些眼光，就挑了几幅中意的带了回去。

柳飞莺见了白无瑕的画作大加赞赏，忙命丫环把白无瑕请到府上切磋技艺。柳飞莺见了白无瑕，只觉得好

生面熟，一时却想不起在哪里见过。初次见面，也不好多问，只让白无瑕作画，自己在一旁观赏。白无瑕挥毫泼墨，画花花含笑，画鸟鸟欲飞，形态逼真，栩栩如生。柳飞莺敬佩之极，欣赏了一阵，又问："会人物写真吗？"

白无瑕说："这有何难？但不知道小姐要画哪个？"

柳飞莺问："能画自己吗？"

白无瑕看看自己的破旧衣衫，叹了口气说："目下的我面目憔悴，只怕玷污了小姐的纸笔。要画，就画过去的我吧。"

柳飞莺也不勉强："悉听尊便。"

白无瑕想起过去的日子，弟弟读书上进，丈夫辛勤劳作，虽不富裕，却有着庄户人家的恬静安逸。不知不觉中，心思流于笔端，笔下就画出了一个神态美丽恬静的白无瑕。

对着白无瑕的肖像，柳飞莺未作任何评论，却惊呼一声："难道是你？你是何人？"

白无瑕不知道柳小姐为什么吃惊，就介绍了自己的身世、家庭，叹息道："弟弟身陷囹圄，不知何因？夫君一去不返，不知身在何方？我是寻弟盼夫的民妇白无瑕！"

柳飞莺记不住那么多的事情和人名，只记住了"郑泊村"三个字。她拿出了那幅《仲夏读书图》，冷冷地说："你看看这个吧！"

白无瑕却是十分惊诧："这幅画怎么会在这里？这么说，那个案子破了？"

柳飞莺被弄得莫名其妙："什么案子？"

白无瑕说："两个月前，我家被盗，失去了一些钱财和这幅画。"

柳飞莺"哦"了一声："这么说，你就是郑泊村的妻子了？"

白无瑕有些恼怒："小姐开什么玩笑！郑泊村与郑泊乡是双胞兄弟，这画上的人是我夫君郑泊乡！"

柳飞莺一怔："你丈夫也是个读书之人？"

白无瑕有些伤感："夫君原也是县学的生员，只因公爹去世，家道中落，难供两个书生，夫君只好忍痛弃学，供弟弟完成举业。夫君辍学之日，好不伤悲，就让奴家画了这幅《仲夏读书图》，以作永久纪念……"

柳飞莺听得心惊肉跳，原来是错怪了郑泊村！她扔下白无瑕不管，飞奔进父亲的书房，气喘吁吁地叫道："快快放出郑公子！"

## 回 归

柳巡抚听了女儿的叙述，又招来白无瑕细加盘问，始知道自己偏听偏信，草率从事，铸成一桩冤假大案！不由又悔又恨，一边让狱卒速速放人，一边命人捉拿费人伦到案。

那费人伦很快招供，被打入死牢，也不消说他。可叹那郑家兄弟早被折磨得三分像人，七分像鬼。兄弟相见，禁不住抱头痛哭。柳巡抚好生懊恼，指示大夫不惜一切，全力给郑家兄弟将养身体。并执意把郑泊乡也留在府上读书，以求郑家将来一门双贵，都有个好前程。

郑泊村道"大人一番好意，我们都领了。只是离家日久，容我们回家看看再来。"柳巡抚见他说得有理，也不好多加阻拦，只得放他们走了。

郑氏兄弟回到家乡，却再不肯去省城了。任凭那柳飞莺寻死觅活，是打死也不作柳家的女婿了。那柳巡抚翻脸无情，拿人命当儿戏，如果做了他的女婿，岂不要一辈子提心吊胆！

倒是白无瑕无意中发现了自己作画的价值，心想：既然因画致祸，难道就不可以用画造福吗？从此，作画卖画，供郑家兄弟读书。

柳家小姐求婚不遂，日日哭闹，埋怨父亲为官无能。

转眼到了第二年的春天，眼见郑泊村依然没有"悔改"之意，柳巡抚等得不耐烦了，正要胡乱捏个罪名再次惩治郑泊村，京城忽有邸报传来，说郑泊村参加春闱中了状元，成了朝廷新贵。

柳巡抚登时傻了眼，从今以后自己是不可能随便拿捏郑泊村了，只等着被郑泊村如何拿捏吧……

（题图、插图：黄全昌）

## 垫脚之爱

一个秋天的傍晚，广场上的人越聚越多，人们都在这儿聊天。

这时，广场上走过一对老年夫妇。那老妇人的一条腿有毛病，每走一步，那条腿只能僵直着向前挪一点，几乎是擦着地面在前行。旁边的老汉小心地搀扶着老妇人，陪着她一步一步地慢慢挪着。

等他们走到近前，大家注意到那老汉脚上穿着一双棉靴，很大很厚，鞋面已是脏得不能再脏了。这老汉是不是也有什么毛病？现在又不是三九天，怕冷也不至于要穿棉靴了吧？

大伙儿开始窃窃私语起来。而那对老年夫妇已经走到天桥下，他们要上桥。

老妇人抬起僵硬的腿，准备要迈上台阶，这时，老汉迅速地将一只脚垫在了下面，让她踩了上去。这样，原本很高的每级台阶之间就有了一个缓冲的“小台阶”。

就这样，老妇人每上一个台阶，老汉就伸脚为她垫一次，每一次都是那么准确到位。而老妇人每踩一次，老汉的腮帮子就要鼓一下，显然整个人的体重压在脚上还是蛮吃力的，但他依然小心翼翼地为老妇人垫着脚。

顷刻间，大家陡然明白了那老汉穿棉靴的原因，随即便向那对老年夫妇投去深深的祝福。

（**作者**：朱胜喜；**推荐者**：兰　月）

## 扣好自己的扣子

一天，阿拉巴马州红石军工厂正在举行阅兵仪式。检阅官是位一向以严厉著称的上校。

阅兵仪式进行得很顺利，上校像鹰眼一般锐利的目光扫视着队列，突然他发现了什么，径直走到一个士兵面前，上下打量了一番，厉声命令道：“把口袋上的扣子扣好！”

这个士兵非常慌张，结结巴巴地

问道:“现在吗?长官?”

“当然,马上!”军官的回答毋庸置疑。

于是,士兵小心翼翼地伸出手,把上校衬衫口袋的扣子扣上了。

这位上校一眼就看出了年轻士兵没有扣好扣子,却丝毫没有留意到自己的制服也有问题。

人们总是这样,看待别人的缺点时,像缺了颗牙那样扎眼,对于自己的缺点却总是难以察觉。

(**编译**:胡 英;**推荐者**:董 行)

## 站着别动

爷爷带着四岁的小孙子去走亲戚,路上遇到个熟人,便攀谈起来。小男孩就在这个时候自己爬上了附近的铁轨。

等到爷爷听到火车的汽笛声,他才发现孙子正站在距离自己几十米外的铁轨上。爷爷一下子懵了,想冲过去却一下摔倒在地上,他一面爬,一面大喊:“快跑!”

小男孩却纹丝不动,反而站直了身子,还冲着爷爷展开了一个甜甜的笑容,直到火车轰鸣着淹没了他。

爷爷晕了过去,家里人赶来哭作一团。大家都不知道,到底是什么让这个男孩那么从容地面对死亡?

妈妈终于明白了原因。以前每当有汽车开过来的时候,妈妈总会说:“站着别动!”如果男孩做得好,妈妈就会冲他微笑。时间长了,男孩以为,只要站着别动,就不会有危险。所以当火车开过来的时候,他仍然没有动,还冲着爷爷微笑。

站着别动,是教给孩子最简单的应急方法,是一种以不变应万变的策略。可是大人们是否想过,这会让孩子养成惰性。也许男孩的事情是个意外,但假使没有这件事,孩子以后是否会在遇到困难和危险的时候,也对自己说,站着别动?

(**作者**:吴秀娜)

## 完美

日本京都有一座知名的禅园，建筑师将这个禅园建造完成后，把天皇请来御览。

天皇在禅园里边走边赞叹："这里真美，真是全日本最漂亮的庭园。"

说着，天皇指着园里池塘边的一块石头说"这块石头，是整个庭园里最绮丽的石头。"

一旁的建筑师听后，马上叫人将这块最绮丽的石头搬走。

天皇诧异地问："为什么要这么做？"

建筑师恭敬地回答："陛下，是这样的：庭园里如果有一样东西特别显眼，就会破坏周围的和谐，我把它移走，这里总算是完美无瑕了。"

（**作者**：佚　名；**推荐者**：邓伟明）

## 二十分钟

这天，杰克和父亲出去散步，经过一个殡仪馆门口的时候，父亲突然停住脚步，问了一个莫名其妙的问题："几点了？"杰克看了看表说："十点二十五分。"

然后父亲问杰克看到了什么。杰克回答："一群人，大概150个左右，正排队进殡仪馆。""不错。"父亲点点头，接着就跟杰克讨论起体育比赛来。

说了快半个小时，杰克发现父亲还没有离开的意思，便问："要不要换个地方？"父亲没有回答，而是问："你现在看到了什么？"

"没什么特别的，"杰克耸耸肩，"估计是追悼会刚结束，进去的人已经出来了。"

"非常准确，"父亲说，"你看看现在是几点？"

杰克说："十点五十分。"

父亲点点头，若有所思地说："对，人的一生总结起来，也不过就这么长时间。"

杰克疑惑地抬起头："什么时间？您在说什么？"

"你看，追悼会上牧师宣读悼词的时间，也不过就短短的二十来分钟。很多当时被认为是巨大的挫折或者伟大的成就，其实微不足道，根本进不了这二十分钟。你记住，以后无论是沮丧还是得意，都想想我这句话，你会发现眼前的道路变得开阔许多。"

（**作者**：弗兰克；**推荐者**：舒　晴）

（**本栏插图**：安玉民）

**学写作文，可以从读故事开始**

·外国文学故事鉴赏·

根据法国作家弗朗索瓦的小说改编

# 不死的鸽子

□王静者　编译

二战期间，德军攻占法国后，施泰德将军在一大群将领的簇拥下，踌躇满志地登上了艾菲尔铁塔，骄傲地发表征服宣言。

正说着，突然几滴黏糊糊灰白色的东西落在他身上，有一滴不偏不倚正好落在他鼻尖上。原来，一群鸽子从他头上飞过时，不知哪只“随空大小便”了。

施泰德恼火地抬起头看了看，把鼻尖上的鸽子屎擦去，接着说：“我们要征服欧洲、征服世界，征服……征服这见鬼的鸽子！”谁知，那群鸽子兜了一圈又飞了回来，又有两滴鸽子屎落在了施泰德的脸上。

施泰德勃然大怒，当即下令德军在全巴黎捕杀鸽子，负责这次行动的上校为此起了个响亮的代号——帝国飞鹰行动！

这天，德军下士鲁尼格一边寻找着鸽子，一边问同伴：“艾克，为什么要捕杀鸽子？”艾克耸了耸肩道：“我也不清楚。大概，施泰德将军是个美食家，想吃鸽子肉。”

鲁尼格瞪大了眼，不相信地摇了摇头，正要反驳，艾克却捅了捅他，指了指一间公寓的阳台。

阳台上面落着两只鸽子。两人连忙走近些，端起了枪瞄准，准备一人解决一只。可过去好久，两人都没开枪，反而直起了脖子，瞪着眼直勾勾地盯着阳台。

原来，阳台上有一位漂亮的姑娘，正在给鸽子喂食。直到鸽子飞走，姑娘消失，两人才缓过神来。你看看我，我看看你。突然，艾克撒腿向公寓跑去，鲁尼格一愣，也紧跟着追去。

公寓里的姑娘被这两位从天而降的德国兵吓呆了。艾克连忙绅士般地说道：“您好，小姐，我叫艾克，是德军第三十四集团军第二师的下士。”

刚说完，鲁尼格就接了腔“关于鸽子的事情，我想小姐已经知道了，刚才看见你喂鸽子，你要对此做出解释。”

姑娘吓得脸都白了。她知道德军的命令，在巴黎城内严禁给鸽子提供食物。否则，军法处置！可是，她觉得鸽子很可爱，所以常常在阳台上偷偷撒些食物，给那些找不到食物的鸽子吃。果然这几天有两只鸽子成了常客，可没想到竟惹来了德国兵。

谁知，艾克突然转过头，莫名其妙地对鲁尼格说道：“鲁尼格！你不要吓坏了这位小姐。你从小就对女士粗暴，这是个非常不好的习惯。”说完，满脸微笑地对姑娘说，“亲爱的小姐，我可以进去吗？”

姑娘慌忙把他们请进屋。两人坐下后，你看看我，我看看你，都不说话。原来他俩都喜欢上了这个漂亮的姑娘，谁肯把姑娘抓起来？可这事怎么解决？他们可是帝国军人！

最终还是鲁尼格黑着脸开口了：“对于小姐违犯军令的事，我想……”

“鲁尼格，我想小姐可能不知道，所以我认为不应该责怪小姐。”艾克接话茬的本领就是高。

但这次，鲁尼格几乎被气疯了，吼道：“刚才你就胡说八道！我怎么责怪小姐了？艾克，请你放尊重些！我们是帝国军人。”

艾克有些不好意思，但在漂亮小姐的面前，说什么也不能服软，于是强装严肃地说：“亲爱的鲁尼格，我想你误会了，难道你想做个没有教养的

人吗？”鲁尼格大吼道“我也是上帝的孩子，怎么就没教养？”

此刻，姑娘快要被这两人弄糊涂了。开始时她还很害怕，不知他们会怎样处置自己，谁知这两人倒先吵起来了。就这样，艾克和鲁尼格你一言我一语，越吵越激烈。最后鲁尼格指着艾克的鼻子，吼着要跟他较量。

艾克二话没说，抓起枪就走了出去。他突然回头叫了一声：“小姐，我叫艾克。二十四岁啦！”

接着就听到鲁尼格的怒吼：“我鲁尼格，不把你打趴下，就不是二十三岁的鲁尼格！二十三岁的鲁尼格！”

两人怒气冲天地离开公寓，来到楼下后都长出一口气。原来这是他们心有灵犀上演的闹剧！二人对视了一眼，拖着枪走着，谁都不说话。

“艾克，那里有鸽子。”突然鲁尼格叫了起来。

艾克却一愣，说“什么？鸽子？好！鸽子。”鲁尼格咂了咂嘴，举起了枪……

很快，巴黎上空的鸽子几乎不见了踪影。

这天，施泰德将军听完上校的汇报后非常满意，又下令：几天后，元首将要在艾菲尔铁塔上发表重要讲话！决不能让鸽子破坏这庄严而伟大的时刻！上校顿时紧张了起来，下令加紧捕杀鸽子。

又是三天过去了，艾克和鲁尼格累得都要走不动路了。这天，两人又一次地“无意间”重回公寓前。其实就是想见姑娘，但谁也不愿意先开口。

终于，艾克忍不住说道：“我口渴，想去姑娘那里喝口水，你等我一下。”艾克的话音刚落，却见鲁尼格“嗖”的一声冲向公寓。艾克气得大喊一声，也追了过去。

姑娘再次看到他俩时，不禁笑了。她早就看出两人对自己没有恶意。

鲁尼格依然黑着脸说：“我来看看这里有没有鸽子。”艾克补充道：“顺便想喝口水，打扰。”

姑娘把他们让进屋，给他们倒水、拿水果，然后便交谈了起来。原来姑娘叫琳达，二十三岁，是美国人，独自来法国旅游，谁知发生了战争，被困在了这里。

鲁尼格听完后问：“你想离开这里吗？”

琳达点了点头，却又面露无奈之色，说：“如今是战争时期，怎么离开？”

不料艾克却笑了，说：“琳达，我们可以帮助你。”琳达不相信地看着艾克。

鲁尼格咳了两声，白了艾克一眼大声说道：“艾克，要注意用词！不是我们，是我——鲁尼格可以！”刹那间，琳达仿佛明白了什么，脸不知不觉地红了。

突然，几声“咕咕”声传来，几只鸽子落在了阳台上。顿时琳达脸色大变，惊恐地看着艾克和鲁尼格。

果然鲁尼格杀心毕露地盯住鸽子，站起身，端起了枪。琳达大叫一声：“它们没有罪！”鲁尼格冷漠地看了琳达一眼，开始瞄准。

“你不能！”猛然间，琳达闪身站在枪口前喊道，“它们也有生命，上帝既然创造了它们，它们就有权力生存在这个世界上。”

鲁尼格好像没有听见一样，阴森森地盯着琳达。艾克一见，连忙把琳达拉到一边，他太了解鲁尼格的个性了。

不知琳达哪来如此大的力量，她奋力挣脱掉艾克，一把将鲁尼格的枪杆托起，几乎吼了起来：“难道就只有你们民族是上帝的骄子吗？连鸽子也不肯放过，这就是你们上帝骄子的所作所为？”

“啪！”一个嘴巴狠狠地抽在琳达的脸上！琳达被打得一个趔趄摔倒在墙角，血顺着嘴角流了出来。与此同时，鲁尼格也愣住了，他不相信似的看着自己的手。

“鲁尼格，你这个混蛋！”艾克一声怒吼扑了过来，把鲁尼格按倒在地，挥拳就打。艾克已经深深地爱上了琳达，这一切对他来说，是种耻辱。

琳达则趁机爬起来，跑到阳台上，想将鸽子轰走。但这些鸽子非但不走，反而围着阳台翩翩起舞。任凭琳达如何轰赶，就是不离开。

“砰！”突然一声枪响，一只鸽子摔落在阳台里。紧接着又一声，又一只鸽子坠下了公寓。公寓下，几个德国兵正端着枪射击。

原来，他们刚巧路过这里，本来谁也没看到鸽子，但琳达这一轰赶，却使这些鸽子暴露了出来！

琳达急红了眼，她无论如何也想不到，由于自己的过错，使得这些无辜的生命遭受到这样的屠杀，她焦急地对鸽子喊着："回来，都回来。"

鸽子哪里能听得懂，它们纷纷飞离，却被德国兵一只又一只地击落。半空中，一片片羽毛飘落着，血腥的味道弥漫四周。

琳达疯了，不顾一切探出身子，指着公寓下的德国兵高喊道："你们是刽子手！是刽子手！"

谁知，恰好此时一只鸽子从她的头上飞过。"砰！"一声枪响，琳达摔倒在阳台内，而那只鸽子直冲云霄而去，迅速地消失在空中。

艾克和鲁尼格早已停止了打斗，呆呆地看着眼前这突然的变故。

"琳达！"猛然间，艾克大喊一声，几步冲到了琳达身边，抱起琳达摇晃着。鲁尼格也如梦方醒，跟着踉跄着扑了过来。只见琳达双眼圆睁，已经死去了。

"是你杀了她！"艾克抬起头，眼睛血红，对着鲁尼格吼道："是你杀了她！我打死你这混蛋！"

说完放下琳达的尸体，一拳重重地击在鲁尼格的脸上，鲁尼格摇晃了一下。跟着又一拳击来，鲁尼格摔倒在地上，两只眼空洞地睁着，如同失去了灵魂一般，迷茫地呆望着这个世界……

几天后，帝国元首登上了艾菲尔铁塔，元首帽子上那只帝国雄鹰在阳光的照射下，仿佛真有了魔力要飞上天空！就在这时，一只鸽子不知从哪里飞了出来，在空中打了几个来回后，仿佛中了魔一般，冲着元首就飞了过去。

元首看到时已经晚了，连忙躲闪，一不留神帽子掉了。正巧，一阵风吹来，只见帽子翻了两个跟头，直直地坠下了铁塔。元首大怒，施泰德则吓得两腿直哆嗦……

第二天，全城又开始捕杀鸽子。艾克和鲁尼格则来到了琳达的墓前。那天，是艾克把琳达埋在了这里。虽然鲁尼格被打得鼻青脸肿，却一路跟着，寸步不离。

艾克弯下腰，把手中的鲜花放在墓碑前，鲁尼格则像石头一样呆呆地站着，好久好久，两人都不说一句话。

突然，鲁尼格兴奋地叫了起来："艾克，你看！"艾克奇怪地循声看去，顿时激动得两眼放光。

原来，不知什么时候，一只鸽子出现在琳达墓地的上空，来回飞旋着。

两人激动地望着，鲁尼格眼里已是饱含泪水，他喃喃地说着："艾克你看，你看啊，它有多漂亮……"

（**题图、插图**：佐　夫）

（本栏目欢迎来稿。来稿可从邮局寄发，也可从网上传递。如为电子邮件，请发以下信箱：hangfan1102@126.com）

·悬念故事·

# 危险的对手

□杨启范

## “将军”蒙难

清朝乾隆年间，泰安城内有一个郎中叫刘仲，医术高明，人送美称“赛华佗”。他有一个十岁的儿子叫刘景，聪颖过人，在中医方面颇有天分。每有人来找刘仲看病，刘景便像小大人一样，挽起袖子说：“先让我来给你号号脉！”倒还真能道出个一二，大家都很喜欢他。

这天，刘景和小伙伴们到郊外玩耍。突然，一辆扎着车篷的马车停在了他们身边。此时正是三九寒天，那驾车人却戴着一顶草帽，遮住了整张脸。他冲着孩子们说：“你们想坐马车玩吗？”

孩子们一听，好不开心，纷纷跳上马车，驾车人甩一个响鞭，枣红马打个响鼻，就在大路上绕了一圈。突然，驾车人勒住马，回头对孩子们说：“你们想不想像大将军那样，一个人独坐马车，威风一下呀？”孩子们兴奋地喊：“想！想！”

“好，”驾车人指着刘景说，“你先来，其他人都下去。”孩子们点点头，一个个跳下马车。驾车人又甩一个响鞭，马车飞驰而去。

孩子们看着马车越跑越远，急得直跺脚，大声喊：“快回来！快回来！”可是马车却很快跑得不见了踪影，等了好大一会儿也没见回来，孩子们便都失望地回家去了。

不知跑了多久，马车渐渐慢下来，驾车人扭头钻进车篷，抓住刘景的胳膊向身后一拧，从腰间掏出绳子

就要捆绑。刘景一怔，高声叫道：“我是大将军！你不能捆绑我！”

驾车人恶狠狠地说：“你现在不是什么大将军！”

刘景天真地眨眨眼问：“大叔，是不是当大将军前，都要受苦受难？”驾车人点点头：“对！我还要给您蒙上眼睛！”

刘景点点头：“大叔！为了能当大将军，我听您的！”驾车人一阵窃喜，这乳臭未干的小儿到底好糊弄，便将刘景捆绑结实，双眼蒙上黑布。

马车跑了两个时辰才停下来，驾车人背起刘景说：“大将军，我背你进去！”说罢，就把刘景放进一个筐里，说：“别乱动！不然会摔死你！”

刘景只觉那筐摇摇晃晃的，自己被悬在了半空中。筐着地后，刘景觉得四周暖烘烘的。

驾车人高声叫道：“大将军，你在这里好好呆着，我给你送吃的，等出去后，你就变成真正的大将军了！”说罢便走了。

刘景倒背着手摸索，摸到了一大堆白菜，才知道自己被关进了菜窖里……

## 风筝劫票

却说刘仲送走最后一个病人时，天色已晚，他见儿子刘景还没有回来，心想这孩子真是玩疯了，心里便有了气，打算到其他孩子家中询问。还未出门，便听大门上“咚”的一响，他开门一看，见门上插着一支飞镖，上面还钉着一张纸，原来儿子被绑架了，劫匪让他后天辰时把五千两银票送到城外的柳树林，如果报官就撕票！

刘仲沉思片刻，还是决定去县衙报官。捕头姓张，人称张飞腿，张飞腿叫来那几个和刘景一块玩耍的孩子询问当时的情形。孩子们只知道刘景让一个戴草帽的人带走了，那人赶着枣红马，还拉着马车。

张飞腿这下犯了难，人模样没看清，枣红马、马车到处都有，上哪里去找？唯一有价值的线索就是知道那人往南跑了。

张飞腿只好对刘仲说：“我多派些人藏在树林里，待那人来取银票时，将他擒获！”

刘仲一心想救出儿子，他取出所有积蓄，又东借西凑，这才凑足了五千两银票。

那日，捕快们早早潜伏在树林里，可是过了约定的时间，也没见劫匪的影子。

刘仲有些纳闷，难道劫匪发现了官差？正在琢磨，一抬眼看日头，发现一棵大柳树上挂着一只风筝，风筝上还绑着一张纸条。刘仲爬上树去，取下风筝，只见纸条上写着：“把银票拴在风筝飘带上，放飞风筝！”

刘仲拿着风筝，钻进树林与张飞

腿商议对策，张飞腿倒吸一口凉气，怒骂道：“好狡猾的劫匪！”可是放眼望去，空旷的地里没有一个人影。

张飞腿往南一看，看到二里地外的一片小树林，一拍大腿“那贼人肯定藏在那片小树林里！”便对捕快们一招手，“把那片小树林包围起来！”

刘仲慌忙阻止道：“两片树林之间是开阔地带，有什么动静劫匪都能

看到，那劫匪在树林另一边必备有马匹，如果发现有官兵，肯定能骑马逃脱，那我儿必死无疑！”

张飞腿止住了脚步，略一思索：“不能给他银票，劫匪一旦达到目的，为了自保，必然撕票！何况你给他的是大通银号的银票，大通银号在各地都有分号，到哪里都可以兑取，如何擒得住他？”

刘仲心急如焚地说：“如果不照他说的办，他恼羞成怒，必然撕票！说不定他会念我守约，偶发善心，把孩子给放了！”

说着，刘仲跑出树林，将银票拴在风筝飘带上，放飞了风筝。此时正刮北风，风筝顺风向南飘去，飘得又远又高。过了一会儿，只见小树林的南边又飞起一只风筝，将刘仲的风筝缠住，很快，风筝被拉了下去，一伙人眼睁睁地看着劫匪将银票取走。

## 顺藤摸瓜

不错，劫匪正是那驾车人！

驾车人得了银票，心中大喜，匆忙往回赶，钻进菜窖，对刘景说：“大将军，我送你回家！”说着，把刘景放进筐里，提上地面。

从筐里出来，刘景虽然被绑着双手、蒙着双眼，却很开心，在院子里蹦蹦跳跳地叫着：“噢！回家了！我要回家了！”

驾车人大叫：“小心水井！”刘景

伸脚试探，碰到了井台，便调皮地伸伸舌头。

驾车人将刘景抱上马车，走了很久才勒住马，又将刘景抱下马车，解开绳子，警告道："蒙了三天眼，慢慢揭布，不然会瞎双眼！"

刘景似乎玩兴未尽："大叔！这个游戏太好玩了，只是时间太长，憋得我难受，咱什么时候再玩啊？我还想坐你的马车！我回去后，我的小伙伴们是不是都要喊我大将军啊？"驾车人并不应声，扬长而去。

刘景听马车声音走远了，才缓缓揭开蒙在眼睛上的布，眯着眼，等眼睛适应了强烈的光线，这才睁大双眼，向四周望着，原来这正是他上次被骗上车的地方，刘景赶忙跑回家里。

此时，刘仲正坐在院子里唉声叹气，猛一抬头看见儿子，以为在梦里，好半天才回过神来，奔过去一把抱住儿子，竟忍不住哭了起来。

刘景却一言不发，从爹的怀里挣脱，跑进书房，在纸上画出一道曲曲折折的线，在线拐弯的地方写了些莫名其妙的数字，然后急切地说："爹！套马车，咱去抓坏人！"

刘仲问道："你知道劫匪藏在哪里？"刘景点点头。

刘仲套上马车，带着刘景，到县衙叫了张飞腿和两个捕快，一行人来到刘景被劫的地方。刘景指着向南的一条道说："往这边走！"

马车缓缓而行，张飞腿回头一看，见刘景闭着双眼，双手交叉插在衣袖内，好像睡着了一样。

张飞腿拍拍刘仲的肩膀："孩子太劳累了，这么小的孩子，不可能记得劫匪的方位，还是回去吧！"

刘景仍然闭着眼睛，说："别停！向左拐！"这时正到一个路口，刘仲一看十分吃惊，这孩子闭着眼睛怎么知道到了路口？他相信儿子的判断，便一路听儿子指挥走了下去。

刘景嘴里念叨着向左、向右，指挥着行驶方向，不一会儿他们来到一片果树林旁，等马车走到一个看果园的独院前，刘景睁开眼说："爹！停下！"然后便下车带着他们进了院子。

刘景扫视一圈，院子里飘着一股中药味，他深深地吸了一口气，指着在院子里晒太阳的汉子说："抓住他，他就是那个坏人！"

汉子猛地跳起来，想要逃跑，却被两个捕快按住，不由怒吼道："你们凭什么抓我？"

刘景上前凑在汉子面前，抽抽鼻子，说："你胃热口臭，与我这三天闻到的气味相同，这院子到处都是'竹叶石膏汤剂'的味道，与我记得丝毫不差，另外那个水井南行二十步有菜窖，那个菜窖就是关我的地方，你敢说你不是坏人？"

汉子满脸冤屈地说："你这孩子胡说什么？水井、菜窖家家都有，我胃热口臭，熬中药喝又关你什么事？"

两个捕快不理会汉子的争辩，先将他绑起，又进屋搜寻，发现了一堆孩子戴的金银项圈和手镯。

张飞腿厉声问道："这些金银首饰从何而来？"汉子支吾道："这是我给我几个兄弟们的孩子买的饰品！"张飞腿质问道："看你家中摆设，贫穷寒酸，你哪里有这么多闲钱买这些贵重物品？快说，你把孩子藏到哪儿去了？"

汉子低头惊慌地瞥了一眼院中的小菜地，张飞腿见整个院子里唯有这片菜地是一块松软之地，而且那菜长得绿油油的十分茂盛，便一挥手，对两个捕快说："挖地！"两个捕快拿起铁锨，在菜地里一阵猛掘，竟然掘出五具孩子的尸骨。

张飞腿怒目圆睁："本县几家富家孩童被绑架，交了赎金又被撕票，原来却是你干的！"说着，抽出刀来，架在汉子的脖子上，"还不将你谋财害命之事从实交代？"

## 天真"有"知

汉子吓得脸色惨白，浑身筛糠似的跪了下来："官差爷爷！我招！我本是山下黄家庄人氏，名唤黄柱，因好吃懒做，偷鸡摸狗，坏了名声，父母厌恶我，便赶我来看这片祖上传下的果园，每日粗茶淡饭，过得好生艰

苦，所以这才心生歹念，绑架富家孩子。因为受我恐吓，那些富家都不敢报官，我取得赎金后，怕走漏风声，干脆将孩子杀死，就近埋在菜园中！”

张飞腿擒住黄柱衣领：“好你个歹人，跟我到县衙里吃一顿棍子！让县太爷审你吧！”

张飞腿正要拖走黄柱，黄柱却不死心地扭头问刘景：“我是已犯下死罪的人，你让我死个明白！这几天，我用黑布蒙住你的双眼，你是如何找到我的？”

张飞腿心中也正纳闷，便说道：“说与众人听听，也让我们这些当差的长长见识！”

刘景得意地一笑：“我是采取给马路号脉的办法找到你的，”见众人面面相觑，刘景又说道，“其实，在马车上你用绳子捆我时，我就知道我被绑架了。我佯装不谙世事，以童稚之语麻痹你。被你蒙上双眼后，我虽然看不见，却知道马车一开始是往南跑的，往左拐、往右拐我都有感觉。我用把脉的办法，右手食指、中指、无名指，搭在左手腕动脉波动处，暗数前行、左拐、右拐后脉动次数。你劫我时，仓皇而逃，时快时慢，我也全乱了章法，无法确定你的位置。但你得到赎银送我回家时，却心安自得，信马由缰，那马跑得匀速，我把握了行速，记得方向，脉动次数也数得准确，回家后，立刻将行驶路线画在纸上，并记下我的脉动次数！”

刘景掏出那张纸，在黄柱面前晃晃，说：“我坐上自家的马车，那马也跑得自在，按照这张纸上的路线和脉动次数行驶，自然就找到你了！”

众人听得目瞪口呆。刘景又说：“你与我讲话时，口臭难闻，我断定你是脾胃消化不良所致，从菜窖出来，恰好闻到院子里飘着一股‘竹叶石膏汤剂’的味道。我又假装高兴，在你院子里狂奔乱跑，探得院子里有一口水井。刚才进院子后，听你的口音、闻你的气味，还有这浓烈的‘竹叶石膏汤剂’味道，和院子里的水井、菜窖，我就断定我没找错地方！”

黄柱垂头丧气地说：“我本想杀你灭口，你一口一个大叔，叫得我心软，我又见你天真无知，以为对我无害，所以才放你一条生路！没想到你小小顽童，竟然有如此城府！堂堂七尺男儿，败在一个毛孩子手下，我死不瞑目啊！”

“呸，你罪有应得！”刘仲朝黄柱唾了一口，转过身来，又拍拍儿子的肩膀，赞许道，“好样的，儿子！”

正在这时，有人来报，说家里来了个病人，速请刘仲回府。刘景听说了，调皮地对刘仲说：“爸爸，让我先号号脉！”

刘仲听了哈哈大笑。

（题图、插图：黄全昌）

·中篇故事·

槟城，马来西亚的第二大城市，霓虹灯的掩映下，一场死亡游戏正在上演……

# 黑拳

□飞天子

## 1．酒吧谋生

郑小民，二十出头的马来西亚小伙子，刚刚来到槟城落脚。为了谋生，学过武功的他开始在几家酒吧跑场子，做客人的“拳击靶子”。

这天夜晚，黑玫瑰酒吧里，重金属的音乐声中，夹杂着歌手的嘶吼震耳欲聋，大厅里充溢着令人窒息的烟味酒气。幽暗的灯光下，大厅一角，有个用绳子围起来的拳台，四周团团坐满了男男女女。只见台子中央的郑小民，赤裸着上身，露出一身健壮结实的疙瘩肉。在看客们乱哄哄的叫喊喝彩声中，他正灵活地躲闪着一位时髦女郎的追打。那女郎披散着头发，挥动着戴着拳击手套的双拳，拼尽浑身力气发了疯般地追打着，可是拳拳落空，连郑小民的头发丝都没碰到。

规定的五分钟时限到了，那女郎虽然没有打中郑小民，却显得很高兴，毕竟发泄情绪的目的已经达到了。她很有礼貌地和郑小民握握手，然后飘然下台而去。

接下来，上台的是一个和郑小民一样体格强壮的黑汉子，从他稳健的步伐中，郑小民判断出他是一位行家，看来来者不善。郑小民双手抱拳，礼貌地向来人行了礼，然后集中精力小心应对。

果然，对方一出手，不但快如疾风，而且狠、毒、准。在他暴风骤雨般的击打下，郑小民一边躲闪格挡，一边连连后退。因为按照游戏规则，郑小民只能防守，不能还击。倘若他还击了，不论有否损伤，都会惹下天大的麻烦。

然而，对方的身手十分了得，在他的步步紧逼下，郑小民渐渐有些招架不住，不小心脸上又吃了一拳，顿时眼冒金星，一个踉跄，差点跌倒。但他并没有慌乱，而是迅即站稳，一个侧转，双手横肘，挡住了对方追杀过来的一记重拳。

台下的看客被这精彩的搏击场面刺激得兴奋不已，掌声、口哨声、尖叫声几乎压过了震天的音响。

等五分钟过去，郑小民回到休息室时，已是大汗淋漓、气喘吁吁，他眯起眼睛用药水小心地擦洗着肿起的脸颊。

这时，酒吧经理领着那个刚才和他对打的黑汉子走了进来，黑汉子对郑小民说："我家老板想见你。"

郑小民干这一行快一年了，还是第一次被人打着，像他这样混饭吃的人不容易，一般的练家子无怨无仇的，是不会随便上台找茬的。所以郑小民一见黑汉子就心里来气，冷冷地说："我不认识你老板，你请回吧。"

经理忙上前悄声对郑小民说："你知道他老板是谁吗？那可是大名鼎鼎的飞哥，在槟城是一方霸主啊，连我们都不敢轻易得罪。再说了，一般人想见还见不到呢，他找你，那是看得起你，一定是好事！"

郑小民为难地说："可是我还有两个场子要赶。"

黑汉子狠狠地撂下一句："我老板已经出面帮你摆平了。识相的，就马上过去。"说完，自顾走了。

经理也在一旁赔笑着："看在我的面子上就去吧，要不我们店可就遭殃了。"

在经理的劝说下，郑小民只得跟在黑汉子后面上了楼，来到一间包厢里。

在幽暗的灯光下，只见一位白净文雅的中年人坐在沙发上，他的身旁一左一右站着两个彪形大汉。

黑汉子推了郑小民一把，说："还不叫飞哥。"郑小民毕恭毕敬地叫了一声："飞哥。"飞哥从鼻孔里"嗯"了一声。郑小民刚要坐到旁边的沙发上，黑汉子上前又推了他一掌，恶声恶气地说："不懂规矩，在飞哥面前，有你坐的资格吗？"郑小民想要直起身，飞哥摆摆手，示意他坐下。

飞哥从狭长的眼睛里射出一道让人发悸的寒光，盯着郑小民足足看了十五分钟，郑小民却不卑不亢地迎视着他。

飞哥突然"叭"一拍面前的茶几，

把烟灰缸震得跳了两跳，他冲着郑小民跷起大拇指，称赞说：“有个性！我喜欢！”

飞哥又问道：“你的身手不错，在哪里学的？”

郑小民说：“我从七岁起就去中国的少林寺学武，一直练到十八岁，去年才回来。一时找不到合适的事做，跑过一段时间码头。现在，在几个酒吧里跑跑场子混口饭吃。”

飞哥摇摇头说“可惜了，这么好的身手，这不是美玉埋在尘土中吗？怎么样？跟我干，保你吃香的喝辣的，一个月收入不少于两千美金。”

郑小民忙说“承蒙飞哥错爱，我的身手其实很平常。”郑小民嘴上谦虚，心里却有自己的打算，虽然自己喜欢拳脚功夫，但他不想用拳术去伤害别人，更不想做违法的事情。看飞哥的架势，肯定不是做什么正当生意的，叫他当杀手或打手，他是坚决不从的！

飞哥说：“你不用谦虚，我不会看走眼，”他指指那黑汉子说，“他叫黑狼，打泰拳的，身手一流，你能在五分钟内，只能格挡不能还击的情况下，没有被打倒，就证明你的身手不错。”

郑小民张口还想再说些什么，飞哥扔给他一张名片，说：“我是拳击经纪人，想请你当拳手。你可以考虑考虑，想通了打电话给我。”

说完，飞哥领着一帮人走了。走到门口，飞哥回头冲郑小民意味深长地说：“我看中的人，从来不会拒绝我！只要我想要的，就一定能得到！”

郑小民看也没看名片，随手就放进口袋里了，也没在意飞哥那句话的含义。

第二天晚上，郑小民老时间来到黑玫瑰酒吧上班，酒吧经理委婉地告诉他，以后再也不用来上班了。郑小民一连又去了其他几家打工的酒吧，老板都是这样讲，重新联系新的工

作，但对方一听说他叫郑小民，马上一口拒绝。

郑小民明白了，在飞哥的“关照”下，自己失业了。在槟城，除了飞哥，不再会有人接收他，他决定离开这座城市。

在车站购票处，郑小民正要排队买票，突然一只粗壮有力的手伸过来拦住了他，郑小民转头一看：是黑狼！

## 2. 人在江湖

郑小民跟着黑狼，来到一处豪华别墅，走进办公室，只见飞哥坐在宽大的老板桌后面，跷着二郎腿。他一见是郑小民，便瞪着眼，一边叼着雪茄烟，一边盯着郑小民看。

足足二十分钟后，飞哥拿起桌上的一只青花瓷瓶对郑小民说：“这是中国的古董，少说也有上百年历史，几年前我花了两万美元从走私贩手里买回来，现在少说也值四万。”说完，他不经意地把手一松，青花瓷瓶掉在地上“叭”地摔了个粉碎。接着他冷冷一笑，说：“它现在一文不值了。”

飞哥站起身，踱到郑小民身边，拍拍他的肩，说：“三军易得，一将难求。我是做民间拳击经纪的，每月都有十几场拳击比赛，一名好的拳手在我眼里就是一块宝玉。现在，我只等你一句话了。”

看着地上的碎片，郑小民明白飞哥的暗示，事情到了这分上，自己已经是身不由己。

郑小民心里清楚，飞哥说的所谓民间拳击，其实就是非法的地下拳击比赛，俗称打黑拳。可想到眼下自己孤身一人，无钱无势，顽固抗争只会是死路一条。只有委曲求全，先答应下来，做一段时间，再找机会脱身。再说，打拳对郑小民来说，也不是什么难事，总比当打手之类的要强。

于是郑小民说：“好！我加入！飞哥，以后还请多多关照！”

飞哥仰面哈哈一笑，然后叫人打电话把土豹叫过来。

不一会儿，一个壮实的中年人走进来。飞哥对郑小民说：“他叫土豹，以后就是你的教练，负责你的训练和比赛安排，关于公司的制度和酬劳，他会告诉你的。”

土豹领着郑小民到了一间设施不错的卧室，说：“这以后就是你的宿舍，我就住在你的隔壁，训练房和食堂在楼下。”

这时一个拿着一床被子的女孩走了进来。土豹告诉郑小民：“她叫美冰，专门负责打扫卫生和洗衣服。”美冰冲郑小民点点头，然后忙去了。

土豹说“你先休息一下，晚上我带你去看比赛。”说罢转身走了。

美冰是个纯朴的姑娘。郑小民见她正利索地干活，就随口问道“你是哪里人？”美冰说“老家在加帛。”郑小民一听高兴地说：“呀！我也是加帛人。”

于是两人就用家乡话交谈起来。美冰告诉郑小民，她父母双亡，前不久，哥哥又在工地上受了工伤，黑心的工头把所有工钱和赔款全部卷走了，哥哥无钱医治，丧失了劳动力，现在兄妹俩全靠着美冰打工来维持生计。美冰的话勾起了郑小民的辛酸回忆。郑小民也是从小父母双亡，寄住在舅舅家，是舅舅出钱把他送去学武的。可是在郑小民十六岁时，舅舅也死了，家里断了经济来源，他只得边打工边学武，刚学成回来，便只身闯荡江湖谋生。两个同病相怜的年轻人，又是老乡，两人的距离一下子拉近了许多。

美冰问：“小民哥，你为什么学武？”郑小民苦笑了一下，说：“我从小爱看武侠小说和电影，希望学一身本领，长大后能行侠仗义。可是现实是，我只能靠打拳维持生活，哪有什么能力去……”

当天晚上八点，土豹带着郑小民来到大富豪俱乐部。土豹边走边告诉郑小民，今晚的比赛票价每张一百美金，早在一个月前就已经通过地下渠道销售一空了。来这里看比赛的都是有钱人，目的无非是寻找点刺激，并且还可以赌拳。

这是个封闭式大厅，大厅里此时早已聚满了黑压压的人群，正冲着台上疯狂地叫喊喝彩。台上的两名拳手只穿短裤赤手空拳对打，拳头撞击皮肉发出“嘭嘭”的响声，其中一人已经满脸是血。

郑小民吃惊地问：“怎么拳击不戴拳套？”土豹哂笑道：“来这儿的人都是寻求刺激的，谁发神经花一百美金看戴拳套的比赛？越真实越刺激。这还只是垫场的比赛，属于初级拳手，打不死人，重头戏在后面呢。”

土豹又告诉郑小民，与正规拳击不同，这是拳击加散打，拳、膝、肘、头、脚都可当攻击武器。比赛没有裁判，开打后直到一方被打倒在地不起

为止。

这时台上的一位拳手倒下了，台下的观众大声喊："一、二、三……"数到十，倒地的拳手仍未站起来，比赛结束。

土豹问郑小民："重头戏马上要开始了，你押不押注？" 郑小民问："怎么下注？"土豹说："来的人大部分会赌，买输，一赔一，买死，一赔五。"郑小民摇摇头说不赌，土豹自己买了十注红方死注，一百美金一注。

这时两名拳手已经上场，双方一红一黑。郑小民惊讶地发现，其中穿黑裤的竟是黑狼。土豹在一旁说："黑狼现在已是重量级拳手，出场费一万美金，打赢加一万奖金。"

双方一上场就开打。这是一场势均力敌的比赛，每一记重击，都激起满场的喝彩。打了十几分钟，黑狼的脸已经肿了起来，而红方拳手也是多处受伤，浑身是血。

又过了几分钟，黑狼突然一记重拳打中红方拳手的太阳穴，跟着一记侧踹踢中对方的胸口，红方拳手重重地倒在地上。现场观众兴奋地数到十，红方没有站起来，黑狼赢了。

这时上去两名工作人员，翻了翻红方拳手的眼皮，摸了摸脉搏，宣布说已死，然后几个人把他抬了出去。

现场乱哄哄的，土豹买的红方死注，赢了五千美金，高兴得笑逐颜开。

郑小民问道："打死人不偿命吗？"土豹说："死人是家常便饭，特别是重量级比赛。残了或死了，家属可以得到两万美金抚恤金私了，一般不会闹事，再说闹了也白闹，比赛前都签有生死状，举办这种比赛的都是有背景的人，也奈何不了。"

土豹叹口气继续说："我以前也是重量级拳手，去年被打残了，蒙飞哥不弃收留我做了教练，飞哥这人挺讲义气的。"

听土豹把死说得如此若无其事，郑小民的心不由沉重起来：这简直是在玩死亡游戏！他的心在颤抖，脑海中涌起一种强烈的念头，那就是逃，越快越好，越远越好，逃离这块是非之地。

趁着土豹去领赢的钱，郑小民一闪身挤进涌出的人群中，出了门，他钻进一辆的士，朝郊外驰去。

可是，的士刚到立交桥，就被几辆车追上截了下来，几个人手持电棒劈头盖脸地朝郑小民打了下来。

## 3. 黑市拳击

郑小民被抓回来，在床上躺了一个星期才完全康复。这期间多亏了美冰细心照顾。土豹也每天守在他身边，给他详细讲解公司的各种制度。

公司目前养着十四名拳手，初级八名，中级四名，重量级两名。公司给拳手管吃管住，没有底薪，但每月至少给安排一场比赛。所有的拳手都要从初级拳手做起，级别不同，出场费和奖金也不同。拳手等级的划分以成绩为标准，一名初级拳手赢得十场比赛就可晋升中级拳手，以此类推，直到重量级拳手晋升拳王。另外，还有挑战规则，一名拳手，如果觉得自己实力强大，可以直接挑战高级别的拳手，挑战成功，就可以直接晋级。

郑小民问：“那么退出有什么条件？”

土豹说：“打满五年，无条件退出，否则得上交两万美金罚金才能退出。如果当上拳王，也可以获得自由，公司不再管制。还有一种方法，就是被打残了或被打死了，不能再打拳了。”

土豹接着说：“这是一片汪洋大海，你上了船，只有到岸才能平安下船。拳手时刻被暗中监视，永远别再想逃走的事，下次被抓住，惩罚会更加严重。要想全身而退，就只有提高自己的体能和拳技，战无不胜。”

郑小民沉默了，这种死亡游戏，前途渺茫，只有硬着头皮闯下去。

从此以后，郑小民再也不想逃走的事，静下心来接受土豹的训练。

土豹除了讲解一些技巧之外，主要就是训练郑小民的腰力。拳头打出去有没有劲道，与腰力有很大关系。

郑小民每天自己也在继续练习铁砂掌。用一只铁锅把铁砂炒热，把双手浸在特制的药水里泡一刻钟，然后双手快速地在铁砂中穿插。他已练了五年了，这是他在少林寺学的高深功夫，长练下去，能够掌裂石碑。少林师傅在传授铁砂掌秘诀时，曾经谆谆告诫，学武首先是强身健体，其次才是主持正义，铁砂掌威力无比，不到迫不得已之时千万不要轻易出手，要心存善念，得饶人处且饶人。

这一天，郑小民正在训练，忽然听到从楼上传来一声女人的尖叫。郑小民一惊，对土豹说：“是美冰。”他立即冲到楼上走廊，听清尖叫声是从黑狼的宿舍里传出来的，当即认定是黑狼在对美冰非礼。郑小民顿时怒火中烧，上前一脚踹开黑狼的房门，只见美冰的衣服已被撕破，正被黑狼压在身下。美冰拼命反抗，黑狼的一张臭嘴正在美冰身上乱拱。

郑小民双目圆睁，大吼一声，冲着黑狼的屁股一个直踹，黑狼一下子被踹得飞了起来。摔在地上的黑狼恼羞成怒，爬起来就要拼命，被土豹和其他拳手冲过来死死拉住。

黑狼冲郑小民咆哮道：“我要打死你！打死你！别拦我！”郑小民不屑地扫了他一眼，然后帮美冰整好衣衫，扶着她回到自己房间。

美冰是到黑狼房间打扫卫生时被黑狼非礼的。郑小民劝慰了美冰好一阵，美冰才止住了哭泣。打这以后，郑小民更加关心美冰，而美冰忙完了活，就会到郑小民房间里说话谈心。两人的心越贴越近。

到了周末，土豹告诉郑小民，公司为他安排了比赛。

比赛安排在皇族大酒店多功能旋转舞厅，郑小民虽然已经做好准备，但临上场前，心里仍是很紧张。毕竟这是自己第一次实战，而且是在没有任何安全措施下战斗，随时会有生命危险，丝毫疏忽不得。

一旁的土豹温和地拍拍他，一字一顿地告诫他：“放松，放松，只要打出平常的水平就行，你一定行。”

上了擂台，郑小民还是有点不适应。毕竟这不是正规的比赛，连裁判也没有。四周那些衣冠楚楚的看客，突然间变得狂热无比，声嘶力竭，大声狂叫，音乐穿透狂叫声钻进耳膜，震得郑小民头晕目眩。

对手是个和郑小民年纪相仿的青年，在郑小民愣神间，对手忽然击来一拳，打得他一个趔趄。四周响起了一片嘘声。郑小民这才意识到比赛开始了，他稳住脚步，定了定神，集中精力与对手展开周旋。

对手攻得很紧，招招都是杀招，想置他于死地。然而郑小民仍然心存善念，不肯痛下杀手。哪知一不留神，鼻子上挨了一拳，顿时鲜血满面。郑小民怒气顿生，格挡住对方的攻势，侧身飞起一脚，踢得对手一个踉跄，又紧跟一步，右手竖掌向对方的软肋拍去。郑小民知道他这一掌要是击中，对方肋骨必然断裂，非死即残。他觉得对方这么年轻，以后的人生道路还很长，和自己又无深仇大恨，为什么要置他于死地呢？他脑子里这么一转念，手顺势就往下，拍在了对手胯上。对手被拍得连退几步，倒在地上，再也站不起来。

在休息室，郑小民正擦着鼻血，土豹走进来，掏出一千美金递给郑小民，阴着脸说：“你打得不够好，心慈手软，如果对方是一名老手，在你犹

豫的一刹那，就可能要你的命。飞哥说扣掉一千奖金以示惩罚。”

郑小民腾地站起来，吼叫道：“难道非要把对方打残打死，你们才满意吗？”

土豹也毫不示弱地冲郑小民吼道：“心慈手软是拳手的大忌，你犯了大忌！”郑小民把钱往地上一扔，大叫道：“不干了！我不想成为杀人凶手！”

土豹恼怒地盯着郑小民，一言不语，屋子里很静，只剩下郑小民狂喘的粗气。

沉默了一会儿，土豹叹了一口气，从地上捡起钱，自言自语地说：“十年前，我意气风发地进体校学拳击，想学得一身本领，惩恶扬善。后来，西马11个州拳击比赛，我得了轻量级冠军。登上领奖台时，感觉自己简直就是英雄！退役后，分到一个学校当体育教师，一个月那么点钱，只能维持温饱，但也过得平凡快乐。后来，老家的父亲生病住院，一下子陷入经济困境，迫不得已，才出来打黑拳，用赢的钱救了父亲一命。但是学校知道了打黑拳的事，开除了我的公职，我没有退路，别无选择，只有向前硬拼。去年夏天，我也是一时手软，不肯痛下杀手，结果对手乘机反击，被他打残了，光养伤就花了几万美金。伤好后，也干不了重活，多亏飞哥收留了我，才有个活路。”

顿了顿，土豹又说：“从我想惩恶扬善，到与恶同行，你以为我愿意吗？我曾一度用酒精来麻醉自己。小民，你是个心地善良的孩子，品德不错，只可惜你踏上了这条不归路。以后的路还长，心慈手软，这种性格会让你吃亏的。”

听了土豹这番话，泪水在郑小民眼中直打转，可他一咬牙，没让它流下来。

## 4. 苦命鸳鸯

这天，美冰来到郑小民的房间，看到郑小民的脸颊微肿，便心疼地上前轻抚，小声问：“疼吗？小民哥。”郑小民摇摇头说：“不碍事。”美冰拿起棉球蘸上酒精轻轻地擦拭。

郑小民从枕头下掏出一千美金递给美冰说：“给，拿去给你大哥看病。”美冰急忙后退，双手连摆，说：“不，我不要，这是你用鲜血换来的钱，我怎么能要？”郑小民眉头打结说：“怎么？见外了是不是？大家是老乡，同是苦命人，应该互相帮衬才对。我这钱来得容易，再说，你不会希望你大哥跛一辈子吧？他还年轻，还要结婚生子过日子。来，拿去，听话。”

美冰抵死不要。郑小民又说：“再不要，我可要发火了，把我当外人不是？”美冰眼含热泪，哽咽着说：“小民哥，你是大好人！等我哥医好了，

我们兄妹俩挣钱还你！”

郑小民训练的强度加强了，公司也对他特别重视，一个月安排两次比赛，每次比赛，郑小民都是击倒对方取得胜利。

郑小民从土豹嘴里得知，飞哥之所以采取强迫的手段把他挖来，原来是为了培养他参加一年一度的新年大赛——龙虎斗。

这龙虎斗与以往的大赛不同，完全属于飞哥和东马的黑拳大龙头龙哥之间的赌博，参赛的选手必须是当年招进的新人，赌注二十万元美金。飞哥对这个新年大赛非常重视，这不仅仅是钱的问题，也是面子问题。要知道龙哥手下可是卧虎藏龙，高手如云。飞哥明察暗访多时，才选中了郑小民。飞哥安排郑小民一个月两次比赛，也是为了多给他一些磨练的机会。

离新年只有一个月了，郑小民练功练得更勤了。美冰善解人意，经常给郑小民按摩，解除他的疲乏。

这天，美冰又来给郑小民按摩。郑小民说：“美冰，再过一个月，你哥的手术费就会有了。”他记得听美冰说过，她哥的左腿必须动手术，手术费两万美金。

美冰问：“你哪来这么多钱？”郑小民说：“新年大赛如果我赢了，会有两万元奖金，到时候就可以给你哥做手术了，我一定会赢的。”

美冰靠在他身上，幽幽地说：“小民哥，你真好！”郑小民搂着美冰，闻着她少女幽幽的清香，沉醉在醉人的爱里。他真希望这一刻永远停下来，让他永远拥有醉人的幸福。

新年说到就到了。

元月一号，在市郊一座未完工的大楼地下室里，空气里飘散着粉尘的味道。地下室正中央就是比赛的擂台，强烈的灯光把擂台照得如同白昼。

郑小民站在台上做热身运动。他的对手个子比他高些，长得比他壮实，正用挑衅的目光瞥他。

台下的土豹大声告诫郑小民绝对不能手软，专攻死穴。郑小民在心里默念，为了赢钱给美冰哥哥治病，不能手软，绝对不能手软。

铃声“当”的敲响，对手势如猛虎，一套组合拳打下来，逼得郑小民连连后退。郑小民在退让中瞄准时机，趁对手的攻势稍缓，立即展开反攻，左摆、右勾、正踹、侧踢，招招攻向对手的死穴要害。

两个人旗鼓相当，打了二十多分钟，各自中了几拳。每当拳头打击皮肉发出“嘭嘭”的响声时，台下的观众都会高声叫好。

郑小民经过这二十多分钟的交手，已摸清了对手的拳路，他已成竹在胸。郑小民瞅准了一个机会，一个侧踹，假装用力过猛，一个踉跄，自己门户大开。对手果然上当，双拳直捣过来。郑小民右手曲肘格挡，左手直击对方胸口，对手急忙伸拳格住，郑小民左腿上踢对方下巴，对手急忙用手下按，趁着对手左边留下空档，郑小民右拳变掌，铁砂掌快如疾风印向对方太阳穴。

虽然郑小民告诫自己不要手软，但天性使然，他不愿当杀人凶手，所以只用了五成力，这五成力只会让对手昏死，而不会让对手毙命。由于没有使全力，去势自然缓了许多，对手

反应极快，急忙摆头侧身躲过了这一掌。郑小民急忙下拍，铁砂掌印在对方的肩侧，对方的右臂当即脱臼，痛得倒在地上，大汗淋漓，失去了战斗力。

四周响起欢呼声，土豹抱起郑小民：“好小子，果然不负飞哥重望。”

郑小民怀揣着美金，兴冲冲地和土豹往回赶，他要立即把钱交给美冰，好让她哥哥动手术。

进了宿舍，郑小民傻了，只见美冰头发蓬乱，衣衫破烂，正在伤心啼哭。她见郑小民进来，就扑进他怀里大哭起来。郑小民急忙问出了什么事，美冰哭着断断续续地告诉他，黑狼趁郑小民出去打拳，强奸了她。

郑小民一听，如五雷轰顶，热血上涌，双眼圆睁，抓起桌子上的水果刀，冲进黑狼的宿舍，举刀就刺。黑狼踹开郑小民，郑小民又要冲上去，被其他拳手死死按住。

郑小民恨声大叫：“黑狼，我要杀死你！”黑狼也不甘示弱，冷笑道：“我就是要玩你的女人，有种就上啊！”

郑小民被其他拳手扯出屋外，土豹在一旁不断地劝解。郑小民挣脱众人的拉扯，冲了出去。在门口的小店，郑小民打电话报了警。紧跟其后的土豹连连跺脚，冲郑小民叫道：“你闯祸了！”然后赶紧给飞哥打了电话。

十分钟后，警察来了，带走了黑

狼、郑小民和美冰。

刚到警署，飞哥随后就赶来，又把他们三人带了回去。

训练厅里，飞哥铁青着脸，对左右的打手说："去狠狠地教训这个不知天高地厚的家伙。"两个打手冲了过去。郑小民大吼一声："我跟你们拼了！"便和两个打手对打起来。处于狂怒之下的郑小民，激发了身体的潜能，三五下便把两个打手打倒在地。

飞哥掏出手枪对准郑小民："你小子疯了！竟然敢报警！你是不想要命了，实话告诉你，在这里杀一个人和杀一条狗没什么区别。"

郑小民已经把生死置之度外，一步步逼近飞哥，把额头顶在枪口上，质问："要是你老婆被人糟蹋了，你会怎么办？"

枪抖了一下，飞哥说："好小子，你有种！"说着，他收起枪，对郑小民说："你想报仇，可以挑战黑狼打死他。"

最后飞哥做出了惩罚，从黑狼的出场费中扣出两千赔偿美冰，土豹扣一个月薪水，黑狼和郑小民停赛两个月。

郑小民回到宿舍，看着楚楚可怜的美冰，仰天狂叫："黑狼，我一定要亲手杀死你！"然后掏出奖金向天上一扔，说："美冰，我没用，没有保护好你。"随即，抱着美冰失声痛哭。

红色的钞票一张一张地飘啊飘，在空中不断地翻飞……

## 5. 怒战恶狼

郑小民花了一个月时间，才安抚好美冰的情绪，又把美冰的哥哥送进医院做手术，手术比较顺利，医生说休养半年就可以完全康复。

而经过新年一战，郑小民在黑拳市上名声大噪，得了一个"飞天虎"的绰号。停赛两个月，郑小民也没闲着，他一个人闷声不响地加强训练强度，每天不把自己弄得筋疲力尽决不罢休。

土豹心疼地劝告郑小民不要把自己弄得太累。郑小民痛苦地说，不把自己弄累，就睡不着觉，就会一直想着报仇。

这天，郑小民对土豹说："豹哥，麻烦你去跟飞哥讲，我要挑战黑狼！"

土豹吃惊地看着郑小民说："你要报仇，也不要这么急嘛！"

郑小民说："我没法再等了，我心里憋着一团火，就快要爆炸了！"

土豹说："你可要慎重考虑清楚，这是要签生死状的，弄不好非死即残。要知道，黑狼迄今为止从未输过啊。"

郑小民说："豹哥你不用担心，我不会有事的，美冰还等着我娶她呢。"

过了两天，土豹告诉小民，飞哥已经答应了，正在安排赛事，估计要在一个月以后。

郑小民问“为什么要这么久？”土豹解释说，重量级拳手出场费高，一百美金一张票，必须凑够人数才能开场，不然就会亏本。票是通过地下渠道销售的，所以会慢些。

土豹掏出一张生死状递给郑小民，说：“你可以考虑清楚了再签。你如果赢了，出场费按重量级拳手算，一万美金，加上奖金一万，一共两万美金。你要是输了，出场费只能按初级拳手计算，只有两千，万一残了或死了，抚恤金两万。”

郑小民二话没说，拿起笔就签。郑小民准备了这些日子，他心中的愿望就是置黑狼于死地，他要亲手杀死黑狼。

一个月过去了，赛事如期举行。

这次赛场安排在城郊的帝王俱乐部。郑小民走上擂台时，黑狼正用一种不屑的眼光看着他，嘴角露出轻视的坏笑。郑小民也挑衅地伸出食指朝黑狼比了一下。随着铃声“当”的一声，黑狼像头恶狼般冲了过来，拳头如疾风暴雨般倾泻而下。郑小民小心翼翼地格挡化解。黑狼久经赛场，经验丰富，不但拳重，而且速度奇快，拿捏的分寸很准，门户守得密不透风，郑小民几乎无机可趁。

郑小民心中盘算，只有用绝招了。

郑小民和黑狼拆招时，一个侧转，擦身而过，露出背部空档，黑狼果然趁机用胳膊勒住他的脖子，郑小民拼命地撑开黑狼的胳膊，猛吸一口气，气沉丹田，右腿屈膝向后一踢，正中黑狼的裆部。

这一招正是少林罗汉拳中反败为胜的绝技，师傅曾经告诫郑小民，这一招太过阴险，会毁了别人传宗接代的命根子，不到万不得已决不能出手。这要是平常人，腿向后踢一般没什么力道，这一踢距离短，主要靠寸劲。郑小民这一招不止练过千万遍，踢出去，既狠又准，百发百中。

黑狼发出痛苦的嚎叫，弯腰捂着裆部。郑小民跟着一个后踹，踹得黑狼飞出几步开外，倒在地上。郑小民身子一纵，右拳化掌就要拍向黑狼的太阳穴，台下的观众疯狂地叫喊“杀死他，杀死他！”

郑小民忽然犹豫起来，他虽然和黑狼有不共戴天之仇，但到了真要取他性命之时，心中却有所不忍。

郑小民叹了一口气，收掌转身，决定放黑狼一马。谁知他刚一转身，黑狼忽然狂叫一声，拼了老命从地上跃起，挥拳打了过来。

郑小民猛地身子一侧，扭转身来，伸手格挡。黑狼跟着右脚直踹，正中郑小民左边腹侧，郑小民身子被踹得飞了起来，他听到自己肋骨断裂的响声。郑小民刚站稳，一阵钻心的疼

痛袭来，痛得他豆大的汗珠从额上滚落，嘴角渗出了血丝。郑小民两腿发颤，似乎已支撑不住正在变得疲乏的身躯，他在心里对自己说：“千万不能倒下来，一倒下就完了！”

郑小民的脑海中闪过美冰哭泣的身影，又似乎看见美冰泪眼汪汪地对他说：“小民哥，我不能失去你！”

他咬牙强忍疼痛，深吸一口气，趁黑狼摇摇晃晃扑过来的刹那间，一个穿心脚踢中黑狼的心窝，跟着右掌毫不犹豫地劈向黑狼太阳穴。但此时郑小民的铁砂掌已发挥不出往日的威力，右掌击中黑狼的太阳穴时，力道不足往日的十分之一。然而，即使这样，黑狼还是发出闷哼一声，便昏死过去，轰然倒地。与此同时，郑小民也倒了下去，眼皮实在撑不住了，感觉好累好累……

土豹冲上台抱起郑小民，边跑边说：“好小子，你杀死了黑狼，终于报了仇了！”郑小民迷茫中听了这句话，松了一口气，眼睛闭了下去。

郑小民在医院里医治了一个月，就康复了。

住院期间，美冰寸步不离地守护着他，后来小民从土豹口中得知，黑狼并没死，但已残了。胯下的那玩意儿废了，脑子受到震荡，虽医好了，却落下了个痴呆症，再也无法打拳，被飞哥赶出了公司。

郑小民听说了黑狼的事，心里反倒轻松了许多。他想，虽然黑狼可恶，但落得如今的下场，也算是遭到惩罚了。黑狼没死，郑小民的心里反而少了一层愧疚。

出院当天，郑小民不顾保镖的阻挡，闯进飞哥的办公室，把两万现金往桌子上一推，说“飞哥，我退出！”

飞哥拿起一卷钞票，用手弹得“哗哗”响，自言自语地说：“什么都可以没有，但是不能没有钞票。这世上爹娘虽亲，却没钞票亲！钞票好啊，钞票可以买房子，买车子，买娘子，拥有钞票，便拥有了一切。你想要什么，便能得到什么。有句话说得

好，女人如衣服，旧了，破了，可以换新的。想不到有个傻冒竟然为了一个女人，白白放弃了大好的发财机会。”

郑小民接过话说：“这世上除了钞票，还有一种真情，比金子珍贵百倍。当然，有一些人是永远也体会不到这种真情的。”

飞哥瞪着小民，一字一顿地说：“退出可以，不过有一个条件，你以后不能再打拳！”

郑小民说：“没问题，除了防身外，我今后决不用打拳来谋生。”

郑小民向土豹道了别，回到宿舍，美冰正等着他。郑小民兴奋地说：“美冰，我退出了，我自由了！”

美冰扑上来抱着他又笑又跳，郑小民变戏法似的拿出一枝红玫瑰，问：“美冰，你愿意嫁给我吗？”美冰一个热吻印上了郑小民滚烫的嘴唇。

这是最好的回答！

## 6. 别无选择

郑小民和美冰结婚了，他们用积蓄的钱开了一个便民超市，过起了夫唱妇随的快乐日子。

然而仅仅过了两个月，一场大火把郑小民的便民超市烧成了一堆灰，郑小民一下子又变得一无所有。没办法，他只有靠出卖体力到工地上去当小工，靠微薄的收入维持生活。

一天晚上临睡前，美冰倚在小民怀里，娇羞地告诉他，自己怀孕了，郑小民一听，喜得紧紧搂着美冰哈哈大笑，连声说“哈哈哈，我要当爸爸了，我要当爸爸了！”

然而，随着美冰的肚子一天天变大，郑小民的心情却越来越沉重。他想，美冰要补充营养，以后生孩子要住院，孩子生下来要买营养品，这些都得花钱，可是自己在工地上累死累活也只有可怜的一点收入，刨去日常开支，已所剩无几。为了多挣钱，郑小民找了一份兼职，每天多干三四个小时，人也累得瘦了一圈，可是那点收入也只是杯水车薪啊！

看着郑小民日渐消瘦，美冰心疼地劝他：“小民哥，你不要这么拼命，要累垮身子的。”小民抚摩着妻子日渐隆起的肚子，叹口气说：“美冰，你跟着我受苦了！”美冰说：“小民哥，有你在身边，再苦的日子也甜！”

这天下班后，郑小民踏着夜色，拖着疲乏的身子回家。经过立交桥时，看见角落里坐着一个很面熟的乞丐。小民走过去仔细一看，竟是黑狼！黑狼抬头也认出了郑小民，他跳起来冲郑小民一边傻笑，一边说：“火，火，火。”郑小民疑窦顿生，想问个明白，可是黑狼除了会说“火”字外，就只会傻笑。郑小民看着昔日不可一世的冤家，如今痴痴呆呆，只能当乞丐了却残生，心中不禁感慨万千。

第二天一下班，郑小民打电话约土豹出来喝酒，向他说了遇见黑狼的事。土豹听后，脸色凝重地说：“黑狼是间歇性痴呆，时而清醒，时而糊涂，他向你说火，莫非他知道你超市失火的原因？”

但是两个人猜来猜去也没猜出个所以然来。

时间一晃，美冰已怀孕五个月了，这天深夜，美冰突然喊肚子痛，吓得小民急忙把她送进医院。医生说，这是营养不良造成的妊娠反应，以后要少动，多补补身子。

从医院回来，郑小民心情沉重，陷入了沉思，彻夜不眠。

第二天，郑小民毅然决然地敲响了飞哥办公室的门。

飞哥坐在宽大的老板桌后面，冲郑小民拍掌，说：“我知道你迟早会回来的，拳手的命运就是打拳，别无选择。”

郑小民直截了当地说他要挑战拳王，并愿意签生死状。飞哥答应安排，三个月后比赛。临走时，郑小民向飞哥预支了一些出场费。

郑小民告诉了土豹自己要挑战拳王的事，土豹一巴掌掴在郑小民的脸上，怒骂道：“你小子疯了，你这是找死！你难道不为美冰想想？”

郑小民擦掉嘴角的血，平静地说：“我就是为了美冰着想，不想她们母子跟着我过苦日子，才决定搏一搏。”土豹听了，只得连连长叹。

从此，郑小民瞒着美冰，悄悄又跟着土豹训练。三个月一晃就过去了。

比赛定在月底三十日的晚上。而这一天，恰巧是美冰的预产期。郑小民早早地把美冰送进了医院。三十那天下午，郑小民去医院看美冰，说：“美冰，对不起，晚上工地上要加班，我不能陪你了。”美冰很理解地说：“小民哥，你放心，医生护士会照料我的，我一定会给你生一个大胖小子。”郑小民心里很苦，勉强笑了笑，临走

到门口，又回过头来说“美冰，记住，你一定要把孩子养大成人！”美冰笑了，说：“小民哥，你一定是高兴得糊涂了，说起话来颠三倒四的，孩子是我们爱的结晶，我肯定会好好把他养大成人的。”

晚上九点，郑小民来到花园酒店的顶层，这里是一个天然的露天赛场，可容纳二千多人，土豹不知什么原因没来。

看客们正在下注。飞哥端起一杯酒走过来递给郑小民，说：“祝你好运！”郑小民接过酒杯，一饮而尽。随后，走上擂台，那拳王像一座铁塔，正悠闲地等着他。

激战开始了。一交手，郑小民就感到一种巨大的压力。拳王一记左摆拳，郑小民用右手一格，一股巨大的力量竟震得他退了好几步。郑小民只得使出绝招铁砂掌，可是一运气，竟发现气运不上来，惊惧之下，扭头看飞哥，飞哥正冲他坏笑。

原来飞哥在酒里下了药。看客们都知道郑小民的铁砂掌了得，大部分下注赌他赢，如果郑小民赢了，飞哥会赔很多钱。郑小民明白了飞哥的毒计，但为时已晚，现在只有竭尽全力拼命抵挡拳王的进攻。

相持了十多分钟，郑小民明显处于下风。这时，郑小民一个疏忽露出破绽，拳王飞起一脚踢中郑小民的左肋，郑小民听见肋骨断裂的声音，惯性使他倒在地上，阵阵钻心的疼痛袭击而来。这时，郑小民听见台下的观众发疯似地狂叫：“杀死他！杀死他！”拳王向他走来，沉沉的脚步声震得擂台直抖。

郑小民挣扎着站起来。拳王挥起一拳击中他的太阳穴，郑小民顿时头晕目眩，整个身子像断线的风筝向后飞去，他感到大量热血从鼻子、嘴里、眼里流了出来。

在落地的刹那，他看见土豹领着警察冲了进来。

土豹直奔郑小民，抱起他，声泪俱下地喊道：“小民，我还是来晚了一步！”

原来那天土豹听了小民的话后，就悄悄找到痴呆的黑狼，帮他治病，想从他嘴里了解关于“火”的真相。

今天晚上，奇迹突然出现，黑狼恢复了正常。他说出郑小民的超市是飞哥派人放火烧的，那晚他刚好就睡在附近的角落里，并且当时正好没有发病。土豹急忙报了警，警察在高度保密下，由土豹带领，直冲花园酒店抓人。

郑小民张嘴想说什么，却最终没有说出来，就永久地闭上了眼睛。

而此时，在产房，一声初生婴儿的啼哭，划醒了这座沉睡城市的夜空。

（题图、插图：安玉民）

# 晚报B叠

□周海亮

傍晚，小王来到一个报摊，看到当天的本地晚报，就习惯地把报纸抓在手里，卷成筒，然后从口袋往外掏钱。不过，掏来掏去，却只掏出了五毛钱，而一份晚报，要六毛钱。

卖报纸的是个老太太，年纪和小王母亲差不多，而且，模样也差不多，佝偻着背，满脸皱纹，眼睛浑浊而没有光泽。

小王用商量的语气说："大妈，五毛钱行不行？"

"不行。"老人声音很轻，但说得很干脆。

小王愣了一下，他想对老人说，他身上只有五毛钱，可欲言又止。

那老人见小王不吱声，就解释说："五毛钱卖给你的话，我会赔五分钱的！"

小王显得有些委屈："您记得吗？我是天天来买您的报纸的。"

"这不是一回事，"老人说，"我不想赔五分钱。"

小王想了想，说："那好吧，我拿五毛钱，只买这份晚报的B叠第二版。"说着，他把手中的报纸展开，抽出其中的一张，卷成筒，把剩下的报纸还给老人，讨好似的说："大妈，这版反正也没几个人喜欢看，剩下这沓，您还可以再卖五毛钱！"

"那不行，没有这样的规矩。"

"真的不行？"

"真的不行。"

小王似乎受到重重的一击，有点绝望了。上午，他去了三个用工单位，可无一例外遭到了拒绝。几天来，他一直被拒绝。仿佛全世界都在拒绝他，包括面前这位极像自己母亲的老人。仿佛什么都可以拒绝他，爱情、工作、温饱、尊严，甚至一份晚报的B叠。

小王还是抱着一线希望，说道："大妈，我几乎天天都来买您的报纸，明天我肯定还会再来。"

"可是我不能赔五分钱。"老人说着向他摊开手，丝毫没有商量的余地。

小王很想告诉老人，这五毛钱，是他的最后财产，可是他忍住了。他把手里的报纸筒展开，飞快地扫了一眼，似乎要记住点什么，然后慢慢放回报摊，转身要走。

老人突然问："你是想看招聘广告吧？"

小王忙停下脚步，答道"是的。"

"在B叠第二版？"

"嗯。"小王回过头，以为老人回心转意了。

但老人只是冲他笑笑，说："知道了，你走吧。"

小王伤心地回到了宿舍……

晚报B叠第二版，满满的全是招聘广告，汇集了他的全部希望呀。可希望没有了，因为没有新的晚报，明天，他再也没有新的应聘单位。

怎么办？小王突然想起有家公司最近在招聘职员，可他一直不敢去试……

第二天，小王咬咬牙，硬着头皮去那家公司应试。结果出乎意料，他居然被录取了！

当天小王就搬到了公司宿舍。他迅速告别了旧的住所，旧的容颜和旧的心情。所有的一切都是新的。接下来半个月，小王整天快乐地忙碌着……

一个周末，小王难得空闲下来，一个人在街上慢慢散步，不知不觉，竟拐进了原来住的那条小街。

他看到了那个报摊，还有老人。老人也看到了他，还向他招手。小王走过去，老人问："今天要买晚报吗？"

小王站在老人面前，坚定地摇摇头说："不买！而且，从今往后，我再也不会买您的晚报了！"说完这些话，他心中涌起一种强烈的报复的快感。

老人似乎并没有听懂小王的话，只是从报摊下取出厚厚一沓纸。她把那沓纸卷成筒，递给小王，说："你不是想看招聘广告吗？这个给你。"

小王怔了怔。他发现，那是一沓正面写满了字的十六开稿纸。老人所说的招聘广告是用铅笔写在反面的，每一张纸上都写得密密麻麻。

小王问："这都是您写的？"

老人点点头，说："是的。知道你在找工作，就帮你抄下来。本来只想给你抄那一天的，可是这半个月，你一直没来，就抄了半个月。只怕有些，

·哲理故事·

□马凤文

# 举起你自己

这天，一所大学的操场上摆出了一个摊位，一个穿西服的男子举着高音喇叭大声宣讲着什么，原来是一家公司来学校招聘。

在操场上招聘，这可是个新鲜事，不一会儿，摊位周围就围了一大群人，里面有急着找工作的毕业生，也有不少是好奇来看热闹的。

见人聚得差不多了，摊位的负责人站出来对大家说：“我们公司要聘用的人，既要德才兼备，又要智勇双全。今天的考题也不难，只要能举起你自己就行了。”

一听这话，周围的学生纷纷议论开了。根据以往的经验，越是看起来简单的题目，里面就越藏着奥妙。大家你看看我，我看看你，谁都不敢上前尝试。

这时，有个学生大着胆子问道：“您能不能给我们详细解释一下？”

---

已经过时了吧？”

小王看着老人，张张嘴，却说不出话来。

“五毛钱真的不能卖给你，”老人解释说，“那样我真的会赔五分钱。”

小王鼻子一酸，低下了头。他慢慢翻着那厚厚的一沓纸。那些字很笨拙，却认真而工整，像幼儿园里孩子们的作品。

老人咧着嘴，不好意思地说：“能看懂吗？我只念到二年级，好些字都不识啊，只能照着样子画……”

小王盯着老人，眼泪止不住地滚落下来……

（**推荐者**：杜辉明）

（**题图**：安玉民）

负责人说道：“你们知道这世界上什么力量最大吗？”

大家又不敢答了，这道题目看起来比上面那个题目更简单，肯定大有玄机。

负责人见大家都不敢答，便自己答道：“这世界上力气最大的是霸王。”

话音刚落，人群中马上爆发出一阵哄笑，等了半天，竟然是这个答案，大家都觉得很滑稽。

那个负责人却继续说道：“大家都听过这个故事吧，楚霸王项羽能提着自己的头发，让自己的身体离地，所以，就有了霸王的称呼。”

这下，刚才没笑的同学也笑起来了，谁都知道这是违反力学定律的事情啊。但笑声很快停止了，因为大家都意识到，这个负责人看上去不傻也不笨，他这样说，里面肯定有学问。

周围的人都开始琢磨这个负责人葫芦里到底卖的什么药，怎么能把自己举起来呢。有几个还将信将疑地偷偷去拽自己的头发，看看到底能不能把自己举起来。

正当场面陷入僵局的时候，一个初中生模样的小男孩从人群里钻了出来，叫道：“我能把自己举起来。”

这下周围的那些大学生都惊呆了，都想看看这个小家伙怎么样把自己举起来。

只见这个小男生从容地走到了单杠下面，一跃而上，一连做了十几个引体向上，最后还在杠子上来了一个完美的倒立，看得那些大学生都啧啧称奇。

负责人高兴地招呼小男生下来，给了他一个小奖品，对他说：“嗯，不错，虽然你年龄小，不能招你，但你还是让我看到了希望。”

原来是这样啊，这下周围的人似乎受到了启发。有几个大学生站出来，也抓住杠子，想学那个初中生的动作，可任凭他们怎么踢踢蹬蹬，憋得脸红脖子粗，也没能把自己举起来，最后一个个垂头丧气地跳下来。

那个负责人看到这副场景，反倒笑了，冲着大家说：“请大家不要失望，其实这只是学校安排的模拟招聘会。刚才那个小男生也是我们找来的，为的就是告诉大家，我们不仅仅要有把自己举起来的智力，还要有把自己举起来的体力，这样以后在工作中才能做得好，做得长久。”

**哲学先生评曰**：常言道“山重水复疑无路，柳暗花明又一村”，读完这个故事确实有一种眼前豁然开朗之感。我们不难得到这样的启示：看待问题，不能用一种僵化的眼光，试着换个思路、换个方法，未尝不能找到解决之道。很多时候，方法远比知识更为重要，学会了正确的思维方式，就好比拥有了一把可以解决任何问题的金钥匙。所以，试着打开你的思路，你会发现没有什么是不可能的。　　（**题图：安玉民**）

# 真假虎骨

□谢元清

塔山村有个调解会主任老周，为人热情豪爽，大家有事都爱找他。

这天，老周正在家吃午饭，忽然，村头刘二憨夫妻俩吵吵嚷嚷闹到他家来了。

老周一见有调解任务，立马放下饭碗，来到客厅。一了解，原来，刘二憨上午到镇里赶集，花100元钱买了一块虎骨，回家后他妻子却说是假的，两人为此争吵，这下找老周评理来了。

夫妻吵架之类的事，老周可是管得多了，他镇定自若地坐在椅子上，拿出调解员的气派，大声地询问刘二憨："你说虎骨是真的，有什么证据？"

刘二憨气呼呼地说："这还会有假，我亲眼看到带毛的虎爪，有巴掌大，虎骨就是从那上面锯下来的，买的人可多了……这娘们，头发长，见识短，自己不懂，还在那里聒噪，烦死我了！"

妻子一听这话，不服气了，涨红着脸说："放屁！那老虎是野生保护动物，逮它要杀头的，谁敢逮！现在假东西多的是，那虎毛没准是人工粘上去的，专骗你这样的傻瓜！哼，碰到你这样的败家子，这日子没法过了！"

刘二憨瞥了妻子一眼，辩解道："谁说老虎没人敢逮？那白粉，也是杀头的，为何到处都有……"

"好了好了，你们别吵了！"老周制止了两人的争吵，从刘二憨手中接过那块骨头，细细一看，有点像野猪骨头，闻一闻，腥臊臊的，有股怪味。老周掂了掂，是真是假，倒是难辨了。

老周挠了半天后脑勺，忽然眼睛一亮，说："有了，我祖上是打猎的，传下一个鉴别虎骨真伪的妙法，绝对灵验！"

# 名人话炒股

- 李清照：股票被套，怎一个愁字了得。
- 柳永：多情自古伤离别，更那堪股票长期被套。
- 苏轼：人有悲欢离合，股有潮起潮落，此事古难全，但愿高增长，天天共赚钱。
- 辛弃疾：众里寻股千百度，蓦然回首，刚抛的股票，暴涨……
- 孙子：股票被套，国之大事，生死之地，存亡之道，不可不涨回来。
- 曹操：何以解忧，唯有涨停。
- 杜甫：安得特大利好千万个，大庇天下股民俱欢颜。
- 李白：李白乘舟将欲行，忽闻股票被跌停，桃花潭水深千尺，不及转势变涨停。
- 文天祥：人生自古谁无死，买个好股在人间。
- 陆游：死去原知万事空，但悲不见大盘红，多头势不可挡日，家祭无忘告乃翁。

（**推荐者**：钟雯珏）

---

夫妻俩一听，大喜过望，催促道："有什么法子快说，免得我遭人冤枉！"

老周笑了笑，说："这个办法简单，老虎是山中之王，任何动物都惧怕它，你把这块骨头扔给你家那只大黄狗，如果真是虎骨，它一嗅，就会吓得夹着尾巴，逃得远远的。"

夫妻俩听了，喜出望外，赶紧回家去了。

老周三下五除二调解了一起纠纷，得意极了，心里说：我搞了二十几年调解，还没有什么能难倒我的呢！于是，回到厨房，倒了一杯老黄酒，慢慢品尝起来。

哪知，老周一杯酒还没喝完，刘二憨夫妻俩又吵吵闹闹地回来了。

老周心里一个"咯噔"，忙放下酒杯，跑到客厅，黑着脸问道："你们这是又怎么了？"

刘二憨哭丧着脸说："没想到，骨头一扔地上，那畜生叼着就跑，追也追不上……这下可好，本来花100元钱，不管是真是假，还有一块骨头，现在全打了水漂，那娘们更闹得厉害了……"

（**本栏题图、插图**：顾子易　包丰一　王　俭）

# 慢枪手

□高　琦

办公室里新来个文员，叫小张，年纪轻轻的，却是一把写作好手，文章写得既漂亮又到位，没多久就得到领导的器重。

但有一样，小张是个慢枪手，再紧急的材料也不能当下完成，最快也得加个夜班，到次日送审。用小张的话来说，这叫做“慢工出细活”。

自从小张担任文书以后，原来的笔杆子老叶就几乎不动笔了。老叶身体不好，领导让他回家去休养，这老叶倒也没什么意见，乐呵呵地就回去了。

不料，没过几个月，老叶就因病去世。领导一面安抚家属布置治丧，一面指示小张起草一份老叶的悼词。

小张虽然写过不少材料，但写悼词还是头一次，不禁感到心虚。他习惯性地拿起电话，拨了一串号码：“我找老舅。”

电话里传出了舅母哽咽的声音：“你老舅已经不在了，难道你不知道？”

小张一下子清醒过来。原来，小张的老舅就是老叶，小张能有现在的成绩，全靠着老叶暗中帮助。老叶搞了一辈子文字工作，手里啥材料都有，领导需要什么，只需找出一份相同内容的原稿做模板，将名称、数字等地方稍加改动即可。

小张这会儿光顾着完成领导布置的任务了，竟然忘了这悼词就是给老舅写的。刚才听舅母这么一说，小张才回过神来，“哇”的一声就哭了。

小张马上奔到了老舅家，“扑通”一声跪倒在老舅的遗像前，痛哭流涕地说：“老舅啊，您老这一走，让我今后可咋办呀！”

舅母一边抹着眼泪，一边颤颤巍巍地递给小张几页纸，说：“看看吧，这是你老舅临走前，千叮咛万嘱咐，一定要我转交给你的。”

小张接过一看，“哇”的一声又哭了，原来这几页纸上写的，就是老叶给自己起草好的悼词。

# 可恶的商标

□老　谢

这天，小杨正准备出门去朋友家下棋。忽然，妻子叫住他：“啊唷，我头晕乏力，可能中暑了。”

小杨一惊，马上想起自己上个月旅游时也中过暑，导游买了一瓶当地生产的中药给他，吃了一些就好了。

于是，他赶紧从抽屉里找出那半瓶药，递给妻子，说：“这药治中暑很灵，你试试看吧。”

妻子接过药瓶，问道：“怎么吃？”

“这我忘了，当初是导游告诉我的，你自己看说明书吧。”小杨说。

妻子拿着瓶子，翻来覆去仔细端详，然后说：“我看不清，你帮我看看吧。”

小杨拿过药瓶，凑到灯光下仔细看，发现药瓶的标签上密密麻麻，写满了中文和英文的说明，可就是字太小，字的颜色和底色又太接近，根本看不清。

小杨怕是灯光不够亮，就搬了个板凳，跑到卫生间，站在凳子上，凑着250瓦的浴霸看，结果热得满头大汗，还是一个字也认不出来。

他挠挠头皮，实在没办法，只好对妻子说：“算了，算了，随便吃几粒吧，这是中药，吃不坏的。”

妻子一听，不高兴了，把嘴一噘说：“亏你说得出，‘是药三分毒’，中药也是药，哪能随便乱吃！”她想了想便说，“得了，你干脆去买一个放大镜，反正以后集邮什么的也可以用的。”

小杨想到朋友还在等他下棋，便急匆匆地跑到街上，买了一个放大镜交给妻子，安慰她几句，就出门了。可刚到朋友家，这屁股还没坐热呢，妻子就来电话了：“你干脆去买杆厘戥回来吧，就是中药店里称药的那种小秤！”

小杨糊涂了，拧着眉头问：“买厘

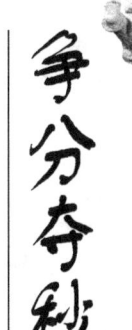

# 争分夺秒

□赵翠花

星期一，医院开例会，负责120急救派车的老刘，受到了院长的点名批评：“你们这帮人是干什么吃的？医院养你们这么多人，难道就是为了让你们天天开着急救车闲逛？一个个到底会不会开车啊？”

也难怪院长发火，现在各家医院的急救中心都在抢夺出车祸的伤员。可上个星期，本院急救中心一共接到五个急救电话，急救车也都出动了，却都无功而返。去的时候是响着警报呼啸而去，回来的时候却偃旗息鼓，灰溜溜的，别说警报了，连喇叭都不响一声。原因都一样，动作太慢，等赶到现场，其他医院的急救车早就捷足先登，把伤员给接走了。

---

戥干吗？放大镜还看不清吗？”

妻子气呼呼地说：“看是看得清，商标上只标明一次吃600毫克，但没有标明一粒多少毫克；只标明每瓶10克装，又没标明一瓶有几粒；我想倒出来数一数，又想到是你吃剩的，也不知道你吃了多少……唉，干脆买一杆厘戥回来，称着吃才保险，反正这东西以后家里称人参、鹿茸、金银首饰什么的，也是用得着的。”

小杨拗不过她，只好又跑到街上，找了半天，好不容易买到一杆厘戥回家，又急急忙忙出门了。

哪知，他还没走到一楼，手机又响了，妻子带着哭腔说：“这药还是没法吃！厘戥的刻度只有‘钱’和‘厘’，没有‘毫克’。”

小杨有些不耐烦地说：“你自己换算一下吧！”

妻子急了：“怎么算，不知道这厘戥是16进制，还是10进制的……”

小杨“吁”地呼了一口气，心说：得了，干脆重新去买瓶药吧，只是一定要问清楚，这药到底怎么吃！

院长发了火，老刘不能等闲视之，他开完会回来，就把气全撒到了驾驶员身上：“抢救！抢救！关键是这个‘抢’字，首先要抢时间，抢速度，这才能抢来病人，所以，你们的脑子里要时刻绷紧一根弦：那就是一个‘快’字，记住，争分夺秒，时间就是金钱！”

随后，老刘宣布：“以后不管是谁出车，如果抢不回来病人，一次警告，两次就下岗！听明白了没有？”

众司机唯唯诺诺，点头如捣蒜。

也巧了，刚宣布完规定，电话就响了：解放路西段发生车祸，司机重伤。老刘放下电话，急忙命令道：“大赵，你赶快出发！”

大赵不敢怠慢，“噌”地站起来，三步并作两步蹿出办公室，一溜小跑冲向停车场。转眼间，急救车拉响警报，呼啸而去。

院长听到警报声，从楼上下来，沉着脸对老刘说：“走，咱们到外面等着。这次要是再跑空车，哼，你该干啥干啥去吧。”

老刘暗暗叫苦，心里忐忑不安，一个劲地念叨：阿弥陀佛，菩萨保佑。

你别说，刚才那顿教训还真立竿见影，仅仅十几分钟后，就听“呜啦呜啦”的声音由远及近，急救车风驰电掣般冲进大院，“嘎！”一个漂亮的急刹车，停在了急救室门口。随后，车门打开，一名伤者被抬了下来。

见此情景，院长铁青的脸终于露出了笑意。老刘顿时长舒一口气，喜笑颜开地跑到急救车前，冲着司机大赵竖起大拇指，又连声慰问道：“辛苦、辛苦，这个月一定给你加奖金。”

大赵看样子真是累坏了，脸都变了色，满头大汗，趴在方向盘上一个劲地直喘。看见老刘，不知是激动还是太累，竟然嘴一撇，“吧嗒、吧嗒”，落下了眼泪。

老刘惊讶道：“大赵，你这是干什么？”

大赵眼泪鼻涕地说：“刘主任，你可不能不管我，医院可不能不管我啊。”

老刘奇怪道：“到底是怎么回事？”

大赵抹了一把眼泪，说：“我光顾着快了，不小心，路上撞了个人。”

老刘脑子里“轰”的一声，忙问：“人呢？”

大赵指指急救室，说：“刚才抬进去的那个就是。”

“什么？那个不是让你去接的受伤司机？”老刘像被子弹打中似的，一下子僵在那里。

眼见着院长向这边走过来了，老刘又气又急，一阵急火攻心，身子一歪，靠在了车门上。

只听大赵急忙高喊：“护士、护士，快！快！又多一个病号，刘主任晕过去了！”

# 最佳方案

□赵守玉

方雨霖大学毕业后一直没找到工作，只好回到家乡。没想到，到家的第二天就有人找上门来了。

来人是方雨霖的远房表哥，叫董子长，这次登门，是求方雨霖帮忙来的。原来，董子长的媳妇丽娟怀孕了，小两口都没读过什么书，董子长想请方雨霖去他家住段时间，天天陪着孕妇聊天，算是“胎教”。

方雨霖推托不掉，只好点头答应。每天，她就陪着丽娟说话，聊学校学到的知识，还专门请了自己的同学过来，两个人在孕妇面前用英语对话，进行外语“教学”。

董子长也托了自己的朋友，把方雨霖安排到附近一所中学工作。这下，方雨霖做“胎教”工作更卖力了。

可是婴儿一出世却出乎所有人的意料，他似乎对胎教一点印象都没有，每天不是哭就是闹，对什么都不感兴趣，对方雨霖说的英语更是一点反应都没有。

方雨霖心里过意不去，便向学校的同事求教，年纪最大的金老师笑了：“这事儿太简单了，你们的方案不对，关键是孩子自己，要让他有紧迫感，从内心里想学，这样才能成材。”

方雨霖把金老师领到董家，见到了董子长，金老师如此这般一说，董子长兴奋得满面红光，频频点头。

三天后，金老师再次来到董家，把一个极为精致的东西端端正正地安在婴儿床的正上方。

方雨霖仔细一看，竟然是块电子显示屏，上面几个红红的大字正在有节奏地闪动着：今天距离高考还有6570天！她不由愣了：“这是……”

金老师得意地一笑：“要让孩子从小就有危机意识，教育就是要从娃娃抓起，这才是最佳方案！”

# 特殊刺激

□杨　杰

老孙是个典型的妻管严，平时在家里没有半点地位。这天老婆终于出差了，老孙决定趁着这个机会好好出去放松一下。

可是一直转到晚上10点，老孙也没找到放松的项目。正犯愁呢，老孙突然注意到路边的一个店很特别，霓虹闪烁的招牌上写着三个字：刺激吧。

真新鲜，老孙决定去见识一下。

老孙来到吧台，只见一个牌子上写着：一般刺激收费50元，特殊刺激收费100元。老孙交了50元，便被服务生领到一个房间里，墙壁上有一则刺激指南：欢迎你光临本吧，你可以在这里狂吼、狂歌、狂舞、狂叫、听狂暴音乐，殴打沙袋，无论你做得多么过分，本吧保证不加干涉。

老孙先是大吼了几声，回音阵阵，果然很刺激。他又站起来对一边的沙袋一阵殴打，哇，更刺激了。老孙心里一阵轻松，没想到外面的世界这么精彩，而自己平时根本无法领略，全都是因为有个凶悍的老婆。

想到这儿，老孙心里一阵怒气，狠狠地骂了老婆一句，哇，这才是最刺激的。于是老孙便不停地骂了起来，直骂得天昏地暗，日月无光，骂得自己口干舌燥才停下来。出了刺激吧，老孙深深地吸了一口气，真是说不出的过瘾。

第二天晚上，老孙又来到刺激吧。他交了100元，要求享受一次特殊刺激。服务生领着老孙到了二楼的一间大房子里，很多人正围着一个玻璃屋子，看一个中年妇女跳脱衣舞，老孙看了半天也没觉出刺激来，就嘟囔了一句：“100元就看这个？”

旁边一个中年人头也不抬地说：“你就知足吧，我昨天也花了100元，看一个老头骂了一晚上老婆，那才叫倒霉呢……”

404
2007
SEMIMONTHLY
上半月版
12月
STORIES

故事会
—STORIES—
2007年12月
上半月·红版

主　编：何承伟
常务副主编：吴　伦
副主编：姚自豪（上半月·红版）
副主编：夏一鸣（下半月·绿版）
本期责任编辑：郑继文
电子邮箱：zjw002@vip.163.com
红版发稿编辑：
姚自豪　吕　佳　周　吟　叶小萌（见习）
特约编辑：
范大宇　崔新三　申之珉
美术编辑：李宝强
电脑制作：郭瑾玮
通　　联：归依玲
本社办公室电话：021-64375030
上半月刊编辑部电话：021-64332325
下半月刊编辑部电话：021-64336469
（上海市绍兴路74号 邮编：200020）
主管、主办：上海文艺出版总社

制作、发行总监：张　凯
电话：021-64313938
广告业务：上海故事会文化传媒有限公司
广告总监：张　淮
广告业务：021-34010383
广告投诉：021-64333738
广告经营许可证
沪工商广字3100320050022号
发行：中国图书进出口上海公司

·笑话·

## 真牛

这天，中文系小陈去找物理系同学小张，小张不在宿舍，小陈就在宿舍等他，顺手拿起小张放在桌上的作业本，一看，小张每篇作业后面，都用红笔批了一个很大的“牛”字。

小陈顿时心生敬意，想，批作业的老师连“优”都不写，直接就写“牛”，小张的成绩真好呀！

过了一会，小张回来了，小陈问他：“看你平时读书也没怎么下工夫，成绩怎么这么好？每回的作业都批着‘牛’。”

小张一听就乐了，说“这个‘牛’不是说我的作业做得牛，而是批作业的老师姓牛。”（戴东升）

（本栏插图：包丰一）

## 谁是老板

老板在员工大会上大发牢骚，说员工们一点儿都不尊重他。

第二天一早，他拿着一块写着“我是老板”的牌子，气冲冲地把它挂在办公室门上。

中午，老板吃完午饭回来，看到那块牌子上又粘了一张纸，上面写着：“你太太刚才来电话，要你把这块牌子还回去！”

（董　行）

## 让我来

王先生经常到一家理发店去理发，每次都是女店主先给他理，临到快结束时，男店主就会走过来，说：“让我来！”

有一次，男店主有事不在，王先生就趁机问女店主：“为什么每次都是你先来理，最后你丈夫才来接手？”

女店主笑着说：“他那时接手是为了收钱，以便掌握财政大权……”（吴享玲）

## 我们有钱了

这天，王二看到一个小贩在卖验钞机，10块一个，真便宜。他有些心动了，便问：“这东西好用吗？”

小贩拿出一张百元大钞，放在验钞机上，验钞机马上发出提示音：“这张是真币。”

王二这下放心了，马上掏钱买了一个，一回家就向老婆炫耀，他老婆说：“真钞不算，能验出假钞才行。”

王二没有假钞，就让女儿拿张废纸过来。

女儿拿了张废纸放在验钞机上，很快，验钞机响亮地发出提示音：“这张是真币。”

女儿高兴坏了，说：“太好了，这下我们有钱了，我有好多好多废纸啊！”（佚　名）

## 牙不齐

妻子下班回了家，二话不说，拿起丈夫的胳膊就狠狠地咬了一口。

丈夫被咬得很疼，看着胳膊上深深的牙印，吼道：“你干吗咬我？”

妻子拿起丈夫的胳膊，认真地瞅着上面的牙印，说：“我并不是故意要咬你的，刚才单位的同事们都说我的牙齿长得不齐，所以我在你胳膊上咬出道印子来看看。”（周莲华）

## 说特长

放学路上，小张好奇地问小李：“听说你们家每个人琴棋书画都能来一手，而且经常展露，这是真的吗？”

小李说：“这样说太夸张了些。不过，我们家每个人确实都有特长：我爸会弹钢琴，我妈会拉小提琴，我哥哥会吹萨克斯，我姐姐会唱女高音……”

“了不起！你们家能组成一个小乐队了。那你的特长呢？”

“我的特长是能忍受他们的表演。”（吴享玲）

## 我其实是哑巴

乞丐戴着墨镜在街上行乞，一个醉汉看他是个盲人，觉得他可怜，就扔了一张百元大钞给他。

醉汉走了一段路，回头一看，乞丐正拿着那张百元大钞，对着太阳分辨真假。醉汉气坏了，走过去一把夺回钞票，训道："你竟敢装成盲人骗我，简直是不想活了！"

乞丐一脸委屈，说："大哥，真对不起，我是临时替我朋友在这看一下的，他是个瞎子，去上厕所了，我其实是个哑巴。"

醉汉恍然大悟："哦，原来是这样……"说完，他把那张百元大钞还给乞丐，摇摇晃晃地走了……

（云　深）

## 美丽的誓言

这天，女友又对男友抱怨说："你看小王给女友买了一条钻石项链，小李给女友买了对24K金的耳环。我们认识这么多年，你给我买过什么？"

男友说"你放心，为了你我一直在奋斗。很快我就会为你买一栋豪华的海边别墅，还有好多好多的珠宝、跑车……"

女友一听吓坏了，连忙打断男友的话"傻瓜，你不知道抢银行是要坐牢的吗？"

（云　深）

## 结婚挺晚的

有个高中生长得特老相，这天他坐车去学校，旁边一位男子问他："大哥，你去哪里？"

高中生经常遇到这种事，很随便地回答说："三中。"

男子又问："是去看孩子吧？现在孩子上学挺苦的……"

高中生没吭声，男子还是接着问："大哥，你孩子上高几了？"

高中生烦了，顺口就说："高一！"

男子异常惊奇地看着高中生，老半天才说："大哥，你结婚挺晚的啊！"

（刘　方）

## 又来一只

这天，主持人在广播里回答听众的提问，一名妇女打进电话，紧张地大叫：“我家地下室来了一只黄鼠狼，怎么办？”

主持人从来没遇上这样的问题，他想了想，建议说：“在你们家从地下室通往院子的路上撒上面包屑，把这只黄鼠狼引出来。”

一个小时后，那名妇女再次打进电话，歇斯底里地狂叫：“都是你出的好主意，现在我们家地下室有两只黄鼠狼了！”

（周静嫣）

## 着了火的房子

幼儿园的老师向班上的小朋友提问：“小珍，你能说出你家在哪儿吗?”

小珍一板一眼地回答：“我家在双楠大厦。”

“双楠大厦几楼几号？”

小珍这下不知怎么回答，愣在那里，老师提示她说：“如果你家里着了火，你怎么才能让消防员叔叔找到你在哪儿呢？”

小珍用心想了想，终于想出来了，于是开心地回答：“我会告诉消防员叔叔，快来双楠大厦，找一间着了火的房子。”（宋妍霖）

## 点　名

导游小姐接了个旅游团，出发前，她拿着名单点名，在叫到“陈德良”这名字时，连喊三遍仍无人回应，就高声地问：“陈德良先生到了没有？”

终于，坐在最前排的一个人动了一下，说：“是在问我吗？来了。”

导游小姐不高兴了：“我都喊您好几遍了，您怎么不应一声呢？”

想不到这位陈德良先生更生气，说：“我怎么知道你在喊我？平时别人都喊我陈总……”（周莲华）

本栏目欢迎来稿，读者、作者可将有新鲜感、有精彩细节的笑话佳作投寄给我们。来稿一经采用，最高稿费为一则100元。本期责任编辑电子信箱：zjw002@vip.163.com。

·我的故事·

# 小年夜的公交车

□潘 格

那年冬天，我刚放寒假，姑姑便请我去当几天售票员，在她承包的小公共汽车上卖票。

那辆小公共汽车的司机姓姜，因为长得胖，人们都叫他“胖子姜”。

到了腊月下旬，生意越来越好了，我们这辆十九座的小公共汽车经常被挤得满满当当的。腊月二十三这天是小年，生意更是出奇地好，我们的车一直跑到下午六点多钟，趟趟满员。天色慢慢暗下来，天空不知什么时候飘起了雪花，乘客少起来，其他的公共汽车都收了班，我又冷又饿，对胖子姜说：“我们也回去吧。”

胖子姜叼着根烟，把腿搁在方向盘上，满不在乎地说：“着什么急呀，六点四十有趟火车到站，你还怕没乘客？”

我看着车窗外越下越大的雪，活动一下冻得发僵的手脚，只好跟胖子姜一起等。也不知等了多长时间，终于看到从火车站涌出一大群人，径直朝我们的车子奔过来，“呼啦”一下全涌上车子，我们的车子根本装不下这么多人，很快，车厢里吵吵嚷嚷的，乱成了一锅粥。

突然，胖子姜粗着喉咙嚷开了：“吵什么吵！也不问问票价，就一呼啦全上来了！”

有个客人说：“票价？每回都是五块，你还能要到天上去？”

“五块？”胖子姜冷笑着说，“这大过年的，冰天雪地的，五块我拉你？下去！你找五块的车坐去。这里十块一个人，少一分不拉！”

我惊愕地看着胖子姜，胖子姜瞪

了我一眼，示意我别吱声。

胖子姜的话让车厢里更乱了，乘客们纷纷指责胖子姜“趁火打劫”，有几个脾气暴躁的一气之下下了车，准备等下一班车再走，不少乘客也跟着下了车，车子里马上空了下来，但十九个座位还是坐满了，可胖子姜只顾自己抽烟，根本没有要开车的意思。车上的乘客显然都是急着要回家的，连连催胖子姜快开车，有个小伙子显得特别着急，不停地看手表，哀求胖子姜快开车。

胖子姜还是坐着一动不动，直到几根烟抽完了，这才捻灭烟头，对那位催他的小伙子说：“实话告诉你，我这是最后一班回去的车，我要看着刚才下去的人自己乖乖地上来。”

雪越来越大，车窗外已是白茫茫一片，我们的车又停了半个多小时，另外的车根本没有影子，那位小伙子急得在车厢里跺脚，一个劲地求胖子姜快开车。那些下车的乘客挤在站台上，谁也不肯上来。

我不忍心了，便劝车外的乘客上来，说我们这辆真的是最后一班车，再不上来等到天亮也白搭。哪知道我话音未落，就挨了胖子姜一顿臭骂，我只好不吭声了。

又是半小时过去了，车里的人更急了，那位小伙子知道求胖子姜是没用的，就朝车外的人喊：“大家都上来吧，大过年的，图个顺利！”

车里车外又僵持了好一会，天完全黑下来，北风呼呼刮着，雪已经把地面盖了厚厚一层，车外的人群终于松动，陆陆续续有人往车厢里走，胖子姜不失时机地发动车子，故意让发动机发出刺耳的轰鸣声，把车子往前冲了一下。“开车了！”不知谁喊了一嗓子，车厢外的人这才如梦初醒，全都拼命往车上挤，我全力堵在车门口，高喊：“不能再上了，已经满员了，超载了！”胖子姜猛地拉了把我的胳膊，一下闪开个空当，呼啦一下，车下的人全涌了

上来，如果车子不是钢造的，早给撑崩了！

我忧心忡忡地对胖子姜说：“超载这么严重，不会有危险吧？”

“危险个屁！你把包儿给我，这趟车我来卖票！”胖子姜说着，不由分说，一把抢过我卖票的包，喊道：“卖票了！卖票了！五十块一张票，买好票，马上就发车！”

我吓了一跳：“五十块？你疯了？”

胖子姜狠狠瞪了我一眼：“你给我闭嘴！”

我看到他眼睛里射出一股吓人的光芒，顿时一个激灵，再也不敢吱声了。

车里的乘客全都气坏了，几个乘客骂道：“五十块？这哪是卖票？分明是抢劫！”

胖子姜两只大眼睛一瞪，吼道：“嚷什么嚷，谁请你上来了？不买票？行，下车住宾馆去！”

乘客们都急着在小年夜赶回家，明白跟胖子姜说什么都是白搭，年关节下，就图个顺利平安吧。于是，大家全都不说话，一个个掏出钱，送到胖子姜跟前，有个乘客递上的是百元大钞，胖子姜就说：“我找不开，你连后面的一起买了，自己跟后面的要钱去！”这人也不吭声，默默地向他后面的人要车钱……

很快，胖子姜胸前的包鼓了起来。

胖子姜卖好票，回到驾驶座上，一踩油门，汽车吼叫着在冰天雪地里奔跑起来……

回到始发站，我要到姑姑家缴付票款，胖子姜却喊住我，鼓着眼睛冷冷地说：“你按每张五块钱的票价给你姑姑报账，多出的部分，我们俩平分。”

我吓了一跳，连连摇头。胖子姜狠狠搡了我一把：“你有病啊？我们不吱声，谁知道票价是多少？老板不过是你姑，又不是你亲妈！”

我仍想拒绝，这时胖子姜突然笑

了，说：“我知道你姑也没给你多少钱，眼看就过年了，你分点钱，买件羽绒服不好吗？别犹豫了，我们赶紧把钱分了！”

胖子姜后面的话说得我心里一动，我想起商场里那件红色的羽绒服，都去瞧好几回了，却一直没钱买，一狠心，就把多卖的车票钱跟胖子姜分了。

我用分的钱买回那件红色羽绒服，但穿上身后，怎么瞧都不好看，穿着浑身不自在，后来就放进柜子里，再也没穿过。

过完年，我又回到学校，准备高考冲刺，姑姑只好重新找了个售票员。

转眼到了夏天，我顺利地考上大学。到姑姑家辞行那天，我拿出跟胖子姜一起贪污的那笔钱，把小年夜发生的事原原本本地告诉了姑姑。

姑姑听我说完经过，叹了一口气，拿出张报纸，指着上面的一条报道，说：“你不知道吗？胖子姜，他——死——了——”

接着，姑姑跟我讲了胖子姜后来的事。

原来，我辞职后不久，姑姑就发现胖子姜在和售票员合谋贪污票款，就辞退了胖子姜。胖子姜找了好几家车主，但谁也不肯雇他，只好自己弄了辆“摩的”，偷偷摸摸地搞起了非法营运。那天晚上，他开着“摩的”找客人，一不小心，与一部外地车相撞，那个司机一看撞了人，竟然驾车逃逸，胖子姜从“摩的”上摔下来，躺在大马路上。

事后查明，当时胖子姜伤得并不是特别重，那天晚上下着大雪，路上行人稀少，但还是有几个结伴而行的人从胖子姜身旁经过，并且停下来看了看躺在地上的胖子姜，想不到这几个人看了一眼，又不声不响地离开了，不仅没拨120，连个报警的电话也没打。胖子姜因为延误了救治时间，连伤带冻的，最后死在马路上。

路旁的电子眼拍下了那几个人停下、查看、走开的完整过程，警察根据录像很快找到了那几个人。

姑姑给我看的正是报道那个事件的报纸，我看了眼刊在报纸上的照片，一下认出那几个见死不救的人中，就有小年夜焦灼万分地催胖子姜开车的那位小伙子。那位小伙子对记者说，自己见死不救，并且制止同伴救人，的确违背了社会公德，但他又申辩说，如果是别人，他肯定会救……

我看了看报纸上的日期，当时我正埋头复习准备高考，一直不知道那件事在社会上引起巨大轰动。我想，如果没有小年夜的那场宰客闹剧，也许后来的事都不会发生，而我，多多少少也是一个参与者。

想到这里，我浑身大汗淋漓……

（题图、插图：安玉民）

·第一推荐·

# 请吃饭

□周海亮

这个周末，周小五请了三个人吃饭。三个人中，有两位是他的上司，还有一位是相处多年的朋友，对他都很重要。周小五提前一天就跟他们打了电话，每个人都说没问题。于是，周小五在酒店订好包厢，早早地赶到了。

服务生介绍说，酒店有一种火锅套餐，分180元、380元和680元三个档次，周小五不假思索，挑了680元这一档。请这几个人吃饭，最重要的是面子。

周小五在新城区上班，父母还住在老城区，尽管离家并不远，但他很少回家，因为有做不完的事。就是到了周末，也得学习韩语、电脑和国际贸易，还要打各种各样的电话、请别人吃饭或者被别人请……靠着这样一点一点的努力，他的事业慢慢发展起来了。

又过了一会儿，请的人一个也没到，周小五就给其中一位上司打电话，问他现在走到哪里了。上司在电话里先是一愣，接着一副恍然大悟的口气，说：“真不巧，刚才一个重要客户要我去一趟，事关重大，不能来了……”

周小五说“没关系，你忙你的。”他说完，把服务生喊过来，说：“请把套餐换成380元钱那一档的，有一位朋友不能来……”

这时，电话来了，是另一位上司打来的，说突然出了点事，得留在家里处理，不能来了……

周小五忍不住自己的失望，问：“必须你处理吗？”

上司说“是的……这样吧，明天或者下个周末，我请你。”

话说到这个份上，周小五也只好认了。他又一次喊来服务生，尴尬地问：“能不能换成180元钱那一档的？”

服务生有些不乐意了，周小五连忙赔着笑脸，解释说，又有朋友不能来了，不想浪费。

只剩那位相处多年的好朋友了，周小五想，这么要好的哥们，到门口吃个大排档，60块钱就能让两个人吃得乐呵呵的，这顿饭请得有些多余了，但已经到了这个时候，朋友肯定快到了，于是他就让服务生赶紧上菜。

菜很快上齐，桌子上的煮锅开始沸腾。服务生指着几盘生肉和生菜，问：“现在下锅吗？”

周小五点点头，服务生就将几盘菜倒进了煮锅。

想不到的是，这时候朋友也打来电话，说他身体很不舒服，得去医院挂盐水，实在对不起，改日一定摆酒谢罪。

周小五好一阵沮丧，沮丧过后又为难了：这满满一桌菜他一个人怎么吃呢？打包？他宿舍里连个热饭的炉子都没有，再说，好多菜已经下锅，根本不能打包。

这时，电话又一次响了起来，这次是父亲打来的，问周小五：“今天是周末，你回家吗？”

周小五说：“忙，不回了。”

父亲说：“你空了就回来看看吧，已经一个多月没回家了，你妈老是念叨你。”

周小五嘿嘿笑了几声，说：“真的有点忙。”

父亲又问：“你现在在哪里？”

周小五说：“在酒店……哦，对了，你和妈吃过饭没有？要是没吃，你们就过来一起和我吃吧，我在这里

等你们。”

父亲在电话那头愣怔了一会，然后问周小五：“你刚才说让我们和你一起吃饭？”

“是啊是啊，我请你和妈来吃饭。”

放下电话，周小五想起自己请过无数人吃了数不清的饭，却唯独没有请父母吃过一顿饭！

父母一会儿工夫就赶了过来，看来是叫了出租车。他们脸上全是笑容，丝毫没多想儿子为什么突然请他们出来吃饭，一家人第一次在家以外的地方一起吃饭，吃一份最低档次的套餐。

周小五分别敬了父亲和母亲一杯酒，他将酒一饮而尽的时候，心里突然涌出想哭的冲动。

吃完饭，周小五和父母一起回了家，在家里住了一个晚上……

星期一一上班，一位同住一个小区的同事就跑过来告诉周小五：“昨天你爸妈在小区里逢人便讲，说你请他们在大酒店里吃了一顿高档饭，还说你给他们敬了酒，祝他们身体健康……”

周小五一下子泪流满面。

（题图、插图：安玉民）

百姓话题

说大事、小事，普通人的身边事
讲闲话、实话，老百姓的心里话

# 约会的故事

要说约会，故事可多了，就说上海吧，七八十年代，那时住房紧张，三代人挤在鸟笼一般的亭子间里，很多青年男女约会只好选择在黄浦江边，江边人多，于是就散步，在马路上走啊走，一直走到凌晨！那个时候，恋人良辰美景、花前月下的约会，除了甜蜜，也有浓浓的辛酸，而现在上海青年男女的约会，那可真是和国际接轨了，看着“新天地”里、衡山路上出双入对的青年男女，使人仿佛置身于巴黎的黄昏、东京的夜晚，当然，还有很多恋人会在网上“视频”。时代真的是不同了，沧海桑田的变迁使人恍如隔世……

当然，“约会”不仅是青年恋人的相会，还有其他。今天，我们就来讲几个这方面的故事。

## •玫瑰之约•

### 女儿的眼光没有错

有一个父亲，是一家大公司的董事长，他有一个女儿，叫玫瑰，大学刚毕业。玫瑰长得很漂亮，追她的人不少，其中有一个叫小凯，是个富家子弟，老子有着上亿的家产，他追玫瑰追得很紧，时不时地上她家来，瞧，这天他又来了，又恰好是吃晚饭时候，玫瑰的父亲就让他留下一起吃。

正吃着，玫瑰说话了，她说，她谈了一个男朋友，是大学同学，现在他们准备开一个花店，自己创业，但缺少启动资金，请父亲能先借他们一些钱。父亲一问，得知女儿的男朋友来自农村，家境贫寒，和女儿门不当户不对，于是大怒，就狠狠地训斥了女儿。一旁的小凯一听也急了：玫瑰有男朋友了？我怎么蒙在鼓里呢！还要一起开店创业，这不都快成一家人了吗？小凯听了浑身不自在，就酸溜溜地开了腔：“伯父，玫瑰怎么能和一个穷小子好？那不是一朵鲜花插在牛粪上了吗？”

其实，玫瑰打心眼里瞧不上小凯，因为小凯是靠着父母的钱娇生惯养的纨袴子弟呀，所以玫瑰没搭理他，反问父亲：“爸爸，您不也是摆地摊出身的吗？您怎么就断定我们将来不会成功？”

父亲想了想，对玫瑰说：“那好吧，明天是你的生日，你去告诉那个穷小子，明天晚上，谁要是能用玫瑰把我这客厅给摆满了，我就答应你跟他好。”

别看玫瑰的父亲说得轻巧，你知道他家的客厅有多大？一百多平米，这么大的客厅全用玫瑰给摆上，得用多少玫瑰？小凯一听，乐了；玫瑰一听，哭了。她赌气地把饭碗一推，跑了出去，去找那个“穷小子”“约会”了！

小凯离开玫瑰家后，立刻叫来几个心腹小喽罗，要他们第二天一早，不管花多少钱，把全市十几家花店的所有玫瑰全部买下来，黄昏前送到玫瑰家。

就这样，第二天傍晚，玫瑰家成了玫瑰的海洋，一枝枝、一簇簇、一堆堆，浓香四溢，摆满了客厅，小凯得意洋洋地坐在玫瑰丛中，和玫瑰的父亲喝茶聊天。就在这时，玫瑰回来

了，和她同来的还有那个“穷小子”，一见“穷小子”两手空空，小凯禁不住笑了。

“穷小子”彬彬有礼地告诉玫瑰的父亲：他们那花店的启动资金已经有了，玫瑰的父亲不相信，小凯也怔住了：不可能！昨晚玫瑰还向她父亲借钱呢，今天怎么一下就有了启动资金？

这时，玫瑰把一张存折递给了父亲，她父亲一看，果然有10万元，但他还是不明白这钱是从哪里来的，正在疑惑，“穷小子”对小凯开了口：“多谢你，为我们的花店提供了10万元启动资金！”

小凯明白了，傻傻地站在一旁，说不出话来，其实事情是这样的：那几个小喽罗今天一早就到各个花店收购玫瑰，可是各个店的玫瑰都已经让人订购了，于是，他们就向那个订购的人购买，那人每朵花要100块钱，比花店要贵70块钱。反正小凯有钱，不怕花钱，小喽罗们就全部高价买下了，而那个订购者，就是眼前的这个“穷小子”！小凯怎么也想不到，“穷小子”有一个不穷的老乡，是这个城市最大的花卉市场的老板，由他出面担保，那些花店的老板答应让“穷小子”不花一分钱，把这么大数量的花预订了。

玫瑰的父亲当然不知道这一内幕，他是经商的，他只注重结果。他耸了耸肩膀，对小凯说：“你送给了我女儿这么多的玫瑰花，而这个‘穷小子’却送给了我女儿一个花店。”言外之意是：你输了。小凯听了，耷拉着头，灰溜溜地离开了。

玫瑰的父亲笑着对女儿说：“你的眼光没有错！有这等头脑的人，是不会永远受穷的。”果然，没过几天，那家花店就开张了，花店的名字叫“玫瑰之约”，而且，没过几年，“穷小子”便成了这个城市里赫赫有名的“鲜花大王”……

•同窗之约•

## 你的日子过得还好吗

在一次老同学的聚会上，大家欢聚一堂，彼此敬酒，互相祝贺，追忆昔日的同窗生涯，个个都动了感情。让人惊喜的是，好几个同学如今都闯荡出了一片天地，成了不小的“气候”，有的成了政府官员，有的当上了公司老总，有的是科学家、演员、作家……特别让人刮目相看的还是那个当初吊儿郎当的“刁猴子”小刘，他竟然也在一个县的县政府工作，十年河东十年河西，那时全班同学都瞧不起他，几年不见，竟然有了大出息，如今他待人接物彬彬有礼，谈吐举止温文尔雅，你看，酒席上坐在他旁边的是小王夫妇，他俩一直在农村当教师，“刁猴子”小刘对待他俩也是客客气气，没有一点架子，一个劲地邀请他俩到他那儿去玩，还把手机号码告诉了他们。

自从那次同学聚会后，小王和妻子想起自己的境况，心里有点不平衡，但时间一长，也平静了下来。有一天，小王的妻妹得病住院，小王就和妻子乘车一同去看望，第二天回家，巧了，正好是在“刁猴子”小刘工作的县城改乘通往老家的车，于是，小王就对妻子说：“今天咱俩到‘刁猴子’那儿看看，这小子挺有出息的。”妻子也说：“好哇，和他约会一次，让这家伙惊喜一下！”

小王立刻拨通了“刁猴子”的手机，“刁猴子”接听电话后显得很惊讶：“你们来这里了？哎呀，我说老同学，你们怎么不提前告诉我一声。现在我和县长正在市政府办事，明天才能回来呢。这样吧，你们先到我家住下，千万要住下，等我回来。别住县城的旅馆，价钱又贵，治安还差。你们乘1路车，到发电厂下车，再坐6路到农行，向西走2里路就到我家，你们在我这儿住两天，我再用车把你们送回去……”

开始时小王还有点扫兴，但老同学这么热情、关心，让他很感动，更觉得不好意思，就说：“老同学，咱们也不是外人，别客气啦，你挺忙的，今天就不等你啦，下次来再说吧……”“刁猴子”在电话那头都有点急了，他说：“那怎么能行？你们这不是瞧不起我吗？”

小王连忙解释说：“不是，明天就是周一，我们都要上课，孩子还要上学，再说通往老家的车也很多，几个钟头就到家啦……”听小王这么一说，“刁猴子”在电话里又说了些挽留

的话，但小王还是婉言谢绝了，他挂断电话后拉着妻子急忙向车站方向走去，并情不自禁地说："当差不自由啊，不过这小子还够意思，话说得让人听了舒坦，真不枉同学一场。"

妻子有点失望，一路上默默无语。刚走了几步，妻子忽然停住脚，指着马路对面说："你看，这不就是'刁猴子'小刘的单位吗？"小王一瞧，可不是，"人民政府"的大牌子十分醒目，高高的大楼好不气派！

也就在此时，忽然，小王看到了一个熟悉的身影——那人身穿保安服装，笔直地站在县政府大门旁边，还对不时进出的轿车敬礼，小王和他妻子全愣住了：这不是"刁猴子"吗？

•心灵之约•

## 有些事情不能拖延

有这么一对夫妻，一直和和睦睦、恩恩爱爱的，但是，牙齿和舌头再亲近也有打架的时候，你说是不？那一天，妻子突然眼睛瞪得像铜铃，对丈夫说："我知道你爱她！"丈夫有点尴尬，辩解道："我爱的是你！"

妻子的眼睛还是一眨不眨地盯着眼前这个男人，酸溜溜地说："我知道，但你也爱她！"

男人不做声了，因为在他结婚七年之后，才真正体味到婚姻之外的另外一份爱，他十分珍惜这一份爱。

一天晚上，男人乘妻子出去的空闲，悄悄地给另一个女人拨通了电话，找了一个堂而皇之的由头，竭力邀她周末和他约会，共进一次浪漫的烛光晚餐，然后再去看一场有滋有味的电影。一接到这个电话，那女人就紧张起来，她是那种谨小慎微的女人，如果那个男人很晚打去电话或突然上门，她就会心头像有一头小鹿一般地跳，就会认为有什么祸事将要降临，现在听到那个男人要跟她约会，就吃惊地问："出什么事了？你还好吧？"

男人故作轻松地回答："没有别的意思，我只不过想和你一起度过一个甜蜜的夜晚……就我们两个。"她考虑了片刻，答应了。

星期五下班后，按照事先的约定，那男人一个人开着车去接她。他来到她家门口，看到她早已等在门口，头发用心地盘了起来，穿了一条裙子，那裙子是她和丈夫庆祝结婚纪念日时穿过的，穿上那裙子，她显得高洁而素雅，看到眼前这个男人时，她幸福地笑了……

那男人携着她的手，在公园的草地上溜达了好长一段时间，这才来到街上一家僻静的酒店，酒店的名字叫"青丝缘"，名字很雅，而且让人一听就忘不了。她挽着那男人的胳膊，走进店去，样子十分悠然，而且显得有点霸气，好像她是那男人的第一夫人似的。

落座后，那男人根据她平时的嗜好，开始给她念菜谱，反反复复地征求意见，精心为她点上好吃的佳肴。晚餐之中两人聊得非常愉快，没什么特别的事，都是他们彼此生活中最近发生的一些琐事。他们谈得十分尽兴，不知不觉的，已经过了11点，结果错过了看一场事先约定的夜场电影。

那男人把她送回家时，她说：“有机会我会再和你约会的，但下次必须得让我请你。”

这次约会，在家的妻子其实是知道的，男人回家后，妻子问他：“约会怎么样？”

“很好，我们都非常开心。”

几天后，那个女人突发心脏病故世了，自从丈夫去世后，她一直一个人生活着，而且心脏不大好。

过了一段时间，那男人收到一封信，里面是他和那女人约会的那家餐厅的一张收据副件，此外，还有她写给男人的一张便条：“我说过下次约会我请你，我在那家餐厅订了座，已经付过账了，但我感觉身体时常不太好，大概不能再次赴约了，不过我还是订了两个座位，一个给你，另一个给你妻子吧。你也许体会不到那天晚上我有多开心，我一直想跟你说‘我爱你’，但一直开不了口。”

就在那一刻，那个男人才意识到及时说出“我爱你”这三个字有多么重要。世界上没有什么比这更重要的了，不管你有多忙，你可一定要找时间对自己所爱的人说出这句话。你要知道，有些事情是绝对不能拖延的。

她永远地离他而去了，和他约会的那个女人，就是他的妈妈……

《玫瑰之约 女儿的眼光没有错》作者：常山；《同窗之约 你的日子过得还好吗》作者：袁守成；《心灵之约 有些事情不能拖延》作者：周德全。

（**题图**、**插图**：刘斌昆）

# 重赏之下

□张国心

初春的一天，田广文领着儿子小宝到天宝公园去玩。小宝刚刚10岁，非常淘气，一到湖边，就攀在湖边的石栏上，上蹿下跳，闹着要田广文给他拍照片，哪知小宝闹得太欢，一个不小心，“扑通”一声掉进了湖里，在水里直扑腾！

这湖水足有三四米深，田广文是个旱鸭子，急得拼命地喊：“快来人哪，救命啊——”他这么一喊，湖边很快聚集了许多人，可这些人都站在那里伸着脖子看，却没有一个人肯下水救人。田广文更急了，更加大声地喊道：“谁救起我儿子，我给一千块！”

哪晓得话音刚落，田广文就听到有人说：“小气鬼，救一条命才一千块，逗小孩玩呢。”

这时，小宝在湖里已经扑腾得没多少力气了，动作越来越慢，人在渐渐地往下沉……

“两千！”田广文加了码，可是，在场的人仍无动于衷。

“五千！谁能救出我儿子，我给五千！”

小宝慢慢沉了下去，但还是没有人下水。

田广文急得号啕大哭，歇斯底里地叫道：“两万，我出两万！快救我儿子……”

真是重赏之下有勇夫，田广文刚说完，就见一个瘦小的中年人拨开人群，二话没说，纵身跃进了水里。虽然是春天，但春寒入骨，气温还很低，湖边还有条条块块的冰碴，那人在水里只扎了一个猛子，动作就变得僵僵的，但还是在湖里一连扎了三四个猛子，终于把小宝举了上来。

田广文接过孩子，发现孩子已经不省人事，就抱着孩子不顾一切地往医院跑。还好，由于抢救及时，小宝化险为夷。这时，田广文猛然想起那个下水救人的瘦小男人，便在医院急救室门口等着。他想，两万块钱不是小数目，那人肯定会来要的，但他左等右等，一连等了三天，连那人的影子也没见到。

时间一天一天地过去了，那个为了钱“见义勇为”的人一直没有来，田广文心里很焦急，虽然那人是冲着两万块钱才下水救人，但毕竟救了儿子一条命，怎么说也是儿子的救命恩人，无论如何，也要兑现自己的诺言。

又过去了很多天，仍然没有那人的一点消息，田广文左想右想，来到一家报社，花钱登了一则“寻人启事”：“今年三月四日，我儿不慎落入天宝公园的湖里，危急之际，有一位大哥奋不顾身跳进水里，将我儿救了出来，我们全家人感激不尽，请此人速与我联系，以便我兑现诺言。”

还是新闻媒体力量大呀，“寻人启事”刚登出，田广文就接到那个人的电话，约好次日在天宝公园见面。

第二天上午，田广文领着儿子，带着两万块钱来到天宝公园，可等了半天，也没见到打来电话的那个人，他正要打电话问清楚，突然有人从后面拍了他一下，问：“你是田先生吧？”

田广文回头一看，这是一个白白胖胖的中年男人，便问：“您是——”

胖子说：“我就是救你儿子的人呀，你怎么忘了？可也是，当时场面那么紧张，那么忙乱，谁能记得清？钱带来了吗？”

田广文又把这人上下打量了一番，确定这人根本不是救小宝的人，便说：“钱是带来了，可不能在这里给你，前面有个派出所，我们到那里去，我在那里把

---

钱给你。”

胖子一听不高兴了，说：“你把钱在这里给我就完了，还到派出所干啥？”

田广文说：“你不去我去。”说着就往派出所走，胖子一看形势不对，撒腿就跑。

没找到儿子的救命恩人，田广文只好带着儿子回家。突然，他看到前面有个正打扫卫生的环卫工人，长得瘦小、黝黑，眼前顿时一亮：那个人在水里连扎三四个猛子，他的样子田广文记得刻骨铭心，正是眼前这个环卫工人!

田广文飞快地奔过去，紧紧握住那人的手，激动地说：“大哥，我把你找得好苦！”那人先是怔了一下，马上认出了田广文，就点了点头笑了，又摸了摸小宝的脑袋，又笑了一下。

田广文掏出那张登着“寻人启事”的报纸，问：“大哥，我登了寻找你的启事，你怎么不跟我联系呢？”

这时，另一个环卫工人走过来，对田广文说：“先生，你跟他说啥都白搭。”

“为什么？”

“他是个聋哑人，听不见，说不出，也不识字。”

聋哑人？他竟是个聋哑人……

（题图、插图：谢　颖）

# 你的靠山是谁

□杨山林

## “你这饭店怎么开的”

这天黄昏，四辆摩托车风驰电掣一般，冲到福满楼酒店前，“吱”地一声，一齐来了个急刹车，一个穿着印有骷髅头黑汗衫的青年男子从车上跳下来，带着三个同样打扮得稀奇古怪的后生，晃着膀子走进了酒店。

这个人叫张斌，是福满楼酒店老板张福满的独生儿子。他成天正经事不干，每天除了带这几个不三不四的人来酒店晃荡两回，就再也找不到他的人影。

这次也不例外，张斌在店里晃了几圈，拿出手机接了个电话，就对张福满说：“爸，老大在叫我，我走了。”一边说着，将手一挥，另外三个人便紧跟在他屁股后面，摇摇晃晃出了门，跨上摩托车，“哧”地一声，如飞而去。

张斌一走，张福满就唉声叹气，朝儿子的背影破口大骂：“他妈的，我老张几十年积德行善，不坑不骗，怎么会养了这么个东西。你们看看，头理得不男不女，穿戴得怪里怪气，动不动就挥枪弄棒，打架斗殴。我作孽呀！”

这天黄昏，福满楼酒店来了一胖一瘦两个男人，点了菜要了酒，吃饱喝足后，两个人擦擦嘴，胖子突然指着半碗剩汤大喊起来：“谁是老板？给我滚过来！”

张福满连忙跑过来，胖子指指碗里剩下的汤水，说：“你这饭店怎么开的？想害死人啊？”

张福满仔细看看汤碗，拿起筷子搅了搅，没看见什么不好的东西，便客气地问："先生，怎么了？"

"你眼瞎了？里边那么大只苍蝇都看不见？"胖子一边说着，端起汤碗就往地上一泼。

这不是没事找事吗？张福满已经好久没遇上这种事了，连忙从身上摸出张百元大钞，放在桌上，笑着说："两位的餐费全免，这点钱请拿去买包烟抽！"

胖子拿眼瞪着张福满，吼道："你把它收起来，打发叫花子去。"

"两位兄弟的意思——"

"我们把满身细菌的苍蝇吃到肚里，谁知道会染上什么病？这样吧，你先押一万块给我们，观察二年，如果啥事没有，那才算完！"

好家伙，张嘴就讹一万块！张福满正在想如何打发这两个家伙，张斌带着那三个后生，晃着膀子走进了酒店。还别说，张斌真眼尖，一眼就瞧见这边有情况，二话不说，一把从腰里掏出个双节棍，上下一挥，在空中耍了一个大花，满不在乎地朝这边走过来。

## "我们组织成立很久了"

胖子和瘦子瞅了眼张斌手里的双节棍，就像见着的是个纸棒棒，坐着一动不动。

张斌上前潇洒地一抱拳，说："两位兄弟，敢问怎么称呼？"

胖子朝张斌不耐烦地摆摆手："小孩子家家的，一边玩去……"

张斌碰了个硬钉子，倒也不发火，他掏出手机，走到边上拨了个号码，说："老大，这里有点小麻烦，来两车弟兄！"

他虽然故意压低声音，但酒店里的人全都听得清清楚楚。其他客人一看形势不对，眨眼间走了个精光。

往常遇到这种情况，都是张斌一打电话，那些来找茬闹事的都赶紧溜走，但今天这两个家伙却硬是像没听见，凶巴巴地朝张福满吼道："咋样啊？你倒是吱声呀！"

张斌将手里的双节棍猛地往桌上一放，发出重重的一声响，大声说："二位兄弟口气不小啊？你们到底是哪条道上的？"

胖子突然从腰间摸出支手枪，拿出块手绢擦着，边擦边说："你先说说自己，让我们掂量一下你的资格，再想想要不要告诉你！"

张斌猛一下见了枪，吓了一大跳，但气势上却不肯示弱，一把捋起袖子，露出臂上的骷髅刺青，说："我在一个小山头，骷髅帮！"

两个家伙对望一眼，说："骷髅帮？没听说过！"

张斌大大咧咧地说："没听说？我们组织成立很久了，只不过这些年主要在养精蓄锐，活动不多，所以目前在江湖上影响还不大。”

“你们有多少人？”

“也就二千来人，分布在各个城市。人不算多，但配备精良。你们等着吧，马上就有一个支队赶到咱这酒店。”

这两个人听得倒也认真，那瘦子还笑着问张斌：“你是什么职务？”

“我嘛，一个小组长，管着七八个人来五六条枪。”

“都是本城的？”

“这个保密。”

胖子拿起张斌放在桌上的双节棍，顺手耍了个花儿，笑道：“这就是你的武器？枪呢？怎么不掏出来？”

“我们组织有规定的，只有在统一行动时，才能携带枪支。”

“你刚才不是调人了吗？怎么还没来？”

胖子话音刚落，突然，刹车声、叫喊声猛地在酒店里响成一片。有个人大喊：“一组堵后窗，二组把门口，三组、四组左右包抄，把这店给我围了，别让闹事的跑了！”

这两个人大吃一惊，瘦子猛地拿枪对准张斌，胖子眨眼间从腰里拽出一副手铐，“咔”地一下铐住了张斌，紧接着，瘦子掏出对讲机，高声叫道：“福满楼酒店，有黑社会在聚众闹事，请迅速支援！”

张斌突然被铐住双手，老半天也没弄明白是怎么一回事，就可怜巴巴地问：“哥们，你们到底是哪个山头的？”

胖子响亮地说：“我们的山头大得很，九百六十万平方公里的土地上，覆盖着我们庞大的组织。”

张斌更加迷糊了：“你们是——”

“警察！明白了吗？走！”

本来在一旁吓得发抖的张福满听说这两个人是警察，顿时松了一口气，说“嘿，你们怎么不早说？误会，完全是一场误会！”

胖子瞪了张福满一眼，说：“什么误会不误会？一起去派出所讲清楚！”

这时，酒店外响起一阵警笛声，一队警察冲进来，冲这两个人喊道：“小王，小刘，黑社会在哪里？”

两个人这才一打量，除了店里的员工和跟张斌一起来的三个后生，根本没有其他人。正在疑惑，张福满从柜台里拿出个录音机，按下一个键，顿时，刹车声、叫喊声又响成一片，他嘿嘿笑着，说：“刚才是放的录音，蒙人的，嘿嘿。”

## “出来就有名头了”

警察带着张福满父子和跟着张斌的那三个后生到了派出所，所长逐个讯问，先问张福满。

张福满话未出口，眼泪已经出来了，说：“所长啊，我娃不是黑社会，也没跟那些街头混混搅一块儿。”

所长说：“不是黑社会？我这里可是接到好多举报信，说你儿子每天带着几个混混耀武扬威，嚷着自己有组织、有老大，刚才小王和小刘化了装去侦查，他还亲口说自己是骷髅帮的，这还不是黑社会？”

“这全是我让他假装的。咱是乡里人，城里没靠山，好不容易在这里开了家酒店，哪知道开张那天就有人来闹事，把桌子都掀了，接下来三天两头有人闹，吃了喝了不掏钱。一拢账，亏了！眼看这酒店开不下去了，我万般无奈才想出个点子，让我儿子装成狠角色，镇一镇那些欺软怕硬的恶人……”

所长又分别讯问了与张斌一起的三个后生。原来这三个人都是张斌的同学，张斌请他们打扮成不良少年的样子，每天骑着摩托车跟张斌一起到福满楼酒店走两趟，张斌每月发给他们二百块汽油钱。张斌说这样做是为了让别人知道他朋友多，可以不受欺负。

所长见这几个人供述一致，这才断定是一场误会，就把张福满和张斌一起叫过来，说：“你们假装黑社会，不仅给我们社会抹黑，也扰乱了治安，幸好没做什么坏事，所以从轻处罚，将张斌拘留7天。”

张福满听说儿子要被拘留，一点也不难过，反倒乐了，说：“拘留好，太好了，张斌只要一进去，出来就有名头了……”

所长一听气坏了，怒道：“你脑子里还有没有法制观念？眼里还有没有警察？社会上有几个闹事的混混就把你吓成这样了？你以为我们警察吃干饭啊？有事找警察，别自个儿乱来，懂吗？”

所长一席话，说得张福满父子不住地点头，也不知他们是不是真的懂了。

（题图：插图：魏忠善）

# 鞭炮声照常响起

□路　华

老茂的儿子考上大学，到城里读书，老茂便跟着儿子进了城，在城里开了家专卖喜庆用品的小店。

小店顺利地开了张，这天早上刚开门，一个男子就走进店里，拿出一沓钱，说："请你把柜台上所有的鞭炮全撤下来！"

老茂吓了一跳：这是干什么？难道是黑社会？

男子看出老茂的惊慌，忙说："你别怕！我不是欺行霸市的黑社会，我只是要你从现在开始，一直到明天打烊，这段时间里一只鞭炮也别卖，其他日子你爱咋卖就咋卖！"

老茂一听放了心，说："我的店才开张，图的是个顺利，你让我停两天的买卖，总得有个理由吧。"

男子点点头，说了原因。

原来这男子老板的儿子杀了人，被判了死罪，定在明天枪决，到时肯定会有不少人放鞭炮庆贺。他老板不想在明天听到鞭炮声，就发动下属，出钱让全城的商店停卖鞭炮。

老茂问："是不是你老板的儿子太坏了，大家都恨他？"

男子看了老茂一眼，说："你是刚从外地来的吧？我们这城市有个不成文的规矩，只要遇上枪决犯人这样的事，就放鞭炮！我们老板失去儿子已经够痛苦了，再让他听鞭炮声，这不是往他心上戳刀吗？"

老茂又问："让你们老板明天离

开这里，不就听不到鞭炮声吗？”

“唉，他就这一个儿子，得留下来给儿子收尸啊！”

老茂人生地不熟，不想得罪人，便答应下来。男子说了声“多谢”，将二千块钱给了老茂，就走了。

男子前脚走，后腿就跟进来一个络腮胡子，一进来就对老茂说：“请你把店里的鞭炮按进价加百分之五，全部卖给我！”

老茂忙说，刚才来了个男子，让他不要卖鞭炮。

络腮胡子不屑地说：“那人肯定是姓蔡的派来的，姓蔡的儿子作恶多端，杀人偿命，当然要放鞭炮！实话跟你说吧，我要把城里的鞭炮全买下来，明天中午见人就发，让大家一起庆贺这件好事。”

原来那位男人的老板姓蔡。老茂刚刚答应不卖的，转眼再卖给络腮胡子，心里便有些过不去。正在犹豫，络腮胡子咬咬牙，说：“我加价百分之十，总可以吧？”

老茂这次进的鞭炮很多，加价百分之十，是一笔可观的收入。他的心“怦怦”乱跳一阵，咬咬牙，点了点头，说：“行！那你付了钱赶紧把货拉走，千万别让蔡老板知道。”

络腮胡子十分高兴，掏出钱包就要付钱，这时，老茂的手机响了，他拿出来一接，脸色马上变得煞白，慌里慌张拿着电话到里间说了一阵，出来后就对络腮胡子说：“对不起，我现在有紧急的事得马上处理，没空做这生意了。”

老茂一说完就关了店门，急匆匆地走了。

老茂能有什么事比赚钱的生意更急呢？还别说，老茂真遇上了急事。因为，刚才他儿子打来电话，开口就说：“爹，我想杀人！”

老茂一听，吓得手机差点掉到地上。自己的儿子一向胆小怕事，只会一门心思读书，他刚从乡下进城上大学，咋就蹦出这么个可怕的念头来？

老茂问他想杀谁，儿子咬牙切齿地说：“我想杀我们宿舍那几个家伙，

·中国新传说·

他们瞧不起我，嫌我穷，嫌我是农村仔，动不动就嘲笑我！昨天，他们偷看我的日记，知道我喜欢班上一个女生，就在我床上撒了一泡尿，要我照照自己的模样……”

儿子说了就挂了电话，老茂再打过去时对方已经关机了。你说，老茂他能不急吗？

老茂叫了辆的士，朝儿子的学校飞奔而去，赶到儿子学校时，天已经黑了，到了儿子宿舍，进去一问，宿舍里的同学都说不知道老茂的儿子去了哪里。老茂浑身冷汗直冒，不停地拨打儿子的手机，但一直都是关机。

老茂找了一夜也没找到儿子，一直到天亮了，他还是不放弃，不停地拨儿子的电话，四处找，又折腾了一个白天，还是没有儿子的任何消息，他累得再也走不动了，这才在路边找了个石凳坐下来。哪知刚坐下，手机就响了，急忙拿出来一接，手机里传出儿子熟悉的声音：“爹，你在哪里？”

老茂的眼泪“刷”地一下流下来，哭着说：“孩子，千万别做傻事啊！”

儿子说“爹，我到你店里来了！本来我想看你一眼后，就回去杀人的，现在你放心，我不杀人了，我这就回去上课！”

儿子说，他在店门口坐了一夜，一直到天亮了还没见到爸爸，就在附近转悠，到了下午，突然满城响起鞭炮声，比过大年还热闹。他听旁边的人说，今天政府枪决了一个杀人犯，人们在庆贺这件喜事。老茂的儿子一听就愣住了，想，假如杀了人，肯定也要被枪决的，人们也会像今天这样放鞭炮庆贺，那时爹听了这样的鞭炮声，他该多难受呀，这样死太不值得了！于是，他决定好好活着，活得比他想杀的人更好。

老茂知道儿子不想杀人了，高兴得差点跳起来，结结巴巴地说：“儿子，想明白就好，想明白就好……”

（**题图、插图**：魏忠善）

·中国新传说·

# 请领导还钱

□赵敏燕

这几天，郑爽最闹心的事就是能想出个什么法子，让领导还他的1500块钱。

郑爽是局里的办事员，上个月和李局长一起出差时，李局长遇到一位大学女同学，老同学久别重逢，李局长十分热情，离别前，还在一家高档酒店请这位同学吃饭，可到了付款时，李局长傻眼了，摸遍身上所有的口袋，离埋单的数目还差着一大截，郑爽连忙塞给李局长1500块钱，让李局长过了关。事后，李局长感激地说："小郑，我回去后就把钱还给你。"郑爽连忙客气地说："不要紧，不要紧的。"

回来不久，郑爽就遇上了难事：他母亲查出胃部有肿瘤，必须马上住院动手术，得交钱，可郑爽是"月光一族"，钱包月月见底，他借来借去，离医院要求的还差1500块钱。要是李局长把欠他的1500块钱还了，郑爽就能让母亲住院做手术，可李局长是领导，要领导还钱，这话还真难说出口，郑爽好几次走进李局长的办公室，但进去了却支支吾吾说不出话来，只好拿其他的事来搪塞一番。

郑爽想，李局长也许是回来后工作忙，把这事忘了，最好的办法是让李局长记起这件事来，主动地还钱。

这天下午，机会来了。上班前，几个同事在一起聊老同学的话题，李局长也凑了上来，得意地说："上次我出差，遇到一位大学女同学，那可是校花级人物，光彩照人。不信？你们问问小郑。"

郑爽马上接过话头，说：“对对对，李局长那位女同学不光人漂亮，喝起酒来也厉害，红酒、白酒通吃，连53度的茅台都可以满杯地干，着实让李局长出了点血……”

他故意把话引到这上面，李局长果然想起借钱的事，说：“就是，那次还是小郑帮我救了急……”

这下李局长肯定要还钱了。郑爽心里美滋滋的，一直坐在办公桌前盯着电话机，等着李局长叫他去拿钱。可电话响了无数次，却没一个电话是李局长打来的，直到下了班，同事们都走光了，郑爽还在等，这时，李局长从办公室走出来，喊了声“小郑”，把手伸进公文包里，郑爽顿时精神一振，一双手连忙伸了过去。

谁知李局长拿出来的是一个文件，他对郑爽说：“明天我要迟点来单位，你一上班就把它交给办公室。”说完，哼着小调走了。

郑爽惊得眼睛都大了，呆成一具木头菩萨。

回到住处，郑爽又接到家里电话，让他明天无论如何要拿钱回去。晚上，郑爽在床上翻来覆去怎么也睡不着：这李局长怎么就不还钱呢？

他烦得不行，顺手拿起桌上的《都市早报》乱翻，一眼瞅见上面的“QQ一族”栏目，不由得心头一动：有办法了！

“QQ一族”是这张报纸的谈话栏目，上面的话题千奇百怪，谁都可以在网上用“马甲”提供话题，发表意见，报纸择优发表。李局长很喜欢这个栏目，每天都要对这个栏目里的话题发表一番高论。想到这，郑爽打开电脑，给“QQ一族”栏目发了个“领导借钱不还怎么办”的话题。

也是巧了，第二天的《都市早报》真的登出了“领导借了钱不还怎么办”的话题。同事们看到后，又七嘴八舌凑在一起议论开了。郑爽夹在里面，静静地等着李局长来凑这个热闹。不一会儿，李局长果然来了，他看了眼“话题”，就说：“这是件很简

单的事嘛，怎么弄得这么复杂？欠债还钱，天经地义。怎么办？直接跟领导要！”

李局长话一完，马上有人说“没那么简单吧？要得罪人的。”

李局长又说：“欠钱不还有理啊？现在有些干部确实不像样，连做人的基本道德都不讲。欠钱不还，让人敢怒不敢言，逼得别人到报纸上发表这种话题，简直是不知羞耻！”

听了李局长的话，郑爽惊讶得不敢相信自己的耳朵。可李局长谈兴正浓，继续慷慨激昂地说：“我喜欢清白，一向有个规矩，向下属借了钱，最多三天，肯定还。”说着他还拍了拍郑爽的肩膀“小郑，你是同我打过这种交道的，你说，我是不是这样？”

郑爽哭笑不得，不知道自己是该点头还是摇头。他怎么也没想到，李局长不仅不还钱，还这么颠倒黑白、信口雌黄！但面对咄咄逼人的李局长，他能有什么办法？只能违心地说：“是……是……”

他知道，这个“是”字一出口，那1500元钱就打水漂了……

郑爽回到办公室，成了一只霜打的茄子，不停地唉声叹气。同事老王问他怎么回事，他说没事，老王不信，刨根问底，他就把事情的前后经过说了。这老王是个炮筒子，马上说：“这么转弯抹角干什么，直接说就是，要是你说不出口，我帮你去说。”

郑爽吓得连连摆手：“别，别……”

老王连连摇头：“你呀，你呀……”然后就出了门。

不一会儿，李局长来了电话，叫郑爽到他办公室去一趟。郑爽提心吊胆到了李局长办公室，李局长一见他，劈头就问：“小郑，怎么回事？我那1500块钱不是早就还给你了吗？”

郑爽像被割了舌头似的，说不出话来。正在这时，办公室的门突然被人推开，一个人气喘吁吁跑进来，连声说：“对不起，对不起……”

进来的是同事小张，他说，一个月前，李局长交给他1500块钱，让他代还给郑爽，可那几天郑爽出差去了，等郑爽回来时，小张又去北京培训，一去就近一个月，今天刚从北京回来，刚才听老王在说郑爽的事，才知道闯了祸。他当场把1500块钱交给郑爽，连连说：“对不起，都是我不好。”

真相大白，郑爽满脸通红，不知说什么好。李局长说“也不全是你不好，我也有责任。自从我当了领导后，每次还钱，对方都要推推搡搡，不愿意接受。没办法，我只好把钱交给第三者，让第三者出面帮我还。当然，我也要批评郑爽，没拿到钱，直接向我要就是了，原本很简单的事情，搞得如此复杂，这到底是为什么呢？”

（题图、插图：魏忠善）

· 中国新传说 ·

# “大款”请保姆

□ 张维超

华嫂是个下岗工人，一直在找工作，可工作像长了眼睛，见了她就躲。眼看没指望了，哪知道这天一个叫黄小云的姐妹跑来说：“华嫂，这回你交上好运了，有个大款想请你到他家做保姆。”

华嫂奇怪地问：“大款？你跟我芦席铺在炕席上，高不了一篾片，怎么会认识一个大款？”黄小云呵呵一笑，说：“我虽然不认识他，但拐弯抹角搭上线总可以吧？我表姨堂妹的邻居跟他讲了你的情况，他就感兴趣了，还说下午三点亲自到你家面谈。”

华嫂急着找事做，当然不会放过这机会，连忙应承下来。

下午三时，华嫂家果然有人来访。来人穿一身笔挺的西装，皮鞋擦得锃亮，怀里还抱着一只非常漂亮的宠物狗，很像个有钱人。他说他叫段健飞，他娘瘫痪在床好几年了，一直请不到一个好保姆，他听说华嫂服侍瘫痪的婆婆好几年，一点怨言都没有，就特地上门请华嫂去照顾他娘。

华嫂听说又是照顾瘫痪老人，不禁有些犹豫，她照顾瘫痪在床的婆婆六年多，太辛苦了。

段健飞见华嫂不吱声，连忙说：“我给你每月一千块工资，你可以住在我们家，这套房子租出去，又多一笔收入，这样一来，你儿子上大学的花费就没问题了。”

华嫂听段健飞说得在理，再说自己的确要用钱，就要了段健飞家的地址，说好明天一早就到他家去。

段健飞刚走，黄小云就“咚咚咚”地跑来了，见华嫂还在，这才松了一口气，说：“还好，差点上了那家伙的当。”

华嫂吃了一惊："怎么了？啥上当不上当的？"

"嘿，我搞错了，他哪里是什么大款，他不过是大款请的保姆，而且，是给大款的狗当保姆！"

华嫂越听越糊涂了。

黄小云说，刚才在路上遇上一个好久不见的朋友，聊起介绍华嫂当保姆的事，哪晓得这位朋友跟段健飞住在同一个小区，而且就住在同一幢楼，朋友说，段健飞根本不是什么大款，而且为人很不好，他妈妈病得瘫在床上他都不管，为了能穿好吃好多拿点钱，不顾自己一个大学毕业生的身份，竟然去给大款家的狗当保姆。

华嫂说："他这不正在给他妈找保姆吗？"

"唉，这种连人格都没有的人，哪会真心花钱给他妈请保姆，不过在外面装装门面而已。你可千万别去，别到头来一分钱也拿不着。"

华嫂没想到段健飞竟然是这样的人，她等黄小云一走，就给段键飞打了个电话，说："对不起，我不能去你们家当保姆，你另外再找吧。"不等段健飞说话，就把电话挂了。

打好电话没过半小时，华嫂就听到外面有人敲门，打开一看，段健飞站在保安门外边，见了华嫂便急急地说："华嫂，请你把保安门打开，让我进去谈，好吗？"

华嫂瞧不起这种人，便说："我们没什么好谈的，你请回吧。"说完便关了门，不再理会段健飞。

华嫂吃好晚饭，收拾好屋子，拎起垃圾袋准备送到楼下，一开门，吓了一跳：段健飞仍然一声不吭地站在门外。华嫂是个心肠很软的人，迟疑着给段健飞打开门，说："你怎么还没走？"

段健飞在客厅坐下来，一声不响地接过华嫂端来的茶，两行泪水"刷"地一下流出来，把华嫂吓了一跳，忙问："你这是怎么了？一个大老爷们，流的哪门子眼泪呀？"

段健飞一口喝下杯里的茶水，说："华嫂，你是听到了别人对我的议论吧？我也知道好多人在背后说我的不好。我妈这几年瘫痪在床，的确需要我照顾，可我大学毕业好几年了，还没找到工作，哪有钱来给我妈治病？又怎么能服侍好我妈？后来有个大款知道我大学学的是畜牧兽医专业，便请我给他的宠物狗当保姆，待遇很优厚，别人以为我是为了穿好衣服、拿高薪才做这种下贱事的，其实我是为了赚钱给我妈请一个好保姆啊！华嫂，我知道你是个好人，更是个好保姆，求求你去照顾我妈吧，我一定不亏待你。"

段健飞一席话，华嫂听得落了泪，她点点头，说："行，我明天一早就去你家，一定好好照料你妈。"

（题图：谢　颖）

# 成全谎言

□张鸣跃

## 监狱来信

靠山村有位瞎眼妈妈，她丈夫早年去世，留给她一儿一女，瞎眼妈妈好不容易将孩子拉扯成人。两年前，儿子王栓没考上大学，到外面打工，刚开始还好，不想过了没几个月就断了消息。这孩子一直很孝顺，几个月没音信，一定是出了大事。瞎眼妈妈性子刚强，白天在村子里笑脸对人，晚上在家里就偷偷地哭。

这天，村主任把瞎眼妈妈的女儿小凤叫到家，拿出一封信，小凤接过一看，信封的落款是一座监狱的地址，拆开一看，脸色大变，眼泪跟着就下来了。原来这是一封《寄服刑犯人家属书》，上面写着王栓犯故意伤害罪，被判刑三年，监狱“希望与家属联手帮教”。

村主任知道情况后，很关心，就对小凤说：“你妈这辈子真不容易，她要是知道你哥出了这档子事，只怕经不起打击。你得想个法子，把这事对你妈瞒起来，我保证村子里的人不会知道这件事，更不会让他们对你妈说。”

小凤拿着信跑到山上大哭了一场，然后坐在山上想呀想，终于想出一个法子。

她回家做出活蹦乱跳的样子，抱着妈妈亲了几下，笑着说："妈，你摸摸这是啥？"

瞎眼妈妈摸了摸，愣了一下，说"妈知道，这是你哥的信，快念给我听！"

小凤看着信，"念"自己想好的话："妈妈，妹妹，我出来后边打工边复习，终于考上了大学，因为时间太紧，就没回家跟你们说。我要在大学学三年，毕业后就能找到工作……"

瞎眼妈妈一个字一个字地听小凤念，小凤念完了，就抬手摸小凤的脸，问："孩子，你咋流泪了？"

小凤赶紧说："妈，我这是高兴……"

瞎眼妈妈没再问啥，只是让小凤赶紧写回信，说家里一切都好，让王栓别牵挂。

第二天，瞎眼妈妈不知道从哪弄出50块钱，让小凤赶紧和回信一起寄给王栓。

村里人知道王栓上了大学，都赶来庆贺。瞎眼妈妈一张脸笑得像菊花，连说，这孩子打小就要强，我就知道他出去打工是为了考大学，总算没白养他一场！

学校该放暑假了，瞎眼妈妈在村子里说，她要去大学看儿子了，因为她不去，儿子就一定要回来，她不想让儿子回来，让他在城里打个工，也能挣点学费，等大学毕业后有了工作，再让他风风光光地回来……

## 一片苦心

妈妈说去就一定得去，但小凤却作了难，她不知道该怎么圆这个谎。

动身时，娘俩身上带着200块钱。去那个城市的车票只要36块钱，但瞎眼妈妈不让小凤买票，她说她不想瞎着眼挤车，还是走着去好。小凤知道妈妈是想把钱省下来给哥哥，就乖乖地牵着妈妈走。母女俩走走歇歇，吃烧饼喝白水，晚上就睡在小镇汽车站的候车室，如果正好在乡下，就在农家的草垛里过一夜。

一直走了十一天，娘俩总算走到那座城市。监狱在市郊，明明已走到监狱门口，小凤却说："妈，走了这些天，我们身上都脏得不行，还是先找个便宜小店住下来，明天再去学校找我哥吧。"

瞎眼妈妈摇摇头，说："不，我们不住店。你带我到附近的村子找找看，找间租金便宜的房子住下来。"

小凤不敢多问，只好带着妈妈到了附近的村子，逐家逐户地问，真的在一户人家租到一小间房子，一个月只要60块租金，还提供床和铺盖。

瞎眼妈妈松了一口气，住下后就把自己和小凤弄得干干净净的。第二天一早，她却没急着去见儿子，又把小凤叫到跟前，让她在村子周围托托人，说能帮人洗衣洗被子，洗一件衣服收一块钱，拆洗一床被子收 5 块钱。

小凤问：“妈，我们这是要一直住下去吗？”

瞎眼妈妈点点头，说：“嗯，我们一直住到你哥大学毕业再回去。”

小凤出去一打听，不少人一听有这么便宜的价，都愿意让小凤母女来洗。小凤回来一说，瞎眼妈妈高兴地说：“这样我们就能一直住下去了。你准备一下，明天我们去看你哥！”

下午，小凤避着妈妈先来到监狱，她走进接见室，找到一位正在接待犯人家属的老干警，“扑通”一声跪下来，哭着说：“警察叔叔，我求你件事……”

老干警连忙扶起她，让她坐着说，小凤就把自己骗妈妈说哥在上大学的事说了，她说妈妈把他们兄妹养大太不容易了，她怕妈妈经不起这个刺激，想请监狱的警察叔叔帮她一起圆这个谎……

听了小凤的话，老干警大吃一惊，他在监狱工作几十年，见过很多场面，却没听说过这样的“谎言”。他让小凤等着，自己先查了王栓的案卷。原来王栓进城打工，本想让妈妈过上好日子，不料被一个黑心老板骗工几个月，一分钱也没拿着，一怒之下出了手，犯了故意伤害罪，被判了三年。他在这里服刑已近一年，表现很不错，估计再有一年就可以提前出狱。

接着，老干警到王栓服刑所在的中队，对管教说明情况，又和管教一起找狱政管理科，和狱政管理科一起出面请示监狱领导，一路绿灯，马上获得批准：这是一次特殊的帮教，可以安排在小接见室面对面接见，监狱方面做些配合……

老干警又和管教一起见了王栓，王栓已经接到了小凤的信，知道妈妈

以为他在上大学。现在听说妈妈步行几百里来看他，忍不住放声大哭。老干警和管教劝住他，让他好好想想明天应该怎么说，今后应该怎么做……

## 儿子的大学

第二天一早，小凤搀着妈妈到了接见室外，老干警走过来，上前扶着瞎眼妈妈，说：“我是校长，王栓还没下课，你先在接待室歇会儿，我去叫他过来！”

瞎眼妈妈满脸是笑，连声说着“谢谢”。

小凤搀着妈妈刚坐下，王栓就满脸是泪地跑过来了，小凤首先扑向哥哥，说：“哥，你下课啦？”王栓抱了下妹妹，跑过去“咚”地一下跪在妈妈膝前，使劲咬紧嘴唇，轻轻喊了声：“妈妈……”

瞎眼妈妈笑着，伸出双手摸着儿子的脸，她摸得非常仔细，不肯放过上面的角角落落。

“孩子，你瘦了……”

“妈，我课程跟不上，我老是想学好了再回家……”

“家里很好，乡亲们都夸你呢。别想家，学成个样儿就是对妈最好了……”

时间转眼就过了半个小时，瞎眼妈妈呵呵笑着，一把拉起儿子，拍拍儿子的脸，大声说：“去吧，儿子！记得好好上课，用心读书！”

管教带着王栓走了，瞎眼妈妈喘了口气，对小凤说：“你到外面去玩一会儿，我和校长说几句话！”

小凤很听话地往外走，一边走一边看着老干警，老干警朝她点点头，让她放心。

瞎眼妈妈摸索着将一百元钱放在老干警手上，流着泪，说：“请将这钱交给我儿子。好心的警察同志，谢谢你，谢谢监狱，我听得出来，我的儿子已经悔罪了，他会在这里改造好的，我放心了……”

老干警一惊：“原来你已经知道了……”

“当妈妈的，最懂自己的孩子……”

原来，瞎眼妈妈心里早就有了底，她的儿子只要还在人世，就不会一年多不回家看妈妈，连个信也不给妈妈，除非他进了监狱！她虽然心里早就明白，但却装着被瞒住，来成全大家的谎言，让儿子觉得妈妈以为他在上大学，减轻他的心理负担，安心改造。

（题图、插图：谭海彦）

**红版编辑部各编辑邮箱：**

姚自豪：yaobianji@126.com；
郑继文：zjw002@vip.163.com；
周　吟：keyin118@163.com；
吕　佳：lujia411@yahoo.com.cn；
叶小萌：xiaomeng.ye@gmail.com。

# 真不够朋友

□ 刘建东

这天，电视台“市民热线”栏目的记者陈君接到一个任务，全程跟踪一位妇女寻找离家出走儿子的过程。陈君看了下资料，得知这位妇女叫李秀珍，她14岁的儿子卜建军因为痴迷网络游戏，数学测验只考了10分，昨天被训斥一通后，给父母留下一张纸条，说是要到外面闯世界，永远不回来了。

陈君带着摄像师，跟着李秀珍把城里二十几家网吧跑了一圈，又找了卜家所有的亲戚朋友，却没有得到卜建军的一丝消息。

陈君问李秀珍：“卜建军有没有特别要好的朋友？”

李秀珍说：“有。我儿子有个最要好的同学，叫张立军。”

陈君连忙和李秀珍一起赶到张立军家，一问，张立军说：“昨天我还在学校见过卜建军，他挺正常的呀，能到哪里去？”

李秀珍见还是没线索，眼泪“刷”地一下就流了下来，对张立军说：“孩子，卜建军这一走，我的魂都被他带走了，我们一家的生活全乱套了。你和他最要好了，你再想想看，他平时有没有说哪个地方他想去？他最有可能去哪里？”

张立军翻着眼睛想了半天，还是摇了摇头，说：“我真的不知道卜建军要去哪里。”

一条线索又断了，陈君和李秀珍只好从张立军家里走出来。没想到刚

拐过一个街角，就听后面有人喊“等一等！”回身一看，张立军赶了过来，陈君一看有戏，连忙吩咐摄像师开机，把镜头对准张立军。

张立军气喘吁吁跑过来，对李秀珍说：“阿姨，我差点忘了，卜建军还欠我200块钱呢。他现在人走了，我到哪找他要？还是你帮他还了吧。”

李秀珍本来满是指望，没想到张立军却是赶来要债的，气坏了，说：“你追过来就为了找我们还钱？卜建军什么时候借你的钱？谁能证明？”

张立军看到摄像机正在拍他，不仅不怯场，反而更加来了劲，振振有词地说：“卜建军上网打游戏钱不够，他前前后后总共借了我200块钱，卜建军他自己就能证明。只要你们找到卜建军，他自然会认这个账！”

陈君想不到张立军小小年纪如此势利，她一边暗示摄像师继续拍，一边问张立军：“你不是卜建军最好的朋友吗？你不知道卜建军的妈妈现在急得头上都要起包吗？怎么能够在这个时候向他妈妈要钱呢？”

张立军脖子一梗，说：“欠债还钱，天经地义。我现在不向卜建军的妈妈要钱，以后这钱就要不到了。”

李秀珍没想到儿子交的是这样的朋友，也不管儿子是不是真的借了钱，就从口袋里掏出200块钱来，递给张立军，一挥手，让他赶紧走人。

张立军笑嘻嘻地接过钱，临走前还朝着摄像机做了一个鬼脸。

回台里审片时，陈君连着看了几次张立军在镜头前向李秀珍讨钱的画面，觉得这个问题跟卜建军离家出走一样，也是当今非常严重的青少年心理问题，太有典型意义了。因为未成年人不能在电视上曝光，她就把张立军面部图像作了马赛克处理，称张立军为“一位姓张的同学”，当晚就把片

子在黄金时段播出了。

果然，节目在观众中引起强烈反响，特别是张立军临走前对着摄像机做的那个鬼脸，让很多观众很生气，纷纷来信来电指责张立军，有的观众还说，从这个镜头可以看出，现在的孩子不仅情商低，连心理健康也有问题。

第二天中午，陈君正和李秀珍继续寻找卜建军的线索，突然手机响了，一接，竟然是张立军打来的，就没好气地问："你又想干什么？"

张立军紧张地说"陈记者，你们不是要找卜建军吗？赶紧和卜建军的妈妈一起到我家来吧！"说完，他不等陈君发问，就匆匆挂断了电话。

陈君连忙和李秀珍一起往张立军家赶，刚到张家门口，就听里面一个少年在怒吼："张立军，你这个无耻小人！你这个骗子！我什么时候借你200块钱了？"

陈君一看，房间里一个少年手里拿着根棍子，一步步朝张立军逼过去，张立军一副笑嘻嘻的样子，一步步地往后退，身旁的李秀珍叫了一声"儿啊"，跑上去一把抱住那个少年。

这少年正是李秀珍的儿子卜建军，他扔下手中的棍子，气呼呼地对李秀珍说："妈，我根本没借他的钱，他是个骗子！"

李秀珍哪里还管张立军借没借钱，只是紧紧抱着卜建军，生怕他又跑了，这样紧紧地抱了好长一阵子，才松开，问："儿啊，这两天你都躲在哪里？急死妈妈了。"

卜建军红着脸，说"我又在网吧泡了一天，听到网吧里的人都在议论我的事，就在网上看了电视上播的节目，没想到张立军这小人竟然落井下石，这么无耻地骗你的钱。我气不过，专门来找他算账。"

这时，张立军笑嘻嘻走过来，毕恭毕敬把200块钱交到李秀珍手上，对卜建军说"我不用这招，能把你这条笨蛇引出洞吗？我就知道你还泡在网吧，只有惹得你暴跳如雷，你才会主动出来找我……"

几个人这才明白张立军的苦心，卜建军羞得满脸通红，说"我还以为你真不够朋友，原来是我太冲动……"

（**题图、插图**：谭海彦）

# 西域乞丐

□韦凤新

晋朝时期，石崇是京城洛阳的大官，颇为风光。这天，石府门前来了一个乞丐，这乞丐二十来岁，鼻子高挺，是个西域胡人。石府门丁扔给乞丐几文钱，谁知这西域乞丐根本不理，反而哈哈一笑，说："我们做乞丐的，想讨饭可以到一般人家，想讨点钱到普通富户就行，石大人家是诗书之家，就给我这几文小钱打发了吗？"

真是穷讲究。门丁忍住笑，问："难道你是为了讨书才来？"

西域乞丐说："不错，我想讨一本《淮南子》。现在市面上的书抄来抄去的，早就不是原样，贵府一定有真本。"

就在这时，石崇回来了，就问乞丐为何要讨书，乞丐说，他叫周成，打小随家人来到中原，学了不少汉家诗书，后来家道中落，不得已做了乞丐，但他还是一有机会就读书。

石崇见周成谈吐不凡，不由跟他多说了几句，想不到周成博晓古今，颇有学识。石崇一高兴，就将周成收留下来。

这周成聪明乖巧，很会说话，渐渐地，石崇对周成开始重视起来。

石崇很有钱，京城另一位大官王恺很不服气，总想把石崇压下去。石崇当然不买账，两个人就斗起富来，几个回合下来，由于周成不停地给石崇出主意，石崇占了上风。这样一来，周成和管家石庆一样，成了石崇跟前

的红人。

转眼到了冬天，外面寒风刺骨，万木枯黄，这天，周成对石崇说："王恺虽然落了下风，但他一定不服气，老爷可请他来吃餐饭，让他心服口服。"

一旁的管家石庆说："吃饭无非山珍海味，还能出什么新花样？"

周成笑了笑，从厨房里拿出一个碟子，里面装的是绿莹莹的韭菜碎末儿，这大冬天的，怎么能长出韭菜来？石崇沾了一点放进嘴里，果然是韭菜，味道鲜美无比，不禁吃了一惊，问："你是怎么弄来的？"

周成说"这是我亲自调制的。我们把王将军请到家里，让他大冬天里吃韭菜，管叫他想破脑袋，怎么也弄不出这样的好东西。"

周成接着说，其实这韭菜碎末儿并不是真正的韭菜，而是将韭菜根捣碎后掺在麦苗里，再加些姜末料酒除掉麦苗的苦味。周成说"这方法是我在一本西域古书里看到的，现在只有我们三人知道，只要不泄露出去，王恺就是绞尽脑汁也想不到，他还怎么跟您斗富？"

石崇大喜，决定过几天就请王恺和几位有名望的大臣到家赴宴。没想到，第二天石崇就收到了王恺的请帖，请石崇到他家里吃饭，石崇想这样更好，到时要比得王恺没话说。

哪知道到了王恺家，刚在饭桌前坐下，王恺就在每人跟前摆上一碟特别的调料，一股浓郁的鲜香味直往鼻孔里钻，一尝，石崇傻眼了，这不是周成刚调出来的冬韭菜吗？来宾们一尝，个个赞不绝口，王恺得意洋洋地问石崇"听说你过几天也要请客，不知为我们准备了什么奇珍异味？"

石崇脸上讪讪的，都不晓得如何答话了。

他怒气冲冲回到家，马上让周成再想法子，周成说"这冬韭菜在中原从来没人做过，如果没人告诉他，王恺不可能知道怎么做。但如果真有人传给他，再多的法子也难不住他呀！"

石崇一听，火气一下从心里蹿上来：调制冬韭菜的法子自己和周成是不会说的，肯定是管家石庆传出去的，他马上命人把石庆抓起来，到石庆的住处一搜，果然从床底搜出许多银子，包封上还有王恺家的印记。

石崇勃然大怒，马上命人将石庆吊死。

府丁将石庆押进一间暗室，在石庆脖子上绑好绳索，正要动手，周成来了，对府丁说"老爷还有话要我问他，你们都出去吧。"

等府丁出了房子，石庆哀求周成说"求你跟老爷说说吧，我没有出卖他。"

周成把套在石庆脖子上的绳子拉拉紧，让他不能大声说话，这才笑着说:“你当然没出卖老爷,因为这法子是我告诉王恺的,我在王恺处领了赏钱,然后偷偷放进你房里。”

石庆大惊,叫道:“为什么?”

周成又是哈哈一笑:“你说呢?”

石庆的脸色变得死灰,说“我明白了,老爷最信任我们两个,杀了我,你就能占据我的位子了。”

周成一拉绳子,亲自将石庆吊死,对着石庆的尸体啐了一口,说:“你死也不会明白的!”

石庆死后,石崇对周成更加信任,石府的重要活动,几乎都要听听周成的意见,在周成的筹划下,石崇在斗富上大获全胜,石崇家的富有天下皆知,天下的老百姓都说,皇上的金银财宝都没石崇多。

一年多过去了,周成对石崇说:“我在老爷这里饱读诗书,学了很多本领,现在打算回西域重振家风。”石崇真有些舍不得周成走,但也不好强留,只好同意了。

又过了一年,晋武帝死了,新上任的晋惠帝是个白痴,引起了“八王之乱”,导致赵王司马伦专权,早就对石崇不满的司马伦以谋反之名抓了石崇,灭了石崇三族。

行刑这天,石崇对司马伦说“我这些年一直吃喝玩乐,夸豪斗富,怎么会有谋反的念头?你是为了抢我的钱才杀我的!”

司马伦笑道:“你既然知道钱多了也会要你的命,为什么还要那么招摇,生怕天下人不知道你有钱?”

这时,跟石崇绑在一起的一位门丁突然叫起来:“老爷,周成临走时留给我一个锦囊,说如果老爷遇上危难,可将锦囊拆开给老爷看。这锦囊我一直带在身上,因为害怕不吉利,惹老爷不高兴,一直不敢禀告老爷。”

石崇一听有这种事，心思又活络了，想，周成这小子聪明，肯定早为我想好了救命的法子。于是低头向司马伦求情，恳求打开锦囊看看。司马伦天下大权在握，根本不把一个无名小卒的锦囊妙计放在眼里，手一挥，让石崇打开锦囊。

石崇急忙打开锦囊，哪知道不看还好，这一看，大叫一声，一口鲜血从嘴里狂喷而出。

司马伦命人拿过锦囊，一看就哈哈大笑起来，只见周成在上面写道：我一家从西域来中原行商，几十年来积下数不尽的家财，金银玉器堆积如山，没招来强盗，却招来你这个荆州刺史的抢劫。你石崇是主使，带人明火执仗到我家抢劫的，正是你的管家石庆。可怜我全家一百余口惨遭横祸，只有我一人因游学在外才幸免于难。你靠抢了我家的财产成为巨富，但你只晓得财富的好，四处夸耀，却不知道财富照样会要你的命。我混进你家中，先借你的手杀了石庆，同时费尽心思让你到处夸豪斗富。我知道，总有一天，你从我家抢去的财产，同样会要你和全家的命……

司马伦对石崇说："石崇呀石崇，原来你富可敌国的财富是这样来的，早就该死了！你就乖乖地做鬼去吧，你留下的财富，我自会好好享用。"

让司马伦没想到的是，没过几年，他从石崇手里抢去的财富，也要了他和全家的命……

（题图、插图：黄全昌）

# 敲诈市长

□李春晓

## 发财"灵感"

宜州市有个青年叫刘南城，长着一身气力，却偏偏好吃懒做，不干好事。他老婆叫王兰，也是成天在牌场上混日子，夫妻俩收入低，开销却不小，日子过得紧巴巴的，一门心思想着什么时候发笔横财。

这天下午，刘南城在电视上看到一则新闻："'食人鲳'现已进入内地宠物市场，我市也有少量出现。这种鱼血腥残暴，喜食鱼类和其他生物，繁殖能力极强，一旦让它们流入江河湖泊，将对生态造成巨大灾难……"

看到这儿，刘南城眼睛一亮，一拍大腿，说："我要发财啦！"

刘南城从家里找出一点钱，撒腿就往宠物市场跑，他钻天打洞，总算通过关系找到一个叫张云的商人，从他手里买下三对"食人鲳"，兴冲冲地回了家。

刘南城把装着"食人鲳"的塑料袋挂在卫生间的水龙头上，匆匆扒了几口饭，找出纸和笔，趴在桌子上写起来。

他写的是一封勒索信："我手里有好几条'食人鲳'，它们的厉害你们是知道的，它们吃鱼吃肉还吃人，长得又快！限你们明天上午十点前往我卡里打两百万块钱，不然，我就把'食人鲳'放到江里去，让它们把江里的鱼统统吃光，再吃在江里游泳的人！记住，不许报警！"

信写完了，刘南城又看了一遍，看出了问题：信里的"你们"是谁呢？工商局？他们好像不管这个；水产局？他们有这么多钱吗？嗯，市长肯定管这个，也有钱，那就敲诈市长吧！于是，他跑到市政府门口，把信塞进了门口的信箱。

整整一夜，刘南城都在床上睁着眼睛做美梦，一直到次日大清早，他才一骨碌爬起来，打开电视看新闻。到了十点，就箭一般飙出门，跑到一家银行门口的取款机前，按捺着激动的心情，把那张用盗来的身份证办的银行卡插进去，但卡里一分钱也没多。他不禁瞪大了眼睛："怎么钱还没打过来？"

## 一波三折

刘南城在太阳底下转悠了一个多小时，再去查，还是没有。这下他火了："连转账也这么慢，政府的办事效率就是低！"

终于又熬过了一个小时，他再去查，依然没有，这下他总算明白了，市长根本就没给他打款！他气得一股怒火直蹿脑门，骂道："你这市长看来是不想干了，你以为我开玩笑啊？"

刘南城找到一间电话亭，拿起电话就拨"市长热线"，大喊："你是不是不给钱？你是不是不相信我敢把活鱼扔到江里去？"

接电话的是市府办的一位秘书，刚拿起电话就听到对方一通乱叫，让他莫名其妙，就把电话给挂了！

刘南城鼻子都气歪了："这是'市长热线'？什么态度！什么素质！"转念一想，不能跟钱生气，就强压着怒火，又拨通了"市长热线"："给钱不给钱，你总得给个说法呀？怎么动不动就挂电话？"

接电话的还是那位秘书，见那个奇怪的电话又来了，就耐心地问："你究竟有什么事？"

"你当我好玩啊？老子都快晒成腊肉啦！昨天的信你们没看啊？两百万块钱，少一分也不行！"

秘书听到这里，马上感觉到了事态的严重，连忙用手势向同事示警，同时拖住对方："什么信？我们没收到呀！"

刘南城一愣：怪不得，原来信没送到，就说："信就在市府大门外的信箱里！你看你们这些当官的，连信箱也不开，成天都忙些啥？"

秘书态度极好，说："是，是，我这就去取，你等等……"

"等？我再笨也不会笨到等你们来抓我！我再给你们一点时间：下午三点，如果钱还不到账，你们就到江里去捕捞'食人鲳'吧！"

秘书见对方挂了电话，连忙去找信，找了半天，总算在信访办的字纸篓里找到了。原来刘南城把敲诈信投到了市府信访办的信箱，信访办的工作人员收到这封信后，看信上的字像鸡爪子抓的，说的事又像天方夜谈一样离谱，以为谁在搞恶作剧，就随手扔进了字纸篓。

这件敲诈案引起了市政府领导的高度重视，宜州水网密布，而罪犯的

作案手段简单得把“食人鲳”往水里一扔就行，如果几对“食人鲳”真的流入江河，后果不堪设想。市长亲自挂帅，要求尽快破案，不许有一条“食人鲳”流入江河湖泊！

再说刘南城，他打完电话就哼着小曲回了家，他老婆王兰昨天打了一夜麻将，正躺在沙发上睡觉，刘南城上前一脚把老婆踹醒，喝道：“做饭去，老子饿死了！”

王兰满脸的不情愿，嘟囔道：“人家刚睡着……”

刘南城哪管她这个，继续说“你把菜给我搞丰盛点，今儿高兴，我要喝两盅。”接着，他又到卫生间盯着塑料袋里的“食人鲳”好一阵端详，越看心里越美：这哪是“食人鲳”，分明是活黄金！他一直看得累了，这才进屋躺到床上。

王兰做好饭，把刘南城从床上喊了起来。刘南城坐到桌前，看见桌上有鱼有肉，不禁胃口大开，一连喝了好几杯。王兰瞅着他乐呵呵的样子，纳闷了：“钱没钱，粮没粮的，你乐呵啥？”

刘南城得意地举着筷子在王兰面前晃悠：“你知道吗？我要发财啦！”

王兰盯了他一眼，说：“发财？你是发烧吧？”

刘南城也不恼，凑过脸嬉笑着说：“不信？嘿嘿，两百万，下午三点钟到账。”他见王兰还是不信，便扯过王兰的耳朵，把计划又说了一遍。

王兰听得身体都发起抖来，脸色越来越难看，最后终于忍不住跳起来，喊道：“坏事——”

“嘘——”刘南城连忙制止王兰，恶狠狠地说，“小点声！惊动了别人我要你的命！”他瞄了瞄墙上的挂钟，已经三点了，就站起来说：“我去看钱有没有到账，你在家等我的好消息吧！”

刘南城没有再去上午那台取款机那儿，而是绕了个大圈子，找到另外一台取款机，把卡往机器里一塞，又

傻眼了：别说两百万，卡里连两块钱都没有。他满脑子的发财梦突然一下破灭了，气得直发抖："好你个市长，分明是小瞧我！我这就把'食人鲳'抛到江里去！"

刘南城把衣袖往上一捋，转身就往家里走，冲进家门，从卫生间拎出装鱼的塑料袋，径直往江边奔去。

## 老天不干

刘南城健步如飞，转眼跑出街口，就要跨上堤岸，突然，一部警车冲到他前面停下，车门打开，几个警察跳下车，拦住了他的去路，卖"食人鲳"给刘南城的宠物贩子张云也从警车上下来，指着刘南城，说："就是他！他买了我好几条'食人鲳'，正拎在手上。"

刘南城见势不妙，突然瞥见身边有个下水道检查井，急忙一步跨过去，把塑料袋斜悬在下水道检查井的上方，吼道："你们别过来，不然我就松手！"

下水道通着堤外的大江，警察们果然不敢动了。领头的警察对刘南城说："你不要冲动，我们好商量。"

刘南城恶狠狠地说："我跟你商量个屁！你让市长拿二百万块钱来！"

张云一直紧张地盯着刘南城手里的塑料袋，越看越不对劲，说："他袋里装的不是'食人鲳'！"

"什么？"领头的警察大吃一惊，连忙说，"你说什么？你可要看清楚！"

张云上前两步，又鼓着眼珠子瞪了一会，肯定地说："这不是'食人鲳'，这是红鳍鲳，这种鱼只吃草，不吃人。"

刘南城被张云说得满头雾水，忽然，指着张云大声骂道："混蛋！你想骗我，我才不上当！"

领头的警察也低声对张云说："你要搞清楚，这事错不得！"

张云一跺脚，赌咒发誓："我玩鱼玩了几十年，连'食人鲳'和'红鳍鲳'还分不清吗？"

刘南城结结巴巴地说："你胡说！这明明是你昨天卖给我的'食人鲳'！我亲眼看见它们把一条鲫鱼吃得干干净净！"

张云说："我昨天卖给你的确实是'食人鲳'，但你这袋子里装的确实不是'食人鲳'。"

领头的警察不放心，又问张云："里面有没有混杂'食人鲳'？"

张云说："它们不可能混在一起，不然，'红鳍鲳'早就被'食人鲳'啃光了！"

这话让大家松了一口气，唯独刘南城气得七窍生烟，朝张云骂道："你这个骗子！你偷换了我的鱼，我要杀了你！"他把塑料袋往地上一摔，冲过去扭着张云就打，警察一拥而上，

·情节聚焦·

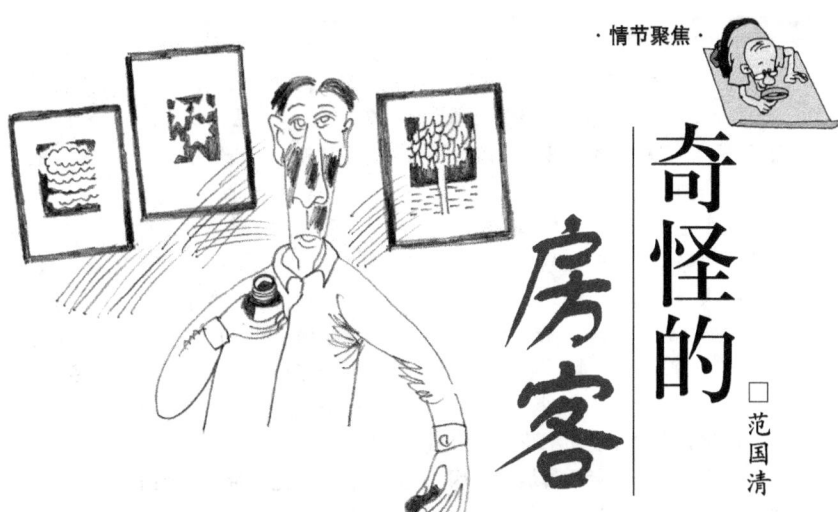

# 奇怪的房客

□范国清

金花旅社来了位房客，这人瘦瘦的，五十来岁，背着个旅行包，双脚轻轻地挪动着，生怕踩死了地上的蚂蚁。

房客走进121房间时，服务员茹小花正在房间打扫卫生，她背朝着房门，一点也没察觉，直到突然感觉到脖子后面有一种男人的鼻息，这才回过头来，脑袋险些碰着一个陌生人的鼻子，吓得脖子一缩，差点惊叫起来。

“你好！”房客朝茹小花瞪着眼睛，脸上带着一种奇怪的微笑。

“你——”茹小花连忙远远跑到房间角落，喘着气，打量着这位新来的房客。

房客将肩上的旅行包取下，弯腰

---

抓住了刘南城。刘南城在被拖上警车时，还一个劲地骂张云：“骗子！奸商！害群之马，祸国殃民！警官，你们千万不要放过他啊！”

过了几天，王兰来拘留所看刘南城时，刘南城还在骂张云偷换了他的“食人鲳”，王兰说：“‘食人鲳’是我换的，那天中午你不是要我把菜弄丰盛点吗？我看见卫生间水龙头上挂着一袋子鱼，就一锅给煮了，后来听到你的计划，才知道坏事了，我怕你打，不敢告诉你，等你出门后，赶紧去菜场买了几条样子差不多的鱼……”

刘南城听到这里，呆了一会，长叹一声，说：“坏事不能做绝，不然老天也不干。幸亏你让我吃掉了‘食人鲳’，不然，只怕牢底也要坐穿……”

（**题图**、**插图**：王　俭）

时，突然大喊一声："蟑螂！"猛地抬起一只脚，跺了一下，又朝前跑一步，又跺了一下。

茹小花一看，哪有什么蟑螂，分明是昨晚房客留下的一只香烟头，被电风扇吹着在地板上滚动。这个房客追着香烟头跑了几步，终于把香烟头踩在脚下，得意地嚷道："看你往哪儿跑！"

这房客太怪了，茹小花大脑里冒出个念头：这个人会不会是精神病？这样一想，茹小花吓得直想逃，但卫生没打扫完，按规定她是不能走的。于是，她一边干着活，一边悄悄观察房客的一举一动。

这位房客把旅行包放在桌上，打开包，拿出一个茶杯，又掏出一条毛巾，然后抬头看房间的墙壁。茹小花估计他想晾毛巾，正要提醒他把毛巾晾在铁丝上，却发现房客举着毛巾，眼睛盯着趴在墙壁上的一只苍蝇，把手里的毛巾猛地一甩。

啊？他竟然用毛巾打苍蝇！

房客没打着苍蝇，毛巾离开他的手，顺着墙壁掉到地板上。这位房客不去捡地上的毛巾，坐在床铺边，手又开始在旅行包里摸索，不一会儿，他摸出一个瓶子，拧开瓶盖，将一个小棉球伸进瓶口，白棉球马上变得黑黑的，他把黑棉球往脸上涂涂点点，眨眼间，就变成一个大花脸。

茹小花看得很清楚，房客手上拿的是一瓶碳素墨水，把碳素墨水往脸上涂，只能是个精神病人！她再也呆不下去，一下跑出121房间。

茹小花找到老板娘，上气不接下气地说："不好了，来了一个精神病人！"

老板娘一怔："精神病人？在哪儿？"

茹小花结结巴巴地说："就是那个住进121房间的房客。"

老板娘满腹狐疑地说："没搞错吧？刚才登记时，听他说话挺正常的，不像个精神病

人呀！”

“错不了！”茹小花把房客将香烟头当蟑螂、用毛巾打苍蝇，将碳素墨水涂到脸上的事说了。

老板娘忙说：“真这样啊？带我去看看！”

茹小花跟着老板娘来到121房间门口，一看，都吓坏了：那个房客立在窗前，将茹小花刚才打扫卫生用的半盆水泼在离窗台不远的床上，还把水淋在自己身上。这房客满头满脸的水，胸前的衣服全湿透了，涂了碳素墨水的脸被水一淋，变得黑乎乎的。

“天啊，真是个精神病人！”老板娘吓得不敢走近了，悄悄对茹小花说，“你看住他，我去打电话报警！”

茹小花一把将门关上，在外面死死拉住门把手。

这时房客正要出去，在里面拉门，怎么也拉不开，就在房里嚷道：“这是什么破旅社，门也开不了！服务员，我要出去，快来开门！”

不一会儿，来了两个警察。茹小花这才松了手，警察一看，门里立着一个满脸黑乎乎的人，身上都是水，一看就不正常，连忙将他扭住。

房客吓了一跳，大声喊道：“为什么抓住我？你们是绑匪？”

“我们是警察！”

房客说：“警察抓我干什么？我又没犯法！”

茹小花有警察在旁边，胆子大了，说：“你精神有问题。”

“姑娘，你可别胡说，我精神有啥问题？”

警察问房客，为何把香烟头当蟑螂？为何用毛巾打苍蝇？为何要把碳素墨水涂到脸上？又为何把一盆脏水泼在床上？

房客眨着黑糊糊的大眼眶，呆了半晌，说：“这都哪跟哪呀？刚才我看见地上有一只蟑螂，便用脚去踩，你们怎么说是香烟头？香烟头能动吗？我看见墙壁上有颗铁钉子，就把毛巾挂上去，啥时用毛巾打苍蝇了？我因为脸上长了痤疮，涂的是药水，当然，我包里也有一瓶碳素墨水，但那是准备写文章用的。另外，你们说我把水泼到床上，我其实是想找个盆子打水洗手擦身子，看见地板上有一个，就想先把里面的脏水泼到窗外去，哪想到，水全部溅了回来……”

警察看了看窗户，两扇窗玻璃紧关着，心里一动，忙问：“你是不是视力有问题？”

房客揉了揉眼睛，说：“是啊，我是个近视眼。刚才下火车时，眼镜被人挤掉了。好不容易找到这家旅社，本想先休息一会儿，再上街买眼镜，哪想到……”

（**题图、插图**：王　俭）

（本栏目欢迎来稿。来稿可从邮局寄发，也可从网上传递。如为电子邮件，请发以下信箱：zjw002@vip.163.com。）

# 托付疯妻

□朱大洪

## 深夜奇遇

古华是精神病院的医生，三十大几了还没结婚，跟一个叫霍丽的女人同住在一起，霍丽嫌他没钱，并不想嫁给他。

这天晚上，古华又跟霍丽吵了一架，心里烦，就从家里出来散心。天早黑尽了，街道上行人稀少，这时，他看到路边坐着个头发乱蓬蓬的女人，看上去不太正常，就想：如果这女人是个精神病人，让她住进自己工作的医院，不就能拿到提成吗？于是，他凑到女人跟前，越看越像。突然，不知从哪里过来一个男人，走到女人跟前，说："老婆，天这么晚了，快回家吧。"

女人顺从地站起身，古华连忙掏出名片，上前递给这个男人，说："对不起，我冒昧地问一声，你妻子是不是有病？"

男人看了眼古华的名片，说"我妻子得了精神病，你能带她上你们医院吗？我不能去陪她。"

古华说"当然能呀，我们医院有特护人员，不需要家属陪护。"

男人一听很高兴，说"那我把老婆托付给你，你现在就把我老婆带到医院去，好吗？你别担心，我有一笔

钱，够我老婆治病的。你要是把她的病治好了，我会感激你一辈子！”

古华没想到这么顺利就接了个病人，他把疯女人带到精神病院，临时安排在一间病房里，等她男人明天带钱来，再办住院手续。

但疯女人的丈夫第二天却没有露面，又过了几天，疯女人的丈夫还是没来。古华有点急了，就去问疯女人：“你丈夫怎么还不送钱来呀？你家住在哪儿？”

疯女人说：“我不知道家在哪。”

“那你记得家里的电话号码吗？”

疯女人接着又摇头，过了一会，她突然说：“我丈夫有电话，我经常给他打的。”接着，疯女人说了一个手机号码。

古华连忙掏出手机，拨了疯女人说的号码，竟然一下就通了，电话那边正是那个男人的声音，古华生气地说：“你把妻子托付给我就不管了吗？一分钱也不交，让我怎么给你妻子治病？”

手机里那男人的声音断断续续的,他说：“我离我妻子太远了，没法赶过来，但我家有一笔钱，你去我家拿吧。存折放在枕头里，密码是262626，我家在郭家巷129号，钥匙在我妻子的口袋里。我妻子下半辈子是好是歹，就看你了！”

男人哽咽着说到这里，突然关了手机。

## 疑窦重重

古华关了手机，问疯女人身上是不是带着把钥匙，疯女人真的从口袋里摸出一把钥匙来，古华连忙接过钥匙，出医院叫了辆出租，直奔郭家巷。

郭家巷是一条老街，古华找到129号，将钥匙一插，门开了，他壮着胆子走进去，真的在床上的枕头里找到本存折，打开一瞧：天哪，上面有26万块钱！

他来到银行，填了张取钱的单子，将单子和存折递进窗口，输入密码，不一会，营业员递出来一万块钱……

回到精神病院，古华马上替疯女人办了住院手续。

霍丽不知从哪里打听到古华替疯女人交钱办了住院手续，又跟古华大吵起来，古华被霍丽闹怕了，就把钱的来历说了，霍丽根本不信，古华只好把那本存折拿出来，霍丽一看，眼睛立时瞪得像只哑铃。过了一会，她摆出一副看出问题的样子，问古华：“你想过没有？那男人为啥不来医院？为啥要把这么多钱交给你？”

古华吓了一跳：对呀，那个男人不像个有钱人，他哪来这么多钱？难道他抢了银行，正在逃避公安机关的追捕？这样一想，他赶紧再拨那个男人的手机，却怎么也打不通。

古华吓坏了，说：“我们快报警吧！”

霍丽把那本存折收起来，说："不急，这里面大有文章……"

第二天下了中班，古华又来到郭家巷，远远看到一辆警车开过来，在129号门前停下，车上下来两个警察，有一个手里还捧着个骨灰盒。警察敲了敲门，见半天没反应，就问了旁边一位老婆婆几句话，又开车走了。

古华走过去，问那位老婆婆："老人家，刚才警察来干啥？怎么还捧着个骨灰盒？"

老婆婆叹了一口气，说："唉，郭

娃死了…… "

古华连忙回去把这事告诉霍丽，霍丽分析说："那家伙多半是逃跑时被警察击毙了。他死了，那笔钱就是咱们的了，结婚正好用。"

古华却摇摇头，说："郭娃死了，他女人还在，她的病好多了……"

霍丽眨巴着眼睛，眼里一点点露出了凶光……

这天一早，古华又来到病房，疯女人经过治疗，病情明显好转，已经记起自己叫唐红嫣，丈夫叫郭娃。知道是古华送她来医院并垫付治疗费用后，她感激地对古华说："我家里有钱，等我出了院，我就把钱还给你。"

古华问她丈夫的事，她只是流泪，一声不吭。

古华回家对霍丽说："疯女人记起了她家里的钱，我们把钱还给她吧。"

霍丽瞪了古华一眼，说"我们为什么拖了好几年没结婚？不就是没钱吗？你也不想想，从病人家中偷偷取了存折，据为己有，这是什么行为？你以为把钱还给她就没事了？干脆，一不做，二不休……"

春节快到了，不少精神病人被家属接回家过年，唐红嫣也要求回家里过年。因为她经过治疗情况一直很稳定，医院批准了她的请求。

出院这天，天下起了大雪，古华非常细致地给唐红嫣作了检查，翻来

覆去把春节在家的注意事项说了好几遍，等唐红嫣出院时，已经是傍晚时分了，她正要走出病房，古华又来了，递给唐红嫣一包药，让她服下再走。

## 情义如山

唐红嫣服下古华给她的药，走出精神病院，独自一人往家走。天渐渐黑下来，雪还在不停地下，唐红嫣高一脚低一脚地走在雪地上，突然兴奋地奔跑起来，还发出一声声的惊叫。这样又喊又跑好一阵子，她终于筋疲力尽，躺倒在雪地上，雪花一片片落在她身上，越积越多。

这时，唐红嫣身边忽然出现一个男人，朝唐红嫣大喊：“老婆，雪地里太冷，快起来，快回家！”

古华一直远远跟在唐红嫣后面，他借着路灯的朦胧光亮，认出这男人正是上次把唐红嫣托付给自己的男人，好不奇怪：他不是死了吗？

那个男人见唤不醒唐红嫣，就弯下腰想把唐红嫣拉起来，却怎么也拉不动，于是接着喊唐红嫣，那声音一声比一声高，凄惨得空气都发抖，古华再也控制不住自己，跑上前，一把搀起了唐红嫣……

古华一直到很晚才回到家，一进门就翻箱倒柜地找东西，终于在一个角落找到了唐红嫣家的那本存折，打开一看，上面的钱没少，这才松了一口气，他不理会霍丽的大喊大叫，拉开房门又走了。

古华又来到唐红嫣家，陪在唐红嫣身边，到了次日上午，唐红嫣打了个哈欠，醒了过来，见了守在边上的古华，大吃一惊，古华却高兴地说：“你醒来了，太好了……”

这时，外面响起了敲门声，唐红嫣跑出去打开门，古华看到门口站着两位警察，和唐红嫣说了会话就走了。唐红嫣抱着个骨灰盒，站在门口哭，古华怕她精神上又受刺激，连忙过去扶她坐下，把骨灰盒接过来，放在桌子上。

唐红嫣指指骨灰盒，流着眼泪说：“这是我丈夫……”

原来，唐红嫣的丈夫是个送煤工，收入很低，为了能让妻子过上好日子，偷偷跑到外地一家煤矿挖煤，结果，那个煤矿出了事故，郭娃被埋在井下，唐红嫣虽然拿到了26万元赔偿金，但精神上受不了这个刺激，疯了。前不久，煤矿挖出了郭娃的尸体，刚才警察送来了郭娃的骨灰……

古华看了眼骨灰盒，上面那张照片正是把唐红嫣托付给自己的那位男人，这才恍然大悟，原来自己前后两次看到的，都是郭娃的鬼魂。古华愧悔交加，拿出那本存折，双膝一软，跪在郭娃骨灰盒前，连着抽了自己几个耳光，哭着说：“兄弟，你是情义如山的男子汉！我，我不是人……”

（题图、插图：黄全昌）

# 大褂传奇

□闵凡利

## 留下件大褂

民国时期，闵楼村有个叫闵宪山的汉子，很会过日子。这天，他带着儿子庆安到地里种豆子，种着种着，豆种不够了，闵宪山就对儿子说：“庆安，你到你舅舅家去借一袋豆种，快去快回，等着种呢！”

庆安刚满18岁，和舅舅家的表姐云儿订着娃娃亲，听父亲这么一说，连忙回家洗了把脸，换上父亲给自己新做的一件大褂，牵上毛驴，便往新桥村舅舅家赶去。

到了舅舅家，偏巧舅舅和舅母去走亲戚，只剩表姐云儿一人在家。云儿一看庆安来了，脸一下就红了，说：“表弟来了，屋里坐吧。”庆安也红着脸，说了借豆种的事，云儿便让他拿着袋子进里屋装豆种。

两人来到里间，庆安撑着布袋口，云儿用瓢从大缸里舀着豆子装进布袋里。她舀一瓢，就往庆安身边挨挨，庆安就往后退一点，云儿舀一瓢，挨挨，庆安就退退，这三退两退的，庆安竟退到了床跟前，云儿把瓢一扔，双手抱住了庆安……

两人都年轻，又是未婚夫妻，就

把洞房花烛夜的事提前做了……

穿衣起来，两人都不像先前那样害羞了。庆安恋恋不舍地说：“表姐，地里还等着种豆子，我得回了。”

云儿泪眼汪汪，说：“你人走了，总得留下点什么吧？”

“留什么？”

云儿看了庆安一眼，说：“把你的大褂留下吧。”

庆安说：“我这大褂是爹卖了三升谷子刚做的，要是见我没了大褂，问我，我怎说？”

云儿说“我让你破了身子，要是你以后有了外心，不承认，我咋办？”

庆安听云儿说的在理，就把大褂留了下来。

庆安把豆子送到地里，和爹一起种好。回到家，闵宪山没看见儿子的新大褂，就问：“你的大褂呢？”

庆安不敢说是云儿留下了，就说：“我忘在学堂里了。”

闵宪山再问，庆安还是这么说，又问了几次，庆安就说不出话了。一件大褂是三升谷子换来的，闵宪山是一个子掰两半过日子的人，心里疼得慌，就怒气冲冲地对儿子说：“你要是明天还不把大褂给我找回来，看老子不揍死你！”

## 回了个儿子

庆安犯愁了，大褂在云儿那里，现在去要她肯定不会给。没有大褂，这顿揍肯定躲不过，爹打起人来手特狠，能把人打个半死。与其挨揍，还不如先逃走，过一年半载再回来，那时爹的气肯定早消了。于是，他拿了娘的私房钱，包上几件棉衣，跑到村东头的铁路边，扒上北去的火车，一口气到了抚顺。

庆安身上没带几个钱，没几天就花光了，于是就当衣服，两三个月后衣裳也当光了，只好沿街要饭。眼看年关近了，他身无分文，连回家的念头也不敢有。到了腊月二十八晚上，庆安缩在一家粮店的屋檐底下，冻得睡不着觉，就听粮店里面的人打算盘，小伙计念，掌柜的打，那两个人不知算了多少遍，总是算不对，就重新又算一遍，还没核呢，庆安忍不住了，说：“又错了！”

掌柜的听到了，就请庆安进来帮着算，一会儿工夫，庆安就把掌柜的一年的账给算清了。掌柜的说“你别要饭了，在我这里干吧，我按月给你工钱。”

从此，庆安在这家店里当起了小掌柜，日子慢慢过得滋润起来，就不急着回家了。他想，如果不混出个样子回家，肯定会被人看不起。

于是，他把挣的钱攒起来，再交给掌柜的，入了股，成了股东。

一晃十八年过去了，庆安不光在粮店里有股份，在抚顺城里另外又有了几个店铺生意。庆安在抚顺举目无亲，又一门心思想着出人头地，所以虽是三十大几，却一直单身。现在发达了，他想：我虽然数次让人往家里捎过信，也不知捎到没有，爹娘不知现在啥模样了。不行，我得回家!

庆安转了粮店的股份，变卖了其他店铺，坐着火车往家赶。

火车到了站，庆安下了车，又租了辆大马车，拉着他这十八年挣下的财产，赶往闵楼村。

马车走了一个多时辰，到了闵楼村。这天正逢闵楼村大集，庆安把马车停了，在离家不远的一个茶馆里喝茶，毕竟过了十八年，茶馆里竟然没有一个人认出他。这时，一队娶亲的吹吹打打从茶馆前经过，庆安就问茶馆掌柜谁家在娶媳妇，掌柜的说："娶亲的是一个没爹的孩子。"

庆安纳闷了："没爹能有孩子？"

掌柜的呵呵一笑，讲了个故事。

原来，庆安离家出走后，家里人到处找，却怎么也找不到。这天，闵宪山遇上云儿父亲来赶集，两个亲家一见面，没等闵宪山开口，云儿父亲就说："姐夫，云儿和庆安都18岁了，该给他们把事办了。你看，定哪个日子好？"

闵宪山一听，心里那个烦啊，就没好气地说："你怎么哪壶不开提哪壶？你外甥到现在没回来，你又不是不知道？"说完，转头就走。

这样一来，两家慢慢就疏远了。

没想到云儿跟庆安有了那一回后，竟然怀上了，肚子慢慢大起来，云儿娘看出来了，忙问闺女咋回事，云儿说："你甭急。冤有头，债有主，到时候我自会去找孩子的爹！"

过了10个月，云儿在家里生下个男孩，孩子一生下，她就用庆安留下的大褂把孩子一包，连夜到了闵宪山家。

闵宪山早就关门睡了，云儿先喊姑，没人理，后来就砸着门喊："娘，娘，你儿媳妇回来了，快开门！”

庆安娘听到大门外有人在喊娘，忙去开了门，一看是娘家侄女，怀里抱着个婴儿，连忙让到屋里，问是怎么回事。云儿把包孩子的大褂递给庆安娘，说：“你们不是找大褂吗？我今天就是来给你们送大褂的！”庆安娘一看，什么都明白了。闵宪山听到动静也起来了，忙问怎么回事，庆安娘没好气地说：“怎么回事？你儿子的大褂回来了！”

自从云儿抱着孩子回来，虽说儿子不在，可有了孙子，庆安娘心里宽敞了很多。闵宪山心里还记恨着云儿父亲，故意不给云儿家送信。这天他在集上又遇上了云儿爹，就故意说：“他舅，庆安回来了，快把孩子们的婚事给办了吧！”

云儿爹这些时候正偷偷打听云儿下落，一听这话，气得扭头就走。从此，两家连在年节上也断了来往。

一晃就是十八年，庆安和云儿的儿子已成人，今天是娶亲的日子。

## 父子拜天地

庆安听完故事，托付掌柜的帮着看住马车，抬脚就往家里走。

这时新媳妇刚进门，云儿正忙着，庆安一眼就认出了云儿，走到云儿跟前，故意拿肩膀一顶，把云儿顶得一下踩到个泥洼里，云儿一看，顶自己的是个外地人，有点面善，但不认识，生气地说：“你这人怎么这样？把我弄了一鞋的泥！”

庆安瞅瞅云儿，不冷不热地说：“脏只鞋怕什么，又不值个大褂！”

云儿一听，这人话里有话呀！大褂的事，他咋会知道？她又看看，越看越眼熟，但心里拿不准，就进了屋，对庆安娘说：“娘，外面来了个人，站在槐树下，话说得很蹊跷，你去看看，莫不是庆安？”庆安娘看了眼，又揉着眼看了，接着又让云儿把她的老花镜拿来，看了半天，还是不敢认，就走到庆安跟前，说：“庆儿，娘老了，眼花了，究竟是不是你，你言一声。”

庆安本来还想再戏弄一下云儿，一看娘出来了，娘的头发全白了，忍不住眼泪“刷”地一下就开了闸，“扑通”一下跪在地上，说：“娘，我就是你的庆儿，你的庆儿回来了！”

亲戚朋友一听庆安回来了，也不看新媳妇了，“轰”地一下就过来把庆安围上了，闵宪山见儿子回来了，高兴得胡子撅撅的，对正哭得一把鼻涕一把泪的庆安娘和云儿说：“别哭了，都别哭了，今天咱家是双喜临门。对了，庆儿，你和云儿两口子还没拜天地呢，凑着明堂上的香烛在，你们先拜堂，然后再让你儿子他们小两口拜！”

（题图、插图：黄全昌）

# 不能自杀的人

□原作：〔土耳其〕阿吉兹·涅辛
改编：湛鹤霞

阿拉力再也不想活了，满脑子都是自杀的念头。

临死之前，他准备打扫一下房屋的卫生，于是拿起抹布擦柜子，突然，他发现柜子的夹板间竟然有500块钱，一愣神，他想起这个柜子是自己的老板扔的，那天老板的太太刚死，老板就把太太用过的柜子连同其他遗物一起丢到了垃圾堆，阿拉力正好没柜子，就捡了回来。这500块钱肯定是老板太太的私房钱。

打扫好屋子，阿拉力就到药店买毒药，伙计看他一副委靡不振的样子，充满同情地问："哥们，你不是想喝毒药自杀吧？"

阿拉力点了点头，这伙计乐了，说："现在哪有喝毒药自杀的?你在我们国家见过能毒死人的毒药吗？"

阿拉力一想也是，就决定到军队借一支枪，一枪崩了自己。他找到一位军官，军官爽快地答应了，带他在一个国家援助的武器库里挑了把左轮手枪，说："这枪很厉害，一枪就可以让你的脑袋开花。"

阿拉力接过枪，找了一个安静的地方，上好子弹，对准自己的太阳穴，扣动扳机，他只听见手枪在"卡——答——卡——答——"地响，却没有其他动静。军官拿过去一看，这把新手枪少了零件，就说："我帮不了你，要不你用煤气自杀吧。”

阿拉力立刻回家，把屋子里所有的缝隙全部堵死，然后把煤气打开，坐在椅子上，闭上眼睛，等着死神的到来。

中午过去了，后来夜幕也降临了，这时，一个朋友来敲阿拉力的门，喊道：“阿拉力，你在家吗？快开门。”

阿拉力说：“别进来，我在等死。”

朋友在外面大喊：“你这样能死吗？你这是在发疯！快开门吧！”

阿拉力没办法，只好把门打开，朋友进来看到阿拉力在用这种方法自杀，乐得哈哈大笑：“你真蠢！从煤气管道里出来的空气比我们工厂的空气好多了，你这样死得了吗？”

阿拉力凑到煤气出口前闻了闻，果然觉得很舒服。

朋友说：“你要是真的想自杀，可以买一把刀，切腹自尽。”

阿拉力觉得这主意还不错，他谢过朋友，从柜子夹板里拿出那500块钱，上街买了一把刀。

阿拉力带着刀走在大街上，突然想起快一天没吃饭了，他虽然买的是刀铺里最锋利的刀，但试刀时使了吃奶的劲才砍断一根细树枝，看来要完成切腹自杀这件事，肯定要使大力气，得吃饱饭。这样一想，他拐进一家饭店，要了一份腊肉煎鸡蛋、一个罐头、一盘煎白菜卷，还要了一份通心粉和四块甜酥。

哪知东西刚吃了一半，闯进来两个警察，直接朝阿拉力冲过来，阿拉力连忙站起来，说“我是个老实人，从来不说政府的闲话……”

警察二话不说，从他身上搜走那把刀，临走时还朝阿拉力吼道：“告诉你，我们是专门制止犯罪的警察！”

阿拉力气得号啕大哭：“自杀也算犯罪吗？我是实在活不下去才想死的！你们抢走我买的刀，叫我怎么死啊？”

饭店老板本来在打盹，被阿拉力

吵醒了，冲上来朝阿拉力就是一拳:“滚！要死买根绳子上吊去！”

上吊？对呀，阿拉力兴奋地“滚”出饭店，到杂货店买了一根绳子，回到家，把绳子系在吊钩上，再把脖子套进绳套里，一脚踢掉凳子，“扑通”一声，他跌在地板上:绳子早就烂了。

阿拉力气极了，拿着绳子找杂货店老板理论，老板懒洋洋地说:“绳子要是好的，我自己早用它上吊了。”

这时，一个卖报的走过来，对阿拉力说:“买一份报纸吧，先生，政府官方报，绝对真实新闻，如果不想看，还可以当包装纸。”

上吊没有指望了，也许报纸上还有自杀的方法。这样一想，阿拉力就买了份报纸，哪晓得刚读完一篇社论，阿拉力突然五脏六腑像火在烧，像刀在绞，蹲在地上直哼哼……

杂货店老板见了，高兴地对阿拉力说:“太好了，你再也不用自杀了，赶紧到医院去，医生会很快让你见阎王。记住，千万别说自己想自杀。”

阿拉力大喜，连忙给医院打电话，很快，医院来了救护车，把阿拉力送进急救室，一个医生无精打采走进来，查看一番，问:“你好像是中毒了，说，是不是想自杀？”

“瞧您说哪去了？在这么幸福的生活里，我怎么舍得自杀呢？”

“那你肯定是中毒了，你今天吃了什么？”

“腊肉。”

“什么？腊肉？”医生叫起来，“你疯了？腊肉能吃吗？现在医院里住满腊肉中毒者。不对，你不像腊肉中毒，还吃过什么？”

“罐头。”

“天啦，你怎么能吃罐头呢？还吃了什么？”

“通心粉，甜酥。”

医生忍不住又大叫起来:“你疯了，绝对疯了！你还说你不想自杀？这些东西可以让你死好几回，可你为什么还没死呢？你还吃了什么？”

阿拉力无力地摇着头，说“我发誓，我再也没吃什么了，我是在读政府官方报社论的时候发的病。”

“啊！”医生又一次惊叫起来，长长地吁了一口气，说，“我说呢，你就不像是食物中毒。”

阿拉力听不懂医生的话，医生继续说:“你发病的原因是你读了那篇社论。政府官方报的每篇社论都让人求生不得、求死不能，并且无药可治。我没法子了，你快出院吧。”

阿拉力捂着肚子走出医院大门，他很高兴，因为终于知道用什么方法自杀了。他决定再去买一份政府官方报，从头至尾一字不落全部看完。

他想:我要是这样还不死，就去申请自杀不死的吉尼斯纪录！

（**题图、插图**:佐　夫）

**他来了，带着一个不为人知的秘密；他走了，留下一个激荡人心的传奇……**

# 地下风云

□马骁

## 1．高人出手

两年前，县城来了个张老头，他六十多岁年纪，无儿无女，一直在钢铁公司做临时工。这老头天生一副好脾气，干活又肯吃苦，从没跟人红过脸。没想到，这天中午他惹出了一档子事。

原来，中午下班铃一响，张老头和几位工友在食堂打了饭，搬着桌子在外边找了个凉快的地方。因为大家下午都歇班，就开了瓶二锅头，没多大工夫，大半瓶二锅头下了肚。就在这时，突然冲过来一辆小面包，撞翻了一旁停着的一辆自行车，开车的胖司机又往前开了一段，这才把车子停了，满不在乎地从小面包里钻出来。

自行车的前轮被轧成了麻花，它的主人是一个满脸稚气的小伙子，长得高高瘦瘦的，大家都喊他“竹竿”。这竹竿老实得有点窝囊，气得满脸通红，却不敢吭一声。

坐在一旁的张老头今天脑子像是搭错了一根筋，突然扯高嗓子，大声说：“兔崽子，欺人太甚！”

一位工友吓了一跳，连忙拉住张老头，悄悄说：“快别说了，这胖子是梁三的人，甭想跟他讲理了。要是打架，就竹竿那体形，再添几个也打不过他。”

张老头扬着脖子打了一个嗝，又

把话头抢过来，说："打不过？用我手中这个家伙，几下就能把他打趴下。"

大伙一看张老头手里的家伙，全都乐了：那不过是一把折扇。这老头，今天真的喝高了！

张老头不理会大伙的嘲笑，又说："怎么着？都不相信啊？给我二十分钟，我就能让竹竿用这把扇子把胖子打趴下！"

大伙笑得更响了，有人说"行！您这就教竹竿去，甭管教多长时间，只要他能用这玩意儿把胖子打趴下，我们管您一年的饭！"

胖子一直在旁边听他们说话，也不怒，笑呵呵地等着看张老头的洋相。

没想到张老头今天较了真，他扯着嗓子把竹竿叫过来，拉到旁边耳语一番，竹竿狠狠盯了眼胖子，说了声"你等着"，跟着张老头进了旁边的车间。

二十分钟不到，两人就回来了，竹竿拿着张老头那把折扇，走到胖子跟前，挺硬气地说："你要是赔我辆车子，这事就当没发生过。"

胖子正摇头晃脑地哼着小曲，一听这话，伸手就给了竹竿一巴掌，竹竿一晃身子避过，一咬牙，突然将手里的折扇往前一戳，只听胖子猛地发出一声惨叫，黄豆般的汗珠从脸上滚落下来，整个人趴在桌子上，不会动弹了。

这一下大伙儿全傻了，过了好一阵子，才有人问张老头："您老的功夫哪学的？"

张老头像被什么东西刺了一下，一瞪眼睛，嚷道："功夫？谁会功夫？"站起身，用力分开众人，晃着膀子走了……

第二天，张老头上班来得比谁都早，见了昨天一起吃饭的几个人，上前笑呵呵地说："酒话不用当真，一年的饭啥的，不算数的。"跟着又补上一句："跟大伙儿言语一声，昨天的事别传到外边啊！"

工友们一听这话，都点点头。原来这地方民风强悍，一直有习武传统，因为会家子多，一般都不张扬。这张老头深藏不露，大伙虽说没想到，却也不觉得特别奇怪。

但麻烦还是来了。那件事刚过三天，就有风声传过来：梁三要过来！

这梁三好武成痴，仗着他爸是一家铁矿的矿主，构织了严密的关系网，是一个一脚能跺响全城的角色。三年前，他一番打点在体委挂了个职，把县城里好勇斗狠之徒全都召集起来，成立了武术协会，经常耍枪弄棒，逢年过节时，还喜欢搞什么武术大会，经常在电视上抛头露面。谁要是在武术上抢了他的风头，他就会带着一帮子人找过去，用"以武会友"的名义大打出手。再加上这家伙身上的确有功夫，所以谁也不敢招惹他，上了年纪的老师傅想要带个徒弟，都得关起门来悄悄练。

胖子是梁三手下，被竹竿戳了那一下，在家躺了两天才缓过劲来，就去找梁三诉苦，梁三马上就让胖子带着来找张老头。

梁三为了摆威风，来之前就放出了风声，工友们吃好饭，三三两两聚在食堂周围，等着看热闹。

张老头吃完饭把碗一放，就在那悠闲地剔着牙，好像根本不知道梁三要来找他。

十二点刚过，梁三就带着十多号人气势汹汹地来了，跟在他后面的胖子朝张老头一指，梁三一挥手，一帮人朝着张老头围过来。

梁三上前抱抱拳，大声说“张师傅，我们武协工作做得不好，竟漏了你这么一位民间高手，多多包涵。”

张老头瞟了他一眼，没吱声。

梁三把脸一沉，继续阴阳怪气地说：“今儿我们县武协的人找到你，是想讨教一下，挖掘民间的真功夫。请不吝赐教。”说着，上前一把掀了张老头跟前的桌子。

张老头冷笑一声，说“我一大把年纪了，难道要我跟你们这些小伙子动手？”

梁三说：“我们诚心实意来挖掘民间功夫，怎么可以白来？”

张老头哼了一声，说“这两天我教了‘竹竿’一点功夫，你们既然来了，就跟他比划比划吧。”他想了想，又说，“不过我这徒弟总共只学了三天功夫，你们武协不会随便欺负人吧？”

“你说怎么比？”

张老头说“这么着吧，你们挑个人出来，跟我徒弟一人打对方三拳，谁倒地就输……不过，得让我徒弟先打。”

梁三打量一眼竹竿瘦瘦高高的体形，冷笑一声，朝身旁一个三十来岁的汉子摆摆头，这汉子就从队伍里走出来。

这汉子长得不高，人送外号孙小

个，一手家传的太极拳在县城极少遇到对手，另外，孙小个还有个绝活，就是趁对手一拳打来，在将到未到的关口，猛地往上一冲，用胸口去撞对方的拳头，用内力卸了对方的劲道，同时将对手的手腕撞折。

比试开始，孙小个扎稳马步，紧盯着竹竿的手，就等竹竿出拳将到未到的一刹那撞上去，把竹竿的手腕撞折。

竹竿并没有狠狠一拳捣过去，而是直接把拳头放在孙小个的胸前，离对方胸口只有一寸。孙小个一愣：这么近的距离虽然没法撞折对方的手腕，但对方也使不出气力呀，哪想到，就在孙小个发愣的当口，竹竿身子猛地一颤，拳头突然直直地捣了过来，只见孙小个一声惨叫，一下倒飞出两米开外，猛地趴在地上，捂着胸口直哼哼！

梁三大惊失色，朝身旁的手下一挥手："把这小兔崽子给我废了！"他的手下"呼啦"一下全朝竹竿冲过去，吓得竹竿连连后退。

就在这时，一阵锐利的警笛声传来，一辆警车开过来，猛地停下，跳下来好几个警察。

梁三连忙迎上去，朝打头的警察抱抱拳，说："误会，误会。我们武协在这里搞活动，不想惊动了大家。"

打头的警察四下看看，指指地上的孙小个，问："这是怎么回事？"

梁三说："他刚才做动作时一个不小心，摔了一跤。"

紧接着，梁三掏出手机拨了个电话，接通后，把电话交给这位警察。警察接过电话，听了两句，又把电话交回梁三，说："刚才我们接到举报，说是有人聚众斗殴……"手一挥，开着警车又走了。

当天夜里，梁三拎着一大包礼物，来到张老头家里，先是笑呵呵地给张老头赔礼道歉，接着就提出请张老头当他们武协的顾问。

张老头说："我一个靠打工混口饭吃的老头，怎么能当你们的顾问？"

梁三笑呵呵地说："这顾问一点也不难当，我们武协为了增加一点活动经费，就给一些企业培训保安，您只要培训几个保安出来，报酬十分优厚。"

张老头冷冷一笑，说"保安？别是打手吧？你们武协的威风我可是领教了。对不起，给我金山银山也不会干的。"

梁三还是笑呵呵地说："老爷子，你既然是练家子，当知道山不转水转，给人方便，自己方便，何必拒人于千里之外呢？"

"我一个穷打工的，只晓得不管做啥事，先得问自己的良心！"

梁三干笑一声："老头子，你好倔

啊！”摇摇头，拎着礼物走了。

## 2. 不测之祸

谁也没想到，过了没几天，竹竿跟孙小个比武的事闹大了，公安局以“聚众斗殴”为由立案调查，把张老头、竹竿和孙小个刑事拘留。

张老头和竹竿平白无故吃这场官司，到处叫屈，可是张老头教竹竿功夫，先是伤了胖子司机，接着又伤了孙小个，这是很多人亲眼看到的事，他就是长一百张嘴也说不清楚，再说梁三一伙人没事都在到处找事，哪个敢惹？何况张老头和竹竿都是外乡人。这样一来，没有一个人敢出头，为张老头他们说一句公道话。

张老头和竹竿进了拘留所，而挑起事端的梁三只是去派出所接受一次“思想教育”，就没事了，照旧打着武协的名头，到处惹是生非。

转眼间，张老头进拘留所就有半个来月，这天，监室突然一下进来六个犯人，全是膀大腰圆的大汉，其中一个络腮胡子进来就嚷：“都听好了，大爷我们都是打着进来的，从今以后，这里由我们哥几个说了算！”说着，他朝张老头指了指，说：“老头，你给我跪过来！”

张老头冷哼一声，说：“小家伙，你爹有没有给你下跪过？”

络腮胡子脸色一变，阴沉沉地对张老头说：“不服气是吧？咱们走着瞧！”

当天深夜，那六个家伙突然一齐动手，死死抓住正在睡觉的张老头，把他整个人抬了起来，络腮胡子狞笑着说：“老家伙，我看你骨头挺硬的，就让你尝尝‘地震’的滋味吧！”说着，六个人抓着张老头的手脚，把张老头的身子一下下往地上夯！

张老头虽然身怀绝技，可被这帮人突然抓住了手脚，根本没法施展，想叫，又被捂住了嘴，不一会就被夯得晕了过去。

接下来的日子里，张老头简直像活在地狱里，每隔一两天就会被那六个家伙用这种办法折磨一顿，不到一个月工夫，张老头已经被夯得连腰都直不起来，连走路都要咳嗽，几个家伙见张老头再也经不起折腾，这才罢了手。

这天中午，张老头哆哆嗦嗦吃了饭，正在炕上躺着，狱警拿着包东西进来，说是张老头的一位朋友送来的，打开一看，居然是一大包叉烧肉，一大盒牛奶，还有盒专治跌打损伤的药膏。张老头一下愣住了，对狱警说：“我在这里举目无亲，是谁给我送的这些东西？”

狱警看了看手里的资料，说：“送东西的叫孙应龙，是一个高个儿老头，他说是你的朋友。”

张老头一听这名字更糊涂了，可

糊涂归糊涂，他还是一口气把这包东西吃了个精光，然后把那盒药膏拿起来看了看，说：“正好用来治伤。”撩开衣服，就往身上涂抹一遍。

打这以后，那个叫孙应龙的人隔两天就送一包东西过来，张老头的营养得到补充，又涂抹了那盒药膏，身体渐渐地好起来。

一个来月后，这天，张老头的老伴带着手续来带张老头出去。张老头吃惊地问老伴：“你哪来的本事？竟然能让我提前出去？”

老伴说：“手续是一个叫孙应龙的人办的。”

张老头跟着老伴回了家，进屋找了张凳子坐下，一双老眼茫然地望着家徒四壁的家，心里涌上一阵苍凉，突然，敲门声“咚咚”地响起来，老伴上去打开门，一看，来人竟然是孙小个。

孙小个手里拎着包东西，一进门就朝张老头鞠了一个躬，说：“老爷子，您受苦了。”

张老头鼻孔里“哼”了一声。

孙小个把那包东西放在桌子上，自己找了张凳子坐了，说：“老爷子，都怪我和梁三太喜欢武术。我爹就老说我，爱武成痴。”

张老头打个手势，止住孙小个的话，说：“你这么急吼吼地找上门，不是为了说这个吧？”

孙小个“嘿嘿”一笑，说：“我一来给您赔礼、问个安，二来，我们武协的确看重人才。”

张老头“呼”一下站起来，打断孙小个的话，厉声说：“是梁三让你来的吧？你去告诉梁三，我这套把式虽然算不了啥，但也不是你们花点钱就能买走的！”

孙小个干笑两声，说：“老爷子，话也不能这么说，你几十年的苦功，好不容易被我们武协重视，正好体现价值。你总不会让功夫一直闲着，把它带进棺材吧？”

张老头气得嘴唇发抖，一把将孙小个带来的东西扔到屋外，拿手指着孙小个，吼道：“滚，你给我滚！”

孙小个从凳子上站起来，慢慢朝屋外走，边走边摇头：“倔！这老头真倔！”

老伴一直在旁边看着，一声不吭，等孙小个出了门，上前一把将门关上，将气得发抖的张老头拉到凳子上坐下，一下下抚着张老头的背，心疼地说：“老头子，我们还是回省城吧，这样下去，何时是尽头啊，你要是再有个三长两短……”

张老头摇摇头，握住老伴的手，缓缓地说“已经走到了这一步，说啥也不能停了。”

第二天一大早，张老头就往厂子赶，一到钢铁公司门口，门卫就告诉他说，公司已经把他和竹竿开除了，张老头一听，不禁呆在厂门口，一时不知道该怎么办。

正在这时，远处气喘吁吁跑过来一个人，说：“大爷，不好了！”

张老头一看，是一位邻居，忙问：“出什么事了？”

这位邻居说：“你老伴刚才在菜场门口，被一个骑三轮的撞了！”

张老头一听，脸色“刷”一下就白了：老伴本来就心脏不好，哪里经得起这一撞！他结结巴巴地问：“她现在怎么样了？在哪儿？快带我过去！”

原来今天一早，张老头的老伴到菜场买菜，哪知买好菜刚出来，横刺里猛地冲过来一辆三轮车，把张老头的老伴撞倒在地。三轮车夫拿眼一瞅躺在地上的人，加力蹬几下轮子，一溜烟地逃了。几个过路人看不过去，一齐上前，把张老头的老伴送到了医院。

张老头赶到医院时，他老伴因惊吓过度，并发了心脏病，正在急救室里抢救。医生见张老头来了，连忙催他去交费。

张老头摸了摸口袋，无奈地朝医生摇了摇头。医生脸一沉，说：“你一大把年纪了，规矩不用我再说吧？”

张老头急得汗都出来了，正在这时，有人拍了拍张老头的肩，张老头转身一看，是一个七十上下的老头，身材高高瘦瘦的，穿一身灰色西服，身后站着两个膀大腰圆的大汉，都是一色的黑西服，戴着墨镜，面无表情，就像警匪片里的黑社会。

张老头不由得皱了皱眉头，问道：“你是——”

这人往旁边打了个手势，说“在下孙应龙，请老兄弟借一步说话。”

孙应龙终于现身了，张老头心里一激灵，跟着孙应龙走到一旁，握住孙应龙的手，正要说一声“谢”，孙应龙却一把按住张老头的手，叹了一口气，说“老兄弟一身好功夫，竟然会落到这步田地，可叹哪！”

张老头嗫嚅着说：“我和老伴无儿无女，在这里举目无亲……”这样说着，眼睛竟红了。孙应龙朝旁边一位大汉一示意，那大汉就不声不响地离开了。

孙应龙握握张老头的手，说“车到山前必有路，老兄弟别急……”

这时，刚才离开的那位大汉回来，附在孙应龙耳边说了一句话，孙应龙手一挥，豪爽地说“没事了，走，我们喝一杯去！”

张老头满是疑惑地看着孙应龙，孙应龙这才明白过来，大度地说：“要不，你先到病房看看？”

张老头放心不下老伴，真的到了病房。医生见他来了，态度跟刚才判若两人，和气地说：“刚才有人替你付了费用，老太太基本上没危险了，你就放心吧。”

张老头一转身，孙应龙已站在他旁边，正满脸含笑地朝他看着，说：“我说没事吧？老兄弟你且把心放下来，咱哥俩找个地方，坐下来慢慢地聊。”

## 3. 培训“保安”

孙应龙找了家酒店的小包间，和张老头坐下来，两人你来我往喝了几杯，孙应龙这才跟张老头说了自己的情况：原来孙应龙退休前是县齿轮厂的工程师，自幼喜好拳脚，前不久听说张老头的事后，顿时起了敬佩之心，同时也为张老头蒙冤入狱抱不平，隔两天给张老头送点吃的，算是尽一点心意。

孙应龙说着，又给张老头满上一杯酒，漫不经心地问道：“老兄弟往后有何打算？”

张老头叹了口气，苦着个脸说：“还能有啥打算？我得赶紧找个事做，不管好孬，哪怕是半夜打更也成。”

孙应龙把脸往前一凑，说“凭老兄弟这么好的功夫，还怕没饭吃？”

张老头手一挥，说“不是因这几手三脚猫，我怎么会强出头，又怎么会惹上这一身麻烦？功夫的事，再也别提。”

孙应龙轻轻拍拍张老头的手，说：“老兄弟一朝被蛇咬，真是十年怕井绳。这世上的事都有两个面儿，就看你认的是哪一面。老兄弟在江湖上这么多年，不会不明白这个理吧？”

张老头摇摇头，说：“道理好想，事情难办。咱这地方只有梁三开着家武馆，那家伙不是个正经人，我不想跟他搅一块儿。除了这，我这点功夫还能有啥用？”

“当然有用！我这里有个事情，正好适合老兄弟，我保证你既能赚大钱，又没人敢找你麻烦，你看咋样？”

张老头一下来了精神，连忙问：“啥事？”

孙应龙先是干笑了两声，然后才说：“其实也不是啥难事，有个公司需

要一些高水平的保安，让我帮着培养几个，虽说我也会两下子，可跟老兄弟一比就不入流了，所以得请像老兄弟这样真正的行家，而且，我觉得老兄弟这身功夫要是没个传人，实在是可惜。你要是肯过来帮着我训练这些保安，我一个月给你四千块。”

张老头好一阵踌躇，说：“那梁三也想请我训练保安——”

“唉，我倒要劝老兄弟一句了，一来，你不过是培训几个保安，又不是要你去抢银行，再说了，你老伴这病是老病根儿，口袋里要是没几个钱，只怕难……”

张老头点点头，一巴掌拍在大腿上，说：“行，我干！”

当天晚上，张老头就跟着孙应龙来到一个地方。孙应龙把四个保安叫到张老头面前，张老头一看，不由得倒抽一股子冷气。怎么了？这四个人一个个身高体壮，眼睛瞪过来，冰冷得像两把刀子，好像随时准备捅人。这哪里是在训练保安，分明是训练职业打手！

张老头乜斜着眼对孙应龙说：“孙先生让我训练的不是保安吧？我就挑明了说吧，你可别嫌我说话难听：自打你往号子里给我送吃的，我就觉着这里边的事没那么简单，现在你也该跟我交个底了吧？”

孙应龙大度地一笑，说“老兄弟果然有眼力，什么都瞒不住你！其实你不用太多心，这事要说起来，其实也不复杂。”

接下来，孙应龙给张老头说了一档子事——

原来这个县的铁矿资源丰富，县里除了一家国营大矿，还有大大小小十几家私营矿厂，这些私营矿都想争取那些有实力的大客户，拿大订单，可大客户总共就那么几家，于是，有些私营矿开始动起歪脑筋，几年下来，形成了一个不成文的规矩：这些私营矿每年组织一次比武，按输赢分配大客户。所谓比武，就是如果有几家矿都想争取某个大客户，这几家矿就得比上一场，谁赢了，这个大客户

一年的生意就归谁。参加比武的是这些矿老板请来的人，一边出三个，打一场混战，在规则上没有任何限制，就算把人打死了也不准报案。

这种“比武”实行了几年，问题就出来了：功夫厉害的人在这年头很难找，就算找着了，多半不会为了钱拿命玩，于是，这些老板就专门找一些好勇斗狠敢玩命的家伙，再请功夫厉害的老师傅训练他们，让他们迅速成为一流打手，这些人出起手来十分狠辣，毫不留情，这几年出了好几条人命，因为捂着不报案，社会上极少有人知道。

孙应龙也是个会家子，有一身家传功夫，他受一个矿老板重金聘请，专门训练打手，几年下来，在圈子里名声挺响。

张老头明白了，问：“你把我找来，是遇到厉害对头了吧？”

孙应龙沉声说道：“没错，有个矿老板也请了个会家子，训练出来的人比我的厉害，我的东家已经连续两年输给他们。如果今年再输，我没法跟老板交待了。这次请你来帮忙，要是能赢下来，除了每月四千块工资，我们老板还答应再给你五万块钱奖金。”

张老头叹了口气，说：“按理说我不该干这种事，念在你给我照顾的份上，再者说我也的确需要用钱，就给你卖一回力气吧。你让这几个人先练两下给我看看。”

孙应龙笑呵呵地说：“老兄弟先别急，我先给你看俩人。”

孙应龙说罢，向里屋喝了一声，里边马上走出两个人来，张老头一看，竟然是梁三和孙小个！

张老头一见他们，扭头就要走，孙应龙连忙拉住他，说：“老兄弟且慢，孩子们不懂事，有眼不识泰山，冒犯了老兄弟。我让他们赔礼来了。”

孙应龙一说完，梁三和孙小个就“扑通”往地上一跪，齐声说道：“张爷，您大人不计小人过，我们在这给您赔罪了！”梁三说完，从口袋里拿出一张支票，往张老头脚边一放，张老头一动不动。两人见张老头没反应，又各自掏出把刀子，在大腿上扎了一刀，血水一下就冒出来！梁三咬着牙，说：“张爷，您要是还不原谅我们，这刀就让它一直扎着！”

张老头这才说：“原来你们让我吃两个多月牢饭，就是为了今天。啥也别说了，你们赶紧去把我的徒弟竹竿保出来。”

梁三说：“当初出那么优厚的条件，您都不肯来。我们为了请到您，才不得不出此下策，请您多担待！”

张老头弯下腰就要帮梁三和孙小个把刀子拔出来，哪晓得孙应龙比他更快，出手如电，一下就把刀子拔出收了起来。两个人咬着牙，按着刀口，一瘸一拐走出房子。

孙应龙说：“小个是我儿子，打小跟我习武，本以为练得不错，没想到在老兄弟的徒弟面前连一招都没挡住。那梁三也是块练武的好材料，他还有个特殊身份，是我老板的儿子，他爹可是咱县里数一数二的企业家。老兄弟做好了这档子事，再对两个年轻人的功夫指点一下，我敢保证，老板绝不亏待你！”

孙应龙让手下带着张老头到房间里休息，然后从口袋掏出刚才梁三和孙小个用的两把道具刀子，到卫生间把上面的红颜料在水龙头下冲了，轻轻一按，把刀子收起来，放进保险柜，接着掏出手机，拨通了老板的电话……

## 4. 大打出手

梁三的确有本事，没用两天就把竹竿保释出来，竹竿出来后来见了张老头一面，说啥也不肯再跟张老头学功夫，横竖劝都不松口，说是要到广东打工。

张老头送走竹竿，开始训练那几个打手，那几个人是孙应龙千挑万选出来的，经过张老头的指点训练，格斗水平果然迅速提升，但他们进步再快，也比不上梁三和孙小个，这两个家伙在武术上的确有悟性，再加上从小打下的根基，一两个月下来，功夫进步得自己都吃惊。

离比武还有两个月了。这天上午，张老头刚走进训练场，就看见孙应龙在大发脾气，再一看，两个打手躺在地上呻吟，孙小个嘴上带着血，梁三也是一脸狼狈，忙问是怎么回事。孙应龙说：“刚才来了个挑场子的，也不知道是什么来头，几招就把这两个人的腿打折了，我儿子上去也吃了亏，梁三又上去接应，这才勉强打了个平手，但最后还让他跑了。”

张老头问：“会不会是对手派来探虚实的？”

孙应龙说：“很有可能。我前两天得着一个消息，我们的对头不知从哪请来一个高人，岁数不大，但功夫很邪乎，身形跟刚才那家伙挺像。”

张老头一听也发了愁，说：“怎么突然冒出这样的高手来？如果真是这样，前面训练的那几个都不是对手，也许小个和梁三还有希望对付他。”

孙应龙一听，连忙把张老头拉到一边，说：“让他俩去参加比武？不行！不行！我只是让他俩跟你学功夫，可没打算让他们去跟人比武，这活儿太危险，万一失手——”

张老头说：“实话跟你说吧，我的功夫里最厉害的是游身八卦掌，本来没打算拿出来，因为这功夫悟性一般的人短时间根本学不了，可真要学会了，那就来去如风，一般人连碰都碰不着，用来比武准能赢。现在时间紧，只有小个和梁三的基础和悟性才能在两个月里把这功夫学会。我的话说到这里，到底该怎么办，你做决定吧。”

孙小个和梁三见孙应龙拉着张老头商量要紧事，早就跟在旁边听着了。张老头一说完，孙小个就说：“爸，你放心，刚才那小子比我强不了多少，要是张爷再把游身八卦掌教给我和三哥，那小子肯定不是对手。”

梁三也跟着在旁边附和。

孙应龙想了半天，还是摇摇头，说：“这事我做不了主，得请示老板。”

过了半天工夫，孙应龙从老板处回来，对张老头说：“老板同意了，他说今年抢的是过亿的买卖，我们再也输不起，可话得说在头里：你得教真功夫，并且这两个孩子绝对不能有一点闪失！不然的话，老板怪罪下来，咱们谁也担待不起！”

张老头没吱声儿，只是沉重地点点头。

孙小个和梁三果然有悟性，真的只用两个月就把张老头的游身八卦掌学到了手。

比武的日子说到就到，场子定在一家私营钢厂的仓库，半夜里进行。到了晚上十点来钟，梁三父亲亲自开车过来接人，张老头跟着孙应龙一块上了车。

等人一到齐，那座仓库的大门就关上了。张老头满场打量一番，到场的一共十拨人马，除自己这边的人最多，另一拨人也是很有声势，看来是梁三父亲的对头。因为梁三父亲势力大，除了那个连赢他两年的对头，其他人谁也不敢跟他抢客户。

梁三父亲死死盯着对头那拨人，里面果然有一个瘦高个儿，那体形瘦得像根竹竿，跟跑到广东打工的竹竿非常相像。

孙小个悄悄跟张老头说：“就是那家伙来挑的场子。”

到了十二点，比武正式开始，一个面相威严的老头走到场地中间，缓慢地环视全场，喧闹的仓库马上安静下来，老头这才开口说：“大家来这里不是头一回，桥归桥，路归路，规矩不用再说了，一切按老法子来。死伤有命，各安天命，比完了就当没发生一样，大家千万别伤了和气。”

老头见没人做声，就接着说：“如果都没意见，那就开始了。第一场，比武的是河东矿和上岭矿，彩头是天宏钢铁公司一年的铁矿石，赢者得彩头，其他矿不许插手！”

老头说完就退出场子，两拨打手走到场子中间，随着一声锣响，两拨人飞快地冲上前去，拳脚凶狠地朝对手砸过去，这些人穿着短裤和皮鞋，根本没有正规比赛里拳套、头盔之类的护具，只听拳脚落在对方的身上，像擂鼓一样“嘭嘭”作响，呐喊和惨叫声连串响起，不绝于耳，很快，上岭矿的三个打手全被打倒在地，不能

动弹，这一场比赛宣告结束。

倒在地上的人马上被抬了出去，简单清理一下场地后，比赛接着进行。由于没有护具，没有规则限制，这些打手很容易被击中要害，迅速失去战斗力，所以接下来的几场打斗也很快结束了。

终于轮到孙应龙这一方上场了，梁老板神情紧张地走上来，向梁三与孙小个叮嘱了几句。孙应龙瞟了张老头一眼，只见张老头气定神闲，一副成竹在胸的样子，暗自松了一口气。

一声锣响，双方立刻朝对方冲去。只见孙小个和梁三故意避开那个瘦高个，分别向另外两个打手冲去，显然，他们准备先放倒对方两个人，再来合力对付瘦高个。想不到瘦高个也避开孙小个和梁三，直接冲向另一个打手。只见两三招一过，场上马上躺倒三个人，只剩下瘦高个、孙小个和梁三。

孙小个和梁三对视一眼，默契地从两边合围瘦高个。孙小个此时信心十足，在两个月前他就和这个人差不了多少，现在学了张老头最拿手的游身八卦掌，再加上功夫比自己还高的梁三，已经稳操胜算！然而，让他们吃惊的事发生了，这个瘦高个突然比两个月前厉害了许多，孙小个和梁三几次合围，居然没能沾着对方的身子！

梁三喝道："小心，他上次故意隐藏实力，引我们上钩！"

梁三话音未落，本来在孙小个跟前的瘦高个突然运步如风，闪电般冲到梁三跟前，重重一掌劈了过去，梁三猝不及防，被这一掌生生劈中，喷出一口鲜血，直直倒在地上，转眼间，瘦高个又到了孙小个跟前，当胸一拳捣过来，孙小个眼看招架不住，猛然记起那一手家传绝活，就挺起胸朝对方的拳头迎上去，准备在瘦高个的拳头劲道将发未发之时，将他的手腕一举撞折，没想到，就在孙小个的胸口要迎上对方拳头的一刹那，他突然发现瘦高个看似刚猛无比的这一拳其实只是个虚招，自己往前这一撞，反倒让对手的拳头稳稳地贴在自己的胸口，

另一只拳头已迅猛地击过来，只听“咔”的一声响，孙小个像只断线的风筝，被打出场外，身子只挣扎了一下，很快又趴下，嘴里艰难地吐出几个字：“他是竹竿——”

梁老板和孙应龙看见自己的儿子双双倒在眼前，大叫一声，不顾一切地冲了上去。梁三和孙小个躺在地上，像是被人割了全身肌肉，再也动弹不得，一身的功夫眼看就废了。

孙应龙恶狠狠地一握拳头，在人群里寻找张老头和竹竿，却再也看不到他们的踪影。

## 5.水落石出

竹竿、张老头，还有张老头的老伴从这个县城消失了，没过多久，一段名为“地下比武黑幕”的视频开始在互联网出现，比武打斗的场面极其血腥，所揭示的黑幕更是令人震惊，在互联网上掀起了轩然大波。与此同时，这段视频也被送到政府相关部门，引起政府的高度重视，马上成立了专案组，很快，视频里的违法人员被一一逮捕归案。梁老板、孙应龙也在其中，他们乖乖地呆在拘留所，等候着法庭审判……

这天中午，孙应龙打扫完监室，正在发呆，有人给他送来一大包东西，打开一看，是一大包叉烧肉，还有一封信。他顾不得眼前的叉烧肉，急忙把信打开，只见上面写道：

孙先生，有些事情应该让你知道了。三年前，我在省报当记者的儿子在暗访你们比武黑幕时突然失踪，从此杳无音信，公安部门多方调查无果，我只好跟老伴一起搬到这里，利用我的家传功夫，继续调查比武黑幕。顺便告诉你一声，别以为我上次被拘留是你们一手策划的，其实这也是我自己愿意的，为的是让你们以为我到了山穷水尽的地步，对我更放心，能让我介入得更深，知道得更多。还有，竹竿一直是我的徒弟，早就得了我的真传。这孩子深明大义，放弃工作，和我一起深入龙潭虎穴，还作了易容手术。但他比武时对你儿子和梁三还是手下留情，没下重手，只是废了他们的功夫，给他们留了条重新做人的出路。虽然我们以武犯禁，有违政府法令，但我们已向公安部门自首，公安部门念我们举报有功，已免予对我和竹竿的处罚……想想我正值英年的儿子至今没有消息，只怕早已不在人世，连谋害他的凶手都找不到，我心里还是很痛、很痛……

孙应龙看完信，跑到门口，使劲拍着门，吼道：“我要举报！”

过了几天，在梁老板矿山一个废弃的矿井里，警察找到了那位三年前在当地失踪的省报记者的遗体，杀害那位记者的凶手梁三也被缉拿归案。

（**题图、插图**：杨宏富）

## 如何证明自己

前不久，意大利有三个正常人被错误地关进了精神病院，为了离开这家精神病院，他们中的两个人用尽各种方法，向医护人员证明自己不是疯子，但他们说得越多，医护人员越坚定地认为他们是疯子。

但第三个人只是像平常一样，该吃时吃，该睡时睡，其他时间都用来读书和看报，医护人员来帮他刮脸时，他还微笑着致谢。28天后，医护人员认定他是一个正常人，让他出了院。他一出院马上就报警，将两个同伴也救了出来。

原来证明自己不是疯子的最好方法，就是不去证明。

（推荐者：崔飞飞）

## 疼出来的女人

婚后，女人开始管男人，她支使男人洗衣做饭倒洗脚水，男人全干；女人说地里种啥庄稼，男人就种啥庄稼；女人说左邻右舍跟谁走近点跟谁走远点，男人也全听女人的。要是遇上男人正跟人闲侃，女人在家里一声喊，男人立刻像被牵了鼻子的牛，乖乖地回去。

女人觉得自己能管住男人，很得意，有一天，她在男人耳边说起了婆婆的不是。男人一听就火了，说"想知道我为啥疼你吗？不是我怕你，是因为我娘。我爹脾性暴躁，稍有不顺心，张口就骂，举手就打，我娘为了我们几个孩子，熬了一辈子。每次见娘挨打，我都发誓，我要是娶了女人，决不捅她一指头。娶你回来时，我娘告诉我，女人是被男人疼的，不是被男人打的。"

女人惊呆了，从此，女人开始体贴男人，让男人家里家外都像个爷们。其他的男人看着眼馋，问他是怎么调教女人的，男人笑笑，说："打出来的女人嘴服，疼出来的女人心服。"

（推荐者：徐　垒）

## 台阶与佛像

有座山上建了一座庙，庙里有尊雕刻精美的佛像。数不清的善男信女沿着一级级石阶走到山顶，在佛像前顶礼膜拜，烧香许愿。一年又一年过去，这座庙一直香火鼎盛，前来拜佛的人络绎不绝。

终于，铺在山路上的石阶开始抱怨了："我说佛像呀，大家同是石头，凭什么我被人蹬来踩去，你却被人供在殿堂？"

佛像笑了笑，说："当年，您只挨六刀，便成为一方石阶，而我是经历了千刀万凿之后，才有了现在的形状！"

佛像昔日经受雕凿的痛苦，造就了今日的成就。同样，我们每个人也在用今天的坎坷，为自己的未来塑造着形象。

（**推荐者**：李吉颖）

## 风中的木桶

一个小男孩儿在他父亲的葡萄酒厂看守橡木桶。

每天早上，他用抹布将一个个橡木桶擦拭干净，一排排整齐地摆放，但第二天一早，他就看到排列整齐的木桶被风吹得七倒八歪。不论他怎么摆，无情的风都会把他的劳动成果弄得乱七八糟。

小男孩儿坐在木桶旁想啊想，终于想出了一个办法。他挑来一桶一桶的清水，倒进空空的橡木桶里，然后就回家睡觉。

第二天天刚蒙蒙亮，小男孩儿就匆匆爬起来，跑到放桶的地方一看，那些橡木桶全都整整齐齐，没有一个被吹倒。

小男孩儿高兴地笑了，从此，他明白了一个道理：木桶要想不被风吹倒，就得加重木桶的重量。

我们不能制止风，但我们可以改变自己，加强我们身体和心灵的重量。

（**推荐者**：王传生）

（**本栏插图**：安玉民）

3分钟典藏故事推荐稿要求：1.立意清新隽永，富含真情至理；2.以叙事为主，一篇作品中要有一个精彩的情节或细节；3.篇幅500字以内。

推荐稿请注明原作者姓名以及推荐者的真实姓名、联系方式。所荐作品一旦入选，每篇即付推荐费50元。来稿可邮寄或用电子邮件传发给本刊各编辑。本期责任编辑邮箱：zjw002@vip.163.com。

**学写作文，可以从读故事开始**

# 特警战士的护身符

□何德铭

吕学刚是特警支队最勇敢的战士，每次执行任务，他都抢着冲在最前面，而且每次都能化险为夷，就像是身后有神灵在保佑。后来，战友洪扬发现了一个秘密：吕学刚每次执行任务前，都会将一张黄颜色的纸细心地折叠好，非常小心地放在胸前的内衣口袋里。

洪扬好奇地问吕学刚：“你放的是什么？”

吕学刚说：“是我的护身符。”

洪扬要他拿出来看看，吕学刚连忙说：“不能看，一看就不灵了。”

就这样，吕学刚有个护身符的事在特警支队里传开了，战友们都想看看他的护身符，他像护着宝似的，就是不肯拿出来。

有人把这事报告了队长，说吕学刚搞迷信，有损特警战士的形象，队长眼一瞪，说：“都什么年代了，还兴扣帽子？我们的战士随时可能面临危险，在口袋里放个东西，在心理上产生支持和激励，能提高战斗力，我看不是什么坏事！”

话虽这么说，但队长私底下还是找了吕学刚，提醒他注意影响，吕学刚一拍胸脯，说：“队长你就放心吧，我才不会搞迷信。”

这样一来，吕学刚的护身符在特警支队成了一个谜。

这天，特警支队接到紧急任务，缉捕一名持枪潜逃的歹徒，这个歹徒杀了两个人后，逃进了西郊的山里，那里山高林密，很容易隐蔽，搜捕难，危险性大。经过严密搜索，歹徒被逼到一个小山包上，已经插翅难飞，绝望的歹徒居高临下，利用有利地形负隅顽抗，频频向特警队员开枪射击。

这时，吕学刚挺身而出，向队长请求说："如果直接往上冲，可能会造成伤亡，还是让我迂回上去，一个人把他解决了。"

队长看了看军事技术极为过硬的吕学刚，拍拍他的肩膀，说："好样的！注意安全！"

吕学刚"啪"地给队长敬了一个礼，使劲拍拍自己的口袋，像是提醒队长别担心：他带着护身符！接着，吕学刚转过身子，冲了上去。

吕学刚不停地变换位置，一次次避开歹徒的枪弹，一步步接近歹徒。

歹徒终于沉不住气，猛地抬起身子，暴露在狙击手的有效射程里，只见狙击手一声枪响，歹徒应身倒地，吕学刚立即从伏身处一跃而起，一下冲到歹徒身边。凶恶的歹徒挣扎着，朝吕学刚射出一颗罪恶的子弹。吕学刚大吼一声，端起枪对着歹徒一阵扫射，将歹徒打成了一只筛子。

但那颗子弹也射中了吕学刚的胸口，吕学刚当场就英勇地牺牲了。战友们含着眼泪围着他的遗体，洪扬从吕学刚的内衣口袋掏出那张沾染了鲜血的"护身符"，颤抖着双手打开，只见这张黄纸上写着一句话："如果我牺牲了，请继续帮助这位小女孩。"下面附着一个叫冬雪兰的女孩所在的学校名称和地址。

原来，吕学刚一直在用自己微薄的津贴资助冬雪兰上学。每次执行任务前，他都会细心地把这封信放在内衣口袋里，他知道，如果万一自己发生不测，战友们就会根据上面的地址，继续完成他的遗愿。

清理吕学刚的遗物时，战友们又看到好几封冬雪兰寄给吕学刚的信，非常感人。特警支队当即决定，完成吕学刚的遗愿，继续资助这位叫冬雪兰的小学生，并安排洪扬专门去看看冬雪兰。

洪扬千里迢迢赶到云南，来到怒江边一所极其简陋的小学。跟学校领导说明来意后，老师马上喊来那个叫

冬雪兰的小学生。

冬雪兰是个肤色黝黑的小女孩，有一双明亮的大眼睛，她一见洪扬，就高兴地跑上来，说：“你是吕学刚叔叔吧？我知道你一定会来看我的。你果然来了，我好高兴啊！”

洪扬抚抚冬雪兰的头，问：“你怎么知道我是吕学刚叔叔？”

冬雪兰说：“因为你一看就是特警战士，我心目中的吕学刚叔叔就是这个样子的。”

洪扬强忍着内心的悲痛，问冬雪兰：“要是哪天吕学刚叔叔不幸牺牲了，不能来看你了，你还能知道他的样子，一直记得他吗？”

冬雪兰听洪扬这么说，连连摇着头，说：“不会的，不会的，吕学刚叔叔怎么可能牺牲呢？他是不会死的！”

“为什么呀？你不知道特警战士要经常执行任务，要经常面对很凶恶的坏人吗？”

冬雪兰笑呵呵地说：“吕学刚叔叔你的记性不太好啊，你难道忘了吗？你一直告诉我，只要我好好学习，我的成绩单就是你的护身符，我的成绩越好，你就越安全，所以我一直很努力，每次都考第一，然后把考了第一的成绩单寄给你。你有我寄给你的那么多护身符，再安全不过了，怎么会牺牲呢？”

洪扬再也忍不住眼里的泪水，一把将冬雪兰抱进怀里，说：“嗯，你说得对，有了你寄来的护身符，吕学刚叔叔和他的战友永远都是安全的，永远不会死……”

回到特警支队后，洪扬向战友们讲了护身符的故事，战友们都被深深地感动了，很快，特警支队和冬雪兰所在的那所小学结了对子，每位特警战士资助一名小学生，直到他们完成学业，服务社会。

从此，特警支队的战士每人都有一张护身符，放在贴心的口袋里……

（**题图、插图**：安玉民）

（本栏目欢迎来稿。来稿可从邮局寄发，也可从网上传递。如为电子邮件，请发以下信箱：zjw002@vip.163.com。）

# 突然跳出的鬼片

□华登喜

阿芬喜欢外出旅游，这次又跑到一个新景区，住在一家乡村旅馆。

乡村旅馆很简陋，但房间里的新彩电让阿芬很满意，天一黑，她就打开电视机，拿着遥控器选节目。

不一会，她调到正在播放《又见一帘幽梦》的4台，连忙锁定这个频道，津津有味地看起来。

哪知刚看几分钟，荧屏突然一黑，节目跳到了13台，一个吐着长舌的女鬼两眼滴血，瞪着阿芬，阿芬吓得大叫一声，钻进被子躲起来。

过了一会，阿芬又把节目调到4台，还好，《又见一帘幽梦》仍在播放，她松了口气，坐直身子接着看起来。

哪晓得不到半分钟，节目突然又跳到13台，一个大头鬼张着血盆大口，正把抓在手里的女人往嘴里塞。阿芬连忙拿起遥控器，猛按4台，于是，节目又回到《又见一帘幽梦》，但紧跟着，又跳回到13台……这样翻来覆去折腾老半天，13台的鬼片总算演完了，阿芬刚松口气，荧屏突然又一黑，跳到40台，一个青面獠牙的巨鬼迈开脚步，把一个书生踩在脚底……妈呀，哪来这么多的鬼片！阿芬猛一按遥控器，关了电视，钻进了被窝。

哪知道电视"啪"地一下又开了，发出一声刺耳的惊叫……

第二天一大早，阿芬喊来旅馆老板，说："你这房间闹鬼……"

老板正要说话，隔壁房间走出一个高大的汉子，怒气冲冲地对老板说："你这儿怎么回事？昨天晚上我想看几部鬼片，可那破电视老是跳到《又见一帘幽梦》，我一见言情剧就恶心得要吐，一宿没睡好……"

老板脸一红，不好意思地说："我这旅馆建造时缺资金，是用木板隔的房间，太薄，每个遥控器都能调控相邻房间的电视……"

# 紧急呼吁

□齐　伟

这天中午，一所大学食堂出了件事：于师傅给张辰刷卡时，一不小心把三块五打成了三百五，把卡里的钱全扣光了，他让张辰赶紧到后勤科办个手续，把多扣的钱充回卡里。

张辰找到后勤科，后勤科的人说："你写个申请……"

张辰连忙写好申请，让于师傅做好证明，送到后勤科，后勤科的人把申请一扔，说："等通知吧。"

张辰是学生，卡里没有钱，一个月的饭就没了着落，就找到于师傅，说："我没钱吃饭了……"

于师傅说："那你先在我这儿吃吧，先不刷卡，充值时补上。"

张辰又去后勤科几次，每回后勤科的人都说："叫你等你就等着……"

于师傅的窗口只卖刀削面，张辰每次端了刀削面就走，不用划卡，把其他同学看得呆了。

这天，张辰正在吃面，一位女生故意坐在他位子边，夸张地大叫一声，说："哟，你这面真白呀，我看你天天吃，原来你喜欢吃白食。"

女生这一说，引来哄堂大笑。

张辰知道大家误会了，就在食堂门口贴了个"紧急呼吁"：

十万火急！本人自向后勤科申请补卡后，已连吃99碗刀削面，距突破吉尼斯纪录近在咫尺，但我现在面临重大困难：我的味蕾被99碗刀削面埋得太深，正在不停地反抗我的压迫，勒令我改吃萝卜、韭菜、香菇菜心，所以，我紧急呼吁同学们帮我到后勤处说一说，请他们把我那张补卡申请上几米厚的文件挪动一下……

# 鸡吓死狗

□ 刘彦波

李赖子偷了两只鸡，装在蛇皮袋里，正往家里赶，突然，一条牛犊似的大狗朝他冲过来，李赖子吓得扔下袋子，撒腿就跑，那条狗停下来，叼起袋子，回到自家门口。

这是村主任家的看门狗！

李赖子拿起一根棍子，想把狗轰走，狗见李赖子来了，又冲了上去，李赖子吓得赶紧往回逃，那只狗追了一阵回去了。李赖子一咬牙，挥着棍子冲了过去，狗也叫着冲过来，这样冲来冲去好几个回合，李赖子一点办法也没有。

突然，李赖子灵机一动，找来根长长的竹竿，朝蛇皮袋子伸过去。

狗见李赖子在挑蛇皮袋，便上前一脚踩住，李赖子挑不动，仍然使劲挑，哪知他用力过猛，竟然把蛇皮袋挑破了，在里面困了好久的两只鸡扑棱着翅膀，“咯咯”叫着飞了出来。

村主任家的狗正跟李赖子较劲，冷不防见两只鸡挥动利爪扑过来，吓得“嗷”地叫了一声，头一歪，倒在地上抽搐几下，就不动了。

李赖子看到狗翻了白眼，乐得哈哈大笑，说：“狗东西，跟我斗……”

就在这时，村主任来了，说：“你胆子不小呀，竟敢打死我家的狗。”

李赖子结结巴巴地说：“不是我，是——鸡——”

两个人争辩不休，这时，一个围观的村民说：“乡里的王兽医来了，让他看看狗是怎么死的吧。”

王兽医挤进来，看看躺在地上的狗，拿出手术刀，剖开狗的尸体，对村主任说：“你看，狗的心脏堆满了脂肪，血管硬得像石头，它是发了心肌梗塞……”

围观的人恍然大悟：“不愧是村主任家的狗，也患上了‘三高’……”

# 正 点

□董春锋

董先生一家三口坐在候车室里等车，一对恋人坐在他们对面，抱在一起亲亲热热，董先生3岁的儿子对他们的举动很感兴趣，目不转睛地看着，“咯咯”直乐。

董先生怕儿子打扰两个恋人的温存，就把他的头扳到一边。没想到这一扳，小家伙就奶声奶气地说：“正点——正点——”

两个恋人听到了，小伙对着姑娘说了句话，姑娘马上羞红着脸，从旅行袋里取出一包果冻，塞到小家伙手里，董先生忙说：“还不谢谢阿姨？”

儿子甜甜地说声“谢谢阿姨”，接过果冻吃了起来。

小家伙吃完果冻，又望着两个年轻人，说：“正点——正点——”

姑娘又从旅行包取出包虾条，小家伙接过虾条，开心地吃了起来。

吃完虾条，小家伙又起劲地说：“正点——正点——”

这次是姑娘拍了小伙子一下，小伙子笑着递过来一包薯片，小家伙咧开嘴，乐呵呵地收下了。

开始检票了，小伙子和姑娘终于站了起来，姑娘拉着小家伙的手，说：“小小年纪嘴巴就这么甜，长大了可怎么得了？”

小家伙一经夸奖又来了劲：“正点——正点——”把姑娘和小伙子笑得直不起腰。

那两个年轻人走后，董先生笑着问儿子：“叔叔和阿姨为什么给你这么多好吃的？”

小家伙得意地说：“因为我认识那两个字，只要念出来，叔叔阿姨就会奖励我。”

董先生抬头一看，乐坏了。

原来，小家伙正对着检票处的电子显示屏，那上面写着“×××次列车正点到达”几个字，而他刚好认识上面的“正点”。

# 救命的吊兰

□朱丹蕊

何乌尔买了盆吊兰，他的房子很破，连个阳台也没有，只好把吊兰挂在窗边的晾衣架上。

这天晚上，何乌尔被一阵奇怪的声音惊醒，竖起耳朵一听，糟了，有人撬门！他赶紧拿起电话报警，可电话不通，肯定是强盗剪断了电话线。

“砰”的一声，门被撬开了，强盗冲进来，比划着手里的刀子，朝何乌尔吼道：“快把钱拿出来！”

何乌尔很穷，他怯懦地说：“我没钱，真的没钱……”

强盗怒了：“没钱？没钱也有值钱的东西呀！你再不拿出来，我手里的家伙可不吃素！”

何乌尔吓坏了，可实在想不出家里有什么值钱的东西，但强盗愤怒地挥着刀子，一个劲地催他。突然，他想到了那盆吊兰，连忙跑到窗边，从晾衣架上取下吊兰，战战兢兢递给强盗，说：“这是我最喜欢的东西，数它最值钱了……”

强盗一看，不过是一盆最普通不过的吊兰，气坏了，猛地把吊兰往窗外一扔，说：“你耍我是不是？你不肯出血了是不是？”举着刀子，一步步向何乌尔逼过来。

正在这时，楼下“咚咚咚”跑上来一个壮汉，冲进何乌尔家，骂道：“妈的，你是土匪还是强盗？找死啊？”一把揪住强盗，手一抡，甩面袋一样把强盗一把扔在地上，跟上去就是一阵拳打脚踢，直把强盗打得哭爹喊娘，没几下，就把强盗打得趴在地上动弹不得，只听见有出气，没了进气……

何乌尔一看那壮汉，吓得要趴下了：妈呀，这不是小区里脾气最暴躁的屠夫钱三吗？

钱三拍拍手，又朝强盗踢了一脚，继续骂道：“你看我从楼下经过，就拿花盆砸我，简直是强盗……”

# 对号入座

□张世辉

王琳是公共汽车售票员，最近对星座发生了浓厚兴趣，于是，想出了一个活跃乘车环境的点子：她在公共汽车的每个座椅上都贴上一张纸条，分别写着“白羊座”、“金牛座”、“狮子座”等星座名称，让乘客对号入座。还别说，这一招很受一些年轻乘客的欢迎。

这天，一位拿着很多东西的老大娘上了车，王琳连忙把老大娘扶上车，朝四周一看，只有一个临窗的位子是空的，就指着那座位说：“大娘，请您坐到那个空位子上。”

老大娘感激地看看王琳，朝那空位子走去。没想到，她刚走到空位子旁，看了看就立马转过身子，走得离那个位子远远的，宁肯站着，说啥也不肯坐。

王琳觉得好奇怪，提醒老大娘说：“那儿不是有空位子吗？您倒是坐呀！”

老大娘摇摇头，说：“闺女，那座位我不坐，我可不想惹麻烦。”

坐个位子能有麻烦？王琳急得都要冒汗了，说：“那位子分明是个空位子，哪有什么麻烦呀？”

老大娘说：“空位子？那座椅上还贴着纸条呢！”

王琳一看，嘿，座椅上的纸条是王琳写的“狮子座”几个字，她“扑哧”一笑，正要解释，老大娘又发话了，说：“我们乡的电影院也是这样的：冬天挨着暖气的座位、夏天电扇底下的座位，都会贴着纸条子，写着‘主任座’、‘董事座’、‘老总座’，连进过三次大牢的郑老虎都有一个‘老虎座’，人们都说这是‘对号入座’。那个位子写着‘狮子座’，肯定是个厉害人物的专座，我还是站着吧，省得惹是非。”

# 降价寻人

□蒋金陵

大保和老婆吵了一架，一气之下住到了朋友家，想，没有我的日子看她怎么过！要不了三天，她准会钻天打洞满世界找老公！

这大保猜得真准，三天刚过，朋友就拿着张寻人启事交给大保，说是在家附近的电线杆上揭下来的。大保一看，寻人启事是老婆贴的，上面写着悬赏五千块寻找大保。

大保看得直乐。

接下来几天，朋友每天都带回一张新的寻人启事，每张上都有悬赏，先是五千，后来升到八千，再后来涨到了一万。这样一来，大保不想回家了，他想看看老婆能把赏额升到多少。

哪晓得，这天朋友带回的寻人启事上，大保老婆的悬赏额从一万一下降到了七千。

接下来，悬赏额一天天往下降，先是从七千跌到五千，后来又跌到三千，紧接着竟然跌到一千，眼看再下去，就没悬赏了。大保再也沉不住气，急急忙忙回了家。

他一进家门就朝老婆发脾气：“你登的哪门子寻人启事？悬赏一天比一天低，不想我回家啊？”

他老婆一听就乐了，说“其实寻人启事我只打印了一份，交给你朋友，我知道你呆在他家……”

“那你还悬赏？一会儿涨一会儿跌的，什么意思？”

“你不是买了股票吗？你走后，开始几天你买的股票一天天往上涨，但后来又一天天往下跌，我是在用悬赏提示你快回来，回来卖了股票，就能赚到跟悬赏额一样多的钱。后来股票跌的时候，我又提醒你，股票已经跌了，要是再不回来，那只股票就赚不到钱了……”

（**本栏题图、插图**：顾子易　包丰一）

405 2007 SEMIMONTHLY 下半月版 12月

STORIES

故事会

STORIES

2007年12月
下半月刊·绿版

主　编：何承伟
常务副主编：吴　伦
副主编：姚自豪（上半月·红版）
副主编：夏一鸣（下半月·绿版）
本期责任编辑：朱　虹
电子邮箱：zhong98305@sina.com
绿版发稿编辑：
夏一鸣　邢　悦　王雅静　杭　帆（见习）
特约编辑：
范大宇　崔新三　申之珉
美术编辑：李宝强
电脑制作：郭瑾玮
通　　联：归依玲
本社办公室电话：021-64375030
上半月刊编辑部电话：021-64332325
下半月刊编辑部电话：021-64336469
（上海市绍兴路74号　邮编：200020）
主管、主办：上海文艺出版总社

制作、发行总监：张　凯
电话：021-64313938
广告业务：上海故事会文化传媒有限公司
广告总监：张　淮
广告业务：021-34010383
广告投诉：021-64333738
广告经营许可证
沪工商广字3100320050022号
发行：中国图书进出口上海公司

·笑话·

## 有无磁性

玛丽两岁的儿子不小心吞下了一点碎磁铁，她发现后急忙将儿子送到医院急诊室。

医生检查了一下，向玛丽保证说：“没什么问题，这些碎磁铁会在一两天内排出体外。”

玛丽长吁了一口气，可她还是有点不放心，便问：“那我怎么知道完全排出了呢？”

医生神秘地一笑，说道：“我倒有个好办法！你可以将儿子贴在冰箱上，如果他从冰箱上滑下来，那就说明磁铁已排出体外。”

（湘　风）

（本栏插图：包丰一）

## 按揭娶妻

有个青年和女朋友相处了一段时间，决定结婚，但因为缺钱，就向未来的岳父提出，要用按揭月付的方式付彩礼。

不料未来岳父一听，很是不满，生气地说：“如果到时你没钱月付，或者你不想再付下去了，要求退还原主，我不是很亏吗？”

（陆章健）

## 哪个更脏

一天，黄太太到朋友家做客。突然，她听到房间里有声音传出，于是好奇地走过去，看见一个小孩正穿着鞋在床上玩。

黄太太微笑着对他说：“小朋友，你的鞋脏，应该先把鞋脱下来，再到床上玩啊。”

谁知，小孩振振有辞地说：“我妈妈整天说我的脚比鞋还脏，我只好穿着鞋玩了。”

（杨尚霖）

## 十足的笨蛋

妻子一边翻阅《世界民俗探奇》一书，一边告诉丈夫说：“这上面说，大西洋某个小岛上有种神奇的风俗，那就是婚礼过后，如果丈夫不先开口说话，妻子就永远不能开口。”

“真的吗？”丈夫说，“我想，先说话的丈夫一定是个笨蛋，十足的笨蛋！”（姜　彬）

## 换手机

王丽想和丈夫大牛互换一天手机。大牛虽然觉得有些奇怪，但还是同意了。

没多久，大牛手中的手机就响了：“是王女士吗？”大牛答道“不是，我是她的丈夫。”对方说：“我是天乐化妆品公司的，有一款产品特别适合您太太，价格才3980元……”大牛打断对方：“对不起，不需要。”

一会儿，手机又响了：“是王女士吗？我是天乐化妆品公司的，如果您这几天订购，我们可以给您优惠……”

大牛心里很烦，没等对方说完就挂了手机。可没一会儿，手机又响了：“是王女士吗？”大牛愤怒得冲着手机大吼：“你听听，我是女士吗？”说着“啪”一声又将手机挂了。

晚上，王丽看了一下通话记录，一脸坏笑说：“老公，终于被你搞定了！昨天我在网站上填了一份美容调查，没想到被骚扰了一天。”（赵娜娜）

## 力度不够

一对同窗男女大学毕业不久就结婚了。

婚礼结束后，新郎对着新娘唉声叹气，连连说他俩的婚姻是阴差阳错。

新娘不解地问：“当初不是你追求我的吗？你心里还有什么可郁闷的？”

新郎回答说：“当时我那张写着‘我爱你’的纸条，本来是想扔给坐在你前一排的那个女生的，因为力度不够，才落到了你的跟前。”

（章　件）

## 障眼法

贝克夫妇想买几节电池，但是，电子产品收银区空无一人，没有服务员过来帮忙。

“我倒有个主意。”妻子说着就从手提包里取出一个卷尺，然后拉着贝克一起来到一台等离子电视机前，用卷尺不停地比划着。

这时，一个服务员以令人难以置信的速度跑到他们身边，上气不接下气地问：“我可以为你们做点什么吗？”

“可以，”贝克扬了扬手中的电池说，“我想买这几节电池。”

（蓝　墙）

## 看谁笑到最后

在应征入伍之前，杰克给他心爱的大卡车拍了一张照片带在身边。

服役后，每当战友们拿出各自女朋友的照片欣赏时，杰克就会拿出那张大卡车的照片。战友们纷纷嘲笑他。

杰克不屑地说：“至少将来我退伍时，我的卡车还会在家里等着我。”（李阿久）

## 简单选择题

小林拿着一道选择题去问老师，老师对他说“你只要把五个选项想象成五位姑娘，让你选出一位最漂亮的，这不是很容易吗？”

回到家，小林的爸爸刚好为该不该出国考察而烦恼，小林说：“这有什么难的，你看是妈妈漂亮还是外面的阿姨漂亮呢？”　（何双贝）

## 换　姓

艾伦是一家书店的职员。一天，一位老顾客来到柜台前，写下她要买的书名以及她的名字，兴奋地说：“这是最后一次，你看到我用格林这个姓了，以后我会用布朗这个姓。”

艾伦笑着说：“我该祝贺一下那个幸运的男人！”

谁知，老顾客不高兴地说：“布朗是我家族的姓，我就要离婚了。”

（金　鑫）

## 借用出租车

威廉坐在出租车里等生意。突然一场倾盆大雨降临，街道上很快就出现了许多大小不一的水坑。

不一会儿，有位女士打开出租车左后门进入了出租车。威廉问她想去哪里，但女士却从右后门出去了，“谢谢，”她微笑着说，“我已经不需要了。”说完，她用手指了指出租车左门前方的一个水坑。（潘小健）

## 拆车顶

一位女士开着一辆漂亮的新车，来到野生动物园的售票处。

售票员说：“对不起，女士，如果您驾驶自己的新车穿越动物园，动物园里的熊可能会破坏您的车顶。您不妨选用我们这里备好的旧车。”

“一辆旧车？”女士摇摇头，极不情愿地说，“还是把我车子的顶盖拆掉，怎么样？”（春　香）

## 最差的服务员

莉莉生日那天，在一家餐馆举办生日宴会，但服务质量让人不敢恭维：点猪肉，得到的是牛肉；点大豆，送来的却是玉米……

用餐快结束时，服务员主动问道：“想要餐后甜点吗？”

莉莉一脸无奈地说：“我该点什么才能得到一份草莓布丁呢？”（仪　征）

## 一起外出

一天，丈夫正在修理屋顶，太太为了能和丈夫在一起多呆一会儿，特地爬上屋顶。过了一会儿，太太向丈夫埋怨道：“我们从来没有一起做过什么有趣的事，也从来没有像其他的夫妇那样一起外出过，你陪我的时间太少了。”

丈夫放下手中的锤子，用温柔的目光凝视着太太，说：“怎么没有一起外出过？今天早晨我喊谁和我一起出去倒垃圾的呢？”

（兰　心）

（本栏目欢迎来稿。来稿可从邮局寄发，更欢迎从网上传递。如为电子邮件，请发以下信箱：zhong98305@sina.com）

我以为游戏能让这一夜完美，没想到忽略了最重要的……

# 完美之夜

□胡忠军

高考结束后，我迷上了网络游戏，常常在自己的小房间里玩通宵。就在去大学报到的前一夜，我照旧又在电脑前酣战。突然，房门被推开了，我一抬头见是妈妈走进来，只听她心急火燎地对我说："涛涛，坏了，我钥匙还在我房间的桌上，可是刚才一阵风把房门给关上了……"

看着妈妈满脸焦急的神情，我也急了，爸爸去世得早，我从小和妈妈相依为命。此刻，我不知道自己能帮上什么忙，一时愣在了那里。

妈妈显得很无奈，说"现在都十一点了，要不，今晚我就在你屋里挤挤？"

"那怎么行？"我立刻喊起来。今晚我早已约好了几个铁哥们，一起疯玩最后一个通宵，算是对自己高中生活胜利结束的犒劳。我们玩的游戏叫"完美世界"，所以给这一夜起了一个好听的名字：完美之夜。虽然我今晚"通宵作战"，床倒是空了，可妈妈睡在这儿，我还怎么"噼里啪啦"地敲击键盘和铁哥们大战一番？

于是，我对妈妈建议说："咱们去找个锁匠来帮帮忙吧？"

妈妈叹了口气："都这么晚了，还怎么好意思去麻烦人家？"

我一想，也是啊。可是，我实在不想让妈妈睡在我的房间里，而这套老公房又只有两个房间，没有客厅可以将就，怎么办？我突然想起前几天

晚上，妈妈那房间临街的一扇窗没关，有个小偷就悄悄爬上窗前的大树，想从树上跳进我家行窃，幸好被路人发现。我灵机一动，既然小偷能跳，我为什么就不能试试？小偷还不是看中我家住二楼，又是那种矮房，就是真摔下来，也不会有大事。于是我对妈妈谎称天太热，去买冷饮，“咚咚咚”飞快地奔下楼去，来到她房间的窗下。

窗前的那棵树是一棵钻天杨，离妈妈房间的窗口确实很近，我信心十足地伸开两只手掌，朝上面狠狠哈了两口气，然后使足力气往树上爬。上树后，我找准一个位置，一只脚蹬住树杈，另一只脚就准备往窗里跨。

说实话，这会儿我心里很紧张，虽说树离窗口的距离很近，可毕竟要腾空跨出去，我心里一时也没了把握。

我拼命给自己鼓劲。就在这时，忽听树下一声惊叫：“儿子，快下来！”

啊，怎么是妈妈的声音？我低头朝树下看，只见妈妈一面跺脚一面抬头拼命朝我喊，由于着急，声音都变了调。我突然装成很有男子汉气概的样子，故意用轻松的口气对妈妈说：“没事，妈，你放心好了。”

可妈妈的口气却非常严厉：“你怎么这么不听话？叫你下来，你就下来……我去找个开锁匠……”

妈愿意去找开锁匠了？听她这么一说，我仿佛心里的石头落了地。既然如此，我就没必要再冒这个险了，于是我准备下树。可就在这时，忽然一阵大风吹来，我正蹬着脚的那根树杈“喀嚓”一下，我连人带树杈“扑通”掉在了地上。我的脑子一片空白：这下完了！

脑袋恢复意识的时候，我发现我躺在地上。但是我身下还有一个人！不用问，除了妈妈，还能是谁？

我赶紧翻下身来，拉着妈妈的手连声喊道：“妈！妈——”妈妈睁开眼睛，抓住我的手，一个劲地问我伤着没有。她想站起来，可是挣扎了两次，也没站成。

我没想到竟闯下了这样的大祸！我试试自己的胳膊和腿，没什么大碍，于是赶紧安慰妈妈说：“我没事。”为了让她放心，我还站起来，特意蹦了一下。妈妈一看笑了：“儿子，你可吓死我了！”

我摸出口袋里的手机，要打120急救电话。妈妈坚决不肯，一把夺过我的手机说：“你少给我惹事，我一会儿就好了。”我不信，赶紧把妈妈从地上扶起来，试着让她全身活动活动。还好，她只是受了点皮肉撞击，没有伤着骨头。

我松了一口气，小心翼翼地把妈妈扶回了家。

可进了家门，妈妈还是不肯去找

开锁匠，说那是她怕我真跳窗而随口说的。正好我那些铁哥们急着催我了，于是我让妈妈在我的床上躺下，然后自己赶紧“披挂上阵”。

可有妈妈在身边，我总进入不了状态，那帮铁哥们都在网上笑话我。眼看完美之夜没法完美了，我急得大汗淋漓。

突然，我脑子里灵光一闪，跳出一个新主意：不是都说有困难找警察吗？110警察跳窗助人解难题是常有的事。既然妈妈怕我跳窗危险，那我可以找警察呀，对于神通广大的警察来说，这是“小菜一碟”的事啊！但我知道妈妈从来不爱麻烦别人，更别说警察了，于是我偷偷去厕所拨了110。

不到十分钟，警察就来了，带了个开锁公司的人，三下五除二就把房门给打开了。妈妈一看这情势就知道是我打的电话，狠狠把我训斥了一顿。

警察走了，我赶紧催妈妈早点睡觉，我好回我的小天地里“继续战斗”。走出妈妈房间的时候，我特地提醒她说：“妈，以后钥匙可别再随便放桌上了！”我一边说一边眼睛朝桌上扫去。咦？妈妈不是说钥匙放在房间桌上的吗？怎么没有？“妈，钥匙呢？怎么不在桌上？”

妈妈两眼直直地看着我，说：“放心吧，钥匙不会丢的，兴许是我记错了，等会我自己找吧。”她的目光里充满了怜爱，忽然又一把把我拉到她身边，抚摸着我的头，一声不吭。我抬起头，发现妈妈的眼眶有些湿润。

妈妈突然对我说了一句：“儿子，妈老了，你知道吗？”

说实话，平时我一直住校，就是一年两个假期在家里，我也成天不是睡觉就是上网，好像从来没有在乎过妈妈。现在一听她说这话，我才第一次认真地看着她，我突然发现妈妈好像真的老了，脸上的皱纹多了，头发也花白了。

·快乐辞典·

# 世界最短的小说集

**世界最短的言情小说：**他死的那天，孩子出生了。

**世界最短的科幻小说：**最后一个地球人坐在家里，突然响起了敲门声。

**世界最短的武侠小说：**高手被豆腐砸死了。

**世界最短的悬疑小说：**生，死，生。

**世界最短的推理小说：**他死了，一定曾经活过。

**世界最短的恐怖小说：**惊醒，身边躺着自己的尸体。

**世界最短的黑帮小说：**穿上马甲，别让人认出来。

**世界最短的纪实小说：**此地、钱多、人傻、速来。

**世界最短的荒诞小说：**有一个面包走在街上，它觉得自己很饿，就把自己吃了。

**世界最短的反腐小说：**领导告诉下属：要提前（钱）申请。

**世界最短的哲理小说：**“你应该嫁给我啦？”“不！”于是他俩又继续幸福地生活在一起。

**世界最短的童话故事：**癞蛤蟆娶到天鹅喽！

**世界最短的寓言故事：**蚂蚁累死了，蚁后还那么胖。

（**推荐者**：蓝　蓝）

（本栏目欢迎来稿。来稿请投以下信箱：zhong98305@sina.com）

---

妈妈紧紧拥抱着我，在我的额上亲了一下，说：“儿子，早点睡吧，明天你又要离家了。”说完，她拥着我朝我的小房间走去。

我忽然感觉妈妈前胸衣兜里有一个硬硬的东西，那……应该是一把钥匙啊！我兴奋地大叫起来：“妈，不用找了，钥匙不就在你上衣口袋里？”

妈妈好像忽然明白过来似的，神色有些尴尬：“唉，你看我这记性……真是……”

我觉得很奇怪：妈虽然老了，但也不至于钥匙就在上衣口袋里，而她会不知道啊。她这不是明明在说谎啊！妈为什么要说这个谎呢？

看着妈妈慈爱的眼神，我刹那间明白过来：这一整个假期，我都在干什么啊？妈的目的，其实就是要我今晚陪陪她。

我羞愧不已，一把抱住妈妈，撒娇似的说：“妈——我不走了，今晚我就陪着您！”

妈妈泪流满面，紧紧地搂着我，没有说话……

（**题图、插图**：安玉民）

（本栏目欢迎来稿。来稿可从邮局寄发，更欢迎从网上传递。如为电子邮件，请发以下信箱：zhong98305@sina.com）

# 我们一样爱他们

□ 张春风

天堂村小学地处偏远山区，交通不便，偶尔才有慈善家跑来捐款。每次，全校师生都会倾巢出动：学生们站在山岭上，手舞野花一路欢迎；而校长方子儒会亲自带队，用一个树藤扎成的土轿子抬客人上山。

这天，天堂村小学迎来了一个特别的客人。这个年轻人不声不响，独自走了两个小时的山路。由于道路崎岖，他沿途还摔伤了膝盖。当他一瘸一拐地出现在方子儒面前时，完全没有了城里人的光鲜形象。

"对不起！"年轻人显得有点尴尬，"我……想资助你们10名特困生。"

方子儒非常高兴。这里是全县出了名的贫困乡，这送上门来的好事，正求之不得呢。可是，他为什么要说对不起？方子儒殷勤地招呼道："要不，您先洗漱一下？我让学生们列队欢迎？"

年轻人慌乱地摆摆手："千万不要……我不想耽搁，捐了款就走！"

方子儒点了点头。

15分钟后，方子儒恭敬地送上了一份资助名单。

年轻人看也没看，说："校长，我想您误会了！"

方子儒愣了愣，以为他突然变了卦，着急地说："可是，这是我们千挑万选出来的学生。他们品学兼优，将来一定是国家的栋梁之材！"

年轻人沉默了一会儿，说："校长，我能亲自挑选资助对象吗？"

"当然！"方子儒长舒了一口气，"这是您的权利！但……他们绝对是最好的学生！倘若您不信，可以翻看他们往年的成绩单！"

年轻人笑了："我当然相信，但请

给我所有贫困生的名单！”

方子儒虽然感到奇怪，但还是找来了所有30名贫困生的名单。年轻人要了一张白纸，小心地撕成一张张小纸条。然后，年轻人开始在纸条上写上每一个贫困生的名字，写完一张，就揉成团丢在一个盘子里。

方子儒终于看出了端倪，疑惑地问：“您……是想抓阄决定资助的对象？”

年轻人点了点头：“是的，我觉得那样才公平！”

方子儒着急地说：“不行，那样你会不小心抽到坏孩子的。他们生性顽劣，整天爬树打架，几乎每门功课都考不及格！”

年轻人停下手中的笔，问：“那他们逃过学吗？”

方子儒想了想，说：“这……倒没有！他们只是功课不好，其他，没什么两样！”

年轻人坚定地说“在我眼里，从来没有一个坏孩子，我们一样爱他们。谁又能知道，调皮捣蛋的孩子将来一定不会有所作为呢？他们一样天真无邪，他们的心里一样编织着最美丽的梦想……”

3分钟后，年轻人抽出了10个名字。果不其然，其中有4名学生原本不在方子儒的推荐之列。

方子儒执意要举行一个公开的捐赠仪式，这是学校的惯例。年轻人却摇了摇头，说：“校长，能否替我向其他的20名贫困学生道歉？”方子儒的脸上满是惊愕，以为自己听错了。

年轻人的眼睛有些湿润，满怀歉意地说：“对不起，我还没有能力资助所有的贫困生。他们之所以没被选上，并不是不够好，只是运气差了些！总有一天，我会回来弥补他们的遗憾。”

年轻人没有告诉校长，在15年前的一个穷山沟，他也是这样幸运地得到一位老华侨的捐助。当时，他是村民眼中不折不扣的坏孩子。可是，老华侨的一句话改变了他的一生：“在我眼里，从来没有一个坏孩子，我们一样爱他们！”

（题图、插图：安玉民）

·第一推荐·

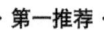

年轻人轻轻拨开坟墓上的积雪，把身上的衣服一件件脱了下来，一件件轻轻地盖在坟墓上……

# 雪地里的妈妈

那年冬天，有个叫韦尔森的军人奉命到国外战场作战。

一次，战斗打得相当惨烈，洁白的雪地都被鲜血染红了，战斗结束后，韦尔森发现，全队打得只剩下他一个人！

为了寻找大部队，他只好顺着山沟，踩着积雪，艰难地向前走去。突然，他听到附近传来一阵婴儿的啼哭声，顺着声音找去，发现哭声是从一个雪窟窿里传出来的。

他扒开积雪，不禁被眼前的景象惊呆了：

只见一个婴儿躺在母亲的怀中，正在大声地哭着。更令他吃惊的是，那母亲一丝不挂。

韦尔森马上就明白过来：一定是这位母亲背着孩子逃避战火，被困在了山沟里，天上又下起了大雪，为了救活自己的孩子，母亲便把自己所有的衣服都给了孩子，然后把孩子紧紧抱在怀里。虽然母亲已经冻死，但她怀中的孩子却活了下来……

韦尔森的眼睛湿润了，他不顾疲倦，立即用野战工具在雪地上挖了个坑，把这位母亲葬在里面，还竖了块石头作墓碑，然后抱着仍在啼哭的婴儿追随部队去了……战争结束后，他领养了这个孩子，并把他带回自己的国家抚养……

一晃好多年过去，孩子慢慢长大了，长成一个魁梧的年轻人。韦尔森便把当年发生的事告诉了他，年轻人听完，泪水扑簌扑簌直往下掉，哽咽着请求韦尔森带他去山沟里找妈妈。

当他们来到山里时，天空正下着鹅毛大雪。又走了整整一天，终于在一个又高又险的山沟里找到了那座坟墓。

坟上堆着厚厚的雪，石头墓碑看起来非常简陋。韦尔森对年轻人说：“孩子，这就是你妈妈的坟墓，鞠个躬吧……”

年轻人弯下身，“扑通”跪倒在雪地上。

过了一会儿，年轻人站起身，伸出双手，一下一下，轻轻拨开坟墓上的积雪。等积雪清扫干净，他又把身上的衣服一件件脱了下来，一件件轻轻地盖在坟墓上，然后扑到坟墓上，“哇”地放声哭道：

“妈妈，这么多年你多冷啊！”

（**推荐者**：语　冰）

一面小小的国旗，多少孩子的期盼……

# 升旗 升旗

□宾　炜

## 奇怪的嘱托

红旗村里有个红旗小学，在全县是出了名的环境恶劣。学校建在半山腰，前是坎后是山，四周高低不平，连块巴掌大的操场也没有，到最近的村子，也要走一个小时的路。学校里有几十名学生，却仅有一个年过半百的老教师，姓王，二十多年一直没变。

这学期刚开学，从城里派了个老师下乡支教，听说要在红旗小学呆一年。老王自然是喜出望外，亲自写了一句标语贴在教室墙外：热烈欢迎支教老师来我校帮助教学！谁知支教老师一到，抬头看了看标语，火了，冲老王发起了牢骚："别欢迎了，我是被发配来的！"

支教老师叫大刚，是个很年轻帅气的小伙子，可看样子，情绪一点儿也不高。说心里话，大刚并不愿意来这儿受"有期徒刑"。

安顿好后，大刚在学校四周走了一圈，拿着手机试信号，最后还是失望地塞回了口袋。也就撒泡尿的工夫，走完了，他眉头紧紧皱成一团，郁闷地说了句："这鬼地方……"他以为这儿肯定是全县最偏远的学校了，可一问老王，他才知道，原来学校后面还有一个叫牛屎麓的学校，是村里的一个教学点，只有十三个学生和一个老师，那儿更是渺无人烟，离这里有一个多小时的路。大刚吐了吐舌头，自嘲地想：发配到这儿，看来还是不幸之中的万幸哩！

在山里熬了几天，大刚就感觉呆

不下去了，一到星期五，他就归心似箭地要回家。老王热心地送大刚下山，到了大路分手时，老王拉着大刚的手，说他自己明天要到城里治病，估计要两三天时间，如果下个星期一赶不回来，就让大刚帮忙多操心一下！

大刚心里有点不高兴，可还是点了点头。走了几步，老王又掉头追上他，说道：“差点忘了，星期一要升旗，我赶不回来，你就主持一下，国旗放在我桌子下的抽屉里，记住了，早上七点半升旗。”

大刚怔了一怔，心说这鬼地方还升什么旗呀，心不在焉地嗯了一句，抬腿就走。老王又在背后大声叮嘱道：“一定要升旗，别忘了啊！”

大刚不满地嘀咕几句，没把老王的话放在心上。回城后，他疯玩了两天，星期一早上才急急忙忙赶去学校。到了学校，一看差不多都九点了，老王果然没能赶回来。还好，孩子们都十分自觉，规规矩矩呆在教室里，没出什么娄子。

大刚放下了心，回到和老王合住的房间，正想躺下歇一会儿，突然想起老王交待星期一要升旗的事。坐起来一翻老王的桌子，果然在抽屉里找到一面国旗。也不知道这旗用了多久，颜色都有些发白了，而且还裂了几道口子。想了想，觉得还是把旗升起来，免得老王回来啰嗦。他捧着旗出来找旗杆，这一找，他才发觉，教室前面根本就没有一块立脚之地，这旗杆能立在哪儿？找来找去，就是找不着旗杆。大刚只好叫个学生出来，问他：“咱们学校的旗杆在哪儿？”

那学生一听，手往半空一指：“报告老师，旗杆在那儿！”

大刚抬头一瞧，好家伙，真是服了老王这个人了，怪不得找不着呢！原来这旗杆竟然立到了教室上头的一个山坡上，离教室足足有五十米的落差。

大刚带着旗好不容易爬上去，一看那旗杆通体发黑，原来就是用一棵树改装成的。他忙乱了好一阵，总算把旗升了上去。仰头一瞧，嗬，这荒凉寂静的大山中多了这面旗子，还真像那么一回事！

## 意外的邂逅

下来后，大刚眼前一亮，教室外不知什么时候来了一位漂亮女孩，正被他的学生围在中间。这女孩虽然穿着简单，却显得很有光彩，不像一般的山里姑娘。大刚想不到会在这种鬼地方看见这么漂亮的女孩，一时愣住了。

女孩与他一打照面，也是愣了一下，首先回过神来，问道："您就是支教老师吧？"

大刚说是啊，疑惑地盯着她。女孩眼里闪过一丝羞涩，随即又落落大方地介绍道："我是牛屎麓的老师，叫我小张吧。"

大刚一张嘴，差点喊了出来。天啊，原来她就是那个牛屎麓唯一的老师呀！大刚万万没料到，那个比他还倒霉的老师竟是个漂亮女孩，一时间，他有点手足无措起来。

小张微微一笑问："王老师不在吗？"大刚忙说："他上个星期进城治病去了，还没回来！"

小张哦了一声，又问："那，没有什么事吧？"

大刚连连摇头，小张一笑说："那就好，我就是来看看的，没事我先回去了，那里只有我一个人！"说罢转身要走。

这里的学生似乎都跟她挺熟悉，一个个争着跟她说再见。大刚犹豫了一下，追上去把她喊住："张老师，你是本地人？"

小张摇摇头，说："不是呀。"大刚奇怪极了："你也是来支教的？来了多久？"

小张说她来了两年多了，大刚觉得很不可思议，瞪着眼说："这鬼地方，你怎么能呆这么长时间啊？"

小张想了想，笑道："来久了，就习惯了，再见！"说完，快步走了。大刚望着她走在山路上的美丽背影，不禁怔怔出了神。

下午，老王赶回了学校，先仰头往旗杆的方向看了一眼，见到上面飘扬的国旗，脸上露出了笑容。大刚见他这么关心升旗的事，心里觉得挺滑稽的，这么个偏远小学，看来看去，就这么几十号人，用得着如此认真吗？

很快又到了星期五，大刚一早就收拾好了行李，准备一放学就回家了。谁知刚上了一节课，老王忽然跑来叫他："大刚老师，牛屎麓那边可能有什么事儿，我的脚痛，怕跑不动了，麻烦你过去看看好吗？"

大刚一愣，这地方不通信不通

电，连手机也没信号，他怎么就知道牛屎麓有事儿？

可这会儿，大刚的情绪可不像刚来时那么低落了，尤其是自打见了小张老师以后，情绪更是一天天高涨。他一想要是到牛屎麓去，不就可以见到小张了吗？于是，他兴冲冲地一口答应下来。

大刚在山中走了一个多小时，终于在一个小洼地看见了两间破破烂烂的房子。他怔了一怔，这才意识到这就是牛屎麓小学了。赶紧跑进教室，一看十几个孩子焦急地围成一堆，小张坐在地上，双手捂着肚子，全身大汗淋漓。

大刚吃了一惊，挤进去问："小张老师，怎么啦？"

小张紧紧咬着嘴唇，只看了看他，显然痛得说不出话来了。大刚说："别怕，我马上送你去医院！"说着，扶起她往背上一背，叫几个学生在前面带路，噔噔噔就往山下走。

下了山，刚好开过来一辆拖拉机，司机二话不说，帮忙把小张送到了乡卫生院。经过紧急处理，小张的肚子并没有大碍，不过还得住院三天。

小张手上打着吊针，心里还想着学校，恳求大刚说，她下个星期要是回不去学校的话，就请大刚帮忙照看一下她的学生。说完，伸手握着大刚的手，说道："大刚老师，真是太麻烦你了！可是，学校里就我一个人，我不想让孩子们缺课。"

这一顿跑，大刚本来累得全身散了架，听小张这么一说，又被她的小手这么一捏，顿时又浑身是劲了，拍着胸脯道："小张老师，你就放心养病吧，我一定替你把课上好！"

临走，小张想起了什么，叮嘱他道："星期一要升旗，你帮我组织一下，其实很简单，就是给孩子们喊预备唱就行了。记住啊，早上七点半升旗仪式！"

大刚一个劲点头："你就放心吧，误不了！"

## 升起的希望

星期天晚上，大刚就住到了牛屎麓小学。天刚亮，学生们陆续来了，大刚心想，这次可不能再耽误升旗了。可他找遍了教室，怎么也找不见国旗。他想，旗子一定还挂在旗杆上吧。就跑出去找旗杆，然而看来看去，就是看不见一根像旗杆一样的杆子。

大刚急了，问一个孩子：“你们学校的旗杆呢？”

那孩子伸手往前面一指，大声说：“老师，旗杆在那呢！”

大刚往那一看，什么旗杆，那儿光秃秃的一片，连根高点的棍子也没有。他又问：“国旗呢？”孩子摇摇头，说他们学校没有国旗。

大刚愣了，没有旗子，也没有旗杆，还升什么旗呀？正不知所措，孩子们大声嚷了起来：“升旗啦！升旗啦！”

大刚还没回过神，十几个孩子纷纷跑到教室外一条田埂上，像训练有素的解放军一样，迅速站成了一排，面向教室，仰起脸，眼睛盯着教室上空。可教室后面空荡荡的，远处是一道山梁，除此之外，什么也没有。可孩子们的神情和眼神却显得无比虔诚和激动，仿佛他们眼前就是庄严的天安门广场似的。

看着这些纯朴的山里孩子，大刚不由得也受了感染，赶紧走过去，跟孩子们站成了一排，也是默默地凝望着那个方向，脑子里想象着那里有一根漂亮的旗杆，几个旗手正在做着升旗的准备。

他看了看表，正好七点半，就清了清嗓子，喊道：“升国旗，唱国歌，预备，唱——”顿时，国歌声就在这寂静的山谷中回响起来。孩子们像在比谁的嗓门高似的，把全身的力气都用来唱歌了，一个比一个吼得响。虽然听起来有点不对调，可他们的神情却是最投入的。

看到这一幕，大刚不禁想起了自己小时候也曾有过的激情。不知不觉，他的嗓门也放开了。

当唱到最后一句时，大刚的眼睛猛地一跳，不可思议地瞪着前方。啊，教室后方远处那道山梁上，缓缓地升起了一面红旗，虽然没有升得很高，但却看得清清楚楚，那是一面国旗。

大刚恍然大悟，这面国旗，是从山的另一边升起来的，从这里刚好看到旗杆的顶端。那一边，就是红旗小学。

这一刻，大刚禁不住热泪盈眶。他明白了，老王为什么把旗杆立在那么高的地方，为什么一定要升旗，当他误了升旗的时候，为什么小张会突然跑来。

后来，大刚还知道，老王为什么知道牛屎麓小学有事，因为有个孩子在他们可以看得见的山梁上，放了一只风筝……

（题图、插图：魏忠善）

# 换画

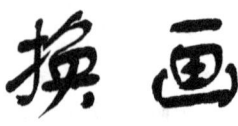

□恩　唐

古燕城里有一条著名的画廊街，街上有大大小小几十家画廊，其中最大的是一家叫辉汉堂的画廊，老板焦德涣仗着有几幅名家的作品，生意非常红火。而他对门艺苑斋的生意却一直不怎么样，这可急坏了这家画廊的老板冯可源。

这天，冯可源假装串门走进辉汉堂一看，嘿，人气真旺。有个大肚子就在他眼皮子底下，花十来万买了一幅郁平原的画，冯可源的眼里都快冒火了。也难怪自己店里生意不行，一件这样的大家作品都没有，净是三四流的。他曾经问过焦德涣从哪儿淘来的大家作品，可那小子一句实话都没有，冯可源愣是没有办法。

突然，冯可源眉头一皱，有主意了。他赶紧回到自己的画廊，把老婆春杏拉到身边，如此这般地说了一通。春杏一开始还不乐意，可禁不住他死磨烂缠，只好点头。

原来，焦德涣当年没混出人样时，曾追过春杏，冯可源对这事一直耿耿于怀，如今万般无奈，还得把这张王牌打出来。

当天晚上，冯可源和春杏把焦德涣请到月仙楼饭庄的包间里，天南海北地神聊起来。天上的星星、地上的狗熊都说到了，就是不提买卖的事。焦德涣不知道他葫芦里卖的是什么药，心里直嘀咕，可一想能和春杏亲近亲近，也就坐了下来。

一瓶白酒下去三分之一后，冯可源找个借口出去了，春杏就开始用眼色给焦德涣劝酒。您别说，还真管事，眼瞅着那瓶里的酒往下走，没半个钟头就干了。焦德涣的舌头虽然不利落，可一直没停，把春杏听得喜上眉梢。她给冯可源发个手机短信，不一会儿，冯可源满面春风地进来，先结账，然后把焦德涣送回家。临出门前还小声地问春杏：“他没非礼你吧？”春杏眉毛一挑，骂道：“真讨厌！”

冯可源利用“美人计”得到焦德涣名画的来处，他不敢怠慢，第二天就搭车到五十里外的卫城去了。那个城市虽然是近年县改市的，规模不是很大，可是和大画家郁平原有着一段缘分。上个世纪六七十年代，郁平原曾经在那儿下放，先后居住了十几年。

冯可源到了卫城，找了家比较老的招待所，里里外外看了一遍，就住了下来。他在屋里憋了一天，到晚上提出要租用小会议室。见他愿意出钱，招待所自然乐意。

冯可源在会议室坐到夜深人静，先到过道里巡视一番，然后关好门，把墙上的镜框摘下来，从里边取出郁平原的一张《春牛图》，用数码相机拍了几张，看看效果还满意，就把画又放回去，挂在墙上。看看一切没有破绽，拍拍手，回屋睡觉去了。

他躺在床上，暗暗得意。原来在卫城的大小旅店都有当年郁平原留下的作品，焦德涣就是用偷梁换柱的方法，弄到不少。是他自己泄露了天机，把秘密告诉了春杏，怪谁？还不是怪他自己过不了美人关？

冯可源好不容易熬到天亮，退了房，又赶到省城找了一家图片社，请人家根据他拍的资料，复制了一张《春牛图》。他取了图，连夜赶回卫城，又住进那家招待所，然后用复制品换了画，高高兴兴地回到家。一进门，春杏就问：“怎么样？”他也不搭话，只是搂着她猛亲了一口。

晚上，他又把焦德涣请到月仙楼。三杯酒下肚后，他亮出了那幅《春牛图》，故作谦虚地说：“小弟得来这幅画不敢确定真假，特请老兄过来帮忙鉴定一下。现在赝品太多，行里人也难免走眼，还是老兄见多识广……”

焦德涣哪有心思听他啰嗦，看了一眼，浑身一激灵，不由得“啊”了一声。冯可源却认定他是在故弄玄虚，还在恭维他：“依老兄的经验，也就是一眼，两眼就多余了。您就直说吧！”

真是酒壮常人胆，焦德涣又喝了一口，问：“这是在卫城的一家招待所会议室弄来的吧？”冯可源一听傻眼了，他怎么跟看见一样啊？

焦德涣叹口气说“兄弟，你要干这事，也该事先问问我啊！”

“怎么？”冯可源感到事情不妙。

焦德涣摇着头说：“你弄的这张是我上个月刚换上去的啊！”

（**题图**：刘斌昆）

· 中国新传说 ·

这是倾尽生命和情感绣出来的旗袍……

# 旗袍之约

□ 程小成

## 特别生意

陈小晶从小学的是裁缝，手艺不错。她在自家门前的里弄里，摆了一个裁缝铺，专门给人做各式各样的旗袍。红红绿绿的真丝布料，摆在她面前的案板上，然后再经过她的手，就变成一件件让女人爱不释手的旗袍。她的生意日渐红火起来。

这天，陈小晶站在案板前，正准备抖开一块布料，外面进来一个二十多岁的女孩。陈小晶忙放下手上的活，迎过去问："小姐是来做旗袍的吗？"

女孩并没有回答陈小晶的话，而是用眼睛往屋里扫了一下，然后问："陈小晶师傅呢？"

陈小晶忙答应说："我就是。"

女孩把陈小晶打量了一番，说："我要做一件旗袍，只要你能按我的要求，把它做好，多少工钱好说。"女孩说着，从她的小提包里，掏出一块纯色的、素净的缎面真丝。陈小晶瞟了一眼，就知道这块料，质地柔软又不失挺括，是做旗袍的上等好料。陈小晶立刻意识到女孩是慕名而来，不敢大意，忙伸出手要接过料子，女孩突然又缩回手，说："慢，我话还没说完哩。"

陈小晶便笑着站在一边。女孩很直率地说"我跟你实话实说了，我可不要你平常做的那种一眼就能看见女人大腿的旗袍。你要给我做一件和这件一模一样的旗袍。"女孩说着，又从她的提包里，掏出一个丝绸小包，小心地放在案板上打开。陈小晶一眼就看出，这是一件地道的湘绣旗袍!

这种旗袍，曾经在上海滩上十分流行。旗袍低领、连袖、圆摆，它的式样古朴中流露出清丽。特别是旗袍上面那只湘绣凤凰，出神入化，做工精致。做这种旗袍的师傅要有精湛的技艺，大部分工艺，都要用手工完成，不然，女人穿在身上，就少了一种高贵感。

陈小晶倒吸了一口冷气，说句心里话，这样的旗袍她不仅没做过，连看也没看见过几回。

女孩见她有些犹豫，便望着陈小晶笑着问："陈师傅不会是徒有虚名吧，这个活计不敢接吗？"

陈小晶稍一镇定，笑着说："只要有式样，我想应该没问题。半个月后，小姐来取吧。"

女孩就说："那好吧，我先放二百块钱订金，只要你能给我做出和这件一模一样的旗袍，工钱我会让你满意的。"

女孩说着就要走，陈小晶忙喊住问："小姐叫什么名字，留个电话好吗？"

女孩回过头说"我叫叶赛赛。电话就不必留了，到时候，我自然会来。"

叶赛赛一走，陈小晶不敢怠慢，忙关了店门，拿着这件充满着富贵气的湘绣旗袍，直接去了后院。父亲陈细手正坐在葡萄架下闭目养神，陈小晶上前叫了一声，说："爸，我今天碰到一个顾客，她要做湘绣旗袍。"

陈细手不屑地说："现在的年轻人，就知道赶时髦，这种旗袍，是一般人能穿的吗？穿不出那韵味，作践了料子。"

陈小晶不高兴地说"爸，您少说两句。顾客拿来一件湘绣旗袍作样子，您帮我看看。"

陈细手睁开眼睛，接过女儿手中的湘绣旗袍，突然吃惊地跳了起来，脸色苍白，着急地问女儿："人呢？做这旗袍的人哪里去了？"

陈小晶疑惑地望着陈细手，不解地问："爸，人家早走了。"

"你……咋让她走了……"陈细手责怪道，又问，"她多大年龄，家住哪里，电话留了吗？"

陈小晶向陈细手介绍了一下女孩的情况，小心地问："爸，她留有样子的，您不是还要量身材吧？"

陈细手摇着头说："谁要量身材？真正做旗袍的师傅，谁还会用尺子去量呢？眼睛就是尺子！"陈细手说着，用手抚摸着这件湘绣旗袍，眼泪"哗哗"地往下流。过了一会儿，才对陈小晶说："这件旗袍，就由我来做吧。"

陈小晶虽然有点疑惑，但见父亲愿意帮自己，也就没有多问。

## 呕心沥血

陈细手拿着缎面真丝料子和湘绣旗袍，走进了他的卧室，关上房门，再也没出来。一日三餐，都是由陈小晶递进去吃的。十天后，一件做工精细的湘绣旗袍，从上往下，像水一样，挂在人体模特的身上。陈小晶的眼睛都看直了，绣在旗袍上的那只凤凰，深红的凤头，红黑的凤身，金色的凤尾，活灵活现，好像随时都要从这件绣品上飞出来一样。

而此时的陈细手，仿佛大病了一场，人一下子苍老许多，连站起来的力气都没有了。他闭着眼睛对女儿说：“等取这件旗袍的人来了，一定要让我见见她。”

陈小晶连忙答应，还把陈细手做的这件湘绣旗袍，当成招牌，挂在模特上，搬到门口放着。

十天过去了，叶赛赛没有来取旗袍。二十天过去了，叶赛赛还没来。陈小晶有些着急了，叶赛赛那天没留下电话，她要是忘了来取货，这下可咋办？

陈细手此时已经病倒了，意识日渐模糊，脸色苍白如雪。陈小晶见父亲为了做这件旗袍累成这样，十分后悔，不解地问：“爸，您也真是，不就是一件旗袍，您用得着拼着性命去做吗？”

陈细手无力地摇着头，对着女儿说：“你不要小看一件旗袍，一件真正意义上的作品，是要用生命去完成的。只要用爱去完成它，旗袍也同样是有生命的！”

陈小晶不屑地耸了一下肩，说：“好吧，你可要好好把病养好，不然，我可后悔死了，接这件害人的湘绣旗袍活。”

父女俩正说着话，外面传来脚步声，陈小晶跑出去一看，叶赛赛正好从外面走进来。陈小晶气愤地说：“你总算来了，我还以为你不来了！”

叶赛赛笑着问：“旗袍做好了？”

陈小晶取下湘绣旗袍，叶赛赛对照一看，眼睛直了，不由得感叹道：“绝了，真的一模一样！”忙收拾好两件湘绣旗袍，装进提包里，笑着又问了一句，“凭这手艺，不是你做的吧？”

陈小晶没好气地说：“你管这些

干什么，我做工，你付工钱就得。”

叶赛赛从小提包里抽出一千块钱，放在陈小晶的案板上，转身就走。

这时，陈细手拄着拐杖从后院慢慢走了出来，叫住了叶赛赛：“姑娘，请留步。”

叶赛赛停住脚，吃惊地望着陈细手，说：“我干吗要听你的，我现在就想走。”叶赛赛一转身，陈细手大叫一声，一口鲜血喷洒而出，人一下子摔在地上……

“哈哈哈，陈细手，你也有今天！”随着一声大笑，一个雍容华贵的老太太来到陈细手面前，陈细手睁开眼睛，长长地舒了一口气，笑着说“英姑，你能来见我，足矣！”陈小晶忙上前扶起父亲，不明白地问：“你们认识吗？这到底是怎么回事？”

陈细手叹了一口气，对大家缓缓说出了六十年前的往事。

## 一世情缘

当年，陈细手跟随师傅到上海一个大户人家做旗袍。十九岁的陈细手，不仅人长得眉清目秀，而且他那双手白皙而又细小，伸出来，就像十根葱白，挑起湘绣来，栩栩如生，活灵活现。这大户人家有个女儿叫英姑，年方十六，整天围着他转，一边唱着苏州小调，一边看他飞针走线。

半年后，陈细手要离开英姑家时，英姑却坚决要嫁给他。英姑的父母说什么也不同意，把陈细手他们打发走后，很快就给英姑说了一个移居东洋的大户人家少爷。英姑在家以绝食来抗拒这桩婚姻，可在这时，陈细手却退缩了，伤心欲绝的英姑向家人提出，她可以远嫁东洋，但在临走前，她要穿一件陈细手亲手给她做的湘绣旗袍，并亲自送到她的手中。

听到陈细手提起这件往事，沉浸在回忆中的英姑，突然踉踉跄跄地退后几步，悲怆地看着陈细手说：“为什么？为什么你那天不来？你知不知道？其实，那天，同一时间，码头上还有一班游轮，是开往美国旧金山的，我偷偷地买了两张票，准备你一来，就一起逃到大洋彼岸。可是，我在码头上等了整整一天，旗袍送来了，可你却没来，我只好登上了前往东洋的海轮……”

英姑还告诉陈细手，她嫁给那个大户少爷后，不到一年，就守了寡。她一个人在日本孤苦伶仃地过了大半辈子。直到去年，娘家侄女叶赛赛去日本把她接回了大陆。这一年来，她一直苦苦地打听陈细手的下落，她想在有生之年，亲口问一声陈细手，当年他为什么不来。

工夫不负有心人，英姑终于打听到陈细手的女儿开了一家旗袍店，于是让叶赛赛先来探听一下虚实。

陈细手听完，望着英姑说：“英

姑，这几十年，你怎么就不仔细地去看看这件湘绣旗袍上，凤凰的眼睛下面……”

英姑抓起那件湘绣旗袍，只见深红的凤头上，那只眼睛下面有一小滴泪珠，殷红如血，凝视越久，越觉得血气中，仿佛闪着奇异的光芒，英姑的脸颊顿时腾起灼热的红晕。英姑颤抖地说：“我看到了满眼是血。”

陈细手说：“这叫血绣！”

英姑愣了一下：“血绣？”

陈细手叹了一口气，告诉英姑，在湘绣旗袍中，血绣是湘绣中的极品。所谓血绣，就是用自己身上之血，浸泡丝线三日后，在寂静的深夜，对着半弦月的月光，专心致志地飞绣，绣得越快，效果越好，所以，一件真正的湘绣旗袍做下来，心力大耗，不是立刻毙命，也会半死不活。

陈细手让女儿拿过那件湘绣旗袍，对着英姑说：“我之所以用血绣，就是想让你明白我的心。没想到，你看到了凤凰回头的那滴血泪，怎么就没有看到这滴血泪上那根翘起的丝线线头？”英姑仔细看去，果然见那滴血泪上，有一根翘起的线头。这时，陈细手用手指甲轻轻提取那根线头，突然从凤凰的嘴里，扯出了一片细小的绢绣，上面绣着七个字“七夕相偕回故乡”。

陈细手望着英姑，喃喃地低声唱起：“粉白墙上画月亮，月亮里面出凤凰，凤凰口吐七个字，七夕相偕回故乡……”唱罢，陈细手说：“这不是你当年常常唱给我听的苏州小调吗？我以为你一看到旗袍上的图案，就会明白！我这是偷偷地约你，在七夕这一天，一起逃回我的故乡啊！哎！自你走后，我一生未娶，老了让养女开了一爿裁缝铺，也就是想等你回来……”

英姑听了陈细手的话，先是愣了一下，随即扑进他的怀里，哭着说：“你……你为什么这么傻，我……我还把你害成这个样子……”

两位老人捧着那件湘绣旗袍，相拥而泣……

（题图、插图：魏忠善）

·中国新传说·

# 多一个，少一个

□钱　岩

这天傍晚，“妙味饺子馆”走进来一个瘦高个，一看此人的打扮，就知道是个农民工。当时店里的客人不少，瘦高个等了好一会儿，才等到座位，一落座，服务员小兰就笑吟吟地上来问道：“请问先生，您想要吃些什么？我们店里有三种馅的饺子，全肉的三元五角一两，半素半肉的三元一两，全素的两元五角一两。”

瘦高个咽了一下口水，大声说：“你给我上四两，不，上六两！三两全肉的，三两全素的，分两个盘子装。”

“什么？六两？你能吃下这么多？”小兰瞪大了眼睛，吃惊地问道。

瘦高个挠挠头，不好意思地说：“这也叫多？我这还省着呢！要是放开肚皮吃，一两斤都不在话下！”

饺子很快就下好了，小兰把两盘饺子往瘦高个面前一放，刚转身要走，却被瘦高个叫住了：“服务员，你等等，我得当你的面把饺子数一数，要不一会儿发现少了，你们肯定说是被我吃掉的，那我有理也说不清了。”

小兰听了很吃惊，周围的顾客也感到很希奇，竟有先给饺子过数，然后再吃的人？不过，既然人家客人要数，小兰当然不能反对。

瘦高个说：“你们的饺子一两是六个，我这盘全肉的是三两，三六一十八，应该是十八个；那盘全素的，也应该是十八个。”说完，瘦高个开始用筷子认真地扒拉盘子中的饺子，一边扒拉一边数：“一、二、三……十五、十六、十七。”只有十七个，再数另外一盘，也只有十七个。这下瘦高个不干了，冲着服务员小兰嚷道：“你们克斤扣两，少了我两个饺子，差不多就昧了我一块钱！喊你们老板来！”

小兰没想到会出现这种情况：“这、这……”她一时手足无措，不知道怎么办才好。

“怎么回事？”老板闻声赶了过来。老板是个中年男人，一脸的精明。

小兰像是遇到了救星，忙跟老板说道：“老板，这位客人要了两盘三两的饺子，刚才他数了，说我们每盘少了他……”

老板还没等小兰说完，就把小兰拉开，他仔细打量了一下瘦高个，然后有点不相信地问：“这位农民兄弟，我们给客人的饺子怎么可能会少呢？是不是你饿坏了，偷偷吃了两个，然后再数的？”

瘦高个冷冷一笑：“我就知道你们会栽赃我！农民怎么啦，人的品德可不是靠衣着的好坏来衡量的。我早就想到这一点了，所以故意当着你们服务员的面数的！不信你问问她。”

小兰小声说道：“老板，他是没偷吃，是当着我的面，一个个数的……”

老板忙摆手不让小兰说了，用双手亲切地按住想要站起来的瘦高个，笑道：“兄弟，误会，误会。我只是和你开个玩笑。你瞧，我店里客人这么多，大师傅盛饺子，难免过数时忙中出错，少给你一两个，但同时也会多给别人一两个，总数肯定是对的！”

“是吗？有人会多出一两个饺子？”瘦高个转身问四周吃饺子的，“大家都数数盘中的饺子，看看是不是像老板说的，有多出一两个的？”

周围的人都笑了：“我们都开始吃了，没办法数呀。唉，还是你这位师傅精，晓得没吃前先数。”

说完大家笑得前仰后合，这可让瘦高个窘得面红耳赤。这时，瘦高个看见服务员给邻桌的小青年刚上了一盘饺子，于是忙过去拦住小青年动筷子：“这位同志，你先别急着吃，我们先数数饺子，看老板给的够不够数。你说，你买了几两……”

小青年把筷子重重地往桌子上一放，恼怒道：“数什么数！神经病啊！少一个就少一个，有什么了不起，是饺子又不是金子！”

瘦高个讨了个没趣，四周人都掩嘴窃笑，这下他窘得脸更红了。老板很得意地说道：“大家也别笑了，咱农民兄弟上一次馆子开次荤不容易，这要下多大的决心，当然要斤斤计较了，毕竟两个饺子，一块钱啊。看来今天我要不补上他这两个饺子，他回去睡不着觉，肯定会把被子蹬破，这样，损失可就更大了。”说完哈哈大笑，又朝小兰一瞪眼，“你还愣在这里做什么？死心眼，快去给他补上两个饺子不就完了吗？”

听了老板的话，瘦高个只觉得血往头上涌：这绝对不是两个饺子的问题。两盘饺子，每盘都少一个，明明是这老板存心克扣，赚昧心钱，可结果弄得好像自己是在敲诈似的。不行，我一定要把这黑心老板的鬼把戏彻底揭露出来。

这时，前面一个小姑娘的饺子刚端出来，瘦高个眼一扫，就感觉那盘饺子肯定也不够数，一着急，伸手就把它端了过来，递到老板跟前，理直气壮道："老板，你自己看看，这盘就十一个饺子，我想人家小妹妹一定买的是二两，应该十二个对不对？怎么又少一个？"

"这，这……"老板没想到这个瘦高个这么较真，一下还真哑了口。就在这时，那小姑娘冲上来，对着瘦高个发火道："谁让你端我的饺子？"

瘦高个和颜悦色地对小姑娘说："小妹妹，你买了二两饺子对不对？二两应该是十二个，他们只给了你十一个，少给了你……"

小姑娘生气地说："少给我一个我愿意，省得我吃不掉剩下浪费！你把我的饺子弄脏了，让我怎么吃？"说完一把夺过盘子，要把盘里的饺子全倒进垃圾桶里去。

瘦高个急了，忙阻止道："小妹妹，你不要倒。我可没动你的饺子，怎么会弄脏？我只是……"

小姑娘忙打断瘦高个，不耐烦地说："好了，好了，我又没要你赔，你不要解释了，我不想听。服务员，重给我下二两，扣两个下来，我只要十个！"

这下瘦高个束手无策了。这时，一个老人端着半盘饺子走了过来，劝解道："小伙子，消消气。人家开个店也不容易。不瞒你说，我们来这儿吃饺子，只知道买的是几两，至于一两是五个还是六个，还真没在意。小伙子，别计较了，吃亏是福。我知道你们干体力活的，饭量大，这是我买的，吃不了，送半盘给你吃吧。"

这下老板来精神了，对瘦高个轻蔑地说："这位师傅，我看你今天是存心来找碴的吧？你要是没钱，直截了

当跟我说一声，这两盘饺子全送给你吃，又算多大事？就当我打发叫花子！只要你保证下回不再来找事就行！”

瘦高个满腔的怒火和委屈，这么多人，竟没有一个人站出来支持他，甚至都在看他的笑话。一个饺子，大家是可以不在乎，可这仅仅是一个饺子的问题吗？饺子也吃不下去了，瘦高个要来一个食品袋，把饺子打了包，准备离开。

就在这时，服务员小兰站了出来，大声叫住瘦高个：“这位大哥，怎么理在你这边，反搞得像做贼似的？干脆，今天我就豁出去了，告诉大家一个秘密：我们店给客人上的饺子，老板要求每盘都少一个！这位大哥的怀疑是对的，只可惜，大家对这位大哥的好心不屑一顾。”

老板一听，脸色立马变了，气急败坏地喊道：“小兰，你好大的胆子，再胡说，老子马上把你开除！”

小兰干脆把身上的工作服脱了，往地上一扔：“正好，这昧良心的活，我早就不想干了！只是走之前，我要奉劝你一句：做生意要诚信，赚钱没错，但不能黑心！”

小兰的话引起一片掌声，但掌声过后很多人都羞愧得低下了头。瘦高个望着小兰，眼里闪烁着泪花……

瘦高个走出店门没几步，就听背后有人叫，这不是刚刚下岗的“妙味饺子馆”服务员小兰嘛。原来这瘦高个和小兰是一对夫妻，两人年初从乡下到城里打工，瘦高个进了工地，小兰到“妙味饺子馆”当服务员。小兰发现老板赚黑心钱，却从来没有客人指出来，于是和丈夫商量好了要揭穿老板的诡计，这才有了上面的一出戏。

瘦高个望着小兰，内疚地说：“老婆，你男人没用，让你把工作丢了。”

小兰说：“这工作早丢早好，要不然天天良心过不去。我已经想好了，你也别上工地干活了，我们也开个饺子店，我现在已经有了一点经验，只要我们凭良心做生意，相信日子肯定能好起来！”

果然不久，在“妙味饺子馆”的附近，又出现了一家小小的饺子店。没几年，这家店就迅速做大起来，挤垮了“妙味饺子馆”，还在城南城北开了几家分店。晚报记者去采访老板瘦高个，问他创业成功的秘诀是什么。

瘦高个挠了半天头，说道：“其实也没什么秘诀呀，只是客人来吃饺子，我每盘都要悄悄添一个。”

记者不解道：“就这？谁吃饺子还数数啊？多一个谁知道？”

瘦高个笑道：“我知道呀，自己想着也觉得高兴；再说，万一客人数了，发现多了一个饺子，不是更高兴？我们大家都高兴，你说，这生意能不好起来？”

（题图、插图：魏忠善）

# 一起去站哨

□李奕明

一座大山把山的两边隔成两个世界。山那边是一座城市，高楼林立，车水马龙；山这边是解放军部队的一个弹药库，沟深草密，人迹罕至。负责看守弹药库的是一个排，战士们极少有机会能够到山那边去看看，只能站在山上的哨位上，远远看着山那边的城市，想象着那里的人是怎么生活的。

在深山沟里整日站哨，那的确是很枯燥的事。这年元旦，排里的几个班长就为夜里站哨的排班问题，闹起意见来。过去住在部队营院的时候，怎么排大家都没意见，没想到现在出来单独执行任务了，大家却计较起来。而且这个“计较”，有点让人不可思议：都争着要去站夜里这班哨。

吃晚饭前，二班长和三班长都气呼呼地找到排长贺勇军，说夜里的哨应该是自己的班站，而且都说得理由充足，谁也不服谁。贺勇军开始以为他们争着站哨是发扬风格，可听着听着就觉得不对劲，于是批评道：“你们是不是吃饱了撑的！今天晚上，中央电视台有晚会不看，为什么偏要去站哨？”二班长嘟哝道：“那电视有啥好看的，连人脸都看不清。”这是实话。山区电视信号不好，图像和声音都不清楚，战士们都不愿意看。

贺勇军说“不看电视，可以搞晚会嘛。”三班长说“晚会也没有劲。不是‘击鼓传花’、‘瞎子摸象’，就是‘卡拉OK’，就那么几个老面孔，就那么几首老歌，大家都玩腻了。”

贺勇军不高兴了：“电视不想看，晚会不想搞，那你们说想干吗？”想了一下又道，“好吧，既然你们都想站哨，那你们都站去吧。上半夜三班站，下半夜二班站。这下该满意了吧！”

三班长一听，喜滋滋地走了。二

班长仍然站在原地不动，一脸的不高兴。贺勇军问他还有什么想法，二班长说“排长偏心！凭什么让三班站上半夜？”嘿！站哨还要争上半夜、下半夜，贺勇军怎么也想不明白这是怎么回事。

事情就这么怪！晚上九点，该三班站上半夜的哨了，三班内部也为站哨的事闹了起来。贺勇军一了解，原来应该站头班夜哨的战士感冒了，三班长就安排另一个战士替换。可到了上哨的时间，两人都背起枪要去站哨。结果互不相让，就吵了起来。

贺勇军把三班长叫过来责问，三班长赶紧说是站哨换人，事先没有打招呼，搞误会了。贺勇军觉得事情不会这么简单，就问三班长：“你们是不是有什么事瞒着我？”三班长打哈哈说什么事也没有，叫排长早点回去休息，他保证把工作做好。

贺勇军回到宿舍，看了一会书，就十点多了。值班员早已吹了熄灯号。按规矩，熄灯后他必须要查铺，他就拿了一只电筒向前边战士住的那排平房走去。查完了一班查二班，刚走到三班门口，就见三班长从宿舍里走了出来。贺勇军问：“战士们都睡下了吗？”三班长说：“除了站哨的，都睡下了，一个都不少。”

贺勇军在门口用电筒往里照了照，有两个铺是空着的，不用说，一个是哨兵，一个就是三班长自己，其他人都在。他就问三班长：“你怎么不睡？”三班长说：“我下一班要带哨，被窝焐不热了。走，陪你杀两盘棋！”

贺勇军就爱下象棋，排里只有三班长能够和他对阵。两人来到贺勇军的宿舍，摆开阵势杀了起来。贺勇军一边下棋，一边又想起两个兵争哨的事，问三班长处理好了没有。三班长说：“处理好了，两人都很满意。”贺勇军又问：“是怎么处理的？”三班长说：“跟你的办法一样。他俩都想站这班哨，干脆就让他俩一起去站了。”

贺勇军将手中的棋悬在空中，拿

眼直盯着三班长:“这么说,你们班现在有三个人没有睡觉,我怎么只看到两个空铺?这里一定有假!”他把棋子往下一拍,棋盘一推,拿起电筒就要出门。三班长知道自己说漏了嘴,就赶紧编话解释,贺勇军根本不听,出门径直朝三班宿舍走去。

查铺的结果,三班宿舍里只有一个人睡在床上,其他铺位上的被子展开做了伪装,里面却是空的。贺勇军把三班长拉到室外,严肃地问:“这是怎么回事?”三班长见捂不住,只好实话实说:“他们都到哨位上去了,是我批准的。”“深更半夜的,都让他们到哨位上去干什么?”没等三班长回话,贺勇军转身就朝哨位走去。

这个哨位就设在半山腰上,离住地有两公里多,要走二十多分钟的路。贺勇军刚上山坡,就见从前边走来一个人。在口令的问答声中,听出是二班长。他就觉得奇怪:晚上查铺的时候,他在床上躺着,怎么现在却在这里?莫非自己一走他就起来了?

二班长一见排长,就主动报告说:“排长,我刚查哨回来。”贺勇军问:“你们班不是站下半夜的哨吗?你现在来查什么哨?”二班长说:“我知道应该是你来查。可今天过节,你一直都很辛苦,应该好好休息。我睡不着觉,就来帮你查了。你就不用再去了。”贺勇军问:“人都在吗?”二班长道:“人……你是问哨兵吧?噢,在,在!”贺勇军提高了声调:“我是问:你们班里的人,是不是也在哨位上?”二班长支吾了半天,也没有说清楚。贺勇军生气地把手一挥:“不听你说了,跟我一起上山看看!”

只用了二十多分钟,他们就爬上了山坡。只见上面站着一大堆人,贺勇军计算了一下,二班三班的人加到一起也没有这么多,也就是说,一班的人肯定也来了。深更半夜的,全排的人都跑到这里来干什么呢?

战士们并没有发现贺勇军的到来。他们全神贯注,一起向山那边看着,不时发出一声声惊呼。贺勇军站住了,也跟着看过去,山那边的城市灯火辉煌,空中不时闪现出一朵朵艳丽的礼花,满天挥洒,变换成各种绚丽的图案。在那奇妙的光焰中,映出的是一张张战士的笑脸……

贺勇军终于明白了,他问三班长:“你们夜里争着来站哨,就为了看这个?”三班长点点头说:“是的!大家都觉得看这个比看电视、搞晚会更有意思,我不忍心拒绝他们的要求。”

贺勇军默默站了半天,说:“你们应该告诉我。战士们的这点要求也不为过。本来节日晚上就是安排搞娱乐活动的,这不过就是把娱乐场所变了一下,有什么错?让他们好好看看,别打搅了,我们走吧。”

（**题图、插图**:魏忠善）

# 两只左脚的舞者

□孙洪鹏 改编

本文根据英国作家P.G.伍德豪斯的小说《长了两只左脚的人》改编。

亨利是个典型的书虫，唯一的兴趣是躲在家里读他的《大不列颠百科全书》，业余时间从不参加跳舞之类的娱乐活动，他甚至连婚姻大事都从不考虑，这不，到了三十五岁仍独身一人。

这年夏天，亨利带着他的书来到一座农庄度假。本来他只是想在这里安安静静地读书，没想到意外结识了一个叫明妮的年轻女孩。明妮很漂亮，只是看起来有些忧郁和憔悴。老实的亨利用他在书本中读到的丰富知识，赢得了明妮的芳心。很快，两人就结婚了。

婚后的第一年，亨利和明妮过得无比融洽和快乐。亨利每天按时去银行上班，晚饭后就读《大不列颠百科全书》，不过现在是大声读，明妮一边做针线活，一边听。这是他们一天中最幸福的时光。明妮也不再憔悴，而是长胖了。

结婚一周年那天，亨利带着明妮去意大利餐馆吃了顿晚餐，又一块儿去看了一出音乐喜剧。散场后，已是夜里十一点了。两人意犹未尽，又去了全市一家有名的带有舞会的餐厅吃夜宵。

餐厅里灯火辉煌，一个偌大的舞池里，一对对俊男靓女随着音乐翩翩起舞。这里的氛围让亨利很兴奋，他和明妮用了一点精致的点心，就观看起来。

这时，一个风度翩翩的人向他走来，并打着招呼：“亨利老兄，你怎么也到这种地方来了？”

亨利这才认出，这是过去一起在银行做事的同事西德。因为喜爱跳舞，于是就跳槽到这家餐厅做起了专业舞者。亨利和西德寒暄了几句，便向他介绍了自己的妻子。明妮本来就很漂亮，今晚更加光彩照人，她一来就吸引了全场男人的目光，西德当然也不例外，他随即邀请明妮跳舞。明妮却冷冷地说：“我不会跳舞。”

“怎么可能不会呢？你这么漂亮的女士不会跳舞？”西德把目光投向了亨利。

亨利心里开始自责，他知道明妮是因为他而拒绝了跳舞，他对明妮说：“明妮，去吧！”

明妮这才不大情愿地和西德下了舞池。不过，两人很快就进入了状态。亨利虽然不会跳舞，但也看得出，明妮跳得相当不错，她舞步流畅，舞姿优雅。亨利很受震动，他忽然意识到，明妮今年才二十六岁，比自己小了整整十岁，而自己又老又乏味，明妮日复一日地和他这个老古板关在一起，听他读那些枯燥的东西，而别人都带着太太出来跳跳舞，玩一玩，多开心。自己这是让明妮过的什么日子啊？亨利觉得自己实在对不起这个年轻漂亮的妻子！

从这天晚上开始，亨利暗下决心，他要学跳舞。不过这事他没有告诉明妮，他想在学成之后给明妮一个惊喜。他算了算，还有一个多月就是明妮的生日，到时候，就把这个最好的礼物送给她。

第二天，亨利就去一家舞蹈培训班报了名。只是他对自己的能力有些信心不足，舞蹈老师鼓励他说，只要他不是长了两只左脚，就保证能在一个月之内教会他。晚上回来后，他向明妮撒了谎，说要锻炼身体，每天下午下班他要走着回来，这样晚上他要晚回来一个小时。

学跳舞对于有天赋的人来说，可能是一件容易的事，但对于亨利来说，却是很难的事。几天下来，亨利累得腰酸腿痛，却连基本舞步还搞不清，便不免自卑起来，觉得自己真不是跳舞的料，就是长了两只左脚的人也不会像他这样笨。看来他和明妮的幸福生活维持不了多长时间了。

亨利向舞蹈老师提出，不想继续学了，老师问他当初为什么要学跳舞，他便如实讲了当时的想法。舞蹈老师听了，感动得哭了，她对亨利说：“亨利，你太伟大了。你竟然是为了妻子的快乐来学跳舞，我真羡慕你的妻子。告诉你吧，亨利，在我这里只有一个人没有学会跳舞……”

亨利问：“那个人长了两只左脚？”

“不是，”舞蹈老师说，“那个人双

腿截肢了，我才没有教会他。亨利，即使你真的长了两只左脚，我也要教会你。”

为了亨利的爱情，老师每天都给亨利开小灶。在老师的帮助下，亨利终于坚持学到了结业。

很快就到了明妮的生日。这天晚上，亨利带着明妮还是到意大利餐馆吃了晚餐，看了音乐剧，然后，又到了那家有名的餐厅吃夜宵，只是明妮并没有表现出来多高的兴致。这一个多月来，他和明妮的关系不再那么和谐。亨利觉得，自从上次跳舞以后，明妮就对他表现出一种冷淡，因此，亨利更庆幸学舞蹈是多么必要。他已经不知设想了多少遍，到时候邀请明妮跳舞时，明妮会多么惊喜！那个西德会多么惊奇！

亨利和明妮还是坐在了原来的位置上。他们刚坐下，西德就打着招呼走过来：“嗬，亨利，常客啊！”

亨利笑着回答：“我太太过生日。”

西德一听，又借机邀请明妮：“祝你生日快乐，亨利太太。趁侍者还没来让你们点菜，我们刚好可以跳一轮。来吧。”

这时，乐队正演奏起一首新曲子，亨利一听，这正是他在培训班练得最熟悉的一首，表演的机会来了，他站起身来，豪迈地大声说：“别，我要和我太太跳舞！”

正像他期望的那样，明妮睁圆了眼睛看着他，西德显然也吓了一跳，他惊讶地问：“你什么时候学会了跳舞？”

“还用学吗？”亨利忽然牛了起来。

明妮疑惑地跟着亨利下了舞池。刚开始时，一切很顺利，亨利带着明妮在人群的外围跳着。亨利像课堂上一样，脚步稳当中带着活力。但等他到了人群中间之后，却立即失去了方向感，完全没有能力给别人让路。这时，一对舞伴转过来，正好和亨利发生了碰撞。这一撞，亨利就

乱了舞步，脑子里一片空白，一个月的辛苦全都白费了，亨利成了大家的一块绊脚石，三撞两撞就倒在了地上。

他一倒下，所有跳舞的人都停了下来。西德在一旁幸灾乐祸地喊道："亨利，倒得真漂亮，再来一次，好多人没看到。"

听他这么一喊，大厅里响起一片魔鬼般的笑声，明妮捂着脸哭着跑了出去，亨利也狼狈地离开了舞厅。

回到家里，亨利一个劲地向明妮赔不是："明妮，我以为我能行，看来我真是长了两只左脚。"

他见明妮用疑惑的眼光看着他，就解释说，舞蹈老师说过，只要不是长了两只左脚的人，都能学会跳舞，可是他到底没有学会。

"你为什么要去学跳舞？"明妮质问道。

亨利便向明妮说出了他的想法和这一个月的行动。

"亨利，"明妮表情复杂地说，"这么说，你撒谎说散步，其实你是到那房子里去学跳舞？可是有一天，你为什么在那座房子门口和一个黄头发的女孩拥抱？"

亨利惊讶地说："原来，你早就知道我不是在散步，并且还以为我有了外遇？那个黄头发女孩是我的老师，她经常在送我出来的时候，再教一遍舞步，那不是拥抱。这么说来，原来这一个多月来，你不爱理我，是因为吃醋，不是厌倦了这枯燥的生活？"

"我喜欢听你读书的这种生活，否则，我怎么会嫁给你呢？告诉你吧，我厌恶跳舞。"明妮告诉亨利，为什么亨利在农庄第一次见到她时，她是那样的疲惫不堪。那是因为她连续几年在一个舞场当女指导，人们可以花五分钱和她跳舞。她每天拖着上百个脚步笨重的人不停地跳，他们把二百镑重的身体靠在她身上，简直要把她压死。她一辈子都不想再跳舞了。

"你、你……"亨利激动得说不出话来，"你真的能够忍受我们这样的生活，真的不觉得闷？"

"闷？你不读书，我才真正的闷啊！"明妮说着跳起来，取下一卷《大不列颠百科全书》，递给亨利，迫切地说，"读给我听吧，亲爱的，我们好久好久没这样了。"

亨利笑着清了清嗓子，高声读起来，而明妮在一旁做着针线活，幸福地听着……

（**题图、插图**：佐　夫）

**绿版编辑部各编辑邮箱：**

夏一鸣：gshxym@163.com
邢　悦：simyyue@126.com
王雅静：wyjing833@sohu.com
朱　虹：zhong98305@sina.com
杭　帆：hangfan1102@126.com

神奇的六瓣梅花，能让你随时随地与心爱的人相聚……

# 情人梅

□邢　东

雪梅的丈夫叫韩青，是个森林武警。两人结婚刚三天，韩青就回到了部队，驻扎在一个单人防火观察哨里。以前，两人靠书信来往，可这回，雪梅已经有一个多月没有收到韩青的信了，那里也不通电话，雪梅不由得暗暗着急。

这天傍晚，雪梅正在院子里的梅树下祈祷，希望丈夫平安，突然听见有人敲门，开门一看，门外站着一个老婆婆。雪梅一愣，微笑着问："老婆婆，您找哪位？"

老婆婆递过一封信，笑着说："姑娘，我是来给你送信的。"

雪梅疑惑地接过信一看，竟然是韩青的笔迹，她欣喜不已地拆开信封，发现韩青在信中写道，大雪封山，信寄不出去了。雪梅不由得发起愁来，老婆婆见状，问道："姑娘，你是不是特别想念你丈夫？想见到他？"雪梅点点头。

老婆婆神秘地一笑，说："姑娘，你家院子里的梅树就是个宝贝，叫情人梅，你不知道吗？"

雪梅摇摇头，惊讶地瞪大了眼："情人梅？"

老婆婆点点头，说"这可不是一棵普通的梅树，而是一株花朵有六个花瓣的情人梅。相传在汉代，一对青年人刚成婚不久，丈夫就出使西域，结果被扣押十年，妻子日夜思念丈夫，郁郁而终，死后坟上竟然长出了

一株六瓣梅花。十年后，丈夫回到家乡，得知妻子去世的消息悲痛欲绝，当他看到妻子坟上的梅花时，顿时愣住了。原来在出使的后半段，他每天晚上都能梦到妻子站在床前，冲着他笑，头上戴的就是这六个花瓣的梅花！屈指一算，自己开始天天梦到妻子的时间，和妻子去世的时间一模一样。从那以后，人们就把这种梅花叫做情人梅。”

雪梅听了，摇着头笑了笑，心想：院子里的这棵梅树的确是棵老树，听韩青说是祖辈种下的，可从来没有听说过它是什么情人梅。

老婆婆笑眯眯地继续说道：“我再告诉你一个秘密，午夜时分，你只要摘下一朵情人梅戴在头上，无论多远，你的魂魄都可以飞到心爱的人身边去，在黎明到来之前，再戴上一朵梅花，魂魄就可以回到原来的躯体中，就像做了一个梦。”

雪梅正听得入神，老婆婆却已转身走出了门外，只听她的声音仍在回荡：“姑娘，记住，使用情人梅必须在午夜到凌晨之间，天一亮，魂魄就回不来了。”

老婆婆消失了，雪梅的心却平静不下来了。不知不觉，墙上的挂钟敲了十二下，雪梅一个激灵从床上爬了起来，走到院中。她看着梅树上怒放的梅花，想着老婆婆的话，心怦怦直跳：老婆婆说的会是真的吗？

她犹豫着摘了两朵梅花，试着把一朵戴在了自己头上。顿时，她感觉意识模糊了，自己的身体飘了起来，飘出了屋子，直向西北方向飘去。

雪梅正疑惑着，她已经飘落在群山中间的一个哨所里了。雪梅来到卧室，看到床上熟睡的，正是她朝思暮想的韩青！只见他甜甜地睡着，脸颊边放着雪梅的照片。雪梅坐在韩青的床边，静静地看着他酣睡的样子。

接近黎明的时候，雪梅赶紧把另一朵梅花戴在自己的头上。很快，她就回到了家里。刚才的一切，似乎只是一个梦，只有那两朵已经枯萎的梅花，告诉她，昨天她的确见到了韩青。

在以后的日子里，雪梅几乎每天晚上都到韩青那里去，虽然每次只能静静地看着韩青，但她依然感到很满足。枯萎的梅花越来越多，她把它们装进一个精致的首饰盒里，她想等韩青回家的时候，告诉他：这里面装的全是对他的思念啊。

转眼就要过年了，一个午夜，雪梅又一次把梅花戴在了头上。当她飘落在哨所时，外面刮着狂风，韩青正在酣睡。突然，雪梅隐约听到了玻璃破碎的声音，她一看，原来是一块窗玻璃被风刮裂了，刺骨的寒风顺着裂口直灌进来，屋子里一下冷到了极点。

雪梅想喊醒韩青，可她的声音韩青根本就听不见。她想找一些东西来挡住窗户，却发现自己什么也拿不动。风继续往里灌，如果再不想办法，熟睡中的韩青就有可能被冻僵。雪梅顾不得多想，快步走到窗前，把自己的身子紧紧地贴在了窗户上。风越刮越大，雪落在身上，融化成水，又凝结成冰，渐渐的，雪梅感觉自己被冻僵了，而黎明也即将到来了……

很快，天亮了，风也停了，韩青突然被噩梦惊醒了。最近一段时间，他总是梦到雪梅坐在床前，和自己说悄悄话，可昨晚他却做了一个噩梦：原本雪梅正笑吟吟地看着他，突然，一阵狂风把雪梅卷了起来，雪梅拼命呼喊，向韩青使劲地招手，韩青也把手伸了出去，可他却怎么也追不上，眼睁睁地看着雪梅的身影越来越远，声音越来越微弱。

就在这时，韩青突然看见雪梅的身后出现了一个老婆婆，她双手猛地一推，雪梅从狂风中坠落下去，不见了，老婆婆的身影也随着狂风消失了。韩青着急地到处找雪梅，哪里找得到？正在这时，梦却醒了。

韩青从床上爬起来，突然发现窗前竟然立着一座人形的冰雕，冰雕的后背紧紧顶住了一扇已经破碎的窗户。

韩青纳闷了，这座冰雕是哪里来的？为什么她的样子有些熟悉呢？突然，他发现冰雕的头上，戴着一朵已经有些枯萎的梅花，而冰雕的一只手上，居然还有一朵结着冰碴、鲜红的梅花。

韩青把两朵梅花摘下来，仔细端详了一会儿，猛然想起这分明是自家院子里的六瓣梅花啊！他再看看那座冰雕，突然发觉那就是按雪梅的样子刻成的。韩青的心一下提到了嗓子眼儿，又想起了昨晚那场梦，这冰雕的出现，莫非暗示雪梅遇到了不测？

韩青把两朵梅花放在桌上，然后把窗玻璃换好，屋子里的气温升高了，冰雕渐渐开始融化，韩青心中一凛：千万不能让心中的雪梅化成一汪清水。他找来一条新棉被，把那具冰雕紧紧包裹起来，放进了哨所用来存放食品的冰窖里，然后爬上哨所的瞭望塔，冲着东南方大声喊道：“雪梅，你怎么样了？你告诉我……”

漫长的冬天终于过去了，当春花烂漫的时候，韩青回到了雪梅的身边。他紧紧拉住雪梅的手，从上到下仔仔细细打量了雪梅一遍，这才放心地抱起雪梅，在屋子里转了几个圈，高兴地说“雪梅，你知道吗？去年冬天，我常常梦见你，可一天晚上我却梦到你被狂风卷走了，结果第二天早上，我发现哨所的玻璃窗被风吹坏了，吹进屋子的雪化了，又慢慢冻上，最后竟然被冻成了一个冰雕，把窗户堵住了，那冰雕的样子和你一模一样，而且冰雕身上还戴着咱家院里的两朵梅花，你说奇不奇怪？”说完，韩青把已经风干的两朵梅花拿了出来，递给了雪梅。

“一点儿也不奇怪。”雪梅把遇到老婆婆的事说了一遍，然后告诉韩青，“那天我真的去堵窗户了，而且就被冻僵在那里，天亮时，我知道自己没有办法回来了，可我不后悔，为了你，我愿意！”

“那现在的你是……”韩青简直不敢相信自己的耳朵。

雪梅说：“那天，就在我几乎绝望的时候，那个老婆婆又出现在我身后，我记得她只说了句‘回去吧，就凭你把丈夫看得比命还重，你们的小日子还长着呢’，然后推了我一把，我就回来了。”

韩青问：“那……那棵梅树呢？”

雪梅指了指院子：“自打那次我被老婆婆推回来以后，它就突然枯萎了，我请了园艺专家来给它看病，可还是没有救过来，园艺专家说它病得很奇怪，今年是暖冬，明明气温不低，而且梅花本来就不怕寒冷，可看症状，它是被冻死的。”

韩青和雪梅来到院子里，那棵梅树果然已经枯死了。两个人面对着枯树，谁也说不出话来，只是将手紧紧地握在了一起。

回到哨所，韩青做的第一件事就是来到冰窖，找到了自己用棉被包裹的那具冰雕。他轻轻地打开棉被，却被眼前的景象惊呆了——棉被里，裹着的是一枝干瘪的梅花枝条，整个枝条都光秃秃的，只有在枝头的地方，顶着一朵已经枯萎的梅花，而在枝条的旁边，还有一朵怒放的红梅，红得是那样耀眼……

（**题图、插图**：谭海彦）

（本栏目欢迎来稿。来稿可从邮局寄发，更欢迎从网上传递。如为电子邮件，请发以下信箱：zhong98305@sina.com）

# 酒虫

□西　瓜

巴特是个黑社会老大，他最大的本事就是喝酒。十几年前，他就是用烈酒和自己的老大火拼，喝死了对方，自己才成为老大的。这么多年，他喝酒从来没有遇到过对手，让他不禁常常感叹："身为喝酒的高手，真是寂寞！"

似乎专为了排遣他的寂寞，一家跨国酒业公司，在世界范围内举办了一场豪饮大赛，要赛出世界酒量第一人。一听到这个消息，巴特马上就报了名。

比赛采用了多轮复赛层层筛选的方式，经过了一轮又一轮的竞争，整个赛事终于只剩了最后一场比赛。决赛有十二个人参加，但是根据前面比赛所表现出来的实力，所有人都认为，最终的冠军将在韩森与巴特之间决出。而冠军的奖金，是500万美元。

巴特当然想拿这个冠军，他关注着对手韩森的表现。当他看到在上一轮比赛中，韩森连喝十五斤烈性威士忌面不改色时，就猜到了韩森酒量的秘密，因为这也是他自己的秘密。

十几年前，巴特刚走上黑道时，遇到了一位嗜酒如命的黑帮老大。老大想找个副手，没有别的要求，只要能陪他喝酒。对于想在黑道上一展身手的巴特而言，这是一个极好的机会。他便想到了自己的父亲史笛芬。史笛芬是著名的生物学家，当时正在培育一种"酒虫"，据说这种虫子可以寄居在人体内，帮人喝酒，使一个普通人的酒量变得很大。于是巴特偷偷溜进了父亲的试验室，那里有两条正在培育中的酒虫，巴特偷走了其中一

条，并将它吞进了自己的肚子。此后，酒量剧增的巴特在黑道里平步青云，成为黑社会中的一个传奇人物。

史笛芬发现酒虫被盗之后大发雷霆，在报上刊登启事，让儿子赶紧回家，否则便断绝父子关系。巴特没有理睬，而是换了一个城市。他认为父亲一直以来只关心自己的研究，从来不关心自己的妻儿，还因此气走了巴特的妈妈。

没想到，几个月后，史笛芬又在报上刊登了启事，让儿子顾及亲情，快点回家，否则断绝父子关系。史笛芬还提到了“渔夫和魔鬼”的故事。他说，魔鬼为了获救，每个百年中许下的诺言都很美好。可是当魔鬼耐心耗尽的时候却改变了诺言：即使获救，也要杀死救他的人。巴特猜测，父亲说的诺言不过是那些少得可怜的遗产，为那几个小钱不值得让他回一次家。至于杀人，他觉得只是老家伙的白日梦，他能杀死谁呢？

从那以后，史笛芬每过几个月，都会刊登这样的启事。巴特看到这些启事，觉得父亲一定是疯了，自己没有必要为了一个疯子回家。

韩森的出现，使巴特再次想起了自己的父亲。他推断，韩森身体里，一定也有这样一条虫子，而且就是他没有偷走的那条。

决赛前一周，巴特派人绑架了韩森的妻子，然后他亲自找到了韩森，问他是想保留肚子里的虫子，还是同床共枕的妻子。

韩森笑了：“我听说过你的过去，也很崇拜你，我偷走另外一条虫子，是想像你一样出人头地。可是我没有你那么幸运，大家只把我当成一个酒鬼。现在，我的机会来了。只要我获胜，就能拿到500万美元。这些钱，足够我换两个妻子了。现在，你要么杀掉我，要么放我去参赛，但你如果杀了我，大赛也会取消你的资格。”

巴特只好放了韩森的妻子。不过第二天，他又派人绑架了韩森的女儿。

这一次，韩森的回答更干脆“我只要500万，女儿，可以再生一个。”

巴特恨不得给他一刀，让他再也没本事生出女儿来。他知道，韩森其实也是个很冷漠的人。但巴特已经恼羞成怒了，他决定像猫逗老鼠一样，跟韩森玩到底，他放了韩森的女儿，接着又绑架了他的父亲。

可是这次的结果却出乎意料。韩森考虑了很久，终于答复了他：“我不知道你还会跟我玩多久，但我想我迟早会向你让步的。既然我一定要让步，那就为了父亲让这一次吧。我和你一样，在单亲家庭中长大。父亲为了把我养大，受过很多苦。我可以不要妻儿，但我不能没有父亲。毕竟一个人的父亲，一生中只有一个。”

韩森说话算话，当天下午便去医

院做手术，取出了身体里的虫子。可是他说的话却深深触动了巴特，让巴特也不由想起了自己久违的父亲。

决赛的时刻终于到了。选手们在观众的欢呼声中，走上了赛场。这时，主持人走上台来说道："女士们先生们，根据大赛的惯例，每一场比赛，都会换一种酒。这一次，我们选用的是我们刚刚调制出来的新产品。"

接着，一种新包装、新工艺、新香型的烈性酒被摆到了赛场上。在场的每个人都闻到一股浓郁的酒香，连不会喝酒的人，都想要尝上一口。但是只有赛场上的十二个人，才有这个机会。

赛场上，巴特慢慢地品着美酒，看着对手们一个个败下阵去，没有了酒虫的韩森也早早倒下了。最后，比赛变成了巴特一个人的表演。他喝得并不快，但却是一杯接着一杯，好像永远也不会停。最后，主持人宣布他获得了胜利，并交给他一张500万美元的支票。观众们发出一片赞叹声。巴特拿了支票，正要转身离开，却被主持人叫住了。

"巴特先生，大概你没有看我们比赛的详细规则。规则约定，冠军要听完大赛筹划人的赠言，才能离开。否则，奖金不能带走。"主持人说。

巴特只好停下来等策划人发言。不久，一个身材瘦削的老人走了上来，巴特惊讶地发现，那个策划人不是别人，正是他的父亲——史笛芬。多年之后重新见面，史笛芬老了很多，而且似乎是因为见到儿子，心情激动，手有些颤抖。

"恭喜巴特先生，获得了这次比赛的大奖。"史笛芬说。他可能是顾及巴特黑社会老大的身份，没有叫他儿子。可是一时之间，巴特却激动起来，他发现这么多年以来，自己一直也惦记着父亲，他想给老人一个拥抱，却还是忍住了。

"大家也许知道，"史笛芬对着观众，也对着自己的儿子说起来，"我养过两条虫子，能

带给人很大的酒量。其中的一条，被我曾经的儿子偷走了。我登报声明，让他回来看我，否则断绝父子关系。可是他一直没有回到我的身边，这真的耗尽了我的耐心。正如天方夜谭里那个胆瓶中的魔鬼，在耗尽耐心之后，他就再也不想得到解救，只想到报复。”

所有人都看着史笛芬，不知道他这样说是什么意思。

“我这两条虫子，当年并没有研制成功，它有一个隐患。那就是，它们在人体内会慢慢具有毒性，最多二十年，毒性就会发作，致人死亡。而我配制了一种药物，把它们掺进酒里，正常的人喝下去没有任何影响，但拥有虫子的人喝下去，这毒就会立刻发作。”史笛芬平静地说，“大家注意到这次比赛所用的酒了吗？酒里有一种奇异的香气，那个配方，就是我提供的。”

观众们一片哗然，巴特愣住了，韩森的酒也醒了一半。难道刚才他们喝掉的酒里，真的被掺进了这种药？难道一场父亲杀死儿子的悲剧要在这里上演？

豆大的汗滴从巴特的额头滚落下来。突然他感觉到小腹中一阵剧痛，那一定是毒性发作了。他不由自主地蹲了下来，挣扎着，发出谁也听不清楚的声音。

不过史笛芬离巴特很近，他听清了。巴特说的是：“爸爸，对不起。爸爸，对不起……”

史笛芬没有想到，在这样的时刻，儿子竟然在向自己道歉。他一把抓住巴特，强忍着眼泪，微笑着，看着自己的儿子。

一直没有离场的韩森，惊出了一身冷汗。他庆幸自己心里还残存着一点点爱。尽管他对自己的妻女冷漠无情，可还是因为对父亲的爱，放弃了那条虫子，侥幸免于一死。

此时倒在赛场上的巴特不动了。全场一片寂静，大家都把目光投向史笛芬老人。

老人拍拍手，站起来，微笑着说“好了，我总算治愈了儿子体内的毒。现在它永远也不会发作了。因为我在配方中放的不是毒药，而是解毒的药。巴特刚才的疼痛，只是药性的过激反应。他刚才所遭受的痛苦，就算是一个心痛了多年的父亲，对一个不孝之子的惩罚吧！”

他的话音刚落，就看见巴特从地上爬了起来。刚才他大概是疼晕了，没有听见史笛芬说了什么，此刻正在为自己的复活感到惊奇。

在场的所有人都鼓起掌来，他们终于松了一口气，是史笛芬老人告诉他们一个道理：无论对儿子如何失望，一个父亲，永远也不可能变成一个魔鬼。

（题图、插图：谢　颖）

# 瞎眼小猫

傍晚，郝笛下班回家，见他家门口放着一只纸盒。盒里有一只巴掌大小的乳猫，正有气无力地哀叫着，小猫的旁边还放着一张纸条：“叔叔，这只小猫刚生下来没几天，就快要饿死了，请您收下它，救救它吧。一个学生。”

郝笛犹豫了一会儿，最后连猫带盒子一起搬进了屋子。

可是小猫非常虚弱，身上还有虱子，而且在双眼处结了一层壳，好像还没有开眼。

郝笛想，他既然收留了小猫，就尽量要让它活下来。

于是，他小心翼翼地给小猫洗了澡，又用电吹风把它吹干。接着，为小猫弄了个小窝，还去超市给它买来了奶粉和奶瓶。在郝笛的精心照料下，小猫渐渐有了生气。不过，郝笛最初以为小猫只是没有开眼，后来才发现它天生就是一只瞎眼的小猫。

过了没多久，一个十一二岁的男孩抱着一只漂亮的大猫，站在了郝笛的家门前。那只猫的眼睛炯炯有神，四只爪子雪一般白。与郝笛的瞎眼小猫相比，它算得上是个“漂亮美眉”了。

男孩哀求道：“叔叔，请您收下它吧，我们要搬家了，我妈不让我养了。”

郝笛摇摇头笑道：“你去别家问问吧，那么漂亮的猫咪，一定有人收养。”

男孩急了，嚷起来：“你连瞎了眼的猫都养，为什么就不肯收留我的猫？”

原来男孩是慕名而来的。

郝笛摸摸男孩的头说：“小朋友，那确实是只瞎眼的小猫，可我不收留它，它可能就死掉了。你的猫很棒，应该有更好的去处……”

其实，给没有出路的人一条出路，才是真正的善良。

（**作者**：许永礼）

# 心里的生命之托

男孩和女孩相爱多年，准备结婚了。

采购结婚用品的时候，他们一起过一条非常繁华的马路。女孩撒娇地把眼一闭，说：“我要你牵着我的手！”说完，女孩把小手放进他温暖厚实的掌心。男孩牵着女孩，左顾右盼，小心翼翼地走每一步路，避免一切可能的磕绊，穿行于呼啸的车水马龙中。阳光下，女孩的脸上写满了依赖和幸福，没有半点的胆怯、犹豫……到了对面一个站牌下，男孩笑着轻吻女孩的额头：“亲爱的，你可以睁开眼睛了。”

女孩睁开眼睛，执意要男孩也体验一下那种感觉。拗不过她的任性，两人又一次站在了马路边。男孩闭上了眼睛，瞬间视觉没了，色彩没了，眼前一片空白，只有来往的车辆人声沸沸扬扬充斥耳鼓，刚开始的新奇刺激很快被突然的恐惧所取代。尽管男孩的手给女孩紧紧地握着，男孩还是走几步就忍不住睁开了眼睛。睁开眼睛，他才感觉到生命握在自己手心里的踏实！

婚后不久，一场大病，夺去了男孩的双眼。于是，女孩成了男孩的方向。

有一次他们去买东西，正好经过那条马路。女孩拉着男孩的手，走走停停，轻声说：“知道这是什么地方吗？就是当年我们演示闭眼的那条马路。对了，记得那天我问你被人牵着手走路是什么感觉，心里怕不怕，你笑而不答，为什么呢？”

“被最爱自己也是自己最爱的人牵着手走路，怎么会怕呢？对不起，我的回答迟到了。”男孩攥紧女孩的手，鼻子一酸，眼睛湿了，他为自己心里曾经的不信任而惭愧，也为掌中这份永远生死可托的厚重而感动。

是的，有些东西，闭上了眼睛反而看得更真切。比如爱，还有信任。

（**作者**：张兰允；**推荐者**：炎 凉）

·3分钟典藏故事·

# 相濡以血

一对喜欢攀援的夫妻，有一天不幸坠入荆棘密布的深谷中。遍体鳞伤的妻子醒来时，发现自己的腿已摔断，不能动弹，而旁边的丈夫还在昏迷中。妻子感觉到丈夫的心脏还在跳动，忙替丈夫包扎好流血的伤口，然后将他的头揽在怀里，一声声呼唤丈夫的名字。

许久，丈夫的喉结蠕动了一下，发出含混不清的呻吟声。妻子立刻意识到丈夫是想喝水，可是他们身边没有一滴水！妻子急得嘴唇都咬破了。猛然，她有了办法！她将自己的右手食指放在嘴里使劲咬破，然后放进丈夫的嘴里，让他吮吸自己的血。

疼痛中，妻子抓起身旁的一棵青草塞到嘴里，牙关紧咬时，一丝草汁让她欣喜万分。她开始不断地咀嚼青草、树叶，储备生命的力量，因为她知道只有自己坚持下去，丈夫才有活下去的希望。

当食指再也吸不出血时，她又毫不犹豫地咬破中指，塞到丈夫嘴里。

两天后，他们被一位猎人救出来。当丈夫得知自己是靠吮吸妻子的鲜血才得以生还的时候，他跪倒在妻子的跟前，捧着那曾经无数次牵过的小手，滚烫的泪水大滴大滴地落下……

（**推荐者**：东　平）

# 半圈蚊香

那天，只是为了一件琐事，玲子跟丈夫吵得天翻地覆，丈夫摔门就走。

玲子觉得很委屈。这三年来，她扮演着一个贤惠妻子的角色。可是，丈夫又给过自己什么呢？玲子右手的无名指上，戴的仍旧是一枚廉价的玻璃婚戒，连这套简陋的婚房，也是租的。玲子恨恨地想："算了，这样的男人不要也罢。"

凌晨三点，玲子被嗡嗡的蚊子吵醒。原来，桌上的那圈蚊香烧没了。玲子有点奇怪，难道是今晚风太大？这个夏天，每夜都是丈夫点一圈蚊香，然后安稳地睡到天亮。玲子下意识地在床头摸索，居然找到了半圈蚊香。

玲子翻出蚊香盒，盒子里还剩半圈蚊香，断痕恰好与床头的半圈吻合。玲子顿时泪流满面，她终于明白：一圈蚊香点不到天亮，是他，每晚悄悄在半夜起床，及时地又点了半圈。

这时，丈夫回来了，玲子扑进他的怀里，幸福地哭道："从今往后，让我来点那半圈蚊香！"

（**作者**：张春风）

（**本栏插图**：安玉民）

**学写作文，可以从读故事开始**

# 女儿的命运

□曲凡杰

## 算命之说

白秀才是个落第秀才，在家设馆教书，每月都有些进项；另有五十亩良田租与他人耕种，每年都有可观的租金。有此两项收入，家道早已小康。白家住在村头，青砖瓦舍十分宽敞，高大的门楼更是招眼。只是白秀才为人吝啬，尽管富得流油，谁也别想沾他一分钱的光。

这年三月的一个傍晚，淅淅沥沥下起了春雨。白秀才刚刚吃过晚饭，忽然听到院门外有些响动。莫非是有人想在门楼下避雨歇息？这可不成。如果夜晚随地便溺，岂不污了自家的地面！白秀才打开大门，果然有人站在门外，他正要挥手驱赶，那人却先开了口：“真真遇上了贵人！我是个算命先生，途中遇雨，寸步难行，敢借老东家一席之地，以避寒凉。”

那时候世道太平，民风淳朴，行人借宿是常有的事儿。但是遇到白庆升这样的吝啬之人，路人就难讨方便了。果不其然，白秀才摇摇头说：“我家不开旅馆，怎么好留宿客人！”

算命先生往前凑了一步，说：“我叫周铁口，常在这四乡八镇游走。今天晚上也不白睡你的床、白盖你的被，我给你家起一卦，拿卦资顶抵住宿费，如何？”

白秀才听说过周铁口这个人，好像口碑还不错。更重要的是，算卦不付卦资，留他住宿也就不算吃亏了。

白秀才在肚里把小算盘拨拉了一遍，这才点点头，好像白送人情似的说："好吧，看你出门在外也不容易。"

家里一共六口人，给谁算命呢？白秀才想了一阵，对周铁口说："给我女儿白牡丹算一算吧，她今年就要出嫁，算算她婚后的命运如何？"

周铁口看过白牡丹的生辰八字，双目微闭，两个大拇指的指甲对着其他指关节掐来掐去，口中念念有词，却又听不清在说些什么。如此半天之后，他突然睁开双目，压低嗓门叫道："不好！"

白秀才吓了一跳："怎么回事？"

周铁口叹口气说："小姐是个做妾的命。"

白秀才心里一沉："不会吧？我女儿自幼许配黄土岗的黄家，有三媒六证，嫁过去就是主妇，怎么会当小老婆！"

周铁口则满脸严肃，一口咬定："干我这一行的，从来不打诳语！你硬逼我泄露天机，我也只好实话实说了：如果那男人是个短命鬼呢？寡妇再醮，她不当小老婆当什么！"

第二天雨过天晴，可白秀才的脸上却还是阴沉沉的。他对女儿说了她的命相，问女儿可有什么打算。白牡丹一听就哭开了："嫁过去就守寡，我的命怎么这样苦啊！我能有什么打算？一切全凭爹爹做主！"

其实昨天晚上白秀才就有了主意，他咬咬牙说："既然是当小老婆的命，何必等到守寡再醮？干脆直接给别人当小老婆好了！"

白牡丹只好认命，但还有一些顾虑"我们和黄家有婚约在先，他岂能容我毁约另嫁？"

白秀才说"这个你不必担心，为父自有安排。"

和女儿统一了意见之后，白秀才当即派人去黄家传话，称白牡丹突然患"病"，而且"病"得不轻，因此要把婚期推迟到明年。

其实黄家公子的老娘才是真正患了病，而且是重病缠身。按一个巫医的指导，急需提前把新媳妇娶过来，为老娘"冲喜"祛灾。偏偏白牡丹也生了病，婚期不仅不能提前还要延后，这可把黄家人急坏了。但急也无用，也只好让来人回去捎话：请白家不惜代价尽快把白牡丹的病治好，这边等着拿她派大用场呢！

又过了几天，白秀才再次派人给黄家传话：白牡丹已经不治身亡。因为是少年早夭，也没有厚葬，草草就给埋了。又因为白牡丹还没有出嫁，没有形成事实上的婚姻，因此也就没有向黄家报丧。现在白牡丹已经入土为安，请黄公子另择佳偶……

黄公子当然不会怀疑白牡丹的死亡有假，也就节哀顺变，匆匆另娶了一个姑娘。

## 嫁女做妾

其实白牡丹并没有死，此刻她被父亲带到京城，正在寻找给人家当妾的机会。京城好大，机会多多，刚在旅馆住下，就听说有个大户人家准备嫁女，愿出百两银子买一个媵，作为女儿的陪嫁，也就是送给女儿的丈夫做小老婆。条件不高，只要是处女之身、模样周正就行。这两条白牡丹都符合，人家把一百两银子交给白秀才，就把白牡丹留下了。

白秀才挺高兴，打心眼里自己感激自己。如果下雨那天让周铁口白住一晚上，他就不可能给女儿算一卦，自己就不可能知道女儿的命运。如果稀里糊涂把女儿嫁给黄家，一笔嫁妆可就白赔了。现在多好，女儿总归是要当小老婆的，这一百两银子可是净赚的。

然而，让白秀才始料不及的是，他还没有高兴几天，女儿白牡丹又哭哭啼啼地回来了。原来，那大户人家在女儿出嫁的前夜着了火，一家人死了个精光，独独留下个白牡丹。不是她的命大，而是她还没有把自己融进那户人家，起火以后她早早躲进了后花园，而那些奋力抢救财物的人都葬身火海了。第二天官府前来清理现场，把吓昏过去的白牡丹救了出来。那户人家已经不复存在，白牡丹无所依托，官府就派人把她送回了原籍。

白牡丹去京城的时候有点“偷渡”的性质，神不知鬼不觉的。可这次回来却是大张旗鼓了。京城的公差在县衙办了交接以后，县老爷也要表现自己爱民如子，特地雇了一头小毛驴，派了师爷带着两个衙役亲自把白

牡丹送到家。白秀才看见女儿和官府的人在一起，脸都吓白了。而白牡丹这时候才从那场惊吓中清醒过来，自己是一个“死”过的人，一个被“埋”入坟墓的人，怎么可以再活生生地出现在众人面前？好在师爷并不知道白家的猫腻，连口茶也没喝就打道回府了。

## 无奈再嫁

白牡丹死而复生的消息很快传到了黄土岗，黄公子二话不说就去县衙状告白秀才。县老爷一边派人去传白秀才到案，一边还将信将疑地说这怎么可能。

半晌的工夫，白秀才被带到了大堂。县老爷一经问讯，白秀才就对黄公子告他“诈死悔婚”一事供认不讳，然后说：“小民知错，是打是罚全凭县老爷处置！”

县老爷没想到白秀才认罪的态度这样好，不由皱着眉头问：“你们父女悔婚，是嫌黄家贫穷，还是嫌黄公子相貌丑陋？”

白秀才说：“都不是。我家与黄家可谓门当户对，黄公子的面貌也并不丑陋。”

县老爷又问：“那一定是有人介绍了更好的人家，你们要另攀高枝？”

白秀才摇摇头说：“更不是了。我带女儿去京城不过是碰碰运气罢了。”

县老爷听得心烦，一拍公案喝道：“这也不是那也不是，为什么放着明媒正娶的主妇不当，偏偏要去给人家做小老婆！”

白秀才苦笑道：“也不是我们父女犯贱，而是听信了周铁口的指点。”遂把周铁口那天晚上的推算介绍了一遍，“老爷你想，黄公子是行将就木之人，我怎肯让女儿刚刚出嫁就成新寡？小老婆就小老婆吧，总比寡妇再醮要好，也是一步到位的意思。”

黄公子一听就跳了起来：“为什么咒我？我这体壮如牛的身体怎么会成短命鬼？”

县老爷对黄公子摆摆手说：“少安毋躁。”原来这个县老爷一肚子杂学，对风水算卦那一套颇有研究。县老爷当下发了一支火签，吩咐捕头带人寻找周铁口。

也是周铁口活该倒霉，今天他正好在街上摆摊算卦，被捕头拿了个正着。县老爷冷笑着挖苦他：“周铁口，听说你给别人算卦算得挺准，怎么没有算到今天自己会成为阶下囚？”

周铁口低着头说：“小人不过混口饭吃，惹老爷见笑了。”

县老爷说：“混饭倒也允许，可是作奸犯科就不行了！我来问你，单凭生辰八字就能推算出一个姑娘是做妾的命？就能推算出她的未婚夫是个短命鬼？”

周铁口一见白秀才也在场，就猜

## 编读往来：你的问题我来答

**浙江读者赵晴：** 我想参加今年贵刊举办的最有影响力的故事征文大赛，但时间上可能来不及了，我觉得很遗憾，是否有补救措施？

**绿版编辑部：** 您完全不必担心，《故事会》每年都会举办类似的征文大赛，只要您有优秀的作品，随时可以通过邮局寄到编辑部，或者发到杂志上刊登的任意一个电子邮箱里，凡是在《故事会》上发表的作品都可以参加该年度的各种征文大赛。

**湖北读者程婕：** 我觉得11月下的《如此姐妹》这个故事挺不错的，很有真实感，让我深有感触，我想问问作者是如何创作这个故事的？

**绿版编辑部：** 你所提的问题很有代表性，为此，我们特征询了本文作者钱岩先生。钱先生说：故事中的于文娟和王霞虽然是虚构的人物，但她们的情感是真实的，就存在大众你我之间。一对情如姐妹的朋友最后"分道扬镳"，于文娟是痛苦的，王霞也是痛苦的。欺骗朋友，即使你有一万个理由和苦衷，但这是一柄双刃剑，最后舔舐伤口的，有你朋友也有你自己。（具体可参见"故事中国网"。）

---

到可能是那天晚上算卦的事出了问题。他忙举手抽自己的嘴巴，说拿生辰八字推测命运本就无凭无据，十分荒唐。那天傍晚途中遇雨，见白秀才家房屋宽敞，本想免费借宿一晚，没有料到白秀才竟想把他拒之门外。为了报复白秀才，他才信口开河说白牡丹是小老婆的命，就是嫁到黄家也要当寡妇。周铁口又连连掌嘴："老爷明鉴，只怪我小肚鸡肠胡说八道，别的意思一点也没有！"

县老爷又冷笑了一声："你只顾自己信口开河快活，却不知道白家的女儿已经'死'了一回，又被'烧'了一回。京、县两级护送白牡丹回家，浪费了朝廷的人力物力；今天黄家状告白家诈死悔婚，又连累老爷我审理官司。你周铁口为了一己之私，给官府、给他人惹出多少麻烦！来人，先拖下去重打四十大板，关进牢房等候发落！"

听着外面板子的起落和周铁口的惨叫，白秀才吓出了一头冷汗。这时县老爷叹了一口气，说道："白秀才啊白秀才，综观事件的始末，其实祸由你起。但凡你有一丝厚道之心，肯为路人提供些许方便，哪来这许多折腾！我不打你，也不罚你，黄公子坚持要你履行婚约，我这里准了他的状，你就回去嫁女儿吧。你一定要让女儿当小老婆，我就成全你！"

官府的判决，白秀才不能不执行，白牡丹到底去黄家做了一个哭笑不得的小老婆。出嫁那天万人空巷，白秀才嫁女的故事成为一时的笑谈。

（**题图、插图：** 黄全昌）

# 剃头总动员

□昭阳

## 含混过关

清朝顺治年间，朝廷强颁“剃头令”，凡成年男子，必须剃掉额前三寸头发，脑后挽辫，谁不听命，谁就得头断法场。可有个远离京城的偏远小县，那里的百姓却对“留头不留发、留发不留头”的朝廷高压漠然视之，全城只有县令范勇一个人，为了给百姓做样子，按朝廷要求剃发挽辫，走在街上甚是扎眼，可百姓们光是朝他这副怪模样指指点点地笑，就是不跟上，他们说：“天高皇帝远，朝廷还管得着咱这旮旯里？”

百姓们按兵不动，范勇还怎么向朝廷交差？眼看令期一天天逼近，他急得团团转。这天，他看到白发银须的老族长从县衙门口走过，心里不由一动：何不让德高望重的老族长给大家带个头？范勇当即把此意对老族长道来，谁知老族长一口回绝。老族长说：“头发受之父母，哪能随意剃去？老祖宗留下的规矩，子孙怎可任意更改？”

范勇被老族长这么一说，一时无语，只得喃喃应声：“那倒是，那倒是……”两只眼睛茫然地望着前方。

老族长不知范勇在望什么，他回头顺着范勇的视线望去，看到不远处有一个道士，正在替别人算卦。老族长顿悟：范县令刚才一迭声的“那倒是”不是在敷衍自己，“那倒是”是“那道士”的谐音，他是在用道士头上的髻暗示自己。对啊，既然大家都不愿剃发，那么若是把头发挽成髻，装成个道士，这剃头令不就管不着了吗？再往深一层想，范县令自然不能直接把话说出口，这事儿当然是找我族长出面了！其实老族长刚才说归说，但他心里很清楚，真要和朝廷作对，终究是以卵击石，而现在这个权宜之计，能让全城百姓免去血光之灾，这不是天大的好事吗？

老族长感动得“扑通”一声跪在地上：“老爷，您放心，我懂您的意思。我照办就是了！”说着，立刻起身甩开大步疾行而去。

望着老族长的背影，范勇糊涂了：什么“照办”？什么“懂您的意思”？我都不懂什么意思，你还懂我什么意思？不过范勇有自知之明。他原本是个土生土长的本地人，靠着家里小有钱财才捐得个县令芝麻官，走马上任以来也是靠着当地淳朴的民风，这官才当得安安稳稳。他知道自己没有什么真本事，脑子转不过弯来也是常事，所以现在闹不明白老族长的话，也属正常。

但让他没有想到的是，自老族长“照办”的话出口，不消几天，他突然就发现，街上那些来来往往的成年男子，竟全把头发挽成了道士髻。他又惊又喜，老族长说的“照办”原来就是这个意思啊！他连连感慨：“姜到底是老的辣啊！”兴奋得立刻上书顶头上司刘知府，报告剃头令在本县推行成功。

## 巧妙剃头

原以为事情就可以这么含糊过去了，可谁知刘知府得到报告怎么也不相信：你范勇会有这么大能耐？大笔一挥：十日后本府亲临贵县，如确属实，则上报朝廷，以立典范。这一来范勇吓坏了，赶紧找老族长求救。老族长听罢，沉思片刻，安慰说“老爷，其实这也不是什么难事，好在还有十天时间，我可以教大家一些道家学

问，到时候应付过去就是。”

十天后，刘知府果然来了，虽然觉得满街道士有点奇怪，但随便问几个人，都能讲上几句道学。刘知府一心恋功，于是也不深究，回去便上书朝廷，还添油加醋地说该县大行道教，百姓安分守己，全城一片祥和，云云。皇上于是龙颜大悦，遂下令刘知府和范县令各官升三级，半月后进京即任。

如果换成平时，官升一级都是美事，何况三级。可圣旨下到县里，范勇却吓得浑身发抖：只要新任县令一到，骗局立刻拆穿。怎么办？不过范勇虽笨，却也知道如今刘知府和他是一根绳上的蚂蚱，于是鼓起勇气连夜上书，把真相向刘知府和盘托出。刘知府得知气急败坏，可事已至此，只有一起想办法应对。最后，两个人总算想出一条缓兵之计。

很快，范勇上书皇上：臣受皇恩，感激涕零。却闻太妃生病，全国征集良药，本县虽小，但人人崇尚道教，道家最讲究炼丹延年，臣愿在本县留任，组织有德道长为太妃祈福炼丹。

皇上看罢折子，当着满朝文武的面大大地把范勇夸了一番，还拨了一大笔银子，给他用以炼丹。这回祸越闯越大了，范勇想想反正早晚也是个死，不如索性利用“炼丹”做文章，让百姓自己把额前发剃了，以绝后患，自己也不枉真正做一回父母官。

于是，范勇下令建起一座炼丹房，并贴出告示：今奉旨为太妃炼丹，特征药引一味，即成年男子额前三寸宽发。献发者，每人可得银子二十两。“哇，二十两啊，我一家老小几年也挣不到这么多银子！”“是呀，医病救人本来就是行善积德的事，还有钱拿，这不是两全其美吗？”百姓们一看告示，交头接耳都活了心思，一开始还你看我、我看你地不好意思进炼丹房，终于有人跨出了第一步，出来时剃顶留辫，手里捧着白花花的银子。于是大家纷纷仿效，范勇终于松了一口气。

最后，城里就剩老族长一个人没剃发了。范勇苦口婆心地劝他：“难道全城就你有骨气？命都没了，还要什么祖传的规矩？留得青山在，不怕没柴烧，这个道理您总该明白吧？”范勇向来笨嘴拙舌，此刻说出这番话来，连他自己都觉得吃惊。老族长摸着自己头上那几根稀疏的头发，一面听一面长叹，最后说了声“也罢”，一咬牙终于也跨进了炼丹房。

## 智退知府

剃了头的百姓很快就适应了彼此的打扮，而且因为那二十两银子，他们过的日子比以前滋润多了。但范勇的心却如油煎般难熬：眼看皇上下达的炼丹限期快到了，拿不出丹来要砍头，若是随便拿个什么东西去糊弄，又于心不忍。万一以后太妃真要吃出病来，到时候全城百姓也会丢了性命。思来想去，范勇觉得还是自行了断最干净，死了自己一个，不连累任何人。于是他拿出纸笔，详细写下事情的来龙去脉，以对后人有个交代。第二天，他把此件封了口，郑重其事地交给老族长，推说自己要出趟远门，一些地契之类请代为保管，然后告辞了。

老族长总觉得范勇今天的神色不对头，他前脚走，老族长后脚就将封口拆了，一看，目瞪口呆，急忙把大家召集来，讲了这件事，发动大家立刻分头四处追寻范勇。

终于，人们在西山脚下发现了范勇，只见他脖子上套着三尺白绫，正吊在一棵歪脖树上。大家哭着叫着冲过去："范大人，你不能死啊！"一时间，悲风愁云布满山谷。可没想到哭声一起，吊在树上的范勇居然"扑通"一声摔在了地上。

原来范勇毕竟胆小，白绫都套上半天了，还迟迟不敢蹬脚下的石头，正踮着脚在给自己鼓劲呢。刚才大家光顾着看套在他头上的白绫，没注意到他脚下的石头其实还没有蹬掉。

老族长赶紧指挥大家把范勇扶起来。正在这时，忽见远处有人策马而来，原来是范勇的一个贴身侍从，大老远地就朝范勇狂喊："老爷，知府大人来啦！太……太妃晏驾啦！"

范勇一听太妃晏驾，惊得一个"鲤鱼打挺"站直了身子："此话当真？"在众人的簇拥下，他兴冲冲赶

回县衙，果然，刘知府已在衙里等得不耐烦了。

刘知府见了范勇就说："太妃晏驾，皇上派我来清点炼丹所拨之银，悉数运回。"

范勇心一横，反正总得一死，就实话实说地把给老百姓分银之事说了个透。刘知府其实是心存鬼胎，接了这趟皇差，是想借机从中大捞一把，眼看美梦落空，他气得脸色铁青。转而一想：这小子会不会又在我面前耍花招？他执意要去库房亲自查验，返京后状告皇上。

这时候，老族长已吓得借故溜没了影，而范勇死意已决，只想做个饱死鬼。他拍着胸脯对刘知府说："刘大人急什么，反正我早晚也是个死，吃饱喝足了，我跟您走就是了。"他传人摆饭上酒，也不招呼刘知府，只管一个人猛吃猛喝。吃饱喝足了，才把刘知府带到库房。可让他万万没有想到的是，到库房之后把那些银箱打开一看，里面居然装满了白花花的银子。范勇傻眼了！

刘知府乐得哈哈狂笑："你小子想诈我？哼，也不看看我是谁？"他令手下人立刻将银箱装车，起程上路。

可就在这时候，突然吆喝声四起："刘大人抢银子啦！不能让他们走啊！"只见全城百姓手里拿着棍棒家什，突然从各个方向涌来。刘知府吓得脸都白了，慌慌张张地赶紧指挥人马上路，匆匆奔京城方向而去。

望着他们的背影，老族长不知从哪里突然钻了出来，朗声笑着对范勇说："恭喜老爷，这笔银子账咱们终于借刘大人的手洗清了！"

原来老族长佯作溜走，其实是回来组织乡亲们到库房去做手脚。大家有银出银，有力出力，将银箱都装满石头，只在最上面几只箱子的石头上面铺了一层薄银；为防被识破，又演了刚才那场棒打刘知府的好戏。

范勇闻知，顿时泪流满面……

（题图、插图：黄全昌）

# 邪恶镇

□老　妖

## 意外被袭

吉利安是个枪手，为了复仇他来到了邪恶镇。这是一个充满贪婪和罪恶的小镇，距离小镇不远处有一个山谷，山谷间有一条混浊的小溪，翻动溪流下的泥沙就可以淘出金沙。

邪恶镇的镇长是个外号叫一只耳的老头。传说，这个一只耳早在几十年前就已是双手沾满鲜血的杀手和大盗。十年前，一只耳买下了这片土地，并且给这里取名为“邪恶镇”。

吉利安来到这里的时候，小镇上马上就要举行一年一度的“枪手决赛”，最终胜出者可以获得两万克的黄金，一举成为千万富翁，而失败者只能是死亡。

吉利安刚走进小镇，就被几个持枪的保镖给拦住。一个大胡子保镖问：“小子，你来这里干什么？”吉利安面无表情地回答：“我来这里是因为我杀的人太多，我已经无路可走，更重要的是为了赢那两万克的金子。”大胡子保镖哈哈大笑：“你真是来对了地方，这里经常会上演死亡游戏，这里是亡命之徒的天堂。”说完，他在吉利安胸前别上一个红色的小牌子，说只有佩戴了这个才可以在镇上随意走动。

随后，吉利安来到一家旅馆住下。因为一路的劳累，吉利安很快就睡着了。突然，他迷迷糊糊中感觉有人用枪口对准了他，那人一把夺过吉利安腰间的枪，随后搜去他身上所有的钱物，说：“既然到了这个小镇，你就必须学会小镇的生活方式。如果你想生存下去，只有两条路。一是像奴隶一样到溪水里面挖金子；二是和我一样去抢劫。”说完，哈哈大笑着走了。

当天晚上，旅馆老板听说吉利安被打劫，已经身无分文，就让人扒下吉利安的外套和皮鞋，说是要顶房钱和饭钱，然后把吉利安像狗一样地扔出旅馆。

狼狈不堪的吉利安在大街上走了没多远，就被夜里巡逻的大胡子保镖给抓住了，他看着吉利安怪笑了两声说：“一个连自己的枪都看不住的人，还妄想去赢金子。”说完，挥了一下手，两个保镖走过来给吉利安戴上了手铐和脚镣。大胡子说：“白天我就告诉过你，在这里没有红牌子是不可以随意走动的。年轻人你被逮捕了，你将被送到溪水边去挖泥。”

第二天，吉利安被两个保镖押到了山谷间的小溪边，开始不停地挖泥。小溪里已经有不少戴着脚镣的人在那里干活。

## 拼死参赛

这天上午，吉利安正在干活，突然听到小镇里传出礼炮和音乐声。一同干活的人告诉他，一年一度的枪手决赛开始了。比赛将举行三天，到了最后一天，镇长一只耳会亲自给获胜者颁发金子。吉利安听了，不由得浑身一颤，停下了手中的活，站在瞭望塔上的狙击手马上把枪口对准了吉利安。

枪声响起时，吉利安应声倒地。一个保镖笑着走过来拖吉利安的身体，吉利安一跃而起，抓住那个保镖的领口，把他摔倒在水里，并顺手掏出保镖腰带上的手枪。

狙击手没有想到自己会打不准，慌忙开了第二枪。吉利安也在同时，向瞭望塔上的狙击手开了枪，狙击手惨叫一声倒下了。而吉利安也肩部中弹，鲜血直流。他顾不上伤口，一把扯下保镖胸前的红色牌子，戴在自己的胸前，说：“现在，我自由了。”保镖只好给吉利安打开了脚镣。

一个小时后，浑身是血的吉利安回到了邪恶镇上。大胡子保镖领着几个人走过来，吉利安指了指自己胸前的红牌子，问：

“我现在可以参加枪手决赛吗？”大胡子点点头，狞笑着说：“祝贺你，你他妈真是个亡命之徒。”

吉利安没有直接去参加枪手决赛，他仍旧来到那家旅店，用手枪指着老板说：“快去给我拿来止血药和绷带，另外再要两份三分熟的牛排。”老板只好答应了。

吉利安吃饱喝足，包扎好伤口后，顺利报上了名。他数了一下，参加这次枪手决赛的选手有二十几个，都是些穷凶极恶之徒。比赛的规则很简单，两人一组，每个选手的手枪里有三发子弹，当裁判喊开始时，两个选手就可以向对方射击。活下来的为胜者，可以参加下一轮的比赛。违反规则的选手，将被一旁负责监督的保镖乱枪打死。

一天的比赛结束后，原有的二十几个选手就剩下十几个，吉利安侥幸活了下来。当天夜里，十几个选手中又有三个因为伤势过重而死。

第二天，枪手决赛继续进行。和吉利安对决的是个浑身文满图案的光头。吉利安和光头做好准备的时候，光头狂叫道：“你小子真是走运，你将是老子杀死的第八十八个人，这是一个吉利的数字。”吉利安平静地说：“学习打枪之前先要学会躲子弹，看你的大块头躲起子弹来一定很吃力。”

几声枪响后，胸部和头部连中两枪的光头倒在血泊之中。吉利安吹了一下枪口说：“我告诉过你的，大块头不太容易躲子弹。”

到了第三天，吉利安轻松地杀死了第三个对手，和一个蓝眼睛的日耳曼人一起进入最后的决赛。

最后的决赛开始前，大胡子保镖站在裁判台上，让吉利安和日耳曼人相互介绍一下，说“枪手之王”将马上从他们两个人之间产生。吉利安说“我是枪手吉利安，靠杀人为生。”日耳曼人淡淡一笑说：“我就是让国际刑警闻声色变的‘蓝色眼镜蛇’，我制造过无数次恐怖活动，我杀人从不以个人为单位来计算，而是以群体为单位。”

吉利安听完，心里暗暗吃惊，想不到站在自己面前的，竟然就是被国际刑警通缉的恐怖组织头子“蓝色眼镜蛇”。和这样凶残、狡诈、经验丰富的对手进行决赛，吉利安知道自己获胜的希望很渺茫。

就在大胡子即将宣布决赛开始的时候，吉利安快速地掏出手枪，提前向“蓝色眼镜蛇”开了枪。吉利安知道，对付这样的对手，违反规则是唯一取胜的方法。

就在“蓝色眼镜蛇”倒地的一瞬间，吉利安掉转枪口，对准了大胡子，说：“我胜利了，带我去见一只耳镇长。”大胡子说：“年轻人，你违反了我们的游戏规则。”吉利安嘴角带着冷笑说:“对于一个杀手来说,唯一的规则就是杀死对方,让自己活下来。”

## 小镇秘密

这时,吉利安突然听到背后传来鼓掌声。他转过头,看到一个满脸老人斑、手脚都在不停颤抖的老人,正坐在轮椅上,被一个保镖从房间里推出来。吉利安仔细一看,果然这个老人只有一只耳朵。吉利安有些失望,他没想到一只耳竟然是一个如此弱不禁风的残废老头。

一只耳让随身的保镖搜去吉利安身上的武器后,带着吉利安来到自己的房间。吉利安一进房间,就看到了满满一桌子的金条。一只耳让人端来两只盛着白兰地的酒杯,并把其中一杯递给吉利安,微笑着说:“放心吧,年轻人,我会派人把这些金条送到你指定的地方去。来,让我们干杯!”

吉利安接过酒杯,却没有喝下去。突然,他把酒杯往桌边用力一磕,握着锋利的玻璃碎片顶住一只耳脖子上的大动脉。

房间里的保镖一看情况不妙,迅速掏出手枪对准吉利安。

一只耳并不害怕,他平静地问:“你是谁?”吉利安冷冷地说:“我是谁并不重要,重要的是我要亲手杀死你这个作恶多端的老魔头。”

一只耳示意保镖放下枪,让他们退出房间,然后笑着说:“年轻人,你要杀我的话,可就杀错人了。几十年前我杀死的都是贪官、奸商、恶霸。即便是现在,为了杀死罪恶之徒,我每年都要耗资上千万。”

一只耳告诉了吉利安有关这个小镇的秘密。原来,一只耳修建这个小镇的目的,就是为了用黄金吸引在世界各地流窜作案的凶残、贪婪之徒,然后用他制定的枪手游戏来惩罚和杀死这些歹徒。一只耳说,这就叫做以毒攻毒。

吉利安说:“我相信,那个‘蓝色眼镜蛇’如果拥有了这笔资金,他会去购买坦克,然后用坦克去攻打城市。这就是你的以毒攻毒吗?”一只耳笑着说:“你很聪明,刚才没有喝下酒杯里的白兰地。其实，那酒杯里放了一种神奇的毒药。服下这种毒药的人，会在三天内变成傻子。再多的黄金，在一个傻子手里也没用。”

吉利安被一只耳的话惊呆了，他问一只耳为什么不干脆杀死那个最后的胜利者。一只耳说，如果杀死最后的“枪手之王”，第二年就不会再有贪婪之徒来这里上当了。

吉利安慢慢地松开一只耳，准备离开房间。一只耳突然说：“如果我没有猜错，你就是我二十多年前送进孤儿院的那个孩子，因为你的眼角处有一颗红痣。”吉利安已经平息下来的愤怒再一次被燃起，他责问道：“直到现在，你还是不肯承认你的罪恶吗？你亲手杀死了自己的妻子，然后把自己的儿子送进了孤儿院。而我，就是你的亲生儿子。”

一只耳叹了一口气，二十多年前的那一幕，又一次浮现在眼前。那天，一只耳从外面回来，意外撞到妻子正与一个男人偷情。一只耳就是在与那个男人的打斗中，失去了自己的左耳。愤怒的一只耳开枪杀死了那个男人和自己的妻子，并把不满三个月的儿子送进了孤儿院。

一只耳悲伤地说：“当时把你送进孤儿院，也是我一时之气，这么多年来我一直派人到处打听你的踪迹……”

吉利安听完，愣住了。随后，一只耳按下暗铃，埋伏在外面的保镖们一下子冲进房间。

一只耳对保镖们说：“你们都是跟随我多年的兄弟，我们这么多年来除暴安良，杀富济贫，做的都是响当当的事业。今天我宣布，站在我旁边的这个年轻人，将是这里的新任镇长。他是我的儿子，一个和我一样正直、勇敢的人……”

一只耳的话还没有说完，就面带微笑地死去了。随后赶到的医生说，一只耳本来心脏就不好，他承受不了这突如其来的幸福。

（题图、插图：佐　夫）

·中篇故事·

**一个有黑点的烧瓶是容易破碎的，而人身上也可能有这样致命的黑点。烧瓶上的黑点也许可以除去，可人良心上的呢？**

# 有黑点的烧瓶

□峻峰

陈启章是北京一家单位的部门经理，多年来，在他的书架上，既不摆古董，也不放工艺品，却一直放着一个非常普通的烧瓶。而且更让人迷惑不解的是，每当他看到这只烧瓶时，就会神色凝重，情绪怅惘，显得极其痛苦。陈启章为何如此？说起来，故事还得追溯到二十多年前。

## 1.哥哥猝死

二十世纪八十年代的一天，陈启章正在沈阳出差，突然收到厂里给他的加急电报，让他立即返京。开始他还以为是厂里有什么要紧事呢，可等他匆匆忙忙回到北京，才知道是嫂嫂打来电报，说他的哥哥病故了。

当他从妻子手里接过嫂嫂打来的电报一看，他惊呆了，手中的电报失落在地上，大滴大滴的泪水止不住夺眶而出。

待他情绪稍定之后，就觉出事情有些奇怪。他想，哥哥今年才四十多岁，身体一向也好，怎么会突然病死呢？如果哥哥得了重病，嫂嫂也该早点来信告诉我啊！怎么事前一点信息也没有，等到哥哥死了才发来电报呢？

陈启章知道嫂嫂和哥哥感情一向

不好，哥哥的死会不会是嫂嫂……

不知怎的，这时他的脑中突然闪过武松杀嫂，为兄报仇的奇怪念头。

陈启章和哥哥的感情非比一般。他不到十岁，父母就先后去世，留下了他和哥哥两人。当时，哥哥只有十七岁，兄弟二人相依为命。

父母没了，断了经济来源，哥哥高中没毕业就参加了工作，尽管哥哥吃苦受累，但却坚持供他读完了大学。

在陈启章上大学三年级的时候，经人介绍，哥哥与一个药店的售货员结了婚。一年之后，嫂嫂生了侄儿小明。

按说，他们三口之家的生活应该是比较美满幸福的。可是陈启章却发现，婚姻似乎没有给哥哥带来幸福，相反却给他带来苦恼。

有一次，陈启章去威海市探望哥哥，这才知道嫂嫂正和哥哥闹离婚，而哥哥心疼孩子，还犹豫未决。

一天，他和哥哥在公园散步时，哥哥对他说："靠别人介绍的对象就是不可靠，一定要自己找，找知根知底的。"

哥哥还告诉他，嫂嫂和新调到他们药店的经理关系不太正常。还说嫂嫂是抓中药的，据她说，中药根本没个数，如果每天从卖药款里面拿几元，根本查不出来。哥哥听了十分害怕，告诫她说："这种事绝不可再做，就算查不出来，我们也得凭良心办事呀！"哥哥长叹一声，说，"你看吧，迟早也得离婚。不是因为孩子，早就离了。"

可是，后来嫂嫂从药店调到药材公司之后，哥哥和嫂嫂并没有离婚。

十多年来，哥哥混得还是不错的。他现在已经是市教育局财供科的科长，和嫂嫂的关系也没再发生什么大的波折。前些天，已经考上威海市重点中学的侄儿小明还来信说家里都挺好，让陈启章不要挂念。信上只字未提哥哥生病的事，怎么没隔几天就突然病死呢？

陈启章越想越觉得哥哥的死非常蹊跷……

## 2. 疑团重重

陈启章怀着悲痛、疑虑的心情乘上去威海市的最早一趟汽车。他急切地要见上哥哥最后一面。但是当他赶到哥哥家时，却是关门上锁，家中没人。

邻居张婶一见是他，忙说："启章！你怎么今天才回来？快去吧，你哥哥今天火化……他们已经去火葬场了，你赶快去，兴许还能见上。"

陈启章骑了张婶家的自行车，向火葬场飞快地蹬去。在快到火葬场时，远远看见火葬场高高的烟囱正冒着青烟。一缕灰色的烟袅袅升起，直指天空，接着歪向一边，随风四散开来，冉冉飘去。他见青烟散去，竟然禁不住一阵怅然。

他赶到火葬场，就见嫂嫂和一些人从一间厅房里走了出来，嫂嫂手上托着一个乌漆发亮的小匣子。一见小匣子，陈启章呆住了：我来晚了！

这时，嫂嫂也看到了他。她脚步停顿了一下，向他说："启章！你来啦！你哥他刚刚……"

中年丧夫，是一件十分悲痛的事。可是陈启章却发现嫂嫂脸上的忧郁竟胜过悲伤。

他正要答话，从嫂嫂身旁走出一个人，几步跨到他身边，拉住了他的手。陈启章一看，是哥哥小时的同学、现在的同事、市教育局的人事科长老刘。

老刘说："你看你，刚好晚到一步，刚火化完……你怎么今天才到？""我正好去沈阳出差了，所以耽误了两天。"

说罢，陈启章从嫂嫂手中接过骨灰匣。当陈启章的手接触到骨灰匣时，他像触到了一块冰，一股寒意直刺心头。陈启章的手不由得颤抖着，眼泪簌簌而下，一滴滴，滴在了骨灰匣上。他心里喊着：哥哥，你在哪里？你怎么会突然死了呢？

他猛然想起，刚才在路上看见火葬场烟囱里冒出的那一缕灰烟。他想，也许那正是在烧哥哥的尸骨呢！他不由抬起头向烟囱望去，烟囱已经不冒烟了。

这时，嫂嫂伸手从他手中拿回骨灰匣，他问嫂嫂："嫂嫂，我哥哥得的是什么病？"

"是……是心脏病。"嫂嫂有点吞吞吐吐地回答说，"没几天，是……急性的。"他见嫂嫂说话的神态有些慌乱，觉得她在撒谎，就又追问："在哪个医院看的病？"

嫂嫂说："市中心医院……走吧，有话回家说吧！"

这时老刘也过来对他说："走，启章，车等着呢，有话回家慢慢说。你哥哥病得太急，市中心医院内科的张主任亲自抢救都没有抢救过来。”老刘一边说着，一边就把陈启章的自行车放到停在院里的吉普车上。

陈启章一把抓住自行车，说：“不，不，我还是骑车回去吧。”

老刘看他口气很坚决，也就没再说什么。

他看着嫂嫂、老刘他们上了吉普车。就在嫂嫂抱着骨灰匣上车的刹那间，骨灰匣在阳光的照耀下，反射出耀眼的亮光。这光使他的心陡然一动。他突然想起，他似乎在一本书里看到过，火葬场有经验的工人师傅可以根据骨灰的颜色，辨别出死者是正常死亡还是中毒死的。

于是，他目送吉普车出了火葬场，便急忙回身走进刚才嫂嫂他们出来的那间厅房。见里面有两位工人师傅正忙着收拾什么。他向其中一位年纪较大的问道：“老师傅，刚才是您给火化的吗？”

这位师傅看了看他，点点头。陈启章又问：“您见到骨灰了吗？”“见啦！骨灰是我放进骨灰盒里的，我还能没见？”“您看骨灰正常吗？”“这——你问这干什么？”

陈启章说：“您不用怕，我是死者的亲弟弟，你有什么就对我说吧。”

工人师傅说：“这……我也说不上来正常不正常。”

陈启章觉得，这师傅准是不愿多管闲事。于是又问另外那个年轻的：“这位师傅，您看呢？”

年轻师傅笑道：“他说不来，我更说不来了。这种事谁敢瞎说呢！”

陈启章仍不罢休地问：“你们看死者的遗体有什么不正常的地方没有？”

年长的师傅说：“这我们就更不知道了。你去问问医院的医生不更好吗？”

陈启章觉得在这儿已问不出什么名堂，决定去市中心医院找医生查问哥哥的死因。

他立马骑车直奔市中心医院，找

到内科张主任，说明了来意。

张主任说："这怎么说好呢？我只能对你说，你哥哥是心脏病猝死，这样说，不论对死去的人，还是对活着的人，包括对你都好。我是想尽力把你哥哥救活的，但送来已经晚了……"接着，张主任把他拉到一旁悄悄说，"这里人多，说话不方便，详细情况你还是回家问你嫂嫂吧。"

听了张主任这番话，陈启章更疑惑了。但他觉得从张主任的话语中已经证实哥哥绝非正常病死的，其中必定另有原因。

他骑了自行车在回哥哥家的路上，突然想起：刚才在火葬场怎么没见侄儿小明呢？

## 3. 祸不单行

陈启章回到哥哥家，嫂嫂一见他，忙问："你怎么才回来？"

他随口说："我骑得慢。""老刘等了你老半天，刚回家吃饭去了，你没碰见他？""没有。""他说让你抽空去他家一趟。""行。"陈启章点点头，进了屋。

一会儿，嫂嫂把饭菜端了上来，是大米饭，还有几样不错的炒菜。他心想：今天什么日子，嫂嫂还有这么大的兴致做饭！

嫂嫂见他瞅着饭菜发愣，忙说："我也没心思做饭，这些都是张婶给做的，凉了，我给你热热，你多少吃点吧。"

陈启章终于明白，原来这些饭菜是专门为他准备的。凭良心说，嫂嫂一向待他不错，可他对嫂嫂却总是没什么好感，世间的事情就是这么怪。

这时他见小明也不在家里，便问嫂嫂："小明呢？怎么上午他没去……"

"别提啦！咱们家算是倒霉透了……"一句话未说完，嫂嫂竟呜呜地哭了起来。这使他十分纳闷：怎么在火葬场没哭，现在反倒哭起来了？

陈启章忙问："怎么啦？"

嫂嫂抹了一把眼泪："你刚进家，事情都还没来得及告诉你。小明也……""小明怎样？""小明也出事了，呜——"嫂嫂说着竟大声哭了起来。

陈启章一听侄子小明也出事了，大惊失色，焦急地问"小明到底怎样啦？"

嫂嫂掏出手绢，擦了擦眼泪说："小明的眼睛瞎了……"

陈启章一听心猛地一震，难道真像人们常说的那样：祸不单行？他急忙问："怎么瞎的？"

嫂嫂说："上化学课时一个瓶子炸了，硫酸和玻璃碴儿溅进了眼睛里。医生说，两只眼睛都要瞎……而且脸也溅上了硫酸，将来还不知道是个什么样子呢……你哥哥心疼得什么似的，我只顾忙着照顾小明，没想到你哥哥竟想不开……”说到这里，嫂嫂又大哭起来，边哭边说，“他……喝了敌敌畏……”

陈启章惊问：“什么？我哥哥是因为小明喝敌敌畏自杀的？”

“嗯。小明是三月七号上午出的事，你哥哥是八号晚上……当时我去医院给小明送饭，回来后怎么也敲不开门，后来张婶他们帮着把门砸开，才发现你哥哥已经……”

陈启章一时不知该说什么好。如果真的如此，他觉得他原先对嫂嫂的猜疑是冤枉她了。可是，小明的眼睛被硫酸烧了，哥哥应当尽力给孩子治疗，怎么会自杀呢？他觉得不可思议，困惑地问：“在火葬场你不是说哥哥是因为心脏病死的吗？”

嫂嫂说：“当着那么多人，我怎能对你说实话？你哥哥自杀的事情现在只有少数几个人知道。他们说如果让别人知道是自杀的，不但名声不好听，而且对抚恤金和小明将来的生活补助费什么的也有影响，不知道是不是这样？”

这个问题陈启章答不上来，他不知道这些方面是怎么规定的。他沉默了一会儿，问嫂嫂：“小明住在哪个医院？”“眼科医院。”“几号病房？”“206。”“我去看看他。”说着他站起身来，饭也不想吃，就急着往外走。

嫂嫂说：“你等一下，我和你一起去。”

“不用，你随后来吧。”陈启章不想让嫂嫂和他同去。他心里疑团未解，他想单独和小明说几句话，问问哥哥的情况。可是等他出了楼门，刚走出十来步，嫂嫂就急慌慌追上来对他说：“你可别对小明提你哥哥的事，孩子还不知道。”

陈启章走进小明的病房，见小明躺在病床上，正和他的老师说着话。小明的脸全用纱布包着，只露出鼻子

和嘴。

他走到床前，握住小明的手，叫了一声：“小明！”

小明把头转向他，但没有答话。陈启章又对他说：“小明，是我！”

这一次小明听清了。他急忙伸出手，紧紧抓住陈启章的胳膊，喊道：“叔叔——”

随着“叔叔”一出口，小明就大哭起来。他的老师忙对他说：“小明，别激动！这样对眼睛不好！”

小明听老师这么说，强忍住了哭。陈启章和老师打了招呼，知道她正是教小明化学的郑老师。

小明问陈启章什么时候到的。他说是出差顺路，上午才到。

小明突然问：“叔叔，你见到我爸爸了吗？他怎么这几天没来看我？”

陈启章说：“你爸爸……这几天工作忙……”小明嘟哝道：“怎么平常不忙，我病了反倒忙起来了？”

陈启章无法正面回答小明，便把话岔开，转向郑老师问道：“嗯……郑老师，小明的眼睛是怎么烧坏的？”

郑老师说：“那天上化学实验课，小明是他们班的化学课代表，带着一组学生做实验。结果烧瓶在加热时炸了，硫酸和玻璃碎碴儿溅到了几个学生的脸上。不过其他同学伤得不重，数小明最重。”

陈启章问：“是因为小明他们违反实验操作规程引起的吗？”

“不，不是，”郑老师赶紧说，“是因为烧瓶的质量不合格。”

“不合格怎么还用呢？”

“学校本来是要退货的，可后来不知怎的又不退了，让将就着用。以前也发生过好几起试管、烧杯、烧瓶炸裂的事，不过都没有这次严重。看着学生伤成了这个样子，我心里真不好过……”郑老师说着说着，竟流下泪来。陈启章正想劝解两句，病房的门被推开了，只见嫂嫂拿着用毛巾裹着的饭盒和一些水果走了进来。

嫂嫂向郑老师点了一下头，便走到病床前，把饭盒和水果放在床头柜上，又把饭盒打开，里面是冒着热气的饭菜。她轻轻地对小明说：“明明，吃点儿饭吧？”说罢，就坐到床沿上，用小匙舀着饭菜往小明的嘴里送。

这时郑老师站起身来对他们说：“我下午还有课，先走一步了。”

望着小明那包着纱布的脸，陈启章的心里依然是疑团重重。他想，哥哥固然非常疼爱儿子，但也不至于因为孩子的眼睛受伤而去自杀呀！退一步说，即便真是因此而自杀，又何必弄神弄鬼地编个心脏病猝死的谎话？难道真是为了什么抚恤金之类？

## 4. 畏罪自杀

当天晚饭后，陈启章先去张婶家坐了坐，问了一下哥哥出事时的情况，然后就去了老刘家。

老刘也刚刚吃过晚饭，他见陈启章进来，忙把他让进里间，把门锁上。陈启章见他神情庄重，心里不由犯起了嘀咕：难道有什么很严重的事情？

两人坐下后，老刘问道：“启章，见到电报你一定感到很突然吧？”陈启章点点头“嗯”了一声。“你知道焕章是怎么死的吗？”“我嫂嫂说是喝敌敌畏自杀的。”“你知道他自杀的原因吗？”“不是因为小明吗？”“从表面上说是这样的。这事也赶巧了，要不还真没办法对人解释呢！”

陈启章急忙问：“那到底是因为什么死的？”

老刘轻轻地说出了这四个字：“畏罪自杀！”

一听“畏罪自杀”，陈启章顿时惊骇得目瞪口呆。

老刘叹道：“其实，焕章完全没有必要去寻死。我看他如能主动把钱退了，好好检讨一下，也许不会追究刑事责任，受个处分也就行了。可你哥哥竟自杀了。既然这样胆小，当初又何必做呢！”

接着老刘说，就在小明出事的前一天，他收到一封揭发陈焕章受贿的信。他赶紧把陈焕章单独叫到办公室，把揭发信拿给他看。陈焕章看完信后，一句话也没说，但神情则显得紧张不安。老刘见此情景，感到确有其事，于是让他回去考虑考虑，争取主动把事情了了。谁知第二天小明就出事了，老刘也就没来得及再找陈焕章好好谈谈。结果陈焕章竟喝了敌敌畏。

陈启章问：“我哥哥一共受贿多少？”

老刘从身上掏出一封信递给他说：“我把那封信带来了，你自己看吧！”

信是本省西店县马灯厂一个署名“群言”的人写来的。大意是说陈焕章在替该厂推销产品的过程中，接受了该厂不少于五千元的贿赂。

看完信，陈启章觉得有点奇怪：哥哥怎么会替一家马灯厂推销产品呢？他把马灯推销给谁呢？于是他问老刘：“老刘，你知道我哥哥替这个马灯厂把产品推销给谁吗？”

“不知道。我刚才不是给你说了，你哥哥看完信后一言不发，我也不便问得太急。现在社会上人和人的关系错综复杂，你哥哥也许有路子。”

陈启章沉默了。难道哥哥是为了这件事畏罪自杀的？为了受贿五千元，哥哥就会去死吗？

他有些将信将疑。他想嫂嫂为什么不把真相告诉他呢？于是他问老刘：“我嫂嫂知道这件事吗？”

“不知道，我没告诉她。传出去是畏罪自杀不太好，何况这件事现在还没有落实。反正人已经死了，这事就先不说了吧。就让你嫂嫂以为焕章是因为心疼儿子而自杀的吧，你看好吗？”

陈启章不知道该怎样回答。畏罪自杀传出去的确不好。这时他想起了上午在市中心医院内科张主任对他讲的话，心想那位医生怎么也为哥哥说谎呢？他不禁问了老刘一句：“市中心医院的张主任知道我哥哥是自杀的吗？”

“他当然知道。不过你放心，他不会说出去的。”

“为什么？”

“他早就认识你哥哥，他的两个孩子分数都不够重点中学，是你哥哥帮着进了十五中的。唉，你看这人与人的关系！”

原来是这样，陈启章默然了。

## 5. 追查死因

又过了一天，陈启章离开了威海市。但他没有径直回北京，而是去了西店县马灯厂。老刘所说的“畏罪自杀”的话像块磐石压在他的心头，他决定去那个马灯厂把事情查个水落石出。不把哥哥的死因弄清楚，他会终生感到不安的。

临行之时，嫂嫂突然对陈启章说：“你看，我差点忘了，你哥哥还有一台录音机要给你呢！”她边说边打开立柜，从里面取出一台崭新的飞利浦收录机，“原先想等有人去北京时给你捎去的。你哥哥说，现在科技人员都在学外语，你一定用得着。他还说，你上学的时候，家里经济困难，委屈你了。”

陈启章说：“还是留给小明用吧！”

嫂嫂忙说：“不，不，他还有一台呢！”

陈启章问：“怎么？哥哥一下子买了两台？他怎么会有这么多钱？”

嫂嫂支吾道：“这……你拿去用就是了。”

望着收录机，望着这件哥哥留给

他的遗物，陈启章的心颤抖了。收录机并未发出任何声音，然而它却分明地告诉他，那封揭发信上所说的全是真的。这曾一度动摇了他去西店县的决心。但到了车站，他还是买了去西店县的车票。因为他对哥哥怎么会替一个马灯厂推销产品感到有些疑问。他想哥哥是在文教部门工作的，要说他推销文具还有可能，怎么会去推销马灯呢？

西店县县城不大，陈启章没费什么周折就找到了那家马灯厂，并决定先找厂长，然后再设法找那位写揭发信的“群言”。一个工人见有人找厂长，看了他一眼，然后冲着右边的一排大房子大喊了一声：“高厂长，有人找！”

随着喊声，从一间屋里走出一个五十多岁的精瘦男人。他见了陈启章先是愣了一下，尔后又仔细看了陈启章一眼，才说：“是你找我？好，请进屋。”

高厂长把陈启章让进一间办公室，热情地让了坐，沏了茶，然后满脸堆笑地问：“是从远道而来的吧？”“从威海市来。”“您贵姓？”“免贵，姓陈。”“你是不是在北京工作？”

陈启章说：“是，这是我的工作证。”说罢，把工作证递给高厂长，但同时他又十分奇怪：他怎么知道我在北京工作呢？

高厂长把工作证接在手中，并没有打开看就对陈启章说：“你叫陈启章，陈焕章是你哥哥，对吧？”

陈启章更惊讶了，他一边点头说“对”，一边心想：这位高厂长难道会算卦相面不成，我和他素不相识，他怎么知道我叫陈启章，陈焕章是我哥哥呢？

这时高厂长才打开工作证看了看递给他，很高兴地说：“好，好，你能来就好，太好了！走，到我宿舍去！”

陈启章迷惑地跟着他走出办公室，到了隔壁就是厂长的宿舍，进屋后，他又给陈启章沏了一杯茶，放在桌子上，说：“你对我能猜出你是谁，一定感到很奇怪吧！”

陈启章没有答话，只是点了点头。

“其实，这是你的脸告诉我的。你和你哥哥长得太像了。在院子里我一见到你，就猜到了八九分。后来你又说你姓陈，我就更肯定了。我在你哥哥家看到过你的照片，你哥嫂对我说你在北京工作。”

说到这里，高厂长的表情严肃起来，并且带着几分悲痛的样子说：“你哥哥去世的消息我已经听说了，没想到他正值壮年，竟得了这样的急病。”他见陈启章用惊疑的目光望着他，又解释说：“我是前天才知道的。我们厂的汽车司机送货去威海市回来说的。你哥哥的去世对我们厂可是个巨大的损失呀！我们厂去年能转亏为盈，全靠你哥哥啦！”

说到这里，他好像又想起了什么似的，突然说：“对，你还没吃饭吧，我去安排伙房做饭。”说完就匆匆出去了。

可是高厂长出去足足二十多分钟才回来，他微笑着向陈启章连连道歉：“对不起，让你久等了。”

陈启章急于了解情况，开门见山地问：“高厂长，您早就认识我哥？”

“不，我原先只认识你嫂嫂，去年初才通过你嫂嫂认识了你哥哥。我以前在县药材公司工作，和你嫂嫂是同行，因为业务上的事情免不了去威海

市。十多年前就认识你嫂嫂了。”他一边说着，一边从身上掏出一卷东西，放在桌子上。陈启章一看，是一叠很厚的十元钞票，还有一张表格。

高厂长说：“我本打算过些日子去威海市交给你嫂嫂的，正好你来了。就请你给带回去吧。这是你哥哥今年三个月的工资！”

陈启章一听，奇怪地想：什么？我哥哥的工资？哥哥是威海市教育局财供科的科长，他的工资是在教育局领，怎么这里会有他的工资？这么想着禁不住惊讶地问了一句：“我哥哥的工资？”

高厂长说“是呀，怎么你嫂嫂没详细给你说？是这么回事，你哥哥是我们厂的产品销售顾问，每月我们给他工资一百五十元。”

一边说着，高厂长把那张表格递给陈启章。陈启章看了一眼，见上面横七竖八列着几个人的名字，名字后面有工资金额数，他把名字扫了一遍，没有发现他哥哥的名字。

这时高厂长把那摞钞票往他面前推了推，说：“一共是四百五十元，你点一下，签个字吧。”

陈启章没有答话，又看了看工资表上的名字，还是没有找到他哥哥的名字，便问高厂长：“这上面没有我哥哥的名字呀！”

“这就是。”高厂长指着工资表上最后一个名字说。

陈启章一看，上面写着“陈小明”三个字。

高厂长解释道：“没写老陈的名字，原想用一个化名，你嫂嫂说就用你侄儿的名字好了。”

陈启章终于明白了，他把那沓钱推开，说：“不，我不领！”

高厂长诧异地问：“怎么，你不是来领这笔钱的？”

陈启章突然觉得不能把他真正的来意告诉高厂长，于是便含糊地说：“我只是顺便来看看，然后回北京去。”

奇怪的是，高厂长听了他的话，竟显出若有所悟的样子，说：“噢，也好，这钱等我以后再给你嫂嫂送去。欢迎你来，欢迎你来。不瞒你说，我早就想借着你替我们的产品在北京打开销路。去年我和你嫂嫂商量，也想聘请你当我们的销售顾问，她说以后再说吧，这件事也就搁下了。这次你嫂嫂和你谈了？”

陈启章没有答话，心里说：这位厂长大人又误解了我的来意，事情真是富有戏剧性。他想他在北京只是单位里一个普通的工作人员，没想到，在远离北京千里之外的山区县城，竟然有人如此看重他，在他一点也不知情的时候，已经想聘请他做“顾问”了！

高厂长见陈启章好像在想什么，就笑笑对他说：“报酬嘛，和你哥哥一样，每月一百五十元，每年只要推销超过三万元的货就行。如果销得多，每超额一万元，可得奖金五百元……去年你哥哥超额八万多元呢！要不是你哥哥助了我们一臂之力，我们厂去年又要亏损了。”

陈启章依然没有答话。他想，看来，无需再找那个写揭发信的“群言”了，哥哥受贿的事情已经很明了了。只是有一点仍然令他十分费解：哥哥向谁去推销那么多马灯呢？

“你还是有顾虑吧？”高厂长见陈启章仍没说话，对他说，“不要怕，我们会替你保密的。你哥哥原先也是不太想干，倒是你嫂嫂想得开，帮助我们做通了你哥哥的工作，现在这样干的人也不是一个两个，这也算多劳多得，为四化做贡献嘛！”

这竟然是“为四化做贡献”！陈启章简直有点啼笑皆非了。但他沉住气又问了一句：“我哥哥把你们的产品推销给谁呢？”

“他们教育局管的六十多所中学呀！你哥哥统一为他们定的货。”

“怎么，你们的产品卖给中学？”

“是呀，目前的主要销路是中学和一些工厂。”

“他们要你们的马灯做什么？”

高厂长大摇其头说：“不是马灯，搞马灯赚不了钱，总是亏损。我们把生产马灯玻璃罩的车间扩充了一下，转产玻璃仪器了。现在厂里只生产少量马灯，主要搞玻璃仪器。我们打算不久就把马灯厂正式改为玻璃仪器厂了。”

一听玻璃仪器，陈启章的心猛然一动，似乎对哥哥自杀的原因已隐约明白了一点什么……

## 6. 良心负罪

陈启章并没把心里的激动表露出来，而是努力让声音显得比较平静："你们都做些什么玻璃仪器？"

高厂长如数家珍地说："大都是些化学实验仪器，试管、烧杯、烧瓶、锥形瓶、冷凝器、滴定管什么的，都有。不过现在工人们的技术水平还比较低，要不还能扩大些业务。生产玻璃仪器，利润比马灯大多了。你想，一个烧杯的用料和一个马灯差不多，可价格相差很多……要不，我带你去车间看看怎样？"

陈启章跟着高厂长来到车间。只见车间一角堆着一堆乳白色的石英砂和好多碎玻璃。几个工人正在把这些碎玻璃往化玻璃的炉子里投。

陈启章不知道正规厂家制作玻璃仪器使用怎样的原料，但他想决不至于用些废玻璃吧，于是，他随口问了一句："光用这些废玻璃就行了？"

高厂长说："不，也得加些新料。我们用料比较简单，只用一些石英砂、石灰石、碱面、硼砂、长石什么的就行了。"

陈启章问："那些大厂子也这样？"

高厂长说："他们？他们可复杂了，配方得有十来种东西，除了我刚才说的，还要什么白云石、重晶石、绿柱石、金红石……名堂多了，每种原料还得经过化验，咱们哪有那个条件。"

在车间的另一边，陈启章看到有一些工人们正在制作玻璃仪器。他们用吹管从火红的炉口里蘸上一小块熔融得通红的玻璃，然后放在磨具里吹制成器皿。只见一个工人在吹烧瓶时，一连吹了几个都有破洞。

高厂长忙向陈启章解释："废玻璃有杂质，活儿不好做。"

这时，那个工人终于吹成了一个烧瓶。

高厂长指指那个烧瓶说："再退一下火，就行了。走，到成品车间看一下。"

和刚才的车间紧连着的便是堆放、包装成品的地方。工人们正把一件件玻璃仪器用纸包起来，然后装进纸箱里。他们仔细地检查着每一件产品，把有毛病的、不合格的挑了出来。

陈启章拿起一个工人们用纸包起来的合格烧瓶，只见那瓶非但壁厚不均，而且上面还有两三个小黑点，比起他以前在学校上化学课使用的烧瓶简直有天渊之别。

高厂长也拿起一个烧瓶，一边看

一边对陈启章说：“这是二十六中的订货，我让工人们挑细点。”

陈启章问：“是威海市二十六中？”

“对，也是有名的重点中学。听说在威海市，除了十五中就数这个中学最好了。唉，越是重点中学，头越难剃。去年十五中就嫌质量不好，非要退货。”说到这里，高厂长压低声音，几乎是附在陈启章的耳边说，“他们找到你哥哥，你哥哥给他们做工作，让他们重点中学带头扶植本省工业的发展，不要把钱都让外省的工厂赚去。但他们就是不买这个账。最后你哥哥不知给他们学校增拨了一些什么经费，我们又给他们学校的有关人员上了点贡，才算解决了问题。”

高厂长的话音很低，然而却像惊雷震撼着陈启章的鼓膜。他痴呆地望着手里的烧瓶，透过那呈球形的透明玻璃器皿，他仿佛看到了侄儿小明那缠满绷带的脸。哥哥为图私利，凭借自己的职权，几乎是强制性地推销这些劣等玻璃器皿，从而导致了他最疼爱的独生儿子双目失明，面容被毁。这个后果大概是哥哥之前绝对没有想到的……

陈启章不能再想下去了，他转身走出了这个成品车间。高厂长见他的面色很难看，边走边关心地问：“你怎么啦？是不是身体不舒服？”

陈启章随口说：“不，没什么。”

于是，高厂长又带陈启章回到他的宿舍，只见桌上已经摆上了丰盛的饭菜和两瓶酒。高厂长冲陈启章笑笑说：“请用点便饭。我们这里条件差，没有什么好吃的，请多包涵。”

此刻，陈启章也许是只顾想事了，竟不由自主地按高厂长的话坐在了酒宴桌边。坐下之后，他才发现自己手里还拿着那个玻璃烧瓶。这时，一个中年人拿着一个鼓鼓囊囊的信封和一张卷起来的纸走进屋来，对高厂长说：“高厂长，按你的吩咐都准备好了。”说完，他把那张纸和信封递给高厂长，然后转身走了。

高厂长把信封抖了抖，露出一叠人民币。他又把那张纸打开，是一张印制得很考究的纸，通常用来写奖状的那种，上面已经用毛笔写上了字。

高厂长客气地说："这是你的顾问聘请书和头一个月的报酬。我们厂现在关键是销路，北京可是个大市场，今后多拜托啦！这聘书已经写好了，只是名字还空着没有填。你看用个什么化名呢？"

高厂长顿了顿说："要不，也用你孩子的名字吧？"

陈启章一听，脸顿时变了色，声调异常地从嘴里吐出"什么"二字，然后站起身来，拉开门走了出去。

高厂长对陈启章的举动感到莫名其妙，赶紧追出去："老陈，你要去哪儿？"

"回北京！"陈启章说着，脚步没有停，头也没有回。

高厂长吃惊地说："什么？不吃饭就要走？"

陈启章没有答话，只顾向厂门口走去。

高厂长抢上两步，一把抓住他的胳膊，压低声音对他说"聘书和钱都不拿？"

陈启章挣脱了高厂长的手，依旧大步向门口走去。他这时的神态和行动使高厂长感到惊愕奇怪。他有些茫然地说："也好，等我以后去北京时给你带去……"

陈启章几乎是小跑着到了西店县车站。这时他忽然发现，他的手里还紧紧攥着那个有黑点的烧瓶……

此时，陈启章终于完全明白，嫂嫂和老刘都没有说对哥哥的死因。或者说，他们只是说对了哥哥死因的一半。哥哥既非单纯因为心疼受伤的儿子而自杀，也不是由于受贿的事被人揭发出来而畏罪自杀。他认为哥哥自杀的真正原因是：当他知道儿子双目变瞎、面容被毁是劣质烧瓶所致，而这劣质产品恰恰是他受贿后强行推销的，他觉悟到了自己对儿子的罪过，做父亲的良心使他再也无颜看见拆除绷带后儿子的脸……

然而，促成哥哥自杀的决心里，除了做父亲的良心外，是否也有作为一个干部的良心？作为一个人的良心？

令陈启章痛心的是：当初，当嫂嫂贪污了少量的卖药款时，哥哥感到那样的不安，而现在他却接受了五千多元的贿赂。这种转化是由于受到嫂嫂的影响，还是受到社会上不正之风的影响？陈启章不得而知。但他明白，一个有黑点的烧瓶是容易破碎的。也许，在哥哥身上原来就有这样的黑点。

不过，令人欣慰的是，他最后终于良心发现了。

（**题图、插图**：杨宏富）

# 卖红豆项链的男孩

□杨金凤

这几年，二龙山开始搞旅游开发，吸引了不少游客。这地方长满了红豆树，离这里不远的一个村子里，有个十三岁的小男孩叫小山，趁着放假就到山上捡红豆。小山母亲的双腿动不了，却有一双灵巧的手，把小山捡回来的红豆一颗一颗钻出一个小孔，用一根细线穿起来，做成红豆项链，然后让小山到二龙山上去卖给游客挣点学费。

山脚下兜售旅游小商品的人很多，不过，卖红豆项链的就小山一个。小山是新手，自然占不到好位置，最后他干脆跑到山腰上卖起来。很多游客一路突破了小贩的重重围堵，到了小山这儿，几乎人人手里都抓满了小纪念品，小山的红豆项链自然就引不起他们的兴趣了。

这天，小山从早上站到中午，只卖了三串，不禁有些急了。这时，他见下面慢慢走上来一个游客，就满怀希望迎了上去："先生，买串红豆项链吧，把我们二龙山人对您家人的美好祝福带回家！"

这游客是个四十来岁的中年男人，头上戴着一顶帽子。他一抬起头，小山的脸腾地红了。原来这人叫韦吉利，是小山班上一个同学的父亲，自己还跟同学去过他家吃饭哩。

韦吉利奇怪地看了小山一眼，呵呵一笑："你倒挺会说话的嘛！"说着，拿过小山递上来的项链瞧了瞧，问道："小山，你怎么来这里卖东西？不上学了？"

小山说："我、我就是想给自己挣点学费。"

“哦！”韦吉利关心地问，“你爹呢？咋能叫你一个小孩出来卖东西？”

提起爹，小山的眼眶顿时红了，韦吉利这才知道小山的爹早就过世了。他十分同情地打量着小山，又问小山每天可以卖多少钱。小山脸红红地说：“最多的一天，卖了十五块。”

韦吉利想了想说：“你跟我儿子这么好，我来帮帮你吧，你想不想每天卖几十串、上百串？”小山眼睛一亮，咋不想呢？这样一个假期下来，上高中的学费就有着落了。

韦吉利嘿嘿一笑：“从明天起，我保证你卖得比现在多！”小山满脸疑惑地盯着他：“叔叔，您有什么办法？”韦吉利冲他眨眨眼：“这办法好得很，明天你就知道了！”说完，哈哈大笑，拍拍他脑袋，就向山顶爬去！

小山心想，他在逗自己玩呢！就没当真。

第二天早上十点，小山像往常一样来到二龙山，这会儿游客渐渐多了起来。他看见有一拨游客爬了上来，就急忙迎上去推销。可这拨游客每个人手里都拿了一大把小纪念品，只是随便看了一眼他的项链，连个价也没问，就径直向山顶爬去了。

小山失望地叹口气，只能耐心等待下一拨游客了。过了一会儿，忽然有个小伙子径直来到跟前问道：“小孩，你的红豆项链怎么卖？”“一块一串！”“好，给我十三串！”

小山以为自己听错了，喜出望外：“叔叔，您咋要这么多？”小伙子不耐烦地说：“别啰嗦，我们十三个人，一人一串，快点！”

小山赶紧数出十三串递给他，收钱时还特意优惠了一串。小伙子走后，小山像做了一笔大买卖似的，高兴坏了，然后打起十二分精神，瞪大眼睛紧紧盯着下面的小路。

过了一阵，小山正信心十足地向一拨游客推销自己的东西，忽然有个女人挤了进来，说道：“一块钱一串是吧？我要八串！”

小山乐滋滋地数了八串给她，一下又收进八块钱。一会儿，又有一个年轻人走到跟前，不等小山开口，就指了指他手中的项链：“我要五串！”

今天的游客一买就是几串，而且都是主动找上来的，这可把小山乐坏了。没到下午，他带来的项链就卖了个精光，他数了一下，呀，总共卖了六十六块钱！小山一下想起了昨天韦吉利叔叔的话，没想到他还说到做到，让自己一天卖了这么多，心里对他充满了感激。

接下来的几天，小山的项链卖得特别快，最多的一天竟然卖了一百多串。小山也很机灵，凡是一次买满十串的，他就额外多送一串给人家。

这天，又有一拨游客上来，看样

子是一家人，领头的是个中年男人。小山正要迎上去，那男人就微笑着冲他摇摇手，径直走了上去。

可没过一会儿，那个男人又走了下来，递过来十块钱："喂，给我十串项链。"

小山数了十串，然后又多拿了一串，说道："多送你一串，祝你们全家幸福如意！"

没想到，男人没好气地摇摇手："算了吧，谁稀罕你的玩意儿？"看也不看小山多送的一串，走上山去了。

这话让小山愣住了：你不稀罕，那干吗又走下来买呀？这么一想，他发现了一个现象，这几天他的项链卖得这么好，是因为有些游客上去了之后，又回头主动买的。而且买了项链，必定还要再上山顶。

正在他发愣的工夫，上面又有一对六十开外的老夫妻搀扶着走下来，要买两串项链。小山认得他们，这两位老人正是刚刚走上去的，上去的时候，也对他的项链不感兴趣。

两位老人拿着项链，一边往回走，一边摇头叹息："唉，小小年纪，就这么厉害，再过几年肯定不得了！"

小山一想，这不是说我吗？这到底是咋回事？他抬头往山顶瞧了瞧，忍不住噔噔噔跑上去。还没跑几步，就看到那两个老人，他追上去问："爷爷奶奶，你们为什么上去了，又回头来买我的项链呀？"

老人奇怪地看他一眼，很不高兴地回答说："你们一家人做的事，怎么还要问我们？"小山糊涂了："什么一家人？我爹早不在了，这项链是我娘做的，可是，她的脚动不了……"

老人摇头道："我不管你们什么关系，反正你们是一伙的没错吧？唉，天底下谁不爱钱，可你们这样发财法，也太缺德了！"

小山半天摸不着头脑，着急地瞪圆了眼。老人朝上面努努嘴巴："你还好意思问我？这不是你们逼的嘛！"

小山顺着老人的视线看去，见通

往山顶的路上有一个茶座，此时里面有好多人在那里休息，一边坐着喝茶吃点心，一边欣赏风景。小山回头说："爷爷，这……"

老人说"你走近看嘛！"小山疑惑不解地走近茶座，一看门口边上贴着一个告示：不戴红豆项链者，谢绝进入！旁边还站着一个服务员，眼睛专盯着客人的胸前。

老人不满地数落起来："好不容易快爬到山顶了，谁不是又累又渴，想坐下喝口水歇歇脚。可你们却出了这么一招，咳咳，这招可真够厉害的，你就是卖十块钱一串，我们也得皱着眉头挨一刀呀！再说这里是通往山顶的必经之路，不买你的项链，就进不了茶座，也看不到山顶的风景呀！"

小山一下恍然大悟，韦吉利叔叔肯定是茶座的老板，这个损招就是他想出来的，怪不得他那么神通广大！老人看了看小山，又语重心长地说："孩子，做生意没错，可钱不能这么赚法呀，一块钱不多，可谁也不会买得高兴的，你看看这丢的满地的项链。"

小山一看，到处都是被丢弃的红豆项链。他鼻子顿时一酸，眼眶红了。

忽然，有个人拍了拍小山的肩膀，小山回头一看，正是韦吉利叔叔。他哈哈一笑，得意洋洋地问："怎么样，小山，你的项链卖得多了吧？"

小山低头想了想，望着他说"叔叔，谢谢你的好意，可是，我以后再也不卖红豆项链了。"

"为什么？"韦吉利惊讶极了。

小山眼泪汪汪地说"这、这些项链都是我娘一个个串起来的，我娘没日没夜，那么辛苦，我不想让人家当垃圾一样丢掉……再说，我也不想让来二龙山的客人，回到家就说我们二龙山人的坏话！"

韦吉利愣了半晌，说道："傻瓜，你不卖项链，你的学费怎么办？谁给你上学？"

小山咬了咬嘴唇："我……我不卖了！"说罢掉头就走。

"等等！"前面两位老人把他拉住了，"孩子，我还要买二十串，我要给儿子女儿孙子他们每人都买一串！"

小山嗫嚅地说"爷爷，你不要买了。"老人呵呵大笑："不不不，我要买，我还要把项链带回家，让家人都知道，二龙山有这么一种金子般的红豆项链！"

这时，其他的游客也围了上来，嚷着要买，不一会儿，小山带来的项链就被抢购一空了。看到这一幕，一旁的韦吉利脸红了。

第二天，小山还跟往常一样来到老地方，有很多游客上去之后，又折回来特意买他的项链。那个茶座门口仍贴着告示，不过上面的内容却换了：戴爱心红豆项链者，送茶一杯！

（题图、插图：安玉民）

· 阿P系列幽默故事 ·

求助
我因不小心丢失钱包及所有钱物，恳请好心人帮帮忙，祝好人一生平安！

□昊　子

# 阿P玩艺术

阿P一连开了几个夜工，搞得灰头土脸，今天一早，又接到老板的电话，让他去火车站接一个重要客户。阿P嘴里嘟嘟囔囔，但又不敢怠慢，急急忙忙就往火车站赶。等到了火车站，发现时间还早，就拐到站前广场，准备找个地方抽根烟。

阿P在一个台阶上坐了下来，一边吃着刚买的面包，一边低着头借机打个盹。

不知过了多久，阿P突然觉得周围好像暗了下来，他一个激灵，凭感觉身边出了大事!

阿P赶紧抬起头，这才发现不知什么时候，自己的周围竟围满了人，不少人对着自己指指点点，还有人在低声地议论着什么。

“我怎么了我？”阿P伸伸手抬抬脚，没发现什么异常啊。阿P尴尬地朝围观者笑笑，想不到有人“砰”地扔过来一个硬币。见阿P没捡，有人感慨地说:“真是行情看涨啊，连乞丐都要大票子了。”

“谁是乞丐？”阿P越听越糊涂，不由得大声问道，“你们看什么，饭吃饱了？”正闹着，旁边有位姑娘用手指指地上，阿P定睛一瞧，差点晕倒!只见地上除了几个烟头外，还有几行黑色的字:

求助

我因不小心丢失钱包及所有钱物，恳请好心人帮帮忙，祝好人一生平安!

原来，阿P一不小心，坐在了乞讨者留下的这行字的后面，再加上此

刻阿P手里还拿着半个吃剩的面包，头发乱糟糟，胡子拉碴一副委靡不振的样子，让人以为是乞讨者，这才引起许多人的围观。

这年头，这类装可怜的骗局实在太多了，市民们见惯不怪，警惕性也已经超乎寻常，这不，左边的老奶奶看着不顺眼了，当着面就嘀咕道："年纪轻轻的，有手有脚，做什么不好，非得干这骗人的乞丐，丢人！"又一个市民也跟着附和："是呀，懒汉就是没志气，就是没出息……"

阿P当时那个羞啊，那张脸"刷"一下红得就像猴子屁股，恨不得找个地缝钻进去，他一遍又一遍地申辩："大妈，大伯，大叔，各位，我不是骗子，真的不是骗子！"

不知道重复了多少次后，一个戴眼镜的姑娘从人群后面挤了进来，仔细打量了阿P一番，然后很肯定地说："这个人不是个骗子！"

大家觉得有些奇怪，纷纷问道："他不是骗子是什么？"戴眼镜的姑娘自称是晚报的记者，她很自负地说："你们知道行为艺术吗？他是一个艺术创作者，他是在用自己的身体搞创作！"

一席话提醒了阿P，他立刻神气地吹嘘起来："懂吗，行为艺术，那都是玩最尖端、最时髦、最前卫的东西，今天可是让你们开开眼界了。"

这时，旁边有位大妈在拉自己的丈夫："我听说过有的艺术家当众脱裤子也是艺术，咱就不要凑这个热闹了。"

阿P还要吹嘘几句，忽然感觉胳膊被人往后一扭，双腿弯处挨了一脚，人就不自觉地跪在地上了，原来是车站派出所的警察来了，阿P涉嫌扰乱社会秩序，被弄进了派出所。

等公司派人来证明阿P身份的时候，已经是下午五点了，他要接的客户已经自行寻找到公司了，看来这个月阿P的奖金是彻底无望了。

阿P好不沮丧，不过他第二天在晚报上看到一篇报道：《一场行为艺术的误会》，那个戴眼镜的女记者还替阿P照了张相……

嘿，我又上报纸了，我又成明星了，阿P的那点不快很快烟消云散，又得意洋洋了……

# 午夜电话

□翟德军

这天半夜，大虎睡得正香，突然电话“丁零零”地响了起来。这个时候来电话，十有八九是急事，大虎一个翻身，抓起电话，里面却传出一个醉鬼的声音：“喂，阿秀……”

哪里有什么阿秀，大虎这个气啊，好好的觉给搅了，他毫不客气地说：“打错了。”

对方却不相信，满嘴的酒气仿佛要透过电话喷到大虎的脸上：“怎么会错？我又没喝多，你是阿秀的爸爸吧。我是小于，阿秀在吗？我攒够了十万元钱，明天早上就给她汇过去，让她把卡号告诉我一下。”

大虎本想再训对方两句，可听说有钱，马上换了口气：“原来是小于呀，我还以为打错了呢，阿秀她睡着了，我这就去叫她。”

大虎连忙捂住话筒，伸手捅醒了老婆，简单交待了几句，把听筒递给了老婆，老婆心领神会，打着哈欠说“我，我是阿秀。”

只听对方在电话里说“阿秀，我们结婚的钱攒够了，明早我就汇过去，你快把卡号告诉我。”

老婆捂住了听筒，向大虎摇了摇头：“人家这是结婚的钱，那男人高兴得晕头哩，我不想骗人。”

大虎着急地说：“又不是咱逼他的，是他主动送上门的。”

老婆说“卡放单位了，卡号也记不得了。”大虎一想，准是老婆不配合，一着急，从鞋后跟拽出一张卡，报上了卡号。

想着明天卡里要多出十万元钱来，大虎乐得心都要蹦出来了，没想到老婆问：“大虎，你说你那卡是哪来的？”大虎一听冷汗下来了，老婆钱匣子捂得严，大虎花不着钱就自己偷偷攒起了私房钱。老婆这一问，大虎

# 魔鬼身材

□北大西洋

李老板是搞服装贸易的，正要去外地谈一笔大生意，临行前，他特意从模特公司挑选了一名叫佳丽的模特一同前往。

到了谈判那天，李老板带着佳丽来到约定的地方。他刚进门就愣住了：对方光保镖就来了“一打”，而且个个膀大腰圆，不好惹。

谈判进行得异常激烈，苦熬了六个来小时，双方才谈得有些眉目。

---

急了，就说是单位领导的卡。老婆可不是好唬的：“哪个领导的，我打个电话问一问。”大虎慌忙拦住，说等天亮了，让领导给老婆回个电话，才算罢休。

第二天一大早，大虎就去了银行，可他拿着卡一查，别说是十万，卡里原来的钱也没影了。大虎立刻跑回家，照着电话号码拨过去，对方使用的是公用电话，大虎知道上当了，想报警，老婆拦住他说：“你别忘了，是你想骗人家才丢了钱的。”大虎低下头不做声了。老婆一边好奇地问：“骗子又没有密码，怎么会取走钱呢？”大虎小声说：“你知道的，我这人记性差，密码只有一个，就是咱家电话，这网上一转账，钱就没了。”

老婆扑哧笑了：“我看这卡是你的吧，就你这智商，钱不丢才怪。”

大虎搓着双手讨好道：“老婆，你知道我偷偷攒钱是为了啥？我就想拿这钱给你买身衣服，要是早买一天就好了。”

老婆听了，嘴撅得老高，用手指着大虎的脑门说：“真有你的，丢了东西还送空人情，你要是有那心，为啥不早说呀？你要是早说了，我何苦三更半夜地请人演戏，费这份心思？”

李老板要求先看看货，可一见到样品，他就知道自己这回掉沟里了，全部都是假名牌！如果按照谈好的价格，够他赔个倾家荡产！可看看对方的架势，要这样走掉，还真是有点危险。

李老板装着很满意的样子说道："货我看了，价格也谈了，但是签约之前，我还是想见识见识贵公司的专业水平。"说着，他将佳丽介绍给大家，"各位都是行家，请看看这位模特的身材如何啊？"

对方老板上下打量了一下佳丽，笑着说"这位姑娘长得漂亮，身材也好，就是这衣服好像不太合身，要是穿上我们公司的服装，一定光彩照人。"

李老板听了兴奋地拍着桌子说："好眼力，我就是想请您帮她选一件合身的衣服，要是找得到，咱们的生意就一锤定音，否则，我可要怀疑你们的专业水平了。"

对方老板点了头，胸有成竹地说："那就一言为定。"

接着，对方老板叫来了自己公司的设计师。设计师精心选择了一套服装，可那衣服往佳丽身上一套，竟长出了许多。设计师忙又找来一件小点的，一试又短了大半截，连肚脐都盖不上。一连换了好几套，不是肥得离谱，就是紧得穿不上。差不多每个型号都穿了一遍，试了老半天，也没有一件适合的，急得设计师头上直冒烟，一边摇头一边嘀咕："怎么回事？真是活见鬼了。"

这时，李老板站起身来说："都折腾大半天了，看来你们还缺少专业水准啊。我们还要赶飞机呢，就不打扰了。"

对方老板坐不住了，他狠狠瞪了设计师一眼，接着转过头无可奈何地问李老板："这次我们认栽了。你可以走，可走之前，你能不能告诉我，为什么我们的服装都不适合她？"

李老板微微一笑，故作神秘地对他说："实话跟你说吧，佳丽的身材可非比寻常，她可以试出衣服牌子的真假。"

对方愣了一下，好奇地问道："这是什么身材？我怎么从来没有听说过？"

李老板大大咧咧地说："魔——鬼——身——材，连这都弄不懂，也敢搞服装？"

趁着对方都没反应过来，李老板赶紧拉着佳丽脱身了。

回去的路上，李老板不停地向佳丽道谢："佳丽啊，幸好你以前在杂技团练过缩骨的功夫，不然今天麻烦可就大了。"

(本栏目欢迎来稿。来稿可从邮局寄发，更欢迎从网上传递。如为电子邮件，请发以下信箱：zhong98305@sina.com)

# 招聘启事

□叶 泊

一家大公司在报纸上刊登了招聘公关的启事，要求非常特别：女性，未婚，没有男友，22周岁，身高一米七，名牌大学中文系本科毕业，长相甜美，笑起来有酒窝，身材苗条，腰围一尺八，乌黑长发，没有染过，气质优雅，有大家闺秀的风范……

尽管公司提出了优厚的待遇，可启事刊登了好几天，还是没人来应聘。

这天，负责招聘的小李接到一个电话，听声音对方是个中年妇女。小李很有礼貌地问："您好，阿姨，请问您有什么事吗？"

电话那头的女人说"是这样，前些日子我看到你们公司登了招聘女公关的广告。我想问问你们招到没有？"

小李说"哦，可能我们公司要求太高了，所以暂时还没有招到。怎么，您要应聘吗？"

电话那头的女人顿了一下，说："既然没有招到，那就算了。"说完就将电话挂了。

小李不禁有些莫名其妙，不知道对方是什么意思。

几天后，那个女人又打来了电话，还是询问招人的情况，听说没有招到，又马上将电话挂了。

小李心里更纳闷了。没想到，过了几天，那女人又打来电话问同样的问题，小李忍不住追问她想干什么。

那个女人想了一下，然后才说："我有个儿子，特别有出息，现在房子、车子都有了，可眼看都奔三的人了，却一直没找到合适的对象，我这当妈的快急死了。也怪儿子眼光太高，要求特别。你说这样的女孩哪那么容易找到？前些天，我正好看到你们公司的招聘启事，觉得和我儿子挑对象的条件很像。我打电话来，就是想问问，这样的女孩你们招到没有？如果招到了，能不能给我儿子介绍一下？"

# 五香羊蹄

□吴军辉

严六是话剧团的演员，特别喜欢吃五香羊蹄。

这天，严六看到家门前新开了一家羊肉店，卖的五香羊蹄还挺新鲜，就向老板问价。谁知老板嘴里面“呜哇”了两声，然后向严六伸出个巴掌来。敢情这老板是个哑巴。严六心想，这么新鲜的羊蹄才卖五块钱，不贵!

严六一下子让哑巴老板称了十斤羊蹄，然后掏出一张百元大钞。谁知，哑巴老板只找给他四十块钱。严六正要发问，哑巴老板再一次将巴掌伸到严六面前。严六这回看清了，那哑巴老板竟然长了六个手指头。严六苦笑了两下，只得拎着羊蹄走了。

过了几天，严六刚把那堆羊蹄吃完，就在回家路上看见哑巴老板冲自己招手。严六心里暗笑，倒要看看这个哑巴老板还有什么新花样。

严六走过去，哑巴老板一脸真诚地将另一只手伸到严六面前。严六一看，禁不住笑了。原来，哑巴老板的另一只手天生残疾，上面只有三个手指头。哑巴老板指着柜台上的一小堆羊蹄让严六看，严六一下子又动心了，虽然这堆羊蹄看起来不太新鲜，可毕竟只有三块钱一斤呀。严六一咬牙，就把那堆羊蹄全部买了下来。

可严六回家吃了没多久，就肚子疼了。他只好捂着肚子去看病，这下子连输液带拿药，整整花去两百元。

等严六无精打采地从医院回来，看见哑巴老板正悠闲地躺在店门前的躺椅上，听着音乐，两个大脚板不停地晃动，严六心里头那个气呀！突然，严六心头起了一丝疑云，他若有所思地看了哑巴老板两眼，离开了。

几天后，哑巴老板的店里来了一个白胡子老头，一进门就直奔五香羊蹄的柜台。哑巴老板忙凑过去指着羊蹄冲老头伸出一个巴掌。老头也不吭声，伸出两个手指头。哑巴老板一看这老头也是个哑巴，就称了两斤羊蹄递给他。谁知，老头不接，依旧伸着两个指头冲哑巴老板比划。

哑巴老板一看可高兴了，来了大主户，忙给老头重新称了二十斤羊蹄，用塑料袋分装好。可那个老头，还是伸着两个指头比划。

哑巴老板这下子蒙了，莫非只买二两？无奈，哑巴老板找了一个二两来重的羊蹄，称也不称就递给老头。老头还是不接，依旧伸着两个指头。

哑巴老板按捺不住了，冲口说道："你到底要干什么？"原来，这个老板并不是哑巴，只是装聋作哑的好做买卖。

老头走过去亲手挑了两个羊蹄，接着拿起案板上的刀把一个羊蹄上的两个羊指头剁了下来，然后把一个羊指头放进自己嘴里，把另一个羊指头夹在另外一个羊蹄里面。随后，老头往桌上放了两块钱，没拿羊蹄就走了。

那个老头其实是严六化装扮演的。那天，严六看到哑巴老板在门口听音乐，就猜想这个哑巴老板十有八九是个冒牌货。所以今天特地来试一试，果真如此。

那个老板一直都没明白是怎么一回事，等老头走后他一看案板上的羊蹄，顿时脸就气白了。一个羊蹄上多了个指头，另一个羊蹄上少了两个指头，可不就是骂他嘛！

（**本栏绘图**：顾子易　王　俭）